Thomas Tuma, geboren 1964, ist Autor und Ressortleiter beim *Spiegel*. Er lebt in Hamburg. «Tödlicher Chat» ist sein erster Roman.

THOMAS TUMA
TÖDLICHER CHAT

Roman   Rowohlt Taschenbuch Verlag

Veröffentlicht im Rowohlt Taschenbuch Verlag GmbH,
Reinbek bei Hamburg, Dezember 2002
Copyright © 2001 by
Rowohlt Taschenbuch Verlag GmbH,
Reinbek bei Hamburg
Dieser Titel erschien erstmalig im
Mai 2001 in der Reihe rowohlt paperback
Umschlaggestaltung any.way, Andreas Pufal
(Foto: Zefa)
Gesamtherstellung Clausen & Bosse, Leck
Printed in Germany
ISBN 3 499 23344 4

Auf der CD «4:99» eröffneten die Fantastischen Vier ihren 99er Sommerhit «MfG» mit den Worten: «Nun, da sich der Vorhang der Nacht von der Bühne hebt, kann das Spiel beginnen, das uns vom Drama einer Kultur berichtet...» Die folgende Geschichte ist frei erfunden, auch wenn ihr Grundgedanke morgen Wirklichkeit werden könnte. Prominente Namen tauchen nur als Kulisse auf. Jede Ähnlichkeit mit tatsächlichen Ereignissen oder Personen in der realen wie virtuellen Welt wäre rein zufällig und nicht beabsichtigt.

Teil I:

DIE INNENWELT . . .

1
Ein Ende
11

2
Ein Anfang
21

3
Ein Killer
33

4
Ein Reporter
47

5
Ein Aufbruch
61

6
Ein Fahnder
79

7
Ein Treffen
92

8
Ein Dienstag
108

9
Eine Story
119

Teil II:

. . . DER AUSSENWELT . . .

1
Der Anfang
137

2
Der Killer
153

3
Der Mittwoch
170

4
Der Fahnder
180

5
Der Donnerstag
194

6
Der Reporter
207

7
Der Freitag
221

8
Karin
230

9
Das Ende
241

Teil III:

... DER INNENWELT ...

1	**2**	**3**
Fragen	Glaube	Wahrheit
261	264	276

4	**5**	**6**
Liebe	Möglichkeiten	Hass
284	292	302

7	**8**	**9**
Lüge	Wissen	Antworten
313	322	325

«Es ist ein dreckiger und lächerlicher Job, Cher zu sein.
Aber irgendjemand muss ihn ja machen.»
Cher

«Vielleicht ist die Außenwelt nur ein Traum,
und nichts außer uns existiert.»
Bertrand Russell

TEIL I: DIE INNENWELT ...

1 / Ein Ende

Ends (Everlast)

Es ist nur eine Möglichkeit, obwohl sein Assi am Telefon gleich Parallelen zu einem ähnlichen Fall vor acht Jahren zog. Falsche Parallelen, wie sich schnell herausstellen würde. Es ist nur ein Mord. Ja. Ein Einzelfall? Nein. Egal. Polizeioberkommissar Klaus Sturm hat mit der folgenden Geschichte ohnehin nichts zu tun. Aber Sturm ist der Erste, der sich darüber Gedanken machen muss. Er wird nicht weit kommen. So viel ist sicher. Schon jetzt, als er seinen auberginefarbenen Dienst-VW-Passat vor dem Flughafen-Hotel im Erdinger Moos bei München parkt.

Es ist einer dieser typischen Schlafbunker mit einem Parkplatz so groß wie das Bauernnest daneben: cremefarbene Waschbetonfassade, multifunktionale Frühstücks- und Restauranthalle und Tagungsräume, die «Zugspitze» heißen und «Wetterstein», mit Overhead-Projektor und Flipchart. Über dem Marmortresen der Rezeption hängt an Messingkettchen ein furniertes Holzbrettchen: «Quick Check-In/-Out». Sturm kennt das Hotel von einem Seminar des LKA, das er vor zwei Jahren besuchte. Zwei Tage lang ging es um Täterprofile oder so was. Vollpension, Kaffeepause, sonstige Getränke exklusive.

Es ist Mitte Juli. Es ist schwül. Es ist Urlaubszeit. Es ist kurz nach elf Uhr, als Sturm das Hotel betritt und mit der gläsernen Aufzugsgondel in den dritten Stock schwebt. Durch die Deckenlautsprecher tropft irgendein düsterer Radio-Song auf ihn herab. Eine weiche Frauenstimme beginnt gerade «Everything must change» zu singen. Doch dann wird sie von einem dieser US-Rapper überrumpelt. Sturm hat keine Ahnung, weshalb man in Aufzügen Musik hören muss. Keine Ahnung, wieso Fahrstühle so gern transparent gebaut werden. Vielleicht, damit man nicht immer nur an dem Menschen neben einem vorbeischauen musste, sondern auch eine Aussicht bekam auf ein anderes Nichts.

1. 2. 3. Pling. Ein Stöhnen schwillt durch den Flur heran. «Ja, tiefer», röchelt eine Frauenstimme. Vor Zimmer 317 stehen Kollegen von Sturm, daneben drei unbekannte Männer. Es stinkt. Es stinkt widerwärtig nach Parfüm. Irgendwas Billiges, irgendwas für die moderne Frau um die vierzig, die in letzter Verzweiflung, ihrem Mann nochmal etwas beweisen zu wollen, bei Douglas ihre Haushaltskasse ruiniert. «Besorg's mir», stöhnt die Stimme.

Der Hotelmanager steht mit weit aufgerissenen Augen im Türrahmen, walkt seine Hände und sagt: «Wir wollten nicht, dass dieser ...» Er bricht wieder ab. Er ist bleich unter seiner Piz-Buin-Bräune. Das mit Gel gebändigte Haar sieht lächerlich aus. Hotelmanagermode Deutschland 1999. «Dieser Geruch ... Sie wissen schon ... die anderen Gäste sollen so wenig wie möglich mitkriegen ... Wir haben gerade fünfzig Leute von einem BMW-Fahrertraining hier ... Das sind wirklich gute Kunden ... Also ... Wenn die mitkriegen, was hier los ist ...»

Sturm weiß noch nicht genau, was hier los ist. Der Hotelmensch glotzt wieder ängstlich den Flur entlang.

«Und deshalb mussten Sie gleich das ganze Zimmer in einen orientalischen Puff verwandeln, oder was?», murmelt Sturm und taucht ab in den höhlengleich düsteren Raum.

Auf der violett-braun-grün gesprenkelten Überdecke liegt eine nackte Frau oder besser das, was von ihr noch übrig ist. Anfang dreißig, schätzt Sturm. Ihre Handrücken scheinen am Kopfende des Bettes zu kleben. Ihr Körper ist aufgeschnitten. Bilder, schießt es Sturm durch den Kopf, es sind nur Bilder. Bilder.

Er versucht, an den Kosovo zu denken, das ist weiter weg, an eines dieser Schulmassaker, die neuerdings häufiger zu sehen sind in «Explosiv» und «Brisant», oder an irgendeinen Horrorfilm, wo er solche Effekte immer bewundert. Aber das hier ist die Wirklichkeit, eine Wirklichkeit, die er bislang nicht für möglich gehalten hätte.

Sturm hat viele Tote gesehen. Oft waren es Unfälle, manchmal die pure Altersschwäche, oder den Mördern ging es um bloße Auslöschung. Aus Hass. Aus Eifersucht. Aus Habgier. Aus Angst. **Flash**. Die Blitze des Fotografen von der Spurensicherung zerhacken seine Gedanken.

«Mach doch mal einer diese Scheißvorhänge auf», mault er, hört das Surren der Vorhangringe, zuckt kurz unter der überraschenden Helligkeit zusammen und registriert die kleine Doppelzimmerwabe in ihrer plötzlichen Armseligkeit. In Stichworten. Das Übliche.

Rechts ein Kunstdruck an der Wand, dessen Rahmen wahrscheinlich teurer war als das Bild. Irgendwas Buntes, Abstraktes, das seit zehn Jahren die pastosen Zigeunerinnenporträts aus den Kaufhaus-Gemälde-Abteilungen verdrängt hat. Eine Kommode mit integriertem Schreibtisch. Helles Holz. Kristallener Aschenbecher. Kunstlederne Auflage mit bunten Prospekten. Fernseher. Pay-TV. Bilder. Ein vögelndes Paar in falschen, grellen Farben und Stimmen. Die Synchronsprecher grunzen am Original vorbei. Sturm schaltet ab.

«Gott sei Dank.» Von draußen lächelt der Hotelmanager herein. «Es ist nur ... Wir wollten lieber nichts anfassen ...»

Sturm dreht sich zum Flur. Er versucht ein nettes Gesicht, merkt aber, dass es misslingt. Er weiß, wie peinlich das ist, morgens beim Bezahlen eines Zimmers von einer appetitlichen Rezeptionsfee fröhlich gefragt zu werden: «Hatten Sie sonst noch was außer Telefon, Frühstück und ...», dann werden sie immer noch lauter, «...

Video?» Sie könnten auch lauthals ins Foyer schreien: «Wie gefiel Ihnen der Fickfilm?»

Sturm registriert weiter. Ein Bistro-Tischchen. Ein pinkfarbener Sessel. Links das Bett. Zwei Nachttischchen. Schallschutzfenster, die sich nicht öffnen lassen. Klimaanlage. Draußen wummert ein Airbus in den Himmel, randvoll mit Polyesteranzügen und Kunstlederköfferchen und Handys und Geschichten von Beförderungen und Rausschmissen und Seitensprungträumen und Kindergeburtstagserinnerungen.

Sturm und seine Frau haben keine Kinder. Seit vier Jahren versuchen sie es vergeblich, und Sturm kommt sich dabei immer häufiger wie ein Zuchtbulle vor.

«Scheiße», sagt er.

In der Ecke lehnt der Arzt. Er hat den Mund geöffnet, Schweißperlen auf der Stirn, den Blick an der Decke festgesaugt. Eine Viertelstunde vorher schaffte er es gerade noch, das Waschbecken zu erreichen, bevor er kotzen musste. Die Spurensicherung war auf hundertachtzig. Jetzt geht's wieder, auch wenn die Fotoblitze augen- und ohrenbetäubend bleiben.

«Er hat sie ans Bett genagelt», sagt der Arzt. Er will es hinter sich bringen.

Sturm kapiert erst nicht.

«Die Hände», sagt der Arzt.

Christus am Kreuz, denkt Sturm und verbietet sich den Gedanken gleich wieder, weil er so albern nahe liegt. Er folgt dem Blick des Arztes und sieht es erst jetzt. «Öffne dich!» ist auf die Raufasertapete gegenüber dem Bett geschmiert. **Flash.**

«Blut?», fragt Sturm und dreht sich zu dem Arzt um.

«Kann sein», sagt der Arzt, ohne ihn anzublicken. **Flash.**

«Glauben Sie, sie hat das alles noch …»

«Keine Ahnung», fällt ihm der Arzt ins Wort, weil er auf die Frage gewartet hat. Weil er sie nicht hören will. Weil er sie sich selbst schon gestellt hat. Weil er sie hasst. «Kann sein. Kann sein, dass sie es noch gesehen hat. Dass sie das hier alles erlebt hat. Die Augen hat er ihr ja gelassen.» Der Arzt hat sichtlich Mühe fortzufahren: «Ihre Zunge ist herausgeschnitten. Keine Ahnung, was er mit der gemacht hat … Ich muss … die Obduktion … Ich hab so was noch nie … Wahnsinn.» **Flash**.

Der Arzt stößt sich von der Wand ab und geht, ohne die Frau noch einmal anzusehen.

Sturm steht vor dem Doppelbett und schaut in die weit aufgerissenen Augen der Toten. Der halb geöffnete Mund ist blutverschmiert, als sei der Frau ein roter Lippenstift abgerutscht. Ein dunkles Loch. **Flash**. Nach jedem Blitz fiept es, als sauge sich der Apparat wieder mit Energie aus seiner Umgebung voll.

Die verschwitzten brünetten Locken der Toten sind auf der Stirn angetrocknet. Diese Augen. Schöne braune Augen waren das. Aber sie haben allen Glanz verloren. Sie sind matt und leer, auch wenn sich darin Bilder eingebrannt haben. Ganz bestimmt. Auf dem Grund dieser Augen, denkt Sturm. Bilder. Geräusche. Sein Großhirn tobt.

Das Zimmer ist für drei Tage reserviert und vorher bar bezahlt worden von einem «Harald Schmidt». Der Name konnte nur ein Witz sein, denn als Wohnort wurde tatsächlich das Studio der Sat-1-Late-Night-Show in Köln angegeben. Sturm erkennt die Adresse sofort, weil er abends oft fernsieht, wenn seine Frau schon zu Bett gegangen ist, dann meist bei Schmidt hängen bleibt und dort immer diese Anschrift eingeblendet wird für Leute, die Schmidt Post schicken wollen. Manchmal liest Schmidt auch Briefe vor und macht sich darüber lustig. Das ärgert Sturm.

Niemand erinnert sich an den Gast, der am Freitag eincheckte. Kein Wunder, bei dem Rummel hier. Die kleine armenische Putzfrau hat Angst um ihren Job und radebrecht von Nie-offen-gehaben und Immer-Nicht-stören-Schild-an-die-Tür. Also wurde nicht gestört, nicht geputzt, nicht gegrübelt. Das handschriftliche Register des Frühstücksbüffets hat den Bewohner von Zimmer 317 jeden Tag aufgelistet. Einen Bewohner. Auch am Montag früh.

Drei Tage im Sommer 1999. Freitag bis Montag. Wie lange war die Frau hier? Wann begann die Folter? Wann endete sie? Er hat gefrühstückt. Jeden Morgen. Drei Tage. Drei Nächte. 72 Stunden. 4320 Minuten. Menschen sterben selten schnell. In einer einzigen Minute ist Platz für allerlei Ewigkeit.

Von der Toten existiert zunächst nichts als ihr Körper. Kein Personalausweis und kein Pass, keine Kleider und kein Ring mit Gravur, keine Scheckkarte, kein Portemonnaie, kein U-Bahn-Monatsticket und keine Familienfotos. Ihre Geschichte wurde akribisch weggewischt, entsorgt und ausradiert. Sturm könnte zur Tagesordnung übergehen, wenn nicht die Realität dieser Leiche wäre. Sie werden das Gesicht der Frau so zurechtschminken, dass das Foto für die Boulevardzeitungen taugt und übermorgen hunderttausendfach an den Kiosken von München hängt.

«Wer kennt diese Frau?» Es ist ein Mord. Nichts weiter. Bloß keine Details durchsickern lassen. Jetzt. Im Sommerloch. Wo sie aus jedem beschissenen Baggersee-Badeunfall einen Skandal schnitzen.

Sturm muss gelangweilt in die Runde schauen bei der Pressekonferenz vor der immer gleichen Polizeireporterclique, die genau wittert, wenn was faul ist. Gefährlich sind nicht die Alten mit den Säufernasen und den Schmerbäuchen unter den abgeschabten Sakkos, gefährlich sind die jungen Neueinsteiger. Die sind hungrig. So viel weiß Sturm mittlerweile. Er wird nur daneben sitzen, ernst schauen und dem Pressesprecher zunicken. Er hat für solche Auftritte immer die gleiche schwarze Lederkrawatte und dieselbe stoische Hackfresse parat.

Am besten sagt man sofort, dass noch geprüft werde, ob ein Sexualdelikt vorliege. Es wurde zwar nicht der Hauch einer Spermaspur entdeckt. Es wurde überhaupt nichts entdeckt: keine Fingerabdrücke, keine Zigarettenstummel, nichts. Auch keine Tatwaffen, ein Messer vielleicht, ein Hammer oder die Dose des Tränengases, das der Mörder benutzt haben muss. Null. Nur ein paar Fasern und etliche alte Fuß- und Fingernägel, die von Hunderten von Hotelgästen stammen könnten. Aber Sturm weiß, wie sie das in der Pressestelle hindengeln werden.

Sexualdelikt ist immer gut. Sexualdelikt klingt kurzfristig geil und mittelfristig derart langweilig, dass es keinen mehr interessieren wird. Es taugt in den Redaktionen als Verkaufsargument, wird entsprechend aufgeblasen und erreicht dann auch mehr neugierige Leser, denen die Tote vielleicht bekannt vorkommt. Ende der Woche werden Gesicht und Geschichte vergessen sein, weil dann die nächste Schülerin in irgendeinem einsamen S-Bahn-Loch vergewaltigt werden wird. Zimmer 317 ist nichts Besonderes. Es. War. Nur. Ein. Gewaltverbrechen. Von. Vielen. Punkt. Auch wenn die Regionalausgabe München eines großen Boulevardblatts das mit dem «Öffne dich!» an der Wand schreibt. Wer liest das schon? Wer vergisst das nicht gleich wieder?

Auf die Schlagzeilen vom Mittwoch melden sich insgesamt neun Anrufer. Eine Kollegin. Ein Exfreund. Ein Bruder. Zwei Immobilienmakler. Drei Bestattungsunternehmen. Ein Trödelhändler, der sich auf Haushaltsauflösungen spezialisiert hat. Die ersten drei sind sich einig, dass die Tote Gabriele Kohler heißt, dreiunddreißig Jahre alt und Sachbearbeiterin in einer großen Münchner Versicherung ist.

Hieß.

War.

Sie arbeitete mit einunddreißig Kollegen in einem Großraumbüro, dessen graue Schreibtische von spannstoffdrapierten, schlammfarbenen Sperrholzwänden voneinander getrennt sind. Das Großraumbüro ist eines von drei ihrer Abteilung. Die Abteilung ist eine von vier im Referat C. Referat C ist ein Bereich von acht innerhalb der Versicherung. Die Versicherung gehört zu 75 Prozent einem deutschen Mischkonzern, der an Banken, Industrieunternehmen und anderen Versicherungen beteiligt ist. Ihre Kollegen orakelten von einer drohenden Kündigungswelle. Gabi Kohler starb, ohne Genaueres zu wissen. Eine Entlassung war das Letzte, wovor sie sich am Ende fürchtete. Selbst vor dem Tod hatte sie zum Schluss keine Angst mehr.

Auf dem Bildschirmkasten ihres Computers kleben noch zwei Plastikfiguren aus Ferrero-Überraschungseiern: lachende Happy Hippos. An der rechten Seite hängt die Mallorca-Postkarte einer Kollegin: «Liebe Gabi, es ist Wahnsinn hier. Sonne, Sand und Meer. Wir haben heute früh bis 4 Uhr getanzt und sind dann ... na, du weißt schon *grins* Viele liebe Grüße deine Iris».

Iris lebt. Gabi ist tot. Iris tupft sich mit einem umhäkelten Taschentuch über die trockenen Augen, sie kann sich das alles nicht erklären, weiß von keinem Freund, nur lockeren Bekanntschaften in dem Fitnessclub an der Leopoldstraße, mal einer aus dem Rechnungswesen, aber nur ein paar Wochen, und das ist schon ein Jahr her, der Letzte, soweit Iris weiß, und manchmal sei sie mit Gabi abends tanzen gegangen, mal hier, mal dort, früher, mit anderen Kolleginnen, mei, sie sei auf der Suche nach dem Märchenprinzen gewesen, aber ob's den gibt, weiß auch Iris nicht, irgendwann laufe einem natürlich die Zeit davon, trotz aller Enttäuschungen, einer hat sie mal sitzen lassen wegen einer anderen, die Gabi, die Hochzeitsreise nach Las Vegas war schon gebucht, drei Jahre ist das bestimmt schon her, und danach hat sie sich die Haare kürzer geschnitten, moderner, die Gabi, nicht mehr diese endlos langen Locken bis zum Po.

Welche Rolle spielt es, dass auf dem Schreibtisch von Gabi Kohler nebeneinander drei schwarze Plastikschalen mit Aktendeckeln, Briefen und Telefonregistern liegen? Dass in den Schubladen sauber sortierte Kladden von Brandschadensfällen stecken, ein paar Stifte, Heftklammern, Stempel, eine Großpackung Aspirin+C, ganz hinten ein eingeschweißtes Kondom, laut Aufdruck mit Himbeergeschmack? Das könnte aber auch von Kohlers Vorgängerin stammen.

Büromöbel fressen im Laufe der Jahrzehnte die absurdesten Sachen in sich hinein. Neulich fand der Hausmeister bei einem Umzug einen klapprigen Vibrator, dessen Batteriesäure das Plastikgehäuse angefressen hatte. In einer Woche wird er alles in einen Pappkarton geräumt und an Kohlers Mutter geschickt haben. Nicht den Vibrator. Natürlich. Der war in einer anderen Abteilung, aber das Kondom. Kommentarlos. Er kannte Gabi Kohler nicht. An ihr Gesicht kann er sich nicht erinnern. Wenn er sie noch einmal sehen würde. Ja. Vielleicht. Die Frauen kommen und gehen.

Gabi Kohlers Mutter wird das Päckchen in einen der vierzehn Umzugskartons legen, in denen sie alles verpackt, was von ihrer Tochter nach der Auflösung der Zweizimmerwohnung in dem Giesinger Apartmentblock-Neubau übrig geblieben sein wird. Um die Möbel, das Futonbett und das verchromte CD-Türmchen will sich der Hausverwalter kümmern. Er habe da einen Abnehmer an der Hand, einen Trödelhändler, der sich auf Haushaltsauflösungen spezialisiert hat. Die Kaffeemaschine, die Stereoanlage, den tragbaren Fernseher und den Computer wird sie ihren drei Söhnen schenken, wie die Mikrowelle und die drei Lampen.

Die Beerdigung war sehr schön. Sogar der Kommissar war da, der ihr vorher nur gesagt hatte, dass Gabi ermordet worden sei, schnell, ohne Schmerzen, dass man alles tun werde, um den Mörder zu finden, und dass es besser sei, Gabi nicht noch einmal sehen zu wollen. Wirklich. Ein Fotograf wollte am offenen Grab Bilder machen. Der Kommissar bat ihn zu gehen. Ganz ruhig. Er klang traurig. Die Mutter nickte.

Sie wird nur das Beileidseinschreiben des Versicherungsvorstands behalten, das «ohne Unterschrift gültig» ist. Der Brief mit einem Verrechnungsscheck in Höhe von Gabi Kohlers letztem Nettogehalt (1954,47 Mark) «als kleine Geste unserer Anteilnahme» erreicht sie eine Woche nach dem Tod. Der Obduktionsbericht nennt den Montagmorgen als Todeszeitpunkt, aber das wird die Mutter nie erfahren. Für Rückfragen gibt die Versicherung eine Telefonnummer mit -0 am Ende an. Sie ruft nicht an. Warum auch? Es ist alles verpackt. Es ist alles geregelt. Es ist zu Ende.

Am 1. August wird eine andere junge Frau Gabi Kohlers höhenverstellbaren Drehsessel neu justieren. Und sie wird ihren eigenen kleinen Plüschmarienkäfer über den hässlich-klebrigen Fleck auf dem nackten PC pappen.

So was bringt Glück.

2 / Ein Anfang

Heroes (David Bowie)

Karin Hensler trifft ihren Mörder unvorbereitet. Er hat keinen Termin. Er meldet sich nicht an unten im Foyer bei den ostdeutschen Pförtnern, die zehn Jahre nach dem Mauerfall noch immer angestrengt so tun, als seien sie irgendwann bei der Stasi gewesen. Er benutzt keinen der stählernen Aufzugssärge. Er kommt einfach in ihr Büro hier oben in den Schluchten des Commerzbank-Turms in der Frankfurter City, legt ihr Blumen auf die Tastatur ihres Computers und lächelt. Duftende, blutrote Rosen, die keiner ihrer Kollegen sehen kann. Ihr Gast ist unsichtbar, aber sehr charmant, obwohl er sie gleich duzt.

Karin hasst die Duzerei sonst leidenschaftlich. Vor einem Jahr oder so musste sie eine Hamburger Plattenfirma unter die Lupe nehmen, die an die Börse wollte. Jedes Mal, wenn sie in eines der ebenso frisch bezogenen wie bereits zugemüllten Backsteinbüros in einem umgebauten Hafenspeicher kam, grinste ihr ein Typ mit fettigen Locken, schwarzem T-Shirt mit Cannabis-Silhouette oder Abba-Druck und gepierctem Nasenflügel entgegen: «Hi du.» Und jedes Mal musste sich Karin beherrschen, um nicht loszuschnappen: «Pass mal auf, du kleiner Kacker. Wenn du nicht höflicher zu mir bist, dann kannst du deinen Hiwi-Job hier bald knicken.»

Sie wusste, dass sie es nicht sagen musste. Dass sie in solchen Momenten wie ein eiskalter, unerreichbarer Engel lächelte. Und dass die Typen vor ihr sich dann augenblicklich wie ein Haufen Scheiße fühlten. Manchmal genoss sie es. Manchmal hasste sie sich für ihre Unnahbarkeit.

Neulich war Karin mit Oliver beim Abiturstreffen ihres Jahrgangs zu Hause in Wertheim, das ihr mit jedem Jahr weiter entfernt vorkommt, obwohl es keine Autostunde von Frankfurt entfernt liegt. Wertheim ist wie Pinneberg oder Braunschweig oder Zwickau oder Erding. Es ist innerlich zerfressen vom Pizzahut-Benetton-Fielmann-Obi-Schlecker-Ketten-Virus, bewegt sich dabei aber langsamer als die Großstadt. Karin stört sich nicht an den Marken. Sie bewundert sie für ihre – Geborgenheit ausstrahlende – Allgegenwärtigkeit. Aber Wertheim ist Leben in Zeitlupe. Wertheim ist Wachkoma, aufgeschreckt vom seltenen abendlichen Geheul hochgetunter Golf-GTIs, deren Fahrer dann als plastikverpackte Blumensträußchen an irgendeiner Rechtskurve enden. Wertheim war jedes Mal, wenn sie hinkam, ein wenig moderner geworden – und dabei wieder ein Stück weiter in sich zusammengeschrumpelt wie die Freundinnen von Karins Mutter.

Am schlimmsten empfand sie bei dem Klassentreffen natürlich jene, die den Absprung nicht gesucht oder geschafft hatten und einfach hängen geblieben waren in der Überschaubarkeit ihres kleinstädtischen Beziehungsnestes. Aus Mädchen waren Mütter geworden mit sehr dicken Schenkeln, die noch immer am liebsten gemeinsam auf die Toilette gingen und durch die Trennwände kicherten. Träume hatten sich in Bausparverträge verwandelt und Jungs in Väter mit Pfeifentäschchen, knallfarbenen Freizeithemden (Lacoste!) und Goldrandbrillen wie die von Michael. Er war Karins erster Mann und der bislang vorletzte. Gott, wie das klingt. Sie waren beide siebzehn, es ging ein Jahr, und nun redeten sie kein Wort miteinander.

Noch schlimmer waren nur Karins alte Lehrer, die wieder einmal zusehen durften, wie das Leben an ihnen vorbeirauschte, sich einfach weiterentwickelte, während sie morgen früh in die arrogante

Ahnungslosigkeit neuer Pickelgesichter glotzen durften. Manche dieser Lehrer hatten sich in eine Art innere Emigration gerettet, kleine Nischen aus Suhrkamp-Bücherwänden, alten Straßenkämpfergeschichten von Uni-Streiks, Wackersdorf oder Anti-Springer-Demonstrationen, griechischem Bergtee und Schulprojekten der Sorte «Wertheim im Dritten Reich». Karin konterte mit einer cremefarbenen Strickkleidhülle von Ipuri. Das reichte. Auch hier. Vor allem hier.

Eigentlich war es eine nette Jugend gewesen, dachte sie, eine Jugend mit «Hanni und Nanni», ein bisschen Bravo und ein bisschen Sex. Eine Jugend mit Genesis und Barclay James Harvest, Lagerfeuer an der Waldhütte, Blues-Brothers-Soundtrack, «We are the Champions»-Gegröle und Apfelschnaps-Orgien, Open-Air-Konzerten mit Ludwig Hirsch und Georges Moustaki, irgendwann einem «Why?»-Antikriegsposter im Mädchenzimmer (Pferdebilder fand Karin immer schrecklich kitschig) und Filmen wie «Wir Kinder vom Bahnhof Zoo» mit der Musik von David Bowie.

Mittlerweile trägt Bowie Armani-Anzüge und ist mit der Backlist seiner Hits an die Börse gegangen. Er hat Millionen verdient und seine «Heroes» als Werbejingle für eine Microsoft-Kampagne verhökert. Why not? Nachdem Karin den Song in einer Werbepause der «Harald Schmidt Show» hörte, ging sie zu WOM und kaufte sich die CD, nur der treibenden, euphorisch bis verzweifelten Melodie wegen. Der Text war ihr völlig egal. Musik bedeutet für sie Melodie. Melodie schafft Stimmung. Sprache schafft Verwirrung. Dachte sie damals.

Auf der Heimfahrt schob sie die CD in den Player und blies es sich in die Ohren, bevor sie den Zündschlüssel drehte. Sie fährt einen diamantschwarzen Z 3 von BMW. Karin und Oliver verließen das Klassentreffen als Erste, weil ihr ziemlich früh gedämmert hatte, dass sie selbst einen Teil dessen repräsentierte, worüber sie sich gerade lustig gemacht hatte. Oliver verstand das nicht. Komischerweise hatte sie mit ihm nie übers Heiraten geredet, selten übers Kinder*kriegen*, aber oft übers Kinder*haben*. Sie sah in letzter Zeit häufig Kinder. Kinder mit Müttern. Kinder mit Vätern. Kinder mit Omis. Die jungen Eltern wirkten weniger verstört, vereinsamt, verschwitzt und verbittert, als Karin noch ein halbes Jahr vorher zu sehen glaubte.

Sie konnte das erklären. Irgendeine Hormonexplosion. Chemische Prozesse. Biologische Uhr. Sie kannte alle küchenpsychologischen Analysen aus ihren Frauenmagazinen. Aber das nützte nichts. Einmal war sie drauf und dran, morgens die Marvelon-Schachtel einfach liegen zu lassen, um die nächsten Monate zu sehen, was passierte. Die Chancen standen schlecht, dass viel passiert wäre außer einer unregelmäßigen Blutung und einem rötlichen Ausschlag am Hals.

Sex war für Karin meist Pflicht. Und selbst dann verglich sie ihn mit TV-Bildern irgendwelcher nächtlicher Erotik-Movies auf Pro Sieben oder Vox, denen die Realität selten standhielt. Wenn Oliver vorher geraucht hatte. Wenn er zu früh kam oder sie gar nicht. Wenn er dachte, dass sie dachte, dass er dachte, sie hätte Lust. Sie konnte keinen Weichzeichner vor die Augen klappen. Sie hatten auch wirklich selten Zeit. Sie wollten ihr Leben einrichten, bevor sie es lebten.

Oliver & Karin. Liebe ohne gemeinsames Klingelschild. Ein erster wilder Zungenkuss auf der Abiturfete, zitternde Leiber und verschwitzte Umarmungen, seine Bundeswehrzeit, ihr BWL-Studium, sein BWL-Studium, ihr halbes Jahr in Paris und das Trainee-Programm bei Bertelsmann, seine Praktika bei der Hypo-Bank in München und bei SAP in New York. Ihr Bewerbungsparcours bei der Commerzbank. Seiner bei Goldman Sachs. Ihr erstes Kostüm von Cerruti. Sein erster Joop-Anzug. Die vier ereignislosen Kurzurlaube auf Fuerteventura, Kreta, Mallorca und Lanzarote. Wieso hatten sie sich immer für Inseln entschieden? Die beiden kleinen

Apartments im Westend. Die Abende vor dem neuen Sony-Fernseher. Ohne große Höhepunkte.

Karin lachte plötzlich. Oliver brüllte gegen Musik und Fahrtwind an, worüber sie sich amüsiere. «Ach, nichts», schrie Karin zurück. Ihr war gerade der Panasonic eingefallen, der mitten in der Nacht implodiert war und das ganze Wohnzimmer verrußt hatte. Karin musste eine halbe Stunde an diese blöde Versicherungstussi in München hinreden, bis die den Schaden akzeptierte. Sonst nichts. Gar nichts.

Wer war sie? Wofür lebte sie? Warum lebte sie? Was würde von ihr bleiben? Wie lange? Als Personalakte? Als Archivausschnitt? Als Erinnerung in irgendeinem Kopf?

Einmal tauchte Karins Name im *Manager Magazin* auf. Es war eine Geschichte über den «Zukunftsjob Analyst». Der Fotograf hatte sie zwei Stunden lang auf ihrem Schreibtisch positioniert. Karin trug wenig Make-up, einen marineblauen Hosenanzug von Thierry Mugler, eine Seidenbluse von Prada, schwarze Stiefeletten von Dolce & Gabbana und den Tronchetto-Ring in Lapislazuli von Bulgari, den Oliver ihr geschenkt hatte. Der Fotograf sah aus wie ein Müllsack. Der Redakteur auch, allerdings wie ein Müllsack in einem zerknitterten Sakko. Sie war nett zu ihm. Sie spielte ihm freundlich-charmante Nervosität vor. Sie *war* nervös. Er beschrieb Karin dann als «Nachwuchs-Star unter den Commerz-Bankern». Sie kaufte sich an drei Kiosken, die nicht in ihrem Viertel lagen, insgesamt zwanzig Hefte, die nun in der Kellerzelle ihres Apartments liegen. Sie hatte sie in eine Plastiktüte gepackt, damit sie nicht so schnell verstaubten oder vergilbten.

Ein Exemplar brachte sie an einem der immer seltener werdenden Besuche am vorletzten Wochenende ihren Eltern mit. Karins Mutter setzte die Lesebrille ihres Vaters auf, schaute sich das briefmarkengroße Foto an, las den Text, und als sie fertig war, wusste Karin, dass sie nun wieder sagen würde: «Ich versteh immer noch nicht …» Im gleichen Moment sagte ihre Mutter: «… womit du nur dein Geld verdienst …»

Ihr Vater lachte verlegen über das «Wild Rose»-Kaffeeservice von Villeroy & Boch hinweg, das Karin ihnen zur Silberhochzeit geschenkt hatte und das ihre Mutter immer rausholte, wenn sie zu Besuch kam. Die Lieblingstochter. Die andere hatte es in Hamburg nur zur Sekretärin gebracht. Vater sagte: «Nun lass sie doch», hätte aber auch keine Antwort gewusst. Sie saßen auf der Terrasse und schauten auf die blendend weißen Ausflugsdampfer, die sich den Main entlang treiben ließen. Ihre Mutter hatte gedeckten Apfelkuchen gebacken. Die Sonne leuchtete. Die Wachstuchdecke brannte geblümt.

«Analysten schätzen Firmen ein», sagte Karin. «Sie errechnen Zukunft.» Himmel, wie erklärt man, was eine Analystin macht? Wie erklärt ein Consulter seinen Job den eigenen Nachkriegseltern? Oder ein Homepage-Designer? Oder ein Account-Manager? Oder ein Junior-Texter?

Am nächsten Abend saß Karin mit ihren Freunden in einem jener Frankfurter Neonschuppen, wo man die Wahl hat zwischen Rucola-Salat an Putenbruststreifen, Sushi-Rolls oder Falafel, und spielte eines der üblichen «Gimme Five»-Spiele ihrer Clique: «Gibt's hier fünf Leute, die noch jemanden kennen, der wirklich etwas produziert oder schafft?» Es war ihr Abend.

Alle schauten erst sie an, dann ihre Prosecco-Kelche. Der Controller, der bei Procter & Gamble im Bereich Damenbinden und Toilettenpapier arbeitet, lachte unsicher. Er kannte einen Künstler, der irgendwo im Odenwald aus Kuhscheiße und alten Fahrrädern Installationen bastelte, die seinem Konzern neuerdings 50 000 Mark wert waren, weil ein Art Consultant ihn als Kultur-Sponsoring-Objekt und Geldanlage empfohlen hatte. Der Texter von Lowe & Partners blieb bei seinem Vater hängen, der angeblich noch richtig bei Opel in Rüsselsheim Autos zusammenschraubte.

«Wo können wir mal wieder Proll tanken?», fragte Lowe & Partners zum Sorbet. Sie nannten ihre gemeinsamen Wochenendausflüge «Katastrophentourismus». Einmal fuhren sie nach Berlin-Neukölln shoppen, wo man zwischen Sonnenstudios und Spielhallen und Billig-Boutiquen den letzten Schrei der Zuhälter- und Asozialenmode studieren konnte. Die Blondine von Hunzinger PR kaufte sich unter lautem Gekreische einen illuminierten Plastikspringbrunnen. Ein anderes Mal hatten sie das Stützstrumpf-Geschwader einer Kaffeefahrt ins Erzgebirge begleitet und den Einpeitscher damit terrorisiert, dass sie ihn ständig nach den neurologischen Begleiterscheinungen seiner Magnet-Matratzen fragten.

Am aufregendsten war der regelmäßige Besuch des Hamburger-Dom-Jahrmarktes, weil man nirgends besser den Schick dieser kleinen, prallen Vorstadttürkinnen studieren konnte mit ihren Hennes & Mauritz-Tops, Mobilcom-Handys und Deichmann-Brikett-Absätzen. McKinsey war derart betrunken, dass er eines der Mädchen fragte, wie sie das eigentlich alle immer schafften, zwanzig Jahre später wie eine voll bepackte Aldi-Tüte mit Kopftuch durch die Welt zu schlurren. Die Türkin zischte «Arschloch» und schlug ihm ins Gesicht. McKinsey schlug zurück und traf ihr rechtes Auge. Der Freund der Türkin sagte gar nichts, er prügelte gleich drauflos. Der Armani-Anzug war ruiniert, weil die Blutflecke nicht mehr aus dem Revers gingen. Auf der Heimfahrt heulte und schluchzte McKinsey bis Göttingen, dann schlief er ein.

Karin hat ihn nie gefragt, ob er damals wegen seiner eigenen plötzlichen Brutalität oder wegen der Demütigung durch dieses Döner-Gesicht geweint hatte. Na ja, daran erinnerten sie sich jedenfalls gern, während Karins dreißigster Geburtstag langsam in die Nacht versickerte. Ihre Freunde hatten ihr eine Faema-Espresso-Maschine aus ihrem Geburtsjahr 1969 geschenkt. Von ihren Eltern bekam sie einen Montblanc-Füller, den sie schon zweimal als Werbegeschenk zu Hause hatte. Oliver legte ihr einen Umschlag mit LH-Tickets für einen Last-Minute-Wochenend-Kurztrip nach New York auf die Stoffserviette. Das dreigängige Menü für ihre acht Freunde kostete 812 Mark – plus 88 Mark Trinkgeld. Sie demütigte die schmierigen Kellner gern mit hohen Trinkgeldern und fühlte sich doch von ihnen verhöhnt.

Am Samstag darauf standen sie auf dem Empire State Building. Oliver kramte aus seinem Chiemsee-Rucksack einen kleinen Strauß Moosröschen hervor und kniete sich plötzlich vor Karin. Seine Flanellhose wurde feucht, weil es wenige Stunden vorher geregnet hatte. Er hielt ihr die Blumen vor die Brust und sagte: «Ich möchte dich heiraten.» Der Wind riss den Satz in flatternde Fetzen. Karin verstand nur: «Ichöchtichratn.» Und während ihr Kopf die Sprachsplitter noch zusammenklebte, fragte sie sich zugleich, weshalb Oliver nicht wenigstens gefragt hatte: «Willst du meine Frau werden?»

Drei kleine italienische Touristinnen in Kaschmir-Rollis (Burberrys?) verstanden kein Wort, applaudierten aber dennoch. Sicher hatten sie «Schlaflos in Seattle» gesehen mit Meg Ryan und Tom Hanks. Sicher kannten sie auch die Original-Empire-State-Building-Szene aus «Die große Liebe meines Lebens» mit Deborah Kerr und Cary Grant. Das sind eben so Filme, über die man sich überall auf der Welt unterhalten kann, dachte Karin.

Es war entwürdigend, obwohl Oliver alles perfekt vorbereitet hatte: den Wolkenkratzerbesuch, die Rosen, alles. Er hatte sogar eine Flasche Taittinger und zwei langstielige Kelche von Riedel im Rucksack, die er aber nicht mehr herausholen konnte, weil Karins Blick erst leer war und dann von Tränen verschleiert. Sie ging an ihm vorbei zu den Aufzügen. Oliver stand auf, packte die Rosen wieder in den Rucksack, knipste die Klettverschlüsse zusammen und rannte ihr hinterher. Die drei italienischen Touristinnen starrten den beiden ergriffen nach und riefen «Tschüs». Auf Deutsch. Italiener erkennen Deutsche, auch wenn sie keine Mephisto-Wanderschuhe, Adiletten oder Pickelhauben tragen. Keine Ahnung, weshalb, dachte Karin und schob sich in die Schlange vor den Lifttüren. Aber so ist es nun mal.

Wahrscheinlich steht im Marco-Polo-Pocket-Reiseführer, dass hier oben jeden Tag hundertzwanzig Heiratsanträge gemacht werden und dass es nach der Premiere von «Schlaflos in Seattle» sogar dreihundertzehn waren. Karin liebt solche Statistiken, weil sie das Leben überschaubarer machen und ihr die Illusion erlauben, dass alles berechenbar ist. Und sie hasst diese Statistiken, weil sie sich zugleich von ihnen betrogen fühlt. Karin fragt sich manchmal, wer Heiratsanträge auf Wolkenkratzern eigentlich zählt. Und wie? Sie weiß nicht, wie man die misst. Oder die bunt gescheckte Masse der Oktoberfest-Besucher. Oder die Zahl der Sonnenstunden an der Nordküste Kretas. Oder die Milliarden von E-Mails, die jeden Tag weltweit verschickt werden.

Schweigend fuhren sie im Aufzugspulk des Touristentrosses nach unten. Oliver glaubte, er müsse Karin jetzt ein wenig Zeit lassen. Er war stolz auf die Rosen-Idee. Er hatte den ganzen New-York-Trip nur um diesen Kniefall herum geplant. Er war ein Verlierer, der sich noch immer für einen Gewinner hielt. Es fing wieder an zu nieseln. Karin winkte ein Yellow Cab heran, stieg ein und sah aus den Augenwinkeln, wie Oliver auf der anderen Seite die Tür öffnete. Sein Rucksack knallte gegen die Tür. Sie hörte splitterndes Glas und nannte dem schwarzen Taxifahrer das Hotel. Er verstand sie nicht gleich, weil ihr Englisch besser war als seines.

Der erste Satz, den Oliver im Hotelzimmer von Karin hörte, war: «Hi, I'd like to change my reservation to Frankfurt. Is there any flight back to Germany this evening?»

Nachdem sie aufgelegt hatte, riss sie den Zettel mit dem Reservierungscode und dem Girlandengekrakel drum herum von dem dünnen Blöckchen und wartete darauf, dass Oliver fragte: «Was soll das denn jetzt? Hab ich irgendwas falsch gemacht?» Sie kannte ihn seit zwanzig Jahren. Seit elf Jahren verausgabten sie sich als Laiendarsteller eines gut aussehenden Paares am Standort Deutschland. Karin wusste, dass er genau diese Frage stellen würde. Da hörte sie ihn sagen: «Hab ich irgendwas falsch gemacht?»

Während der ganzen dreiundzwanzig Minuten dauernden Taxifahrt hatte sie sich ihre Antwort zurechtgelegt. Sie wollte antworten, wie schöne Frauen in Hollywood-Filmen antworten: kurz, klug, messerscharf. Das war das Mindeste, was sie ihm antun konnte. Und so sagte sie am Ende, betont tonlos: «Nicht du hast etwas falsch gemacht, Oliver, sondern ich.» Und zum ersten Mal, seit sie sich erinnern konnte, nannte sie ihn Oliver, nicht Oli. «Mein Fehler warst du.» Das hätte Cher in «Mondsüchtig» auch nicht charmanter rüberbringen können.

Sie versuchte ein melancholisches Lächeln. Oliver ging ins Bad, und als er nach zehn Minuten wieder herauskam, roch er leicht nach «Cool Water» von Davidoff.

In der LH-Boeing 747 ließ sie sich von der Stewardess einen Cointreau bringen, trank ihn warm und ohne Eis und fühlte sich so großartig wie nie zuvor. Dann trank sie noch einen und fand sich so beschissen wie nie zuvor. Dabei fallen noch niemandem die beiden grauen Haare auf, die sie neulich entdeckt hatte und die sie nicht auszureißen wagt, weil dann angeblich sieben neue nachwachsen.

Vor dem kleinen Fenster war gerade die Sonne untergegangen. Sie schob sich ihre Armani-Sonnenbrille aus dem im Nacken von einem Samtgummi gebändigten blonden Haar auf die Nase. Nicht Emporio Armani, sondern Giorgio Armani, obwohl das auch nicht teurer war. Emporio Armani war die Marke für den schwulen Friseur. Giorgio Armani war archaische Klassik, ewiges Leben. Sie liebte diese goldbraun gesprenkelte Hornbrille und den blassgoldenen Schriftzug auf dem ledernen Etui, das zuschnappte wie eine teure Autotür. Es gab mal diesen Mercedes-Werbespot, in dem ein Mann über irgendeinen staubigen Basar auf seinen Wagen zuging, einstieg und die Tür mit diesem sanft klackenden, fast saugenden Ploppen schloss. Im selben Moment war er zu Hause, weil dieser Wagen Heimat bedeutete. Genauso fühlte sich Karin nun. Die Sonnenbrille filterte den Dreck der Welt heraus. Sie schützte. Und sie schenkte ihr eine Heimat, die sie nicht hatte.

Karin Hensler wollte sich schön fühlen. Nach dem dritten Cointreau fühlte sie sich schöner als eines dieser Models in der Werbung, das am Flughafen in einer Minute ihren Nagellack wechselt. Sie gehörte schon jetzt, mit dreißig Jahren, zu den oberen zehn Prozent der bundesdeutschen Nachwende-Gesellschaft – einkommensmäßig –, auch wenn gerade eine Sechsundzwanzigjährige eingestellt worden war, die nach Studium in Mannheim, Genf und Harvard ... na ja.

Sie war auf dem Gipfel, und wenn alles gut ginge, würde sie dort nun dreißig Jahre hocken. Was sollte sie also tun? Dreißig Jahre lang die Aussicht bewundern? Darauf warten, dass jemand vorbeikäme? Cointreau saufen? Eigentlich mochte sie dieses klebrige Zeug überhaupt nicht. Sie hätte dazu gern Musik gehört aus der Abteilung «Die fünf unterschätztesten Pop-Acts» der Geschichte: Roxette, Orchestral Manœuvres In The Dark, Abba, Pet Shop Boys oder Eurythmics.

Das war gestern. Heute ist Montag. Bald wird Karin sterben. Aber vielleicht ist ihr unbekannter Besucher heute hier das Leben. Ein Leben. Sie reden und reden, stundenlang. Ohne Stimmen. Am Ende will Karin wissen, ob sie ihn wenigstens wieder sehen werde, ihren «bezaubernden Niemand».

Er lächelt und antwortet: «Am schönsten ist es, wenn man etwas findet, was man gar nicht gesucht hat. So wie wir uns.» Dann verschwindet er so lautlos, wie er kam.

Morgen wird er wiederkommen. Sie weiß es. Sie hofft es. Wird er wiederkommen? Karin sieht aus dem Fenster. Ihre Augen schmerzen. Ihre Ohren glühen.

Sie sieht den nahenden Herbst nicht. Sie sieht die große funkelnde Stadt. Die Perlenschnüre der Einfallstraßen. Ihr funkelndes Spinnennetz. Da unten. Nur ihr Spiegelbild in den Scheiben lächelt. Alles ist möglich.

Plötzlich.

3 / Ein Killer

1992 (Blur)

Er sollte sich beschweren. Wirklich wahr. In dem Sonst-wie-viel-Sterne-Luxushotel an der Hamburger Außenalster kostet die Übernachtung 280 Mark aufwärts. Als Gast verfügt man zwar über ein ausladendes Frühstücksbüffet. Der Wildlachs ist ganz hervorragend. Der Kühlerwald wird regelmäßig mit neuen Champagnerflaschen aufgeforstet, und die Orangenmarmelade ist angenehm bitter. Aber die beiden Körbe mit den Drei- und Fünf-Minuten-Eiern sind ein Witz. Ein schlechter. Die angeblichen Drei-Minuten-Eier sind keine Drei-Minuten-Eier. Die angeblichen Fünf-Minuten-Eier sind keine Fünf-Minuten-Eier. Beide Sorten sind einfach nur kalt und hart. Und schlecht. Ekel erregend.

Es ist Montag, 7 Uhr 05. Der Mord an Gabi Kohler ist seit einer Woche Geschichte. Außer drei Geschäftsleuten und einem alternden Beau mit einer sehr schlechten Verona-Feldbusch-Kopie sitzt nur er in dem großen Saal, ganz hinten an der Wand, mit Blick auf den Eingang, die kackbraune Alster und den langsam aus den Vorstadtvierteln heranschwellenden Berufsverkehr, der sich draußen vorbeiquält zu den Boutiquen und Großraumbüros, Kontoren und Kaufhäusern des hanseatischen Fußgängerzonen-und-Einkaufspassagen-Herzens.

«Kaffee oder Tee?»

Er schrickt hoch, sieht in die braunen Augen einer adretten türkischen Servicemaus und sagt nur: «Kaffee, bitte!» Er lächelt kurz.

Die Maus nickt. Ihr rechtes Auge ist blau angeschwollen. Auch das noch. Das gibt's doch gar nicht, denkt er und weiß für die Dauer eines Augenaufschlags nicht, worüber er sich mehr aufregen soll: dass die Kleine in dem Zustand auf die Gäste hier losgelassen wird oder darüber, dass sie so zugerichtet wurde. Die Maus verschwindet.

Bloß keine Anteilnahme über ihr blaues Auge heucheln. Und keine Beschwerde wegen der Eier. Das wäre wirklich zu übermütig, auch wenn er weiß, dass sie ihn nicht im Visier haben können. Noch nicht jetzt. Dennoch: Diese kleine Türkin könnte sich später an das unauffällige Gesicht erinnern, wenn sie die Leiche in Zimmer 254 finden, an dessen Tür das rote «Bitte nicht stören»-Schild hängt. Man würde nach ihren Angaben eine Phantomzeichnung machen lassen, dank deren drei Dutzend unbescholtene Menschen verhaftet, angeschossen oder für den Rest ihres Lebens diskreditiert werden würden. Er lächelt.

Er darf jetzt nicht auffallen. Er darf später niemandem einfallen. Er muss unsichtbar bleiben. Er. Er. Er. Die Unsichtbarkeit ist seine Stärke. Sie ist die kleine Schwester der Anonymität, die ihn schützt.

Er schließt die Augen und sieht einen Film. Nicht so eine deutsche Beziehungskisten-Komödie mit Katja Riemann, Meret Becker oder wie diese verzickten Amateuraktricen alle heißen. Er sieht einen guten, einen großen Film. Er sieht *seinen* Film. Einen, in dem er alle Rollen selbst spielt und jede Nacht das Drehbuch umschreibt, mit professioneller Sicherheit Regie führt, das Licht dirigiert und die Perspektive des Kameraauges. Er ist mal Mann, mal Frau. Er ist mal charmanter Enddreißiger mit eigener Großmetzgerei im Niederbayerischen, mal frühreifes Luder aus dem Norden. Er ist König Lear und Lolita. Er ist, was immer er will. Er. Ist. «Er? Sie? Es? Ich bin *die* Antwort. Ich bin *das* Ende. Ich bin *der* Killer.» Die Rolle sitzt.

Seine Sprache ist sein Köder und seine Waffe. Nichts sonst. Wenn er jagt, mutiert er zu purer Phantasie, blank gescheuerten Gedanken, Wahrheit des Augenblicks. Er schleicht sich in den Kopf seiner Beute. Und bevor die noch selbst weiß, was mit ihr geschieht ...

Es klirrt. Die Maus setzt das Porzellankännchen auf, Kaffee schwappt über und sickert zu einer kleinen, braunen Pfütze auf dem Silbertablett zusammen. Die Maus verzieht die Mundwinkel peinlich berührt.

«Lassen Sie nur. Danke.» Diesmal verbietet er sich ein Lächeln, obwohl es ihm schwer fällt.

Er ist ein netter Mensch. Er funktioniert. Er lässt sich beim Einkaufen immer gerne Handzettel für neue Fitness-Studios, Single-Partys oder Räumungsverkäufe aufdrängen, die er erst zu Hause wegwirft. Er bringt freitags den Müll raus, kauft jedes Jahr hoffnungslos überteuerte Weihnachtskarten zugunsten der Unicef und wäscht regelmäßig sein Auto. Er hat für jeden pockennarbigen Penner auf der Straße eine Mark übrig. Er fährt nie schwarz mit dem Bus zur Arbeit. Er bremst auch für Tiere. Er bezahlt seine GEZ-Fernsehgebühren im Lastschriftverfahren, obwohl er nur noch Harald Schmidt regelmäßig sieht und der sich durch Werbung finanziert. Er selbst finanziert mit seinen Steuern das Bafög von Psychologiestudenten im 23. Semester und den Drittfernseher Bottroper Großfamilien, den Euro-Fighter, die Gleichstellungsbeauftragten kleiner Großstädte und den Currywurst-Kanzler, den er gewählt hat, obwohl er sich keinerlei Gegenleistung von ihm verspricht. Kein Dankeschön. Kein gar nichts. Es ist seine Pflicht als Staatsbürger. Punkt. Das ist okay. Wirklich. Das ist Demokratie.

Um ihn herum scheinen alle ihre Geschichte gefunden zu haben, ihren Stil, ihr Dasein: Die Zehnjährigen wärmen sich sorglos in Hiphop-Hosen, die ihnen in den Kniekehlen schlabbern, und bereiten sich auf die Pubertät vor. Die Zwanzigjährigen sind vollauf damit beschäftigt, nicht mehr an die Schulzeit denken zu müssen, und bereiten sich auf das Leben vor. Die Vierzigjährigen sind gerade in ihr Eigenheim eingezogen und bereiten sich auf die erste

Kur vor. Die Fünfzigjährigen träumen von den guten alten Sechzigern. Die Sechzigjährigen träumen davon, nochmal zwanzig zu sein. Die Siebzigjährigen träumen von gar nichts mehr. Nur die Mittdreißiger sind nicht mehr als eine gigantische, stumme Wucherung an der Alterspyramide, die längst wie eine Latschenkiefer aussieht. Eine schweigende Masse.

Es hat aber auch sein Gutes, 1999 in Deutschland Mitte dreißig zu sein. Er hat keinen Krieg erlebt, sondern musste sich nur die Geschichten darüber anhören. Von seinem Großvater. Von seinem Vater. Von seinen hauptberuflich betroffenen Lehrern. Und von Arte, das auf seiner Fernbedienung den Programmplatz 28 besetzt, hinter Eurosport und TV5. Okay, das mit den Geschichten war auch eine Strafe, aber das würde er nie laut sagen. Er würde überhaupt nichts laut sagen. Er musste in seiner Jugend keine Hakenkreuzfahnen basteln und keine Kohlen klauen. Er musste keine Brotsuppe essen und keine Crevetten-Cocktails. Er musste nicht mehr in Wohngemeinschaften hausen und keine Straßenschlachten besuchen. Er hätte auch wirklich keine Lust darauf gehabt, sich von Wasserwerfern durchnässt vom Bordstein fegen zu lassen. Wirklich nicht.

Für was auch? Dutschke? Abrüstung? Mehr Kindergeld? Weniger Steuern? Scientology? Regenwald? Abtreibungspille? Links?

Oder gegen was? Strauß? Volkszählung? Tierversuche? Atomkraft? Scientology? FCKW? Klonschafe? Rechts?

Er legt sich nicht mal mit den verschnarchten Sie-ham-hier-noch-gefehlt-Schalterbeamten in seiner Postfiliale an. Er stellt sich mit schlafwandlerischer Sicherheit immer ans Ende jener Schlange, in der er am längsten warten muss für ein paar Briefmarken. Er streitet auch nicht mit frigiden Politessen, sondern nimmt kommentarlos deren Strafzettel entgegen und überweist sie gleich am nächsten Tag. Er stellt keine Männer zur Rede, die das Bahnhofsklo verlassen, ohne sich die Hände zu waschen. Er schlägt keine Kinder, die quengelnd auf die Regale der Teletubbies hereinfallen und kreischen: «Ah, oh, Tinky Winky.»

Aber er hasst gern. Er genießt diesen Hass in der gebotenen Ruhe. Er definiert sich über diesen Hass wie andere Leute vielleicht über ihren Beruf oder ihre Familie oder die Höhe ihrer kleinen Nische im vogelverschissenen Felsen, den man gemeinhin Gesellschaft nennt. Gesellschaft! Er suchte sich seine eigene Gesellschaft. Er wählte sich seine Nachbarschaft allein aus. Und sein Hass ist noch wunderbarer geworden, seit er endlich einen Kanal und Kulminationspunkt gefunden hat. Sein Hass passt ihm wie eine zweite Haut. Er hat Angst vor diesem Hass.

Am Abend davor kam er unbemerkt an und stieg zielstrebig in den Aufzug gegenüber der Rezeption. Wer die nötige Sicherheit ausstrahlt, schleicht sich an jedem Pförtner und jedem Empfangschef vorbei – auch mit einem alten Seesack in den Händen. Er hatte sein Opfer vorher dazu gebracht, sich unter falschem Namen anzumelden und eine bestimmte Zimmernummer zu verlangen. Sein Opfer, das so wenig erkannt werden wollte wie er selbst, hatte «Andreas Türck» vorgeschlagen. Nach dem schmierlappigen Nachmittagstalker auf Pro Sieben, den er auch gerne hasst. Nicht, weil Türck jeden Mittag in seiner Show den Urschlamm des Lebens präsentiert. Sondern weil er es mit einem Grinsen tut, als verachte er dafür nicht sich, sondern seine Gäste wie Zuschauer und damit all jene, denen er sich selbst verdankt.

Gegen 21 Uhr klopfte er energisch an die Doppeltür. Er hörte, wie sich die innere Tür leise öffnete, und riss im selben Moment mit der Linken die äußere auf. Mit der Rechten hielt er das Tränengas, das er dem Mann sofort ins Gesicht sprühte. Dann stieß er ihn mit der Linken in das Zimmer zurück. Dann zog er den Seesack nach drinnen. Dann schloss er erst die äußere Tür schnell. Dann schloss er die innere langsam. Dann war Stille.

Er durfte nicht lange fackeln. Es musste schnell gehen. Der

Mann würde schon an der Tür überrascht zurückweichen, weil er eine junge Frau erwartet hatte, ein gefahrloses Abenteuer, ein Bild, einen Traum. Hier aber war Endstation für jede Art von Traum.

«Willkommen in der Realität», sagte der Killer, zog ächzend den gekrümmten Körper hoch, schleppte ihn schnaufend durch das Zimmer, wuchtete ihn aufs Bett, riss ihm die Arme auf den Rücken und band sie mit einem breiten, braunen Klebeband zusammen. Nochmal Tränengas ins Gesicht, damit der Typ gar nicht erst auf die Idee kam, hier herumzuschreien. Dann schloss er die Vorhänge und stopfte dem Mann die weichen Kissen unter den Hinterkopf, damit der sehen konnte, wie er die dünnen Gummihandschuhe anzog und aus dem Seesack das Werkzeug der kommenden Nacht auspackte.

Ein Stück nach dem anderen. Langsam kam der Mann zu sich, sah, registrierte, verstand nichts. Die Geflügelschere. Das Skalpell. Der Killer griff nur mit einer Hand in den Sack, seine andere hielt eine Leine, die an einem Stacheldrahtkranz endete, den er dem Mann um den Hals gelegt hatte. Das Obstmesser. Die Stricknadeln. Er liebte die Stricknadeln. In jedem anderen Zusammenhang hätten sie wunderbar harmlos ausgesehen. In jedem. Hier schufen sie Bilder von grenzenloser Tiefenschärfe, monströse Schlachtengemälde, unglaubliche Illusionen des Grauens. Und nur darum ging es.

«Ein Schrei, und ich ziehe so fest, dass es Ihr letzter war.» Der Killer siezte sein Opfer. Er hatte dieses Arschloch lange genug geduzt. Er wusste alles über ihn.

Der Mann hieß Claus Kollwitz, war dreiunddreißig Jahre alt, seit fünf Jahren verheiratet mit einem Ex-Model und hatte ein Kind – die einjährige Luna. Der Killer musste sich nicht sonderlich anstrengen, auch Leute zu hassen, die ihre Kinder Luna nennen. Solche Eltern kaufen Kindertapeten bei Laura Ashley, sehr teures Holzspielzeug und mit jedem Liter Milch vom Bauern draußen in der Lüneburger Heide die Gewissheit, ihren Nachwuchs biologisch zu ernähren. Aber sie zwinkern dazu, als wüssten sie um ihr eigenes Klischee. Kollwitz war Creative Director einer dieser jungen, wilden Werbeagenturen, die rote Lampen in ihre Bürofenster stellen wie ein Puff und sich neue schrille Identitäten ausdenken für Consors oder Mobilcom oder Sat 1. Vielleicht war er eine Spur zu prominent. Der Killer hatte bereits vorher so seine Zweifel. Aber es galt, ein Zeichen zu setzen. Endlich ein Zeichen.

Kollwitz kam nur langsam wieder zu sich, blickte noch ein paar Minuten durch gerötete Augenschlitze, bevor er vorsichtig begann: «Wer sind Sie? Was soll das hier alles?»

Der Killer lächelte. «Sie wissen doch alles, was Sie über mich wissen mussten, um sich mit mir zu verabreden: Ich heiße Julia, bin siebzehn, Gymnasiastin aus Harburg, blond, habe grüne Augen, bin 1,73 groß, trage Kleidergröße 36 und stehe auf Analsex.»

«Das waren Sie?», schrie Kollwitz. Er war außer sich, kapierte aber noch immer nichts. Was war das hier? «Versteckte Kamera»?

Sein Gegenüber ließ ihn reden: «O Gott, das ist doch, ich meine, wir sind doch erwachsene Menschen, das lässt sich doch regeln, ich habe Ihnen doch gar nichts tun wollen, meine Frau, mein Kind, es war doch nur ein Spaß, lassen Sie uns darüber reden, ich kann Ihnen Geld geben, lassen Sie mir ein paar Tage Zeit, wie oft hatten wir es – dreimal? Ja, dreimal – und ich habe es nicht gemerkt, das glaub ich alles nicht, was wollen Sie jetzt von mir, o Mann, ist das peinlich, oder ist Julia Ihre Tochter, Scheiße, und ich dachte wirklich …»

«Meine Tochter? Sehe ich schon so alt aus? Danke! Ja, Sie dachten wirklich – aber nur mit dem Schwanz.» Der Killer lächelte erneut. «In einem Chat zählt nichts als die Sprache, Herr Kollwitz. Sie gaukelt uns Welten vor, die es nicht gibt. Wir haben miteinander geredet. Wir schrieben uns verschwiemelte Schwüre. Ich war von Anfang an Julia. Es gab nie eine andere. Sie hielten mich für ein frühreifes Mädchen und verabredeten sich mit mir. Chatten im Internet ist was Tolles, nicht?» Der Killer setzte sich auf die Bettkante: «Man lernt Leute kennen, die man sonst nie getroffen hätte. Man verabredet sich an virtuellen Stränden zum Rendezvous. Alle sind gleich – gleich beim Du. Es scheint keine Hierarchien zu geben, Äußerlichkeiten zählen nicht. Nur die Phantasie zählt, die Sprache. Die Anonymität schillernder Decknamen schützt einen, nur nicht vor sich selbst. Sie sind ein begabter Texter. Aber wie kann man sich ‹Morgenlatte› nennen? Da muss man ja nun wirklich erst mal drauf kommen. Ich meine, das geht doch wirklich zu weit. Finden Sie nicht? Auch in einem Chat, Smartie!»

Smartie! So hatte «Julia» ihn immer genannt bei den drei Treffen, zweimal davon hatten sie das, was man Cybersex nennt. Kollwitz war bei playground.de auf sie gestoßen, einem von zwölf Online-Chats der Hamburger Verlagsgruppe Milchstraße. Manchmal saß Kollwitz in seinem Büro und surfte da eben so rum, plauderte ein wenig mit wildfremden Menschen und … Himmel, es konnte verdammt nochmal prickelnd sein, mit einer fremden Frau dort erotische Phantasien auszutauschen. Es kostete nichts (die paar Mark Telefongebühren fielen nun wirklich nicht auf in der Agentur), war ungefährlich und konnte berauschen.

Der Killer nickte. «Sie müssen wissen: Ich hasse Siebzehnjährige. Sie kennen das Leben noch gar nicht und provozieren uns dennoch tagtäglich mit ihrer ahnungslosen Schönheit. Aber was ich wirklich noch mehr hasse, sind Typen, die diesen Siebzehnjährigen ihre Ahnungslosigkeit aus dem Babyspeck ficken wollen.» Er presste kurz die Lippen zusammen. «Wie lange chatten Sie schon?»

«Drei Monate, vier vielleicht. Aber nicht jeden Tag.»

«‹Wir haben die Sprache, um stumm zu werden. Wer schweigt, ist nicht dumm. Wer schweigt, hat nicht einmal eine Ahnung, wer er nicht ist.› Wissen Sie, von wem das ist?»

Kollwitz schwieg.

«Wir werden ein Spiel spielen. Und wenn Sie gewinnen, kommen Sie hier wieder raus, ohne einen einzigen Tropfen Blut zu verlieren.» Der Killer hielt die Leine mit dem Stacheldraht fest in der Rechten und genoss den Ruck, der durch den Körper von Kollwitz ging. Er spürte seine plötzliche Anspannung, die noch ungebrochene Kraft der Hoffnung. «Die Regeln sind ganz einfach: Ich werde Ihnen fünf Fragen stellen. Sie müssen sie lediglich so beantworten, dass ich damit zufrieden sein kann.»

«Sie meinen, ich soll antworten, wie Sie antworten würden?», fragte Kollwitz, ohne den Mund richtig zu öffnen. Der Stacheldraht scheuerte an seinem Kinn und drückte sich in seinen Nacken. Er hatte jetzt Angst. Echte Angst. Nicht diese lächerliche Angst um einen Großkunden oder seine Bandscheibe, die er sich im vergangenen Jahr operieren ließ, als er dachte, er käme vielleicht nur mit dem Rollstuhl aus dem Krankenhaus wieder raus. Das hier war eine andere, neue Art von Angst. Er spürte sie in sich emporkriechen. «Oder soll ich sagen, was ich ...»

«Die Spielregeln werden nicht wiederholt, Arschloch», schnitt ihm der Killer das Wort ab, um dann milde hinzuzufügen: «Aber wenn es Sie tröstet: Eine richtige Antwort kann alle anderen Fragen erledigen. Sind Sie einverstanden?», fragte er, während er Kollwitz die Schuhe und Strümpfe von den Füßen zog.

«Ja, ja», platzte es aus Kollwitz heraus, doch als er das Lächeln seines Gegenübers sah, ahnte er, dass er die erste Chance bereits vertan hatte.

«Öööönk», näselte der Killer, als sei er die Verlierertröte bei einem dieser Vorabend-Ratespiele, bei denen man auf das Stichwort «Eiffelturm» einen roten Knopf malträtieren und schreien muss: «Wie heißt das Wahrzeichen von Paris?»

Der Killer stieß sich vom Bett hoch und holte die Schere. «Das war leider nicht so gut», sagte er, kam wieder zurück und setzte sich mit der Schere in der Linken zurück auf die Kante.

Kollwitz' Atem ging stoßweise. Schweißperlen schoben sich über seine Augenbrauen und tropften auf farblose Wangen.

«Wirklich schade. Die Joker-Chance schon vertan. Beim nächsten Mal sollten Sie genauer nachdenken. Ein paar Minuten Zeit zum Überlegen haben Sie durchaus.»

«Bitte, tun Sie mir nicht weh!», wimmerte Kollwitz plötzlich wie ein Kind. «Bitte!»

Er sah, wie die Spitze der Schere langsam in seine Hose glitt und den Stoff zerschnitt. Das schnappende Geräusch rauschte in seinen Ohren. Grchhk. Grchhk. Die Hose. Die Jacke. Das Oberhemd. Das T-Shirt. Die Unterhose. Der Killer zog die Lappen beiseite und warf einen nach dem anderen in den Seesack. Er ließ sich Zeit, ihn auf die Seite zu drehen, um die Ärmel aufschneiden zu können. Am Ende band er die Knöchel von Kollwitz' nackten Füßen mit Klebeband aneinander. «Zweite Frage», sagte der Killer.

Kollwitz rebellierte zu spät. Er versuchte, sich nach links aus dem Bett zu werfen, auf die Beine zu kommen. Irgendwie. Sofort spürte er Stiche am Hals, am Kehlkopf, im Nacken, fühlte warmes Blut und erstarrte.

«Mit wie vielen Frauen hatten Sie Cybersex?»

Kollwitz ließ sich vorsichtig auf die Kissen zurücksinken und starrte zur Zimmerdecke. War das eine Fangfrage? Wusste sein Gegenüber noch mehr über ihn, als er ahnte? Hatte man ihn monatelang kontrolliert? Wer? Warum das alles? Kollwitz zählte. Spielte ja auch keine Rolle. Sein Gegenüber wusste ohnehin schon mehr über ihn als seine eigene Frau. Also bitte. Da war die Arzthelferin aus Heidelberg. Und die Sekretärin vom ZDF aus Mainz. Und die Unternehmensberaterin aus Trier. «Wenn ich Sie mit einrechne», probte er eine Antwort, «dann waren es ... vier.»

«Na also», hörte er endlich. «Geht doch. Es wäre aber auch nicht so schlimm gewesen. Ich hätte Ihnen lediglich die Bauchdecke aufgeschnitten, ohne innere Organe zu verletzen.»

Kollwitz schwitzte. Das hier war nicht wahr. Es war zu irre. Das konnte es gar nicht geben.

Der Killer strich mit dem kühlen Skalpell über seinen feuchten Nabel. Er stand wieder auf, ging an den Tisch, holte irgendetwas, was Kollwitz nicht sehen konnte.

Zeit gewinnen. Vertrauen aufbauen. Gespräch suchen. Er rief ihm in den Rücken: «Sie wissen doch, wie das ist: Sie geben einem gleich ihre E-Mail-Adressen und Handy-Nummern und so, wenn man nur ein wenig seinen Charme spielen lässt. Sie wissen doch, wovon ich rede, oder? Sie chatten doch auch nicht erst seit gestern.»

Der Killer drehte sich mit einem Ruck um und sah zu Kollwitz herunter. «Nur bei mir waren Sie nicht so vorsichtig», grinste er und setzte sich wieder.

«Sie waren ja auch die Beste von allen», versuchte Kollwitz einen Gag und verfluchte sich gleich darauf für so viel vorwitzige Frechheit, denn da kam bereits die dritte Frage angeschossen:

«Ist Cybersex schon Untreue?»

Kollwitz öffnete den Mund, schloss ihn wieder. Achtung, schrie sein Verstand. Nichts Unüberlegtes sagen. Nicht jetzt. Was will dieses Monster? Was glaubt es? War es Moralist? Katholik? Zeuge Jehovas? Was möchte es hören? Was erwartet es? Was ist richtig? Was ist falsch? Was tut weh? Was rettet? Ist Cybersex schon Untreue?

Nein, weil niemand wirklich dabei betrogen wird weil es doch nur ein harmloses Spiel mit dem Feuer ist und keiner darunter leiden muss im Gegenteil die Chat-Phantasien doch die eigene Beziehung bereichern können wenn man ein bisschen sprachliches Talent mitbringt und nicht gleich ein Blind Date sucht das für ihn bislang sowieso nicht infrage kam?

Der Killer hatte den Fernseher eingeschaltet. Irgendeinen Musikkanal. Viva? MTV. Britpop. Unplugged? Konzentrier dich!

Oder doch: Ja, weil Untreue im Kopf beginnt, weil sie sich in die eigenen Gedanken schleicht in die eigene Sprache die dann Gefühle erzeugt Stimmungen Welten Wünsche nach einem realen Treffen mit der längst bekannten Unbekannten?

«Öööönk», schnarrte es plötzlich durch den Raum. «Leider zu lange überlegt», sagte der Killer, schaute auf seine Armbanduhr, schürzte enttäuscht die Lippen und schüttelte den Kopf: «Das waren jetzt fünf Minuten. Da wären Sie beim ‹Glücksrad› längst rausgeflogen.»

Kollwitz sah etwas Funkelndes zwischen seine nackten Beine fahren, versuchte noch, sich wegzudrehen, hörte schon das Knartschen der Geflügelschere, schrie auf, riss im Reflex die zusammengebundenen Beine hoch.

Zu spät. Eine Hand. Lichter. Berstendes Glas. Kreischen. Hämmern. Im Kopf. Alles. Weg. Dunkelheit.

Wie lange war er bewusstlos? Wo war er? Wann würde er aus alldem erwachen?

«Man stirbt davon nicht», brodelte es an seine Trommelfelle. «Nicht zwangsläufig.»

Sein Hirn warf Brandblasen.

«Aber man blutet natürlich wie ein Schwein. Haben Sie das jemals gesehen, Herr Kollwitz? Waren Sie mal Zeuge einer Hausschlachtung? Vom ängstlichen Quieken der Sau auf dem Hof bis zu dem Zeitpunkt, wenn aus dem Tier eine Ware wird, eine zu verarbeitende Fleischmasse? Keine Angst, das ist noch nicht die vierte Frage.»

Schemen, eine Hand, sein Schwanz.

«Ganz schön klein, finden Sie nicht?»

An die gegenüberliegende Wand war «Öffne dich» geschmiert. Er verstand es nicht. Er sah nur Buchstaben, die keinen Sinn ergaben. Nichts ergab mehr Sinn. Es war, als laufe er langsam aus. Als sickere das Leben aus ihm heraus. Irgendwo unten. Zwischen den Beinen.

«Vierte Frage: Wie viel ist zwei mal zwei?»

«Was?»

«Öööönk!»

Er sah das Gesicht seines Killers. Schneidend schöne Augen. Jetzt. Eine Hand. Schere. Zähne zusammenpressen. «Nicht. Bitte nicht!» Dann sah er die Dose mit dem Tränengas. Dann sah er den staubfeinen Sprühnebel. Dann spürte er den stechenden Schmerz in den Augen. Dann war wieder tobende Stille.

Rollende Ruhe.

Wogendes Licht.

Glühende Schatten.

Der Schmerz riss Kollwitz noch einmal ins Bewusstsein zurück. Irgendetwas Warmes lief ihm den Rachen hinunter. Er versuchte zu schlucken, zu schmecken. Die Zunge. Die Zunge? Die Zunge! Er verkrampfte.

«Das ist natürlich ein Handicap», hörte er von irgendwoher, «wenn Sie die fünfte Frage beantworten wollen: Gibt es ein Leben nach dem Tod?»

Irgendetwas Weiches, Schlaffes wurde ihm in den Mund geschoben.

«Wer mit dem Schwanz denkt, sollte versuchen, mit ihm zu sprechen.»

Kollwitz leistete keinen Widerstand mehr. Er hatte sich aufgegeben. Er war am Ende. Er war gebrochen. Nein: zersplittert in tausend Scherben. Er wollte sich nicht mehr bewegen. Er wollte nicht mehr antworten. Er wollte nur noch hinter sich bringen, was nun unausweichlich war, die Rettung, das Finale. Sein Kind. Er hörte Luna lachend durch den Park rennen. Dröhnend grüne Wiesen. Es regnete Blut vom wolkenlosen Himmel. Er weinte tränenlos.

Kurz vor 7 Uhr schloss der Killer mit einem Taschentuch auf dem Handteller leise die Tür hinter sich, an der seit siebzehn Stunden das «Bitte nicht stören»-Schild hing, und ging über die schweren Teppiche hinunter zum Frühstückssalon. Er hatte Hunger.

Die weichen Teppiche schlucken alle Erinnerungen. Er hört nur das sanfte Klingeln seines silbernen Brotmessers. Er legt die Serviette beiseite, geht zum Büffet, holt sich aus den kupferfarbenen Wannen noch einen Löffel voll goldgelbem Rührei und geht wieder an seinen Platz zurück. Verona Feldbusch sieht kurz zu ihm herüber. Vielleicht ist sie es wirklich. Dann hätte er gern ein Autogramm. Er bewundert Verona Feldbusch für ihre Geschäftstüchtigkeit und ihr Selbstvermarktungstalent. Sie kann nichts, doch das immerhin perfekt. Er darf sie nicht fragen. Völlig unmöglich. Also senkt er den Blick schnell auf seine viel zu gelben Rühreier. Das schwere silberne Messer.

Der Kaffee ist kalt.

Er kaut. Es schmeckt fast so entsetzlich wie die angeblichen Drei-Minuten-Eier. Er würde jetzt gern zu der türkischen Serviermaus sagen, dass ihn dieses Essen sprachlos mache. Er sollte sich wirklich beschweren.

4 / Ein Reporter

Champagne Supernova (Oasis)

Er würde gerne ein Buch schreiben. Alle Journalisten, die Marc kennt, wollen irgendwann ein Buch schreiben. Nicht so ein fettleibiges Betroffenheitsgeträller wie Ulrich Wickert, der sein Vater sein könnte. Auch keine Reiseberichte wie Sabine Christiansen, die schon dem Schutzumschlag nur ein Gesicht aufdrückte: ihr eigenes. Sondern einen richtigen Roman. Atemlose Spannung. Marc hat keine Ahnung, worüber. Welches Thema brächte ihn auf die Bestsellerlisten? Welcher Stil? Sex sells, das mag so abgeschmackt sein wie richtig. Also müsste eine grandiose Fickszene rein. Irgendwo in der Mitte. Nein, nicht Fickszene, sondern Liebesnacht. Man durfte die Leserinnen nie aus den Augen verlieren, wenn man in dieser Branche erfolgreich sein wollte. Und er wollte erfolgreich sein. Er wollte später nicht in muffigen VHS-Räumen vor einem Dutzend Deutschlehrern aus seinem Werk vorlesen, sondern in ausverkauften Mehrzweckhallen. Wenigstens.

Aber was würde er lesen? Was müsste er schreiben? Wie viele Bücher musste man gelesen haben, um ein neues zu schreiben? Wie viele durfte man auf keinen Fall gelesen haben? Bislang stand nur die Verpackung fest. Die «Verkaufe». Marc ist ein guter Verkäufer. Vorneweg müssten zwei Zitate stehen, ein seriöses und eines aus seiner Welt: also so eine Mischung aus Baudrillard und Dieter Bohlen. Philosophie trifft Proll. Auf so was stehen die Kulturverweser. Vorher vielleicht Appetithäppchen ins Internet stellen. Er hat keine Ahnung vom Internet. Aber online ist en vogue. Der Verlag mit den höchsten Prozenten und dem besten Image bekäme den Zuschlag und müsste das Werk zumindest als Paperback für – sagen wir: 24 Mark? – in die Buchhandlungen bringen. Ach ja, und er würde Musik einbauen, um später einen Soundtrack zum Buch herausbringen zu können (nicht zu hinterhofmäßig, eher was Populäres wie Oasis), der weitere Prozente brächte, wenn auch weniger, weil bei solchen Geschäften alle die Hand aufhalten: Musiker, Anwälte, Plattenfirmen, Musikverlage, Vermittler und sein eigener Verlag. Marc kennt sich da aus.

Nach den ersten 10 000 verkauften Exemplaren würde er auf Interview-Wünsche und Talkshow-Einladungen von Alfred Biolek, Roger Willemsen oder Reinhold Beckmann warten, um sie ablehnen zu können, bevor er anfinge, über sein zweites Buch zu verhandeln und für eine in Deutschland bis dahin unerreichte Garantiesumme einen Vertrag zu unterschreiben der ihn lediglich darauf festlegte sein nächstes Buch in diesem einen Verlag zu publizieren wenn er dieses Buch überhaupt je schreiben würde während zugleich der Poker begänne um die Filmrechte die er hämisch begleitete weil er das Buch so angelegt hat dass alle es für unverfilmbar halten bevor dann doch Bernd Eichinger den Zuschlag erhält und mit Sönke Wortmann einen Riesenflop hinlegt den er natürlich vorausgesehen hat was wiederum für neue Schlagzeilen und Umsatzsteigerungen hörst du mir überhaupt zu hallo hallo «HALLO!»

Marc Pohl schrickt hoch.

«Hallo!», ruft es nochmal. Die Ressort-Sekretärin Annie steht vor ihm und lächelt. Sie hält den kleinen Finger und den Daumen weit gespreizt an Kinn und Ohr, als telefoniere sie. Annie lässt sich «Ännie» ansprechen, das klingt englischer als ihr richtiger Vorname «Anna». Markus nennt sich auch erst Marc, seit er als Gesellschaftskolumnist arbeitet. Trüffelschwein. Klatschreporter. Marc mit c.

«Der Chef will dich sprechen.»

«Was will er?»

«Hat er nicht gesagt!»

«Scheiße.»

«Persönlich!»

Marc sieht auf die Uhr am oberen rechten Rand seines leeren PC-Bildschirms. 12 : 06 : 06. 12 : 06 : 07. 12 : 06 : 08. Er schluckt schnell eine Prozac. Dann steht er langsam auf, um vor Annie nicht allzu hysterisch auszusehen, und wirft sich sein blaues Sakko mit den Goldknöpfen über.

In seinem Alter und mit seiner Karriere war der Ofen aus, bevor er richtig glühte. An irgendeiner Stelle war Marc vielleicht falsch abgebogen in seinem Leben, und danach war es eben zu spät, nochmal zurückzulaufen. Wahrscheinlich hätte er das Studium nicht sausen lassen sollen, nur um als Polizeireporter zur *Dresdner Morgenpost* zu gehen. Aber damals stand an dem Wegweiser nach Dunkeldeutschland in Leuchtschrift «Komm zu uns, hier erlebst du was», und drunter hing ein Beutel mit etlichen nagelneuen Tausend-Mark-Scheinen.

Drei Jahre lang wühlte er in den klaffenden Wunden der alten Dädärää. Und wenn er in diesem völlig versifften Ex-Untermenschen-Staat da drüben eines gelernt hatte, dann, dass er Menschen aussaugen konnte, während die sich zugleich geborgen fühlten bei ihm. Irgendwann floh er zur BZ nach Berlin, auch nicht gerade die Speerspitze des intellektuellen Widerstandes, aber immerhin die Chance, aus dem Polizei-, Puff- und Pennermilieu in die gediegeneren Gesellschaftskolumnen vorzustoßen. Freikarten und VIP-Ausweise betäubten hinreichend, bevor er mit der Stadt auch die Society-Klasse wechselte. Hamburg war Zentrale. Hamburg war Macht mit zehn Millionen Lesern im Rücken. Hamburg ist Bundesliga. Jeden Abend und jedes Wochenende hängt er nun bei einer anderen Filmpremiere oder Fernsehpreis-Verleihung, Cocktailparty, Vernissage oder Medientreff-Gala herum und klaubt die Brosamen ein, die sie ihm hinwerfen: den Studio-Tratsch, die Friseur-Gerüchte, verweinte Taschentücher und gezielte Versprecher über positive Schwangerschaftstests. Er wartet und wartet dass irgendeiner sagt Sie sind gleich dran Herr Pohl kleinen Moment noch der Kanzler ist dran der Kanzler? «Schröder selbst?»

«Ja, Schröder. Gerhard. Bun-des-re-pu-blik Deutsch-land»,

buchstabiert die Vorzimmerfregatte, die schon fünf Chefredakteure hier rein- und rausfliegen sah und auch diesen überleben will. Sie hat keine Lippen mehr, sondern einen Schnabel. Sie lässt Marc stehen und verwaltet weiter ihre geliehene Macht. Am Display ihrer Telefonanlage mit den vielen Speicherplätzen glühen rote Lämpchen, eines blinkt.

Marc hätte jetzt gern gesagt, dass sie sich diesen Kanzler in den Arsch schieben könne, weil der auch nur ein Stück Showbusiness ist. Der Kanzler. Nicht ihr Arsch. Aber Tippsen wie diese hier muss man pflegen. Sie hören immer zuerst, wer auf der aktuellen Abschussliste steht. «Ich frage mich, wer hier wen mehr schmückt», lügt er. «Dieses Kleid Sie – oder Sie das Kleid?»

Der Drache lächelt, bevor endlich die Tür aufgeht und Barthelmy herausstürmt, seinen Reporter packt und mit in sein Büro zieht. Barthelmy ist einer dieser alten, stiernackigen Zuchtbullen von der Bordsteinkante des Boulevardgeschäfts, die noch immer glauben, dass man Türen auftreten sollte, statt umständlich nach dem Klingelknopf zu suchen. Marc hasst ihn. Marc liebt ihn.

«Sagt Ihnen der Name Kollwitz irgendwas?»

«Der Werber?»

«Der Werber. Kollwitz ist tot. Er wurde in einem Zimmer des Atlantic gefunden. Gestern Morgen. Kein schöner Anblick. Aber irgendwie müssen wir das ja verkaufen.»

Marc ahnt, worauf Barthelmy hinauswill. «Verona war zur selben Zeit … Wir könnten …» Er möchte seinen Chef den Satz so zu Ende denken lassen, als sei er selbst auf die Idee gekommen.

Barthelmy grient verträumt. Er liebt den Jungen wie seinen nie gezeugten Sohn. Pohl kann Leute knacken. Er stellt die richtigen Fragen. Er weiß, worauf es ankommt. Er brennt noch immer, auch wenn er sich heute Marc statt Markus nennt und schlecht sitzende, geckenhafte Sakkos trägt. Er ist mit seinem Job verheiratet statt mit irgendeiner anstrengenden Jugendliebe. Barthelmy ahnt, dass diese Liebe zum Job momentan nicht erwidert wird, auch wenn er mit ihm nie darüber sprechen würde. Andere hätte er längst rausgeschmissen bei dem Output. Wortlos. Oder mit Gebrüll. Je nach Höhe ihres monatlichen Schecks. Aber nicht Pohl. Der braucht nur einen großen Stoff, an dem er sich wieder aufrichten kann.

«Verona und der tote Werbe-Star …», fängt er an zu dichten, pafft schmatzend und hofft, dass sein Gegenüber die Fortsetzung strickt.

Marc kennt das Spiel und sagt: «Was weiß Deutschlands Schönste?»

Barthelmy lächelt. Der Junge kann es noch. Er könnte Chefredakteur werden, aber er will es momentan zu wenig. «Ja, das wäre eine Möglichkeit. Eine andere wäre: ‹Eine Nacht, ein Mord, zwei Macher›. Wie finden Sie das? Oder ‹Mord im Weißen Haus›.»

«Zu verschwiemelt», sagt Marc kühl. «Beides.»

Barthelmy nickt. Die Vorschläge kamen von seinem neuen Stellvertreter, der ihm vom Vorstand aufs Auge gedrückt worden war. Als Aufpasser. Ha! Er könnte den Jungen umarmen. Jetzt. Und er könnte ihn rausschmeißen. Morgen. Oder noch besser: Er könnte seinem Stellvertreter stecken, was der kleine Pohl von seinen Schlagzeilen hält. Dann flöge der Junge eben übermorgen, und Barthelmy müsste sich danach nicht mal die Hände waschen.

Marc steht unschlüssig im Raum herum. Hinter Barthelmy öffnet sich der Blick Richtung Hafen. Er würde sich nie von allein setzen. Barthelmy weiß das. Marc weiß, dass Barthelmy es weiß.

«Die Frau von Kollwitz war doch irgendwann mal eines dieser kleinen Seifenopern-Schönchen, oder?»

«Sarah Kowalski. Künstlername: Sabrina Kowalew. Sarah klang ihr zu jüdisch, als sie ihre Bonsai-Karriere startete: Versandhaus-Model aus Magdeburg, 29, kleine Rolle bei ‹Gute Zeiten, schlechte Zeiten›, Kurzmoderation bei RTL 2, erfolglose Pop-CD. Dann die Hochzeit. Ein Kind. Ich kenn sie ganz gut», rattert Pohl sein Archivwissen heraus.

« Hatten Sie mal …»

« Nein.»

Barthelmy fragt das gern. Und er bringt den Satz nie zu Ende. Manchmal lügt Marc. Barthelmy sieht den Sex, wo immer er
heutzutage nicht mehr ist. Der Alte glaubt, er treibe es mit jeder
Hostess auf der Telemesse, mit jeder zweiten drittklassigen Schau-
spielnovizin auf der Damentoilette der RTL-Studios und jeder vierten Moderationsmaus. Aber die sind ihm alle schon zu verdorben.
Viel lieber fährt Marc manchmal zu Ikea hinaus: Frauen, die dort an
Mittwochnachmittagen alleine nach Bücherregalen oder wenigstens
Badezimmerspiegeln suchen, kommen zum Beispiel in die engere
Wahl. Bei seinen sporadischen Supermarktbesuchen beobachtet er auch
gerne die unbekannten Schönen seiner noch unbekannteren Nachbarschaft. Ihr Einkaufswagen verrät sie meist: Frauen mit Alete-Großpackun-
gen, Bierkästen oder zwei frischen Salatköpfen scheiden aus. Interessanter sind
die mit den Knorr-Nudelauflauf-Packungen, Sheba-Batterien und kleinen Lätta-
Schachteln. Die haben sich noch nicht selbst aufgegeben und wegen Karrierestress viel
zu wenig Zeit zum Kochen achten auf ihre Figur sind solo und trösten sich mit einer Katze
bis der Richtige kommt und manchmal ist Marc der Richtige für ein paar Monate ein paar Wochen eine wilde Nacht ist ja auch egal besuchen Sie sie « Heute noch!»

Marc hört seinen Chef reden.

« Ich brauch das für morgen.»

Marc weiß, dass er jetzt nicht mit Trauerarbeit, Beerdigung,
Rücksicht und dem ganzen Kram kommen kann. «Okay.»

«Und rufen Sie Verona an. Schönen Gruß von mir und ein paar
knackige Sätze. Wenn Sie Glück haben, sind Sie damit den Rest des
Sommers beschäftigt», pafft Barthelmy und greift zu der einzigen
Kladde auf seinem leeren Mahagonischreibtisch. Dahinter hängt
eine Deutschlandflagge kraftlos an einem Eichenständer. «München sagt, dass es am Wochenende davor einen ähnlichen Fall gab:
Hotel, eine Frau, völlig verstümmelt. Wenn wir Glück haben, wird
am Wochenende der Nächste getötet. Oder die Nächste. Wir haben
nur noch keine Ahnung, wie die Fälle zusammenhängen.»

Barthelmy will, dass sie irgendwie zusammenhängen. Er giert nach dem dritten Mord, der ins Muster passt. Ohne Zusammenhang würde es keine Geschichte geben. Keine Fortsetzungen. Keine groß inszenierte Mörderjagd. Keine Exklusivserie. Keine Auflage. Keinen Pohl. Vielleicht keinen Barthelmy mehr. Er reicht Marc die Mappe mit den Recherchefetzen samt Schwarzweißfotos ächzend über den Tisch. Marc stürzt einen nervösen Lidschlag zu schnell auf ihn zu.

Er denkt nach, während die Kladde in seinen Fingern feucht wird: Ein Mord ist für Leute wie Barthelmy eine Schlagzeile im Lokalteil irgendeiner Regionalausgabe, die dem Mann nicht mal ein Grunzen entlockt. Zwei sind ein Alarmzeichen, drei ein Glücksfall. Barthelmy träumt von einem neuen Rosa Riesen. Einem neuen Haarmann. Einem Monster, das die Republik erschüttern soll. In diesem Sommer, in dem sie ihm sogar schon Baggerseeunfälle als Skandale angeboten haben. Ihm! Dem wahren King of the Koppel!

«Oder haben Sie ein Problem mit so viel Blut?»

«Nein», sagt Marc und wartet, ob noch was kommt.

«Dann viel Spaß mit der Soap-Tussie. Aber die Fotos von ihrem Ex sollten Sie nicht mitnehmen.»

«Danke», sagt Marc und geht zur Tür, als Barthelmy ihm nochmals tief in den Rücken schneidet:

«Pohl!»

Er dreht sich um, den Türgriff schon in der Hand.

«Bitte!», sagt sein Chef betont ausdruckslos. Die Warnung kommt an.

Zwei Stunden später sitzt Marc in einem Taxi und nennt die Adresse in den Elbvororten. Draußen beginnt das Villenrevier der Elbchaussee, das sich über die Stadtteile Othmarschen und Nienstedten bis hinaus nach Blankenese zieht. Es fängt an zu nieseln. Der Scheibenwischer des Mercedes flartscht über die Frontscheibe.

Marc liebt die großen, prächtigen Paläste hinter den dichten Rhododendrenwäldern (je größer die Büsche, umso älter der Reichtum). Hier draußen gibt es verwitterte Schiffsmakler, die mit nur drei Angestellten jährlich fünf Milliarden Mark umsetzen und völlig zurückgezogen in feudalen Schlössern leben, die man von außen nicht einmal erahnen kann, wenn man nicht irgendwann eine Einladung bekommt auf französischem Büttenpapier mit eingepressten Trockenblüten. Fünf Milliarden. Marc wäre schon froh, wenn er mal im Lotto eine Million gewinnen würde. Er spielt jeden Samstag in seinem Supermarkt. Acht Felder. Ohne System. Ohne favorisierte Zahlen. Er hat keine Frau und kein Kind, deren Geburtstage er tippen kann. Eine Million. Marc weiß, weshalb es mittlerweile im Fernsehen so viele Shows gibt, bei denen man genau diese eine Million gewinnen kann. Sie ist magisch. Sie verspricht ein Ende aller Fragen. Ein eigenes Haus, das einem niemand mehr nehmen kann. Genug Geld, um bis zur Rente damit auszukommen. Zinsen, von denen allein es sich leben ließe während man nur mal so als Beispiel ein Buch schreibt Gelassenheit Ruhe Selbstvertrauen keine Sorgen mehr und alles wegen ein paar dummer Zahlen wie 9 17 25 38 44 46 «Da wären wir», sagt der Taxifahrer.

Marc bezahlt mit seiner Kreditkarte, gibt fünf Mark Trinkgeld, wartet auf die Quittung, die er wahrscheinlich wieder vergessen wird abzurechnen, und steigt aus. Es regnet stärker. Er zieht den Kragen seines Sakkos hoch und rennt über die am Rand des Backsteinwegs eingelassenen Halogenstrahler zur säulengarnierten Eingangstür, an der eines dieser britisch anmutenden Willkommenskränzchen mit gelben Schleifen hängt.

Er hat nicht mal einen Block zum Mitschreiben dabei. Das ist auch nicht nötig. Erstens, weil seine Geschichte bereits steht. Zweitens, weil er Sarah vorher am Telefon den treu sorgenden Exfreund vorgaukelte. Er hat keine Skrupel, weil er weiß, dass Sarah sie auch nicht hat. Sie war so blöd wie berechnend, sonst hätte sie sich damals nicht von ihm getrennt, nachdem dank seiner ersten Geschichten ihre kleine Karriere langsam ins Rollen gekommen war.

Das andalusische Hausmädchen öffnet die Tür und führt ihn schweigend in die Halle. Oben schreit das Kind.

Er hört Sarah rufen: «Alessandra, wechsel Luna mal die Windel!»

Das Mädchen dreht sich um und tippelt die geschwungene Treppe hinauf. Marc sieht ihr nach. Er hört sie schreien: «Das Schönste an dir ist dein Name, du dumme Göre.»

Oben am Absatz erscheint ein grau melierter Herr im schwarzen Einreiher, fixiert Marc kurz und kommt langsam die Treppe herunter.

Marc hätte es wissen müssen. Er hätte es ahnen können, dass Sarah gleich nach seinem Anruf den Anwalt ihres Mannes, Exmannes, verstorbenen Mannes, anrufen würde. Sie rufen immer erst ihren PR-Manager an. Noch vor den Eltern oder Freundinnen. Und wenn es zu wenig PR gibt, die man pflegen kann, dann ruft man den Anwalt an.

«Dr. König. Guten Tag, Herr Pohl. Ich bin der Anwalt des Verstorbenen und seiner Gattin.» Sein Händedruck ähnelt einer Schraubzwinge. Man schaut sich kurz in die Augen. Man verachtet sich herzlich. Das gehört zum Ritual.

«Guten Tag, Herr Dr. König.»

Marc betont den Titel wie eine Geschlechtskrankheit und folgt dem Anwalt in das cremefarbene Salonparadies mit den Ligne-Roset-Sofas. Alles hier ist bezaubernd arrangiertes Licht. Selbst bei Regen wie jetzt. Nur die quietschbunte Rutsche draußen im Garten stört ein wenig. Aber die steht dort vor allem für die Nachbarn, um das Bild einer glücklichen Familie aufrechtzuerhalten. Ansonsten fehlt nur ein Acrylschildchen am Rande der großen zweiteiligen Milchglasschiebetür, auf dem stehen könnte: «Diesen Traum gestaltete Innenarchitekt Peter Preller. Signatur, Datum, Kaufpreis.»

«Frau Kowalew kommt gleich. Sie hat mich gebeten, Ihr Gespräch zu begleiten. Wir wissen ja alle, worum es in diesem Fall geht.»

Marc hasst dieses «Wir» schon bei Ärzten, die noch immer gerne sagen: «Naaa, wo tut's uns denn weh.» Uns! Aber Leute wie König schaffen es obendrein, Fragen wie gegenseitige Einverständnis-erklärungen aussehen zu lassen, solange sie sich davon irgendeinen Erfolg versprechen.

«Wir sind uns der Tragweite der Ereignisse ja sicher alle bewusst.»

«Das sind wir, sicher», antwortet Marc, der keine Lust mehr hat, hier irgendetwas zu heucheln. Zumindest nicht vor König. Er würde ihm jetzt gern kalt lächelnd ins Gesicht sagen, dass der Mord für diese Ehe die Rettung war, weil sie schon vorher so verrottet war wie Königs tägliches Geschäft. Stattdessen schnappt er sich die Paloma-Picasso-Kanne auf dem Glastisch und schenkt sich Kaffee ein. Er vermisst die belgischen Pralinés. Er hat Hunger. Er registriert die beiden DIN-A4-Blätter neben der Kanne. Er gießt Milch nach. Er nimmt sich mit den Fingern zwei Zuckerwürfel aus dem Döschen. Er schweigt und rührt klingelnd den Kaffee um.

Oben hört das Kind auf zu schreien. Marcs Taktik ist klar: kommen lassen. Zuerst kommt Sarah. Das heißt: Sabrina kommt. Und sie kommt auch nicht, sie weht herein. Marc steht langsam auf und geht ihr entgegen.

«Hallo, Markus», sagt sie in einem schwarzen Hosenanzug, umarmt ihn, küsst ihn auf die linke Wange, küsst ihn auf die rechte und hält sich an seinen Unterarmen fest, um seine Kondolenz gefasst entgegenzunehmen. Lange werden sich die Krähenfüßchen in den Augenwinkeln nicht mehr wegtünchen lassen.

«Sabrina. Es tut mir so Leid», sagt Marc, der sich solche Sätze vorher nie zurechtlegt. Er weiß, dass sie ehrlicher rüberkommen, wenn er sie aus sich raussprudeln lässt. «Ich war so fertig, als ich es heute früh hörte. Ich kann dir gar nicht sagen, wie Leid mir das alles tut, diese...» Sogar die Pausen passen, wenn man vorher nicht groß darüber nachdenkt. «... Tragödie.»

«Du musst wissen, dass ich sonst mit niemandem reden werde

als mit dir. Wir kennen uns gut genug.» Sie umrundet die Sitzecke und biegt sich langsam auf die Couch. Rechts von ihr sitzt Marc. König lauert gegenüber, besser in ihrem Blickfeld.

Sie fangen an, über die bevorstehende Beerdigung zu sprechen, über Luna, das Problem, in Hamburg geeignete Tagesmütter zu finden, und die Polizei.

«Den ganzen Vormittag waren die Beamten hier. Du glaubst nicht, was hier los war. Als sei *ich* die Täterin!»

König nickt: «Sie stellten alles auf den Kopf. In Kollwitz' Computer fanden sie schließlich zwei E-Mails, die er vergangene Woche an eine anonyme Adresse abgeschickt haben soll.» Er streicht sanft über die beiden Blätter auf dem Tisch und blickt zu Sabrina, die unmerklich nickt. «Aber wir möchten mit Ihnen darin einig sein, dass Frau Kowalew durch die ganze Geschichte keine Nachteile entstehen.»

Marc faltet die Hände: «An welche Nachteile dachten Sie, Herr Dr. König?»

Sabrina strafft sich: «Ich muss wieder arbeiten, Markus. Ich kann es jetzt nicht gebrauchen, als kleines betrogenes Dummchen hingestellt zu werden. Claus hatte zwar ein paar Lebensversicherungen, aber das dauert. Ich werd das Haus hier kaum halten können. Viel zu viele Schulden drauf. Ich brauch einen Job.»

Marc lächelt. «Klar.» Das war die leichteste Übung. Er würde es einbauen. Er hat solche Satzbausteine abrufbereit: «Der einst gefeierte Soapstar will sich in die Arbeit stürzen, um Trost zu finden. Die gut aussehende Aktrice sucht jetzt nach neuen Herausforderungen.» Solche Sätze tun Barthelmy nicht weh und Sarah gut. Irgendein Produzent würde dann schon anrufen, damit sich Frau Kowalski aus Magdeburg weiterhin ein Kindermädchen leisten kann und einen Anwalt wie König. «Ich kann nur nicht versprechen, dass wir dein Foto auf dem Titel unterbringen können. Das ist Barthelmys Sache.»

«Mit dem werde ich reden», sagt König plötzlich, dreht die beiden Blätter um und reicht sie Marc wie ein Geschenk. König weiß, dass Marc sie auch ohne ihn bekommen hätte. Aber es scheint sein einziger Trumpf zu sein. Er will ihn auskosten, und Marc lässt ihn und Sarah/Sabrina gern in dem Glauben, dass König hier seine Stundenpauschale wert ist. Er fängt an zu lesen:

Subject: gestern Nacht
Date: Thur 22 July 1999 10 : 11 : 36 +0100
From: Claus.Kollwitz@Publicmedia.de
To: Julia17_de@yahoo.com

Hi Julia,
danke für das Abenteuer gestern Nacht. Es war atemberaubend *g* Du hast Recht, wir sollten uns wirklich treffen. Mach einen Vorschlag.
Tausend Küsse
Claus

Subject: Reservierungsgrüße nach Harburg
Date: Fri 23 July 1999 16 : 23 : 04 +0100
From: Claus.Kollwitz@Publicmedia.de
To: Julia17_de@yahoo.com

Bezaubernde Julia,
ich habe alles arrangiert, wie du es wolltest, und freue mich auf den Sonntag.
Gruß CK «the one»

«Kennst du diese Julia?», fragt Marc.

«Nein, und ich möchte sie auch nicht kennen lernen», sagt Sarah.

König flankiert von der anderen Seite: «Wir wissen noch gar nichts. Wer diese Julia ist. Ob es sie überhaupt gibt. Ob sie siebzehn ist und aus Harburg kommt, wie es die Adresse vermuten lässt. Wie lange er sie kannte. Wo er sie kennen lernte. Nur möchten wir Sie eindringlich darum bitten, diese Geschichte vorläufig vertraulich zu behandeln.»

Marc hat es jetzt satt. Er hat diesen König satt. Er hat es satt, wenn immer gleich sein Chef ins Spiel gebracht wird. Er hat diese Ossi-Schlampe satt, die ihm gerade noch Leid tat. Ein wenig zumindest. «Sie glauben aber nicht im Ernst, Herr Dr. König, dass sich dieses … Verhältnis länger als 24 Stunden geheim halten lässt, oder?»

König schraubt an seinem Siegelring herum. «Betrogene Ehefrauen sind nicht gleich betrogene Ehefrauen», sagt er.

Marc schweigt dazu, nippt an seinem Kaffee. «Dann sind wir uns ja einig, Herr Dr. König.» Er muss jetzt hier raus, weiß aber, dass er dem Anwalt den letzten Punkt schuldet. Er schaut ihn an. Wartet.

«Wenn wir mit Ihrer Geschichte leben können, halten wir Sie gerne auf dem Laufenden, was die Ermittlungen angeht. Die Zitate stimmen wir ja ohnehin in meiner Kanzlei ab.» König schiebt seine Visitenkarte über den Tisch.

«Natürlich», sagt Marc. «Das werden wir. Herr. Doktor. König.» Der Deal ist ohne Unterschrift gültig. Er wird nichts wert sein. Marc steht auf, schüttelt König nochmals die Hand, nimmt die beiden Zettel, küsst Sarah flüchtig auf die Wange und geht zur Tür.

«Markus?», hört er sie hinter sich seinen Namen ausatmen.

Er dreht sich noch einmal um und fragt: «Ja?»

«Die Beerdigung ist am Donnerstag um 14 Uhr auf dem Friedhof in Nienstedten. Nur falls du kommen möchtest. Ich würde mich freuen. Oder ein Fotograf. Bitte!»

Er würde ihr jetzt gern ins Gesicht schlagen. «Danke!»

Der Nieselregen draußen hat sich mittlerweile in einen Wolkenbruch verwandelt. Hamburger Sommer. Marc rennt los. Drei Stunden bis Deadline. Zwei Straßen weiter muss ein Taxistand sein. Er hatte vergessen, sich einen Wagen kommen zu lassen. Aber er will nicht mehr zurück. Es reicht ihm wieder mal. Er würde jetzt gerne mit einem Packen Papier oder einem Laptop allein sein und ein Buch schreiben, das mit der ganzen Scheiße hier nichts zu tun haben dürfte. An der Küste von Long Island vielleicht. In einem Sommer, der auch wirklich ein Sommer wäre. Einen Roman. Die Verpackung steht. Aus einer anderen Welt in einer anderen Welt weil alle Journalisten einen Roman schreiben wollen irgendwann

5 / Ein Aufbruch

Home (Depeche Mode)

Möönsch da haben Sie aber mal wieder klasse hingelangt Pohl ja ja Danke die Details waren ja mehr als saftig da schüttelt's einen ja förmlich das muss man sich auf der Zunge zergehen lassen nur gut dass wir nicht die Fotos gezeigt haben das hätte wieder Ärger mit dem Presserat gegeben und dann noch dieses Verhältnis mit einer Siebzehnjährigen das verkauft sich über Bruch sogar in München übrigens König hat getobt mit dem werden wir aber fertig Barthelmy hatte mit dem eine Rechnung offen die sind jetzt quitt die Kowalew sollten Sie heute nicht anrufen die ist auf hundertachtzig, nee, nee, das hab ich auch nicht vor, aber Verona war begeistert wie immer, der brechen momentan die Werbeverträge weg, die schnappt sich wirklich den letzten toten Familienvater für ein bisschen Publicity. «Haben Sie gesehen, was die andern daraus gemacht haben? ‹Mysteriöser Mord an Hotelgast Claus K.› Ich lach mich scheckig.» – «Nix von Werbe-Star, nix von Verona, nix von gar nix.» – «Na ja, ein bisschen Glück war auch dabei.» – «Willst du heute Mittag mal wieder mit mir essen gehen?» – «Du, heute ist es schlecht, leider, weil wir das Ding noch ein Stück weiterdrehen wollen. Schau nur mal auf die Uhr, wie spät es schon wieder ist.»

11 : 55 : 14

11 : 55 : 15

11 : 55 : 16

Marc schaut den Sekunden am rechten oberen Rand seines Computerschirms zu. Während der ersten Monate in seinem Job durfte er noch auf einer klapprigen Schreibmaschine schreiben, deren Farbband sich dauernd verhedderte und ihm die Finger versaute. Wie lange ist das jetzt her? Fünfzehn Jahre? Gibt es heute eigentlich noch Firmen, die Schreibmaschinen bauen? Oder Leute, die Schreibmaschinen kaufen? Oder womöglich schon Leute, die Schreibmaschinen sammeln? Bestimmt.

Er ist in seiner düstersten Depesche-Mode-Stimmung. Er schluckt eine Prozac. Die Diazepam-Schachtel ist leer. Im Kaffeebecher mit den aufgedruckten Marienkäferchen zerplatzen die Luftbläschen einer Aspirin- und einer Magnesium-Tablette. Daneben liegt die Zeitung von heute: «Verona und der tote Werbestar – Was wusste Deutschlands Schönste?» Das haben die wirklich geschrieben über eine Geschichte, die zugegebenermaßen alles hat, was eine Geschichte eben so braucht: einen Star, einen Toten aus der etwas besseren Hamburger Gesellschaft, einen Seitensprung mit einer möglicherweise Siebzehnjährigen, eine betrogene Ehefrau, die auch mal gut aussah und nun gerne bereit ist, sich in den Zehn-Sekunden-Abspann einer Seifenoper zurückzuvögeln, wenn es sein muss. Marc hofft, dass es sein muss. Er würde es Sarah gönnen. Wirklich.

Die Polizei hatte noch keine Ahnung. Verona wusste wie immer nichts, war aber bei der Aussicht auf eine Titelzeile pflichtschuldig bestürzt. «Furchtbar, die Vorstellung, mit so einem Monster unter einem Dach gewesen zu sein», ließ sie sich zitieren, obwohl ihr das nicht selber eingefallen war. Sie massakriert keine Werber, sie schläft nicht einmal mit ihnen. Was weiß Marc? Auch nichts. Zweimal nichts. Nichts hoch drei.

Er ruft in München an, bei dem Beamten, der dort den ersten Mord aufgenommen hat. Der Mann ist in seinem Alter, will aber gar nichts sagen und verweist sofort an seine Pressestelle. Das kann sich Marc schenken, also fängt er an: «Sie sind doch verheiratet, Herr Sturm.»

«Ja, aber was spielt das für eine Rolle?»

«Haben Sie Kinder?»

«Nein.»

Scheiße. Falschen Nerv erwischt. Achtung! Hauptrollen modifizieren! «Ich will Ihnen eine kurze Geschichte erzählen, die ich mal erlebt habe.» Er gibt seiner Stimme ein sanft münchnerisches Timbre. Mit Dialekten ist er vorsichtig. Sie dürfen nicht zu anbiedernd daherkommen. Aber sie können helfen. Das Schweigen am anderen Ende der Leitung wird neugieriger.

«Geht ganz schnell, Herr Sturm.» Marc schaltet um auf «freundliche Müdigkeit»: «Ein junger Lokalreporter wird zum Unfall an einer Bahnstrecke gerufen. Eine Frau soll von einem Güterzug überrollt worden sein. Spaziergänger erzählen später, sie wollte ihren Hund von den Gleisen holen. Der Reporter kommt an die Unfallstelle. Über Polizeifunk hatte er gehört, dass die Frau völlig zerfetzt wurde. Dass nichts mehr zu machen sei. Er sieht die Tote und bricht weinend neben ihr zusammen. Es war nicht irgendeine Frau, die da lag.» Marc setzt die vorletzte Pause. «Es war seine.» Er hört den Atem des Polizisten. «Sie hieß Susanne, Herr Sturm. Es war meine Frau.»

Er hat keine Ahnung mehr, was er da gerade erzählt oder worauf er überhaupt hinauswill, und lässt sich treiben von den Gefühlen, die ihn glaubhaft überfallen. «Ich will den Mörder finden, Herr Sturm», sagt er, nun ehrlich gerührt von seinem eigenen Schicksal. «Ich will nicht nochmal irgendwann meine Frau finden. Können Sie das verstehen?» Marc versteht es selber nicht. Er schließt die Augen und drückt das rechte Ohr fester an den Hörer.

«Warten Sie einen Moment.»

Er hört das Klappern eines Drehstuhls. Schritte. Dumpfes Geraschel. Wieder Schritte.

«Sind Sie noch dran?»

«Ja.»

Nun redet Sturm. Und redet und redet. «Der Computer der Toten ist nicht untersucht worden. Die Mutter hat den Haushalt bereits aufgelöst. Wir haben also keine Chance mehr.»

Marc lächelt, als er das «Wir» hört. Er will sich verabschieden, als der Polizist nochmal fragt:

«Diese Geschichte mit Ihrer Frau. Stimmt das?»

«Ich muss Schluss machen, Herr Sturm. Wir haben hier gleich Konferenz. Danke Ihnen.»

Marc stiert auf die Poster in seiner kleinen Wabe: Lucy Lawless als schwertschwingende «Xena – Warrior Princess», den «Map»-Druck von Jasper Johns, den er sich in New York gekauft hat, das *Playboy*-Plakat mit allen Playmates seit neunzehnhundertsowieso und das verwischte UFO-Foto mit der Unterschrift «I want to believe», das auch bei Fox Mulder im «Akte X»-Büro hängt.

Er dreht sich wieder an seinen Computer, klickt seinen Internet-Zugang an und gibt die Adresse von yahoo.com ein. Meistens geht etwas schief, wenn Marc anfängt zu surfen. Immer wird er aufgefordert, irgendein Zusatzprogramm zu starten, von dem er nie zuvor gehört hat. Und wenn er es am anderen Ende des Cyberspace zufällig aufklaubt, stürzt die Kiste garantiert endgültig ab. Er versteht die Hysterie ums Internet und seine grenzenlosen Unmöglichkeiten nicht. Er glaubt an die guten alten Werte Sex und Gewalt. Er hat es nicht so mit der Technik.

Seine Welt ist perfekt codiert, er vergisst nur immer die Passwörter oder Zahlenkombinationen. Mit Vorliebe am Bankautomaten. Marc ahnt, weshalb Berater aller Art so einen Boom erleben am Ende des Jahrtausends: Fitnesstrainer und Psychologen, Art Consultants und Unternehmensberater, Heilpraktiker, Anwälte oder Physiotherapeuten. Diese Neuzeit-Schamanen können einem alles erklären. Sie können bei allen Problemen helfen: drohendem Konkurs und Herzinfarkt, Arbeits- und Schlaflosigkeit, Rückenschmerzen und Sodbrennen, Gehirntumor und Geschmacksfragen. Wenn irgendwann einer von denen bei «Wetten, dass …?», aufträte und sagte: «Mitte dreißig ist ein gutes Alter, sich umzubringen. Wir stehen jetzt mal alle auf …» – Marc würde es glauben und sich wie hunderttausend andere aufraffen, Richtung Klotür gehen und alles schlucken, was er im Badezimmerschrank gehortet hat.

Vielleicht ist Marc einfach nicht mehr kompatibel mit Leuten, die als Firmenheimat yahoo.com angeben und ihm fröhlich den Satz in den Mund legen: «I'm a new User.» Er kneift die Augen zusammen, um das viele Kleingedruckte lesen zu können. Internet besteht eigentlich nur aus Kleingedrucktem. Da ist es. Man kann bei yahoo.com auch Briefkästen eröffnen, wenn man sich registrieren lässt mit Anschrift und Hobbys und so. Das wussten offenbar schon Siebzehnjährige, wenn es diese Julia wirklich gab. Marc wusste es nicht. Probeweise nennt er sich Donald Duck, wohnhaft in Entenhausen, Hobbys: langsam sterben. Die lustigen Leute von yahoo.com finden das offenbar okay. Der Computer fragt nicht nach. Niemand schreibt zurück: «Geh nach Hause, Spinner. Und lern erst mal deine Identität auswendig, bevor du wieder zurückkommst.»

Er ist registriert. Marc legt Julia zu den Akten. Es gibt sie nicht. Es kann sie nicht geben, wenn der Betrug so einfach ist, dass sogar er ihn beherrscht. Aber wer ist diese «Julia» dann? «Und wozu braucht jemand einen toten Briefkasten im Internet?»

«Um anonym zu bleiben. Ist doch klar», sagt Annie.

Marc schaut auf. Sie stellt ihm einen Kaffeebecher mit «Princess Diana»-Fotoaufdruck auf den Schreibtisch und setzt sich an den verwaisten gegenüber. Marcs Kollege ist in Urlaub. Es ist Ferienzeit. Da verkauft sein Blatt auf Mallorca mehr Exemplare als in manchen deutschen Städten.

Marc nimmt sich eine Zigarette und bietet Annie auch eine an. «Das Interessanteste an unserer Geschichte ist das, was wir nicht geschrieben haben. Es gibt bisher zwei Morde. Beide fanden am Wochenende statt. Beide Male wurden die Opfer verstümmelt. Beide fand man in Hotelzimmern. Ansonsten haben die Toten nichts gemeinsam: Die eine war Sachbearbeiterin in einer Münchner Versicherung. Der andere ein Werber aus Hamburg. Sie passen nicht zusammen.»

«Der Mörder ist vielleicht das fehlende Puzzlestück», sagt Annie trocken.

«Oder die Mörderin», sagt Marc.

«Glaub ich nicht. Eine Frau tut so was nicht.» Sie sei sich da sicher.

«Dann ist die Frage, woher er seine Opfer kannte. Wie er sie kennen gelernt hat. Womit er sie in diese Hotelzimmer locken konnte.»

«Gehst du langsam zurück zu den Polizeireportern, Marc?»

Er lächelt. «Immerhin hat dieser Typ sich bisher unter Show-Namen in den Hotels angemeldet. Beim ersten Mal als Harald Schmidt. Hier in Hamburg als Andreas Türck.»

Annie lacht. «Dann würde ich beim dritten ‹Jürgen Fliege› nehmen.»

«Ja», lächelt Marc, «das wäre eine Steigerung.»

Zum ersten Mal, seit Marc sie kennt, schaut er Annie richtig an. Sie ist schön. Sie hat ein unglaublich freundliches Lächeln, eine fein geschnittene Nase und einen roten Pagenkopf. Rot? War der gestern nicht noch dunkel? Manchmal sieht sie aus wie ihr eigener Bruder. Annie kann nicht nur Kaffee kochen, und das sogar freiwillig (wer würde von einer Sekretärin 1999 noch fordern, den Filter zu wechseln, ohne mit einem Arbeitsgerichtsprozess rechnen zu müssen?). Annie kann auch denken. Sie ist zwei Jahre älter als Marc, aber ebenso solo. Sie wird es bleiben, denn in dem Alter machen kluge Frauen keine Kompromisse mehr.

Wenn er genau überlegt, weiß er nicht mal, was Annie früher gemacht hat. Oder was sie abends so treibt, wenn sie ihm ein «Ciao» entgegenschleudert, ihren winzigen Rucksack über die Schulter wirft und am Ende des Flurs verschwindet. Vielleicht versucht sie, sich in ihren Beach-Volleyball-Trainer zu verlieben. Davon hat sie mal erzählt. Vielleicht probiert sie es momentan mit dem Dalai Lama. Eine Zeit lang war sie auf der Esoterik-Schiene. Vielleicht hängt sie auch nur faul vor der Glotze, schaut Harald Schmidt und legt sich dann vorsichtig neben ihren leise schnurrenden Kater an den Rand ihres auf antik getrimmten Ikea-Gitterbetts. Einmal hat er sie nachts getroffen, als er ziellos durch die Passagen im «Bleichenhof» schlenderte. Sie kam ihm vor wie angespült. Sie war zu überrascht, um mehr zu sagen als «Oh, hallo». Seither war er nachts nicht mehr dort.

Sie mag keine Büroaffären, hat er sie irgendwann mal sagen hören. Und es klang durchaus überzeugend.

Annie lächelt zurück. Zum wievielten Mal eigentlich denkt sie, dass Marc nicht nur gut aussieht. Er ist schön. Er hat einen Leberfleck auf der rechten Wange, der sie wahnsinnig machte, als sie ihn das erste Mal sah. Marc kann am Telefon zum verlogensten Schwein mutieren und in der nächsten Minute davon träumen, ein Buch zu schreiben. Er ist zwei Jahre jünger als sie, aber ebenso solo. Irgendwann wird er Torschlusspanik bekommen und sich der zweitbesten Pressetante von RTL oder Pro Sieben ausliefern. Er wird Vater werden und das verlieren, was sie an ihm so liebt – seine Zweischneidigkeit. Dann wird nur noch das zynische Arschloch übrig bleiben.

Wenn sie es sich genau überlegt, weiß sie nicht mal, was er abends so treibt, nachdem er ihr ein abwesendes «Ciao du» hinterherwirft. Vielleicht versucht er, sich in seine Apothekerin zu verlieben. Sie weiß, was er alles schluckt. Vielleicht hockt er nur noch ein paar Stunden leer geschrieben in der Redaktion herum. Vielleicht stromert er wie ein einsamer Wolf durch die Kneipen der City. Einmal hat sie ihn nachts getroffen, als er ziellos durch die Passagen im

«Bleichenhof» schlenderte. Er kam ihr vor wie angespült. Er war zu überrascht, um mehr zu sagen als «Oh, hallo». Seither war sie nachts nicht mehr dort.

Er mag keine Büroaffären. Glaubt sie. Deshalb hat sie mal gesagt, dass sie keine Büroaffären mag, als er daneben stand beim Ausstandsbesäufnis des Politik-Chefs, der sich vor einem Jahr in die Rente verabschiedete.

«Barthelmy wünscht sich nichts sehnlicher, als am Montag die dritte Leiche auf den Tisch zu bekommen. Am besten noch warm, mit so einem Zettel, den die Gerichtsmediziner an die Zehen knoten. Heute ist Mittwoch. Es könnte eine Riesengeschichte werden.»

Annie bläst den Rauch ihrer Zigarette durch die vorgestreckte Unterlippe an die Decke und denkt sich den Nachsatz. Sie will, dass er selbst es sagt. Und als er es sagt, tut es ihr augenblicklich Leid.

«Mein Kopf hängt auch mit dran, dass dieser Killer weitermacht.»

Sie kann Marc nicht sehen. Der PC ist dazwischen. Aber sie kennt den Blick, den er jetzt hat. «Dann solltest du dich langsam auf die Suche machen.»

«Aber wonach, Annie?»

«Kann ich mal diese beiden Mails sehen?»

Er schiebt sie ihr über den Tisch. Sie fängt an zu lesen. Marc holt sich eine neue Zigarette aus seinem silbernen Etui. Die Diazepam-Schachtel ist immer noch leer.

«Wo lernt ein erfolgreicher Werber aus den Elbvororten eine kleine Schlampe aus Harburg kennen, die obendrein eine anonyme Mailbox im Internet hat?»

«Sag du's mir, Annie.»

«Ist dir nichts aufgefallen an den beiden Mails?»

«Was hätte mir auffallen sollen?»

Sie drückt energisch ihre Zigarette aus: «Das *g*.»

«Das G?»

«Schau doch mal.» Sie steht auf, legt ihm die erste der beiden E-Mails auf die Tastatur und klackert mit ihrem transparent lackierten Zeigefingernagel auf dem *g* herum, das da wirklich steht.

Sie hat auch sehr schöne, feingliedrige, leicht gebräunte Finger, denkt er. «Ja, ein *g*. Und was bedeutet das?»

Annie geht wieder um die beiden Schreibtische herum und setzt sich. Sie will es genießen. Sie will ihn auf die Folter spannen. Bis sie sagt: «Das ist Chat-Deutsch für ein ‹Grinsen›.»

«Chat-Deutsch?»

«Du warst noch nie in einem Chat, was? Aber vielleicht dein Killer. Soll ich dich mal entjungfern, chatmäßig?»

«Was muss ich tun?», fragt Marc und schält sich aus seinem Sakko.

«Du erst mal gar nichts», sagt Annie, steht auf, rollt ihren Stuhl neben seinen und zieht die Tastatur zu sich herüber.

«Wo sind wir?», fragt er.

«Gamehouse.de», sagt sie atemlos.

Marc sieht eine verwitterte Villa. Annie klickt sich zielstrebig ins Innere.

«Du brauchst einen Nickname, einen Spitznamen. Wie willst du dich nennen?» Sie blickt weiter auf den Schirm.

«Paper Moon», sagt er. Fällt ihm gerade so ein. War ein schöner Film.

Annie tippt den Namen ein und öffnet eine unsichtbare Tür. Marc liest: «15 : 17 : 03 *Paper Moon hat den Raum betreten.*»

«Und jetzt?»

«Jetzt? Bist du drin.» Sie lacht wieder.

Marc sieht dauernd neue Zeilen über den Schirm rasen, die er nicht versteht. Alle plappern scheinbar durcheinander.

Waldi: Hey, das hab ich doch gar nicht gesagt.

Steff: :-)

Chatman: Hat jemand heute schon Zaubermaus gesehen?

Eve: @ Waldi. Gesagt nicht, aber geschrieben.

Bommel: Nee, Chatti, die war heute noch nicht hier.

Wolf: Hi @ all *süchtel*

Waldi: wb wolf

Soleil: Hiiiii, Wolf *hinrenn und knubu*

Chatman: Na, trotzdem danke und CU all

Waldi: *knuddelt mal Eve ganz doll*

Bommel: CU Chatti

Moon: Oh, noch ein Mond *freu*

«Schau mal, ‹Paper Moon›, da begrüßt dich schon jemand.» Annie lächelt. «Willst du ihr antworten?»

Marc starrt auf den Schirm. Irgendjemand, der sich «Moon» nennt, hat seine Anwesenheit tatsächlich bemerkt.

«Moon ist nett», sagt Annie, «ein bisschen vorlaut vielleicht. Sie heißt Iris, ist 33, aus München, zwar oft hier, aber vergeben … na ja … warum chattet man wohl? Weil man dennoch Leute kennen lernen will.»

Marc ahnt, wie blöd er sie gerade angeglotzt haben muss. Er hat keine Zeit, rot zu werden. «Sag ihr doch mal, dass ich mich auch freue, aber natürlich nur ein Mond aus Papier bin oder so was.»

Annie fängt an zu tippen. Marc starrt wieder auf den Schirm.

Soleil: @ Wolf Wie ist das Wetter bei euch?

Chatman: --logout--

Wolf: mom tel.

15:24:12 *Chatman hat den Raum verlassen*

Paper Moon: @ Moon: Tja, aber leider nur ein Papiertiger *g*

Da ist er. Marc sieht sich selbst zu. Er heißt «Paper Moon». Und er antwortet «Moon» aus München, dass er nur ein Papiertiger sei. Marc kann es nicht fassen. Am Anfang ist das Wort. Und das Wort ist bei Marc. Und Marc ist Gott. Er wirbelt hinein in den Sog der Zeilen, die er noch immer nicht versteht.

15:28:02 *Kim hat den Raum betreten*
Wolf: Regnet leider, Soleil. Und bei dir, Sonnenschein nur im Herzen? *g*
Eve: *lässt sich von Waldi immer gerne knuddeln*
Kim: Hi, ihr Lieben
Moon: hi und bye, Kim *los muss*
Waldi: Hi, Kim
Wolf: Huhu, Kim
Soleil: Nicht nur dort, Wolf *fg*
Moon: *winkt dem Papiertiger nochmal und loggt aus*
Waldi: Eve, was macht der Chef?
15:32:11 *Moon hat den Raum verlassen*

«Warte», ruft Marc und erschrickt.

Annie hat die Hände auf ihren Rock gelegt. «Sie ist weg, Marc. Aber du scheinst schon Feuer gefangen zu haben.» Sie klackert wieder über die Tastatur, während Marc weiterliest.

Kim: Und, was gibt's Neues, Leute?
15:36:14 *Pappnase hat den Raum betreten*
Eve: nervt *kann heute kaum in Ruhe chatten*
Paper Moon: CU Leute, bis irgendwann *logout*
Waldi: Was solls hier schon Neues geben, Kim, wenn du nicht da bist *g*
Pappnase: Hi ihrs :-)
Eve: tel nervt
15:37:58 *Paper Moon hat den Raum verlassen*

«Jetzt bin ich also wieder draußen?», fragt Marc.

«Ja. Jetzt bist du wieder draußen. War doch gut für den Anfang. Und du hast gleich eine Frau kennen gelernt.»

«Na, viel Eindruck habe ich bei denen aber nicht hinterlassen, was?»

Annie lächelt. «Sie kennen dich ja noch nicht. Sie wissen nicht, wer dieser ‹Paper Moon› ist. Was er sucht. Warte mal.» Ihre Hände klackern wieder über die Tastatur.

15:41:13 *Diva hat den Raum betreten*

Waldi: Heeeeeyyy, Diva, Möönsch, dass du auch mal wieder da bist! *megafreu*

Pappnase: Hi, Diva

Kim: Huhu, Diva *winkt wie irre durch den Chat*

Wolf: Wow, Diva, das Naturereignis *fg* Bist du's wirklich?

Soleil: *strahlt @ Diva*

Diva: Hallo, Leute *verbeugt sich kurz* Bin nur auf der Durchreise. Zeige meinem Chef, wie lustig Chatten sein kann, also keine Anzüglichkeiten *g*

Waldi: *lol* Diva

Kim: Diva, hast du schon von Moons Freundin gehört?

Diva: CU, Leute, hab momentan wenig Zeit. Bis die Tage und wech.

Kim: Diva??!!!

Wolf: Aber hoffentlich bald, Diva *grummel*

15:45:15 *Diva hat den Raum verlassen*

Marc starrt noch immer auf den Schirm. Die Tür hat sich wieder geschlossen. «Wow, du hast ja einen beachtlichen Fanclub da drin.» Annie lacht.

«‹Diva› chattet seit Wochen nicht mehr. Es kann ... na ja, es kann süchtig machen. Deshalb lass ich es lieber.» Sie schaut auf den Schirm.

«Und du glaubst, dass Kollwitz hier drin seinen Mörder getroffen hat?», fragt Marc.

«Es gibt Tausende von Chats.»

«Wie sollen wir ihn dann jemals finden?»

«Ich habe keine Ahnung, Marc. Aber er würde schnell auffallen, wenn er sich alle seine Opfer im gleichen Raum suchen würde. Jeder Chat hat eine Stammgemeinde. Leute, die sich gut kennen. Sehr gut. Da fällt schnell auf, wenn in ein paar Wochen gleich mehrere fehlen.»

Marc sieht sie an.

«Ich glaube, dass er ständig den Nickname wechselt. Dass er jede Woche in einen neuen Chat geht. Und dass er sehr gut flirten kann.»

«Warum?», fragt Marc.

«Wenn diese Münchnerin auf denselben reingefallen ist wie Kollwitz, nur mal angenommen, dann schlüpft dein Killer offenbar in viele Rollen. Und er kann sogar das Geschlecht wechseln, ohne dass es seinen Opfern auffällt. Er spielt Spiele. Und er spielt sie brillant. Das können nur echte Verbalakrobaten.»

Marc schaut auf den Schirm.

«So wie du einer bist», sagt sie.

«Ich brauche Material, Annie. Über Chats in Deutschland. Kannst du mir das im Archiv organisieren?»

«Klar. Ich geh gleich los.» Sie sieht sein ratloses Gesicht, das sich im Bildschirm spiegelt. «Weißt du, was ich glaube, Marc. Ich glaube, dass dieser Typ sich nur bestimmte Chats aussucht. Chats, in denen er sich nicht groß anmelden muss. Wenn es ihn überhaupt gibt. Chats wie den hier im Gamehouse. Ohne Passwort-Registrierung oder E-Mail-Identifikation. Er muss frei sein, schnell sein, schnell wechseln können. Na ja, ich geh mal ins Archiv.» Sie steht auf, schiebt den Stuhl an den anderen Schreibtisch zurück und geht zur Tür.

Marc geht zur Anmeldung des Gamehouse-Chats zurück, gibt

nochmals den Namen, seinen Namen, seinen neuen Namen ein und fällt in den Chat zurück. «Paper Moon» sagt hallo, setzt sich in eine stille Ecke und schaut den anderen zu, die sich übers Wetter unterhalten, über ihre Chefs und den Chat von gestern. Ab und an schreibt er «Hallo», wenn ein neuer Name durch die Tür hereinweht. Oder er fragt, wenn er ein Zeichen überhaupt nicht versteht. Dann schweigt er wieder, schaut nur zu, beobachtet die anderen, näht Beziehungsnetze, die es zwischen denen hier drin schon geben muss, so wie sie miteinander reden. Nein: schreiben.

Bommel scheint Student aus Dresden zu sein. Waldi ist Informatiker aus Köln. Aber da tauchen schon wieder neue Namen auf, mit neuen Geschichten. Und «Paper Moon» sagt wieder hallo. Zu «Dark Angel» und zu «Tieftaucher» und zu «Naschkatze» und «Pearl» und «Thunder» und «Fischkopf» und wie sie sich alle nennen, die da kommen und gehen, bis plötzlich eine Zeile in Blau statt des nun schon gewohnten Schwarz auftaucht.

Dark Angel: (an: Paper Moon) Du bist neu hier, was?

Paper Moon: Wo kommt denn die Farbe auf einmal her?

Dark Angel: (an: Paper Moon) Klick mal meinen Namen unten rechts an und schreib mir was. Dann kann nur ich es lesen.

Paper Moon: (an: Dark Angel) So?

Dark Angel: (an: Paper Moon) Na siehst du, klappt doch *g*

Paper Moon: (an Dark Angel) Oh, meine sind ja nun rot. Sorry. Aber ich chatte erst seit ein paar Stunden.

Dark Angel: (an Paper Moon) Merkt man *g* Was du gerade tust, nennt sich flüstern. Nur ich kann jetzt lesen, was du schreibst.

Paper Moon: (an Dark Angel) Und das gilt umgekehrt auch?

Dark Angel: (an Paper Moon) Ja, funktioniert aber in jedem Chat wieder anders.

Paper Moon: (an Dark Angel) Das heißt, wir sind sozusagen unter uns? Jetzt?

Dark Angel : (an Paper Moon) Genau. Woher kommst du?

Paper Moon : (an Dark Angel) Aus Hamburg. Und du?

Dark Angel : (an Paper Moon) auch *g*

Paper Moon : (an Dark Angel) Hey, das ist ja Klasse.

Dark Angel : (an Paper Moon) Und wie alt bist du?

Paper Moon : (an Dark Angel) Mitte 30. Für mich ist das hier völliges Neuland.

Dark Angel : (an Paper Moon) Nicht mehr lange.

Paper Moon : (an Dark Angel) Wie meinst du das?

Dark Angel : (an Paper Moon) Im Chat wird man schnell heimisch.

Paper Moon : (an Dark Angel) Kann ich mir vorstellen.

Dark Angel : (an Paper Moon) Du bist irgendwie süß. Hast mich noch nicht mal gefragt, ob ich m oder w bin *g*

Paper Moon : (an Dark Angel) m oder w?

Dark Angel : (an Paper Moon) na: männlich oder weiblich?

Paper Moon : (an Dark Angel) *lach* Spielt das denn eine Rolle?

Dark Angel : (an Paper Moon) Für manche Arten von Chat schon *g*

Paper Moon : (an Dark Angel) Da bin ich aber gespannt.

Dark Angel : (an Paper Moon) Das wirst du auch noch ne Weile bleiben. Ich muss gleich gehen.

Paper Moon : (an Dark Angel) Kommst du heute nochmal?

Dark Angel : (an Paper Moon) In einer Stunde etwa.

Paper Moon : (an Dark Angel) Würde mich freuen, dich wieder zu sehen.

Dark Angel : (an Paper Moon) Bye erst mal.

Paper Moon : (an Dark Angel) Bye.

18 : 57 : 32 *Dark Angel hat den Raum verlassen*

Marc hat nicht gemerkt, dass es draußen längst dämmert. Annie kommt rein, ohne zu klopfen, legt ihm einen Stapel Kopien auf den Tisch und lacht:

«Oh, flüstern können wir auch schon.»

«Haben wir gerade gelernt.» Marc schaltet um auf freundlichen Rechercheton: «Kennst du jemanden, der sich ‹Dark Angel› nennt?»

«Nein, nie gehört den Nick. Aber ich kann ja nicht mal in dem Chat alle kennen.» Es ist witzig gemeint.

«Na ja, ist auch egal. Danke für das Material.»

«Bitte.» Sie wartet. «Brauchst du mich noch?»

«Nein, eigentlich nicht.»

Sie ist enttäuscht, braucht aber nicht einmal zu versuchen, es sich nicht anmerken zu lassen. Marc hat schon den Archivstapel an sich gezogen.

«Na, dann ciao bis morgen», sagt Annie. An der Tür dreht sie sich nochmal um und versucht ein Lächeln.

Marc murmelt: «Ciao du.»

Das Material ist ein ziemliches Debakel. Die meisten Artikel stammen aus Computer-Fachzeitschriften und erklären irgendwelche HTML-Codes, Java-Software-Neuheiten und Homepage-Design-Möglichkeiten, von denen er noch nie etwas gehört hat und die ihn auch nicht interessieren müssen. Glaubt er. Die wenigen Erfahrungsberichte, die er findet, sind interessanter.

Da ist viel von Sex die Rede, der sich im Cyberspace abspielen soll, von Blind Dates, die man verabreden kann, von der Faszination und dem Suchtfaktor des Chattens. Hunderttausende sollen sich jeden Tag in den virtuellen Welten tummeln, am Arbeitsplatz, in der Universität, zu Hause und im Cyber-Café. Hunderttausende. Die Suchmaschine webchat.de zählt in Deutschland knapp tausend unabhängige Kanäle, in denen geredet und geschrieben und geliebt und gelitten und gehasst werde. Rund um die Uhr. Jeden Tag. Gehasst? Gehasst! Er schaut auf, sieht aber nichts. Die Dunkelheit klebt seine Fenster ab.

Marc tippt die Adresse und klickt sich ein. Webchat.de ist geordnet nach «Chatthemen» wie «Politik» oder «Religion» oder «TV & Kino» oder «Business & Finanzen» oder «Schwule / Lesben» oder «Auto & Motorrad» oder «Online-Shopping» oder «Romantik» oder «Flirten & Talk». In den Kosmos von «Sex, Erotik, Dates» zeigen 75 Wegweiser, die zum «Haus der Lust» führen oder zu «Cyberotic» oder zum «La-Luna-Chat» oder zum «Sexhouse». Marc schluckt noch eine Prozac-Tablette. Er muss Diazepam besorgen. Morgen. Er schließt die Augen und kann plötzlich wieder sehen.

Er sieht sich selbst mit flatternden Rockschößen und zerzaustem Haar auf einem Felsvorsprung stehen wie auf diesem alten Ölgemälde von Caspar David Friedrich. Aber er sieht kein Meer vor sich. Er sieht eine gigantische Hügellandschaft, die keinen Horizont hat und von deren Existenz er bislang nichts wusste. Er sieht kleine Stundenhotels, vor denen funkelnde Neonpfeile stehen, auf denen es ihm entgegenschreit: «Komm zu uns, Papiertiger, hier erlebst du was!» Er sieht kleine bonbonfarbene Salons, aus denen sanftes Geplapper an sein Ohr weht: «Hi, Donald Duck. Willkommen unter den Gewinnern. Ausnahmsweise *g*» Er sieht Strände, an denen gelacht wird und getuschelt. Er sieht eine verwitterte Villa, an deren Eingang ein Schild lockt: «Hier war auch die Diva zu Hause!» Er sieht riesige Städte, die sich metropolis.de nennen oder fortunecity.de oder funcity.de, wo die Generation @ eine gedankliche Heimat gefunden hat. Er sieht sie durch ihre virtuellen Wolken fliegen. Von einem Ort zum nächsten. Hunderttausende. Sie schreien: «Du musst nur glauben wollen.» Er hört sie rufen: «Komm, Paper Moon. Wir warten schon auf dich. Hier geht die Sonne niemals unter.» Es ist die Stimme von «Dark Angel». Er kann sie hören. Ihr Kichern. Ihr Lachen. Ihr Weinen. Ihr Stöhnen. Ihr Schweigen am Rande des Schattens, der da drüben eine Blutspur hinter sich herzieht in den Nebel hinein. Langsam klettert er die glühenden Kreidefelsen hinab, unsicher erst, dann immer schneller werdend, stolpernd über die Kraft der eigenen Gedanken, bis er sich fallen lässt in Worte und Sätze die ihn weich umfangen bis er sich treiben spürt im zeitlosen Strom in dem Reden nur Silber ist aber Schreiben Gold Hallo new User lachen sie denn er passt plötzlich in etwas hinein er hinterlässt eine Spur er ist Teil von etwas geworden er liest sich hinein in ihre Welt die Wahrheit ist und wird gelesen denn er lebt jetzt in diesem Augenblick

6 / Ein Fahnder

Chi Mai (Ennio Morricone)

Schnecken oder Innereien? Benno Melander hat zur Mittagspause die Alternative. Das heißt, er hat sie natürlich nicht. Die Innereien sind sein Job. Deshalb entscheidet er sich jetzt auch für die Schnecken. Seine dreijährige Tochter hat sie gemalt: mit krakeligem Schneckenhaus und Fühlern mit lustig-wachen Augen obendrauf und einem Lächeln darunter, das so unschuldig und rein ist wie nichts sonst auf der Welt. Es sind mittlerweile drei Schnecken – in roter, grüner und blauer Filzstiftfarbe. Leonie hat sie alle signiert mit geheimnisvollen Schriftzeichen, ihm immer mal wieder morgens in die Hand gedrückt und leise dazu gesagt: «Für dein Büro, Papa!» Jedes Mal lächelte Benno, nahm sie dann mit ernster Miene entgegen, drückte ihr einen Abschiedskuss auf die Wange und lief los.

Sie winkt ihm nach. Vom Balkon. Immer. Bennos Büro liegt direkt gegenüber dem nagelneuen Apartmentblock, wo er, Sabine und Leonie gerade erst eingezogen sind. Allein wären sie nie an eine solche Vierzimmerwohnung gekommen. Aber Bennos Vater kennt den Makler. Der Rasen ist noch so dünn, dass man die braune Erde durchschimmern sehen kann. Auf den anderen Balkonen versuchen karge Gummibäumchen, sich langsam an die neue Heimat zu gewöhnen.

Wenn Benno dann die Straße überquert hat, dreht er sich endgültig weg, auch wenn er weiß, dass Leonie noch durch das Stahlgitter zu ihm herunterstarrt. Er hört sie kreischen: «Tschüs, Papi!»

Er beschleunigt den Schritt, läuft über den kleinen provisorischen Parkplatz, winkt dem Pförtner mit seinem Ausweis entgegen, hastet über den alten Exerzierplatz und springt rechts die drei Stufen zu einem der alten Kasernengebäude hoch, die früher der US-Army gehörten und noch früher der Reichswehr oder der SS. Benno weiß es nicht so genau. Aber er beeilt sich jeden Morgen damit, seine Magnetkarte durch den Schlitz zu ziehen, am schwarzen Brett des Betriebsrats vorbei die Treppe hinaufzurennen, während hinter ihm die Tür wieder ins Schloss fällt, den Linoleumflur mit den grauen Spindkolonnen entlangzurennen und die Tür seines Büros zu schließen.

Nicht, dass er sich dann zu Hause fühlen würde. Der Raum sieht mit seinen hohen Decken, der billigen, faltenwerfenden rot-braunen Auslegeware und den alten Doppelfenstern, von denen der Lack blättert, noch immer so aus, wie man sich ein Finanzamt, eine Zulassungsstelle oder eben eine Soldatenunterkunft vorstellt. Die vier Multimedia-PCs, der Farblaserdrucker und die Kabelknäuel am Boden machen nichts besser, nur ein wenig moderner. Und natürlich waren alle Versuche von Benno und seinen drei Kollegen, ein wenig Leben in die genormte Büro-Ausstattungstristesse zu zaubern, von vornherein zum Scheitern verurteilt.

Die Yuccapalme auf dem Fensterbrett verhungert langsam, weil die anderen Kasernengebäude draußen kaum Sonnenlicht hier hereinlassen. Die Kaffeemaschine röchelt wie ein Todgeweihter im Endstadium, und Julia Roberts blickt traurig von ihrem «Die Akte»-Filmposter herab. Aus dem alten Kofferradio scheppert eine Filmmelodie, die Benno aus der Zeit kennt, als er noch regelmäßig ins Kino ging. Seine Kollegen haben die Kiste nicht ausgeschaltet, als sie essen gingen. Irgendwas mit Belmondo. Er kann sich nicht mehr an den Titel erinnern, nur daran, dass die Melodie irgendwie gar nicht zum Film passte. So wenig wie die Schnecken seiner Tochter in diese Amtsstube.

Jedes Mal, wenn Benno von Leonie eine neue bekam, hängte er sie feierlich an die Pinnwand hinter seinem Schreibtischstuhl. Und wann immer es ging, sog er ihre bezaubernde Ruhe in sich auf. Das reine Rot. Das klare Grün. Das pure Blau. Das war um Welten besser als die rotzgelbe Kladde auf seinem Tisch mit dem Vernehmungsprotokoll, den Aktennotizen und den Fotos, die das LKA Düsseldorf ihm geschickt hatte. Er warf bisher nur einen kurzen Blick hinein und schloss sie dann schnell wieder.

Es ist Dienstag. Es ist heiß. Es ist etwas im Gange. Etwas Großes. Etwas Düsteres.

Benno ist eine Menge Fotos gewohnt. Fotos von schmerbäuchigen alten Männern, die sich Säuglinge vor den Bauch halten und ihnen verschwitzt grienend ihre ... o Scheiße. Fünfzehn Monate alt war das jüngste Opfer, das er bisher auf dem Schirm hatte. Er wollte es nicht aussprechen. Er wollte es nicht denken. Aber die Bilder kommen immer wieder. Nicht nur aus seinem Computer. Sie schießen aus seinem Hirn heran. So müssen sich Junkies bei einem Flashback fühlen. Manchmal reißen sie ihn mitten in der Nacht aus dem Schlaf. Aber das hier, er schaut auf die Kladde, ist etwas anderes. Etwas Neues. Etwas Gefährliches.

Er zögert.

Sein Job kotzt ihn an. Mal mehr, mal weniger. Es kotzt ihn an, weil er immer zu spät kommen wird. Weil die Opfer schon Opfer sind, wenn er anfängt. Weil er mit diesem Dreck sein Geld verdient. Weil er damit die Raten des VW-Golf-Kombis, Leonies Jim-Knopf-Videos und Sabines Fitness-Studio-Beitrag bezahlt, seit er sich auf die Stellenanzeige gemeldet hat. Es war eine Idee seines Vaters. Eigentlich war Bennos ganzes bisheriges Leben eine Idee seines Vaters, der im Frankfurter Polizeipräsidium auf die Pensionierung wartet.

Benno machte Abitur, nur um danach festzustellen, dass er nicht wusste, wofür er nun reif war. «Für die Bundeswehr», sagte sein Vater. Verweigern wäre damals schicker gewesen, aber Benno hätte kein Argument parat gehabt für den Zivildienst. Änderte sich irgendetwas, wenn er verwirrten Omas den Hintern abputzte, statt in lächerlichen Manövern nachts in den Sternenhimmel zu glotzen? Als die Bundeswehr mit ihm fertig war, lehnte er sich zum ersten und einzigen Mal auf und begann, Germanistik zu studieren. Drei Jahre lang. Sein Vater wartete geduldig, bis Bennos Trotz erlahmte, und sagte dann: «Studier Informatik. Solche Leute werden gesucht.» Also studierte Benno Informatik.

«Du könntest beim BKA in der Verwaltung anfangen», sagte sein Vater dann irgendwann und brachte es tatsächlich fertig, Benno doch noch zum Polizisten zu machen. Also begann er, als gescheiterter Informatikstudent PCs in Büros aufzustellen, bis sein Vater ihm von der internen Stellenausschreibung erzählte. Anfang des Jahres richtete das Bundeskriminalamt in Wiesbaden eine unabhängige Internet-Fahndungsstelle ein. Es hatte Jahre gedauert, bis die Innenministerkonferenz dem Projekt überhaupt zustimmte, aber die eigentlich zuständigen Landeskriminalämter waren von Extremismus und Gewalt, Pornographie und Polit-Agitation im wuchernden Netz einfach überfordert. Nun sind eben Benno und seine mittlerweile neunzehn Kollegen überfordert. Hauptberuflich.

Die offizielle Bezeichnung dafür lautet: «Anlassunabhängige Recherche in Datennetzen». Die weniger korrekte ist: «Müllschlucker mit Pensionsberechtigung». Aber das sagte er höchstens zu Sabine, wenn er abends nach Hause kam und Leonie längst im Bett lag. Sie saßen dann vor dem Fernseher, sahen sich Harald Schmidt an, und Benno erzählte Geschichten aus dem Büro, die oft mit dem Satz endeten: «Ich hab's so satt. Du glaubst es nicht.»

Dann lächelte Sabine und sagte abwesend: «Doch, Schatz, ich glaub dir alles.»

Er liebt Sabines beruhigende Teilnahmslosigkeit gegenüber

dem Rest der Welt. Sie lebt irgendwo zwischen Krabbelgruppe, Supermarkt-Sonderangeboten und unschuldigem Traum vom eigenen Haus mit Säulen vor der Tür und einem Gartenteich, um den herum Knabenkraut wachsen und ein Libellenschwarm fliegen müsste.

Benno weiß, dass das Traumhaus ein Haustraum bleiben wird. So viel verdient er nun wirklich nicht als verbeamteter Surfer, der Tag und Nacht im virtuellen Schlamm der Informationsgesellschaft watet. Er latscht durchs Internet wie Streifenpolizisten über die Reeperbahn. Er kennt mittlerweile eine Menge Sickergruben und dreckige Hinterhöfe im WorldWideWeb. Er weiß, dass im Cyberspace die Hehlerei blüht. In virtuellen Casinos wird Drogengeld gewaschen. Es gibt Datenpiraterie, Wirtschaftsspionage und Volksverhetzung, Waffen-, Menschen- und Organhandel. Es gibt alles, was es «draußen» auch gibt. Er sagt das immer öfter: «draußen». Ganz so, als sei er tagsüber «drinnen». Jedenfalls ist die Kriminalität in den virtuellen Nebeln viel raffinierter versteckt.

Benno ist ein Jäger. Vielleicht. Er kann mit seinen Suchmaschinen, Spezial-Software-Paketen und Provider-Kontakten fast alles, darf aber so gut wie nichts. Das Internet ist kein rechtsfreier Raum. Es leidet eher unter zu viel Recht, denn jeder Staat hat wieder andere Normen und Gesetze.

Benno ist ein Idiot. Ganz bestimmt. Aus jeder Auffälligkeit muss er einen «Vorgang» machen und an das zuständige LKA weiterschicken. Dort sitzt dann mitunter ein schnauzbärtiger Kollege, für den das WorldWideWeb noch immer so etwas wie die Gebrauchsanweisung eines Atomkraftwerks ist. Und der muss dann einen Provider in Osaka ausfindig machen, einen notgeilen Surfer aus Mecklenburg-Vorpommern oder gar einen Achtjährigen aus Braunschweig befragen, wie das denn nun war, als der Papa anfing, nachts in sein Zimmer zu kommen.

In solchen Momenten ist Benno unglaublich froh, dass er hier in diesem alten, hohen Raum hocken darf. Das war eben sein Schneckenhaus. «Ich würde denen die Eier abschneiden», murmelte er mal, als seine Abteilung wochenlang einen Kinderpornoring verfolgte. Einer der Kollegen muss das mitbekommen haben. Sie mochten ihn nicht besonders, weil sein Vater irgendein hohes Tier bei der Frankfurter Polizei ist und Benno mal was Geisteswissenschaftliches studiert haben soll. Geisteswissenschaften klangen für einen normalen BKA-Mann wie ein RAF-Seminar «Bombenbau für Anfänger».

Sein Chef bat ihn danach, sich künftig mehr um Kreditkarten-Betrügereien, Anabolikahändler und Rechtsradikale im Netz zu kümmern. Er meinte es gut. Er versucht, Familienväter vom gröbsten Dreck fern zu halten. Benno empfand das auch nicht als Degradierung. Er hat keine Ambitionen. Er ist Familienvater. Und wenn er überhaupt etwas richtig gemacht hat in seinem Leben, dann das.

Er starrt auf die Kladde aus Düsseldorf. Dann dreht er sich wieder zu den strahlenden Schnecken um.

Das Jahr null nach Leonies Geburt war eine blanke Katastrophe. Sie war noch kein Mensch, sondern ein schreiendes, pupsendes und – wenn es gut lief – schlafendes Blag, das nichts zurückgab, außer einer voll geschissenen Windel. Man durfte so etwas nicht laut sagen. Benno wusste das. Aber es war ihm ein Rätsel, wie manche Leute noch immer glauben konnten, Kinder könnten brüchig gewordene Ehen kitten. Kinder waren eher eine Zerreißprobe.

Als Leonie begann, sich ihrer selbst bewusst zu werden, fing sie auch an, ihre Grenzen auszuloten. Niemand kann einen derart bis aufs Blut reizen, so perfide an den wund gescheuerten Nerven zerren wie das eigene Kind. Leonie wühlte virtuos in all seinen Wunden, die er bis dahin nicht einmal selbst gekannt hatte. Und dann gab es wieder diese wunderbar stillen Momente, in denen die Zeit gefror: der Abend, als Leonie sich zum ersten Mal von ihrem Gitterbett abstieß und auf eigenen Beinen bis zur Wickelkommode wackelte. Mit funkelnden Augen Neuland erkunden. Oder als sie nachts plötzlich vor seinem Bett stand und ihm zuflüsterte: «Papa, ist der kleine Rabe wirklich böse?» Und als er sich dann mit ihr hinüberschlich, ihr zum hundertfünfundzwanzigsten Mal die Geschichte des kleinen Raben vorlas, der alle Freunde verlor, weil er für deren Freundschaft nichts tat, bis Leonie eingeschlafen war in seinem Arm und Benno sich fragte, wovon sie wohl träume. Kann man Dinge träumen, die man noch nicht gesehen hat? Für die man noch keine Worte hat?

Mitte dreißig ist so ein Alter, wo man plötzlich merkt, dass man die aktuelle Nummer eins der Charts nicht mehr kennt. Mit Mitte dreißig bieten einem gepiercte Teenies im Bus zwar noch nicht ihren Sitzplatz an. Aber sie mustern einen, als könnte man ihr Lehrer sein. Das ist okay. Die Jugend ist vorbei. Man hat sich an Migräne oder Sodbrennen gewöhnt und den heimlichen Kampf gegen Haarausfall aufgegeben. Nächste Station: Prostata. Und jeder Versuch, den Anschluss an die jüngere Generation zu halten, wirkt bereits lächerlich. Noch schlimmer sind nur die Altachtundsechziger, die nun langsam dem Rentenalter entgegen degenerieren und dabei so tun, als seien sie zum zweiten Mal fünfundzwanzig.

Einmal war Benno mit Sabine in einem dieser Disco-Großraumpaläste, in denen locker 1500 Leute Platz für epileptische Bewegungslosigkeit haben. Bennos Mutter hatte ausnahmsweise auf Leonie aufgepasst. Sie kamen sich vor wie ein Ausflug des Inkontinenten-Stammtischs zwischen all den aufgedonnerten Teenies, die ihn nicht mal körperlich interessierten.

Sein Frauengeschmack hatte sich unmerklich verändert. Andere Töchter haben auch schöne Mütter, dachte er manchmal.

Er verstand sie. Die Mütter. Und sie merkten, dass er sie verstand. Es war ein ungefährliches Terrain. Das letzte Flirt-Refugium vor der Midlife-Crisis, an die Benno ohnehin nicht glaubte und mit der er Sabine manchmal aufzog: «Irgendwann wirst du mich verlassen, mit einem gut aussehenden Pizza-Boten durchbrennen und auf Ibiza ein Blumengeschäft für deutsche Touristen eröffnen.» Dann machte er eine Pause, die Sabine schon kannte, und fügte hinzu: «Aber nimm dann bitte auch das Kind mit.» Sie lachte dann, aber es war ihm ziemlich ernst damit.

Die ersten Ehen, zu deren Hochzeiten Benno und Sabine einst eingeladen waren, hatten sich schon wieder mehr oder weniger krachend aufgelöst in Anwaltstermine und Sorgerechtsklagen, Unterhaltsstreitereien und langwierige Psychologensitzungen. Dabei liebten sie beide Hochzeiten. Benno war altmodisch. Er glaubte an die Ehe, an die eine, die große Liebe. An ein gemeinsames Leben. Unverbrüchliche Treue. Bis dass der Tod euch scheidet. Wenn etwas Sinn machte, dann das. Nur das. Bei allen ermüdenden Begleiterscheinungen im gemeinsamen Schneckenhaus. Rot. Grün. Blau.

Benno dreht sich wieder zu seinem Schreibtisch und öffnet vorsichtig die gelbe Kladde. Er schaltet um auf Beamter.

Eine Frau war ermordet worden. In der Nacht vom Samstag auf Sonntag. In einem zweitklassigen Hotel am Duisburger Hauptbahnhof. Das Zimmer war auf den Namen «Jürgen Fliege» reserviert worden. Aber der Mord allein hätte nicht gereicht, um Bennos Abteilung einzuschalten. Er zieht das Vernehmungsprotokoll des Ehemannes der Toten aus der Kladde.

Der Mann heißt Gerd Bronner, ist achtunddreißig, angestellter Bäcker in einer Großbäckerei und seit elf Jahren mit seiner Frau Michaela verheiratet. Die beiden haben zwei Kinder, die acht und zehn Jahre alt waren. Michaela hatte tagsüber in der Verwaltung eines Energie-Konzerns gearbeitet und kam nach Hause, wenn ihr Mann gerade zur Nachtschicht das Haus verließ.

«... Wenn ich das gewusst hätte, hätte ich nie diesen Computer gekauft. Das war so ein Angebot, beim Media Markt. 1969 Mark mit allem Drum und Dran.

Windows und Internet Explorer und Tabellenkalkulation und dem ganzen Zeug. Ich dachte, damit bekämen wir unsere Finanzen mal langsam in den Griff. Aber von wegen. Sie kann ihn ja nur da kennen gelernt haben. Das hat sie ja auch irgendwann mal zugegeben, dass sie da neue Leute kennen lernen würde in diesen Chats.

Seit vier Monaten ist sie schon da drin, nachts, klar, wenn ich bei der Arbeit bin. Ich weiß auch, in welchem. Das wird ja eine Weile gespeichert, die letzten Adressen. Sie wissen das besser als ich. Und das war dann immer flirt.de. Klasse, was? Da weiß man gleich Bescheid, was Sache ist. Einmal habe ich mir das angeschaut und sie morgens zur Rede gestellt. Sie hat gar nix gesagt und ist einfach zur Arbeit gegangen. Das muss man sich mal vorstellen.

Ja, das merkt man schnell. An der Telefonrechnung. Schon im ersten Monat waren das plötzlich 250 Mark statt 60 oder 70 früher. Diese T-Online-Fritzen sind reine Verbrecher. Ich meine, dafür arbeiten wir doch nicht beide, dass es dann mit dem Scheiß-PC wieder verbrennt, das Geld. Wir haben dann auch mal darüber geredet, ja, nennen Sie es gestritten, von mir aus. Sie hat auch gesagt, dass sie es wieder zurückschrauben wird und so. War aber nix mit dem Zurückschrauben. Im Monat drauf waren es 323 Mark. Ich hab die Rechnungen alle noch da. Und da keifte sie dann schon, dass ich ihr auch Spielraum lassen müsste. Sie hätte ja sonst nix außer der Arbeit und den Kindern. Als ob das nix ist! Das frag ich Sie. Und ich bin ja schließlich auch noch da.

Na ja. So ging das jedenfalls weiter. Ich hab dann mal versucht, das Passwort zu ändern, damit sie gar nicht mehr erst in Versuchung kommt. Da hätten Sie sie mal hören sollen. Getobt hat sie. Sie verdiene schließlich auch Geld. Und ich brächte es sowieso nicht mehr. Und wenn das mit dem Passwort mein letztes Wort sei, dann würde sie die Koffer packen und zu ihren Eltern ziehen. Also hab ich das alte Passwort wieder eingestellt. Das ist ja auch ein Act, so was. Haben Sie schon mal die Gebrauchsanweisung von so einem Computer gelesen? Da sind Sie beschäftigt, sag ich Ihnen. Aber das hätte mir noch gefehlt. Eine Scheidung. Weiß man doch, wie die einen heute ausnehmen. Dann hätte ich ja gleich Sozialhilfe beantragen können.

Und dann war auch wieder Ruhe. Erst mal. Sie hat gechattet und den Mund gehalten. Die Kinder ins Bett gebracht und ab in den Swinger-Club. So sieht das jetzt aus. Für mich. Ging mich auch nix an, was sie da so machte im Internet. Einmal, so vor einem Monat, als sie ein bisschen besser drauf war, hat sie mir beim Grillen am Wochenende erzählt, dass das wie ein Frauenstammtisch sei, wo man eben über alles Mögliche quatscht. Von wegen. Da waren auch Männer. Das sehen Sie ja an den Briefen. So blöd war sie dann doch, die auch noch auszudrucken. In der Mailbox war nie was, wenn ich mal nachgeschaut habe. Sie wusste ja, dass ich das tun würde. Klar. Hab ich natürlich. Manchmal nachmittags, wenn sie im Büro war. War aber nie was drin. Nur Werbung.

Die Sauereien hatte sie eben alle ausgedruckt und gleich gelöscht, diese Nutte. In ihre Unterwäsche hätte ich natürlich als Letztes geschaut. Aber das muss er ja wohl sein. Die Sau, die das getan hat. Aber das können ja nur die letzten Briefe gewesen sein, die er ihr geschickt hat. Ich mein, so was fängt ja nicht von heute auf morgen an. Auch wenn das nur welche von letzter Woche sind. Das waren bestimmt nicht alle, die er ihr geschickt hat. Da könnte ich wetten drauf.

Am Samstag früh sagte sie dann plötzlich, sie müsste zu einer Freundin, die mit ihrem Mann Schluss gemacht hat und jetzt ein paar Tage im Hotel zu sich kommen wollte. Nein, den Namen hab ich vergessen. Ich weiß gar nicht mehr, ob sie ihn mir überhaupt gesagt hat. Jedenfalls würde sie wahrscheinlich über Nacht bleiben und am Sonntag wieder hier sein. Dann ist sie auch gleich losgefahren. Mit dem Bus. Sie sah richtig glücklich aus. Und ich hatte die Kinder an der Backe . . .»

Benno schließt die Augen und versucht, sich Gerd Bronner vorzustellen. Wie er, vielleicht noch in seiner speckigen weißen Schürze, auf einer Couch sitzt, die akkurat auf den Fernseher in der Mahagoni-Imitat-Schrankwand ausgerichtet ist. Auf dem niedrigen Holztisch: eine Dose Bier und eine Schachtel Reval ohne Filter. Der kristallene Aschenbecher quillt über. Die Kinder sind fürs Erste bei den Schwiegereltern untergebracht. Manchmal streicht sich Bronner das fettig-schüttere Haar über den Kopf im Nacken glatt und kratzt sich am Bauch.

Benno weiß, dass er ungerecht ist. Er hat keine Ahnung, wie er so einen Schlag jemals überleben sollte. Er holt die Kopien der E-Mails raus, die seine Kollegen in Michaela Bronners Wäsche gefunden hatten.

Subject: *nur ein Lächeln*
Date: Thu, 29 July 1999 00:06:54 +0100
From: Romeo64@gmx.de
To: gerd.bronner@t-online.de

Bezaubernde Michaela / Julia,
nähert sich dir sanft von hinten, legt dir ein Lächeln um den Hals, berührt sanft deine Lider wie ein Windhauch und raunt dir ins Ohr Danke für den Abend
Dein Romeo :-x

Subject: nächtliche Papierflieger
Date: Fri, 30 July 1999 01:06:54 +0100
From: Romeo64@gmx.de
To: gerd.bronner@t-online.de

Einzige Michaela,
und wenn du auch (noch) nicht bei mir bist, so kann ich dein Lächeln doch «sehen», deinen Atem «spüren», deine Lust «schmecken» und das Zittern deiner Brüste «fühlen». Bis morgen Abend
faltet einen guten Gedanken und lässt ihn durch die Nacht in deine Träume fliegen
Alles ist arrangiert.
Dein Romeo :-x

Benno vergräbt sein Gesicht in den Händen. Sie sind feucht. Er ist beeindruckt. Der Mörder versteht etwas vom Schreiben. Und das macht ihm Angst. Der Mann hat Verstand. Er wird nicht so dumm sein, seine anonyme Mail-Adresse bei Global Message Exchange ein zweites Mal zu verwenden oder auch nur zu öffnen. In einer halben Stunde wissen die Administratoren dort, dass sie den Briefkasten beobachten müssen. Und sobald sich jemand einklinkt, weiß Benno es Sekunden später, um den Unbekannten vielleicht anhand seiner IP-Adresse zurückverfolgen zu können, die jeden Computer ausweist wie eine Hausnummer.

Sie haben schon Leute von ihren Hockern in Internet-Cafés herunter verhaftet, weil sie einfach lange genug online geblieben waren, um aufgespürt werden zu können. Benno nimmt bereits jetzt an, dass der Mörder entweder aus Cyber-Kneipen seine Mailboxen anlegt oder sich fremde IP-Nummern zusammenhackt. Dieser Typ hier verfolgt einen Plan, und er wird ihn sich nicht durch Dummheit oder Nachlässigkeit kaputtmachen lassen. Die beiden Mails an Michaela Bronner sind die ersten Fingerabdrücke des Täters.

Die restlichen Papiere in der LKA-Kladde beschreiben zwei weitere Morde in München und Hamburg. Nur beim zweiten führt die Spur ebenfalls ins WorldWideWeb, wenn auch zu einer anderen, nicht weniger anonymen Mailbox. Aber alle drei tragen die gleiche Handschrift: Wochenende, Hotelzimmer und dieses merkwürdige «Öffne dich», das mit Blut an die Zimmerwände geschmiert wurde. Aber warum? Was treibt ihn? Und nach welchem Muster? Benno schaut auf den Kalender: Dienstag, 3. August 1999.

Noch war der Zusammenhang niemandem aufgefallen. In allen drei Fällen hatten die Landeskriminalämter es bisher vermeiden können, dass Details nach draußen drangen. War das gut? Dieser Killer, wenn es ihn gab, fühlte sich noch sicher. Er scheint eine akribische Freude daran zu haben, sich unter den Namen von Showstars in den Hotels anzumelden. Harald Schmidt. Andreas Türck. Jürgen Fliege. Komische Reihe.

Vielleicht... Aber könnte man das überhaupt? Bis zum nächsten Wochenende alle Hotels warnen, sich sofort zu melden, wenn sich ein bekannter Name bei ihnen einträgt, der nicht zu dem Gesicht vorm Tresen passt? Irgendein Nachtportier würde das bestimmt einem befreundeten Journalisten erzählen. Lange würde man die Geschichte ohnehin nicht mehr unter der Decke halten können. Wenn der Mörder so gerissen ist, wie Benno es vermutet, könnte er sich auch dann noch sicher fühlen, wenn das halbe Land schon nach ihm fahndet. Benno kann sich lebhaft ausmalen, was für eine Massenhysterie da ausbräche. Er denkt nach. Nein, er kann es sich noch nicht ausmalen. Es wird schlimmer werden. Viel schlimmer.

Er will gerade zum Hörer greifen, um Sabine zu sagen, dass es heute wieder später wird. Dass es überhaupt in den nächsten Tagen, vielleicht Wochen, verdammt viel später werden könnte, als das Telefon klingelt. Auf dem Display leuchtet eine Hamburger Nummer.

7 / Ein Treffen

Sommer Son (Texas)

Marc Pohl fliegt nicht gern, aber es muss sein. Je älter er wird, umso heftiger wehrt er sich gegen jede Art von Fortbewegung. Irgendwann wird er einfach stehen bleiben. Mit Mitte vierzig vielleicht.

Wenn er mit dem Auto unterwegs ist, klebt er eigentlich ständig in quälend endlosen Staus. Reisen bildet – vor allem «zähflüssigen Verkehr mit Stillstand», wie es im Verkehrsfunk dann heißt. Die Bahnhöfe der Deutschen Bahn wirken trotz oder wegen aller Dekorationsbemühungen wie gigantische Sozialstationen für lebende Drogentote und Obdachlose, russische Drogendealer, heimatlose türkische Senioren und Kindernutten. Da nutzte es auch wenig, dass die Schaffner heute Service-Manager heißen. Genauso gut könnten sich die Zuhälter auf der Reeperbahn «Investor Relations Supervisor» nennen. Marc geht nur sonntags zum Bahnhof, um sich Zeitungen und ein paar hoffnungslos überteuerte Croissants zu kaufen oder ein Ciabatta, das Modebrot des Sommers.

Alle Leute, die er kennt, essen in diesem Sommer Ciabatta, trinken Pinot Grigio, kaufen sich den Soundtrack vom «Buena Vista Social Club», lieben Harald Schmidt und hassen die Lufthansa. Selbst die Flughäfen sehen ja alle gleich aus. Neulich stand Marc in Stuttgart am Abfertigungsschalter und dachte, er sei in Hamburg. Er kann die Wirklichkeit so weit ausblenden, dass er nur noch die Stewardess wahrnimmt, wenn sie mit ihrer rumpelnden Saftkiste durch die Reihen rollt. Früher trank Marc «nach Erreichen der Reiseflughöhe» derart leidenschaftlich Tomatensaft, dass er sich irgendwann auch zu Hause eine Flasche davon im Supermarkt kaufte, die aber seit über einem Jahr in seiner winzigen Küche vor sich hin rottet. Nach einem halben Jahr wagte er die Flasche nicht mehr anzufassen, weil merkwürdig-düstere Schimmelschlösser sich auf der Oberfläche breit gemacht hatten. Jedenfalls war das mit dem Tomatensaft seither nicht mehr dasselbe.

Auf dem Flug nach Frankfurt trinkt er einen Apfelsaft und schluckt dazu eine Halcion-Tablette. Er hat mehr als genug Zeit, über diesen Melander nachzudenken. Die Maschine hat wie meist eine halbe Stunde Verspätung und wird eine weitere halbe Stunde bis Frankfurt verlieren, weil die Flugsicherung dort wieder verreckt vor lauter Verkehr. Die Geschäftsleute ertragen es mit stoischer Unruhe. Hibbeliger sind die Touristen, die gedanklich bereits ihre Anschlussflüge nach Bangkok, New York oder Kairo abschreiben. Wieso reisen wir eigentlich so viel? Weil wir Angst davor haben, aus Versehen mal irgendwo anzukommen?

Seit zwei Jahren macht Marc nur noch Club-Urlaub, wenn überhaupt. Bloß keine Bildungsreisen von der Sorte: zwei Wochen mit Sherpas durchs tibetische Hochland oder «Ägyptens tausend Königsgräber». Marc braucht einen Strand, Sonne und reichhaltige Büffets zum Frühstück, Mittag- und Abendessen. Zur Wahl standen Robinson, Aldiana und Med. Med war zu französisch, Aldiana zu Neckermann. Robinson war okay. Robinson war TUI und «Sie haben es sich verdient». Marc hat es sich verdient. Er fliegt gern mit einer dieser voll gestopften Chartergranaten nach Dalaman, wo er schon am Flughafenausgang von einer blau verpackten TUI-Fee aus dem Pulk der marodierenden Bottrop-Proleten gefischt und in einen Bus gepackt wird, um die Türkei von da ab nur noch klimatisiert durch getönte Scheiben zu sehen. Wenn überhaupt. Das ist gut so. Die Türkei interessiert ihn nicht, und hinter der nächsten Straßenkehre taucht ohnehin gleich der Zauberberg des «Robinson Maris» auf, wo er nun schon dreimal war.

Wenn Marc es richtig verstanden hatte, war das Hotel von irgendeinem stinkreichen Türken mit viel Schmiergeld in das Landschaftsschutzgebiet betoniert worden. Bis er eben kein stinkreicher Türke mehr war, sondern ein Pleite gegangener. Aber mehr musste Marc auch nicht an Lokalkolorit erfahren. Da saß er dann, schlief morgens lange, las viel, schleppte sich zu den Essenszeiten an die Tröge und vermied jeden Kontakt zu den anderen Urlaubern. Vormittags sah das Meer aus wie ein Bettbezug aus Lurex, der zwischen die kargen, rot schimmernden Felsen gespannt war. Abends um Punkt 18 Uhr schlurrte er auf die «Klassik-Wiese», wo irgendein Bernd im weißen Frack Sekt servierte und mit der Stereoanlage den nahenden Sonnenuntergang beschallte. Mit dem «Soundtrack» (!) von «Amadeus» (!!). Und Marc (!!!) mittendrin, genießend (!!!!).

Es fehlte nur noch die rituelle Schlachtung eines türkischen Küchensklaven zur «Happy Hour». So ein Schauspiel hätte ihn weniger gewundert als die Schlange, die eines Nachts bei einem seiner Strandspaziergänge auf dem Weg vor ihm lag, geringelt wie die Sprungfeder eines altersschwachen Sofas. Sie kam unvorbereitet, hockte einfach vor ihm und züngelte giftig. Vielleicht war selbst die nur ein ferngesteuertes Spielzeug oder ein von speziellen Tiertrainern angelernter Statist, Abt. Naturschauspiel. Vielleicht wäre ihr Biss aber auch derart giftig gewesen, dass er es – von Muskelkrämpfen geschüttelt – nicht mal mehr bis hoch zu den lachenden Gästen am Pool geschafft hätte. Marc wollte es nicht darauf ankommen lassen und wanderte, rückwärts laufend, Richtung Hotel.

«Wir haben unsere Reiseflughöhe bereits wieder verlassen und bitten Sie …» Er schließt die Augen.

Melander hatte ihn zu sich nach Hause eingeladen. Am späten Nachmittag. Daraus schloss Marc, dass der BKA-Mann selbst neugierig war. Marc hofft, dass Melander ihm helfen würde, auch wenn ihm kein Grund einfällt, weshalb er es tun sollte. Er durchquert die mit Urlaubern, Geschäftsreisenden und schreienden Kindern übervölkerten Hallen, Foyers und Passagen des Frankfurter Flughafens, angesteckt von der chronischen Eile um ihn herum. Er ist trotz der Verspätung früh dran. Deshalb geht er auch nicht zum Taxi-Stand, sondern hinunter in die Katakomben der S-Bahn, wo man am Automaten aus einer langen Liste die Nummer des Zielortes heraussuchen und eingeben muss. Dann hat man sich zu entscheiden zwischen Einzel-, Mehrfahrt- und Tageskarte. Dann wird man noch gefragt, ob man über «FHbf» oder «Rüsselsheim» fahren möchte. Marc braucht wie immer fünf Anläufe, bevor der Automat sein Geld akzeptiert und ihm ein 5,90-Mark-Ticket spendiert. «Danke», sagt Marc. Zwei Pizza fressende Albaner schauen ihn verständnislos an.

In dem stickigen Gleisschacht hängt ein Plakat des Deutschen Roten Kreuzes. Ein junger Mann mit halblangen Haaren und dunklen Augen schaut traurig auf Marc herab. «Mein Blut für dich» steht auf dem Foto. Marc ist sich nicht sicher, ob er dessen Blut wirklich haben wollte. Ein junger Italiener kehrt lustlos Kippen vom blank polierten Boden. Seine Putzkolonnen-Uniform steht ihm wie eine Schuhschachtel. Ein kleines Mädchen in einem roten Kleid tanzt Rad schlagend an ihm vorbei den Bahnsteig entlang zu einer Geigerin, die einen dieser Sommer-Hits intoniert, die jetzt überall laufen: im Kaufhaus und Autoradio, in der Kantine und im Flugzeug, in der Shopping-Mall und in Kneipen.

In ihrem mit grünem Samt ausgeschlagenen Instrumentenkoffer liegen ein paar Mark fünfzig. Die Geigerin sieht aus wie Vanessa Mae. Vielleicht ist sie Vanessa Mae, denkt Marc. Vielleicht ist das hier der Drehort ihres neuen Videos. Vielleicht ist es «Verstehen Sie Spaß?». Marc sucht die Bahnsteige nach einer Kamera ab. Nach irgendwelchen Wichtigtuern mit Knöpfen im Ohr und Walkie-Talkies in den Händen. Nichts. Das wäre ein Ding. Vanessa Mae. Ist die schon wieder so weit abgestiegen, dass sie in deutschen S-Bahn-

Schächten spielen muss? «Geigen-Girlie ganz unten.» Marc denkt nur noch in derart kurzen Sätzen. Das Foto mit dem Geigenkasten würde Barthelmy gefallen. Sie sieht wirklich aus wie Vanessa Mae. Aber sie spielt nicht im Madison Square Garden, sondern unter dem Frankfurter Flughafen. Die Charts. Rauf und runter. Entweder sie ist Vanessa Mae, oder sie hat verdammtes Pech gehabt, dass eine andere mit ihrem Gesicht Karriere machen durfte.

Marc legt einen 20-Mark-Schein in den Geigenkasten. Vanessa Mae bedankt sich mit einer leichten Verbeugung.

«Sind Sie Vanessa Mae?», fragt er dann doch noch.

Sie versucht ein Achselzucken und zieht ihre hübschen Augenbrauen hoch, als wolle sie sagen: «Tut mir Leid. Ich versteh Sie nicht.»

Die heranrauschende S-Bahn reißt ihre Melodie mit sich.

Die Fahrt bis zum Wiesbadener Hauptbahnhof dauert eine halbe Stunde. Keines der neongrünen Gesichter in dem Großraumwagen sagt ein Wort. Sie starren ihre Spiegelbilder in den Scheiben an, lesen irgendwelche Computer-Fachblätter oder knallen einnickend mit dem Kopf an die Wand. Immer wieder.

Um Punkt 17 Uhr steht Marc vor Melanders Haus. Ein Summer kündigt an, dass man nun die Tür aufreißen und sich durchs Treppenhaus verirren darf.

«Hallo, Herr Melander.» Marc tritt einen halben Schritt zurück. Er will nicht aufdringlich erscheinen. «Mein Name ist Pohl. Marc Pohl. Wir haben telefoniert. Schön, dass Sie Zeit für mich haben.»

Er fängt an zu registrieren. Melander sieht nicht aus, wie er sich einen BKA-Bullen vorgestellt hat: kein Schnauzer, keine Killerstatur, keine KZ-Kurzhaarfrisur, keine Schimanski-Jacke. Stattdessen eine Nickelbrille, eher hängende Schultern und unschlüssiger Argwohn. Holzfällerhemd über der zerschlissenen Jeans. Hässliche Badeschlappen, aber das sagt nichts, weil es auf der ganzen Welt keine schönen Badeschlappen gibt. Nicht mal von Gucci.

«Kommen Sie rein», sagt Melander freundlich.

Marc tritt ein, überlässt aber Melander sofort wieder die Führung, nachdem der die Tür geschlossen hat.

«Unsere Kleine schläft schon. Sie hat Grippe», hört Marc ihn sagen.

Er hängt seinen Mantel auf und geht hinter Melander durch den Flur an fünf geschlossenen Türen vorbei. Kinder- und wahrscheinlich Schlafzimmer rechts. Links eventuell Toilette, Arbeits-/Gästezimmer, Küche. Er hört das Klingeln von Geschirr. Verheiratet. Ein Kind. Parkettboden. Junge Familie. Ikea-Möbel. Billy-Bücherregale mit einer Menge Bücher. Nicht nur diese Alibischinken, die man zur Konfirmation geschenkt bekommen hat. Die Buchrücken sehen sogar gelesen aus. Essecke mit Stahlrohrmöbeln und Holztisch wie aus Opas Erbe. Weiße Raufaser. Drei Modigliani-Drucke. Ungerahmt. Gelbes Sofaeck. Kein Couchtisch! Stattdessen Schaukelpferd aus Holz, Bobby Car und Lego-Kiste. Großer Sony-Fernseher. Billige Aiwa-Stereo-Anlage. Wieder dieser Sommer-Hit.

Melander schaltet ab, während Marc hinter erwartungsvoll lächelnder Fassade weiter registriert. Zwei Yuccapalmen, die Gummibäume der Neunziger. Blumige Vorhänge. Viel Geschmack für wenig Geld. Soll er auf das Kind eingehen? Nein.

«Setzen Sie sich doch!» Benno zeigt auf die vier Stahlrohrstühle.

Pohl sieht aus, wie er sich Boulevardjournalisten vorgestellt hat: Das nach hinten gekämmte halblange Haar, die Designer-Jeans, das blaue Sakko, die dicke Uhr mit dem stählernen Gliederband am Handgelenk. Er hat am Nachmittag in diversen Datenbanken nachgesehen, was Pohl so alles geschrieben hat in den letzten Jahren: die Scheidung von Dieter Bohlen und Verona Feldbusch, Götz Georges Badeunfall, irgendetwas von Dieter Thomas Hecks Mutter oder Schwester, die auf einer Müllkippe lebt, Interviews mit Madonna und Models wie Claudia Schiffer oder Nadja … Nadja … Auerbach? Egal, jedenfalls fand Benno keinerlei Hinweise darauf, dass Pohl ein großer Internet- oder Polizeiprofi ist. Aber er ist auf der richtigen Spur.

Ehrlich gesagt weiß Benno jetzt auch nicht mehr, weshalb er ihn überhaupt eingeladen hat. Sabine hatte ihn gewarnt. Solchen Typen dürfe man nie trauen, sagte sie. Und wenn sein Stab davon erführe, käme er in Teufels Küche.

Sabine kommt mit ihrem falschesten Lächeln herein und laviert das Tablett mit dem Kaffeegeschirr auf den Tisch.

«Darf ich vorstellen», sagt Melander. «Sabine, meine Frau.»

Pohl dreht sich um, sieht eine hübsche junge Frau mit schulterlangem dunkelbraunem Haar und hohen Wangenknochen, die irgendwie slawisch wirken oder korsisch. Ja, korsisch wie die Korsinnen in «Asterix auf Korsika». Stolz, schweigsam, zurückhaltend. Er hat ein Lächeln lang Zeit, sich zu entscheiden zwischen a) Handkuss b) Handschütteln c) hallo sagen.

a) wäre hier zu gelackt, c) zu salopp. Er hält ihr freundlich die Rechte hin und sagt: «Guten Abend, Frau Melander. Ich hoffe, ich störe Sie nicht allzu sehr.»

Sie drückt kurz seine Hand und lächelt: «Ach wo, als junge Mutter bekommt man ja ohnehin viel zu selten Besuch.»

Pohl spürt Melanders überraschten Blick über so viel Koketterie, die sie aber sofort zurücknimmt.

«Hier ist Kaffee und ein wenig Gebäck.» Sie streicht sich eine Strähne aus der Stirn. «Ich störe auch nicht weiter. In der Küche wartet der Abwasch.» Dann verschwindet sie wieder.

Marc setzt sich und legt die Hände in den Schoß, während Melander zwei große Porzellanbecher füllt: «Herr Pohl, eines muss ich gleich loswerden. Das hier muss unter uns bleiben.»

Pohl nickt ernst. a) «Natürlich. Ich halte meine Versprechen.» b) «Das ist doch ganz klar.» c) «Wie können Sie daran zweifeln?»

b) ist zu weich, c) zu angriffslustig. «Natürlich. Ich halte meine Versprechen. Immer.»

«Also, lassen Sie uns mit offenen Karten spielen. Was wissen Sie?»

Die Wahrheit wäre gewesen, dass Melander Marcs letzte Rettung ist. Aber solche Schmeicheleien will sich Marc für später aufheben. Er weiß noch nicht so recht, ob Melander auf so etwas überhaupt anspringen würde. «An den vergangenen drei Wochenenden gab es drei Morde. Zumindest zwei der Opfer scheinen den Täter im Internet kennen gelernt zu haben. Wir haben die LKA-Unterlagen, die Fotos von den Tatorten, die Details und die E-Mails. Und ich weiß, dass Sie den Fall auf dem Tisch haben.»

«Das wussten Sie fast schneller als ich selbst.» Melander nippt an seinem Kaffee. «Ihr Zeitungsleute wisst immer eine ganze Menge, was?»

Marc lächelt: «Wir haben über vierhundert Redakteure. Da bleibt das nicht aus.» Er will auf sein Gegenüber nicht arrogant wirken. Er will keine Angst säen. Sein Blatt ist ihm jetzt so Wurst, wie er selbst meist den Leuten ist.

Der Moment ist für Benno günstig. Pohl fühlt sich zu Hause, solange er über seine Branche und die Macht seines Verlages reden kann: «Sie sind kein Internet-Spezialist und kein Polizeireporter, oder?» Er beobachtet sein Gegenüber. «Wie kommen Sie also zu dieser Geschichte?»

Arschloch, denkt Marc. *Du hast dich informiert. Du bist gerissener, als ich dachte.* Er nickt ernst. «Die Frau des zweiten Opfers war früher Schauspielerin. Das ist alles. Ich kam dazu wie die Jungfrau zum Kind.» *Und jetzt bin ich mal gespannt, ob du noch weitere Überraschungen auf Lager hast. Wahrscheinlich magst du auch mein Blatt nicht.*

Bennos Bild von Marcs Zeitung stammte in weiten Teilen aus Heinrich Bölls «Die verlorene Ehre der Katharina Blum»: *Ein Revolverblatt für Leute mit Faible für Dosenbier, Campingurlaub und die Titten der* jungen Nachbarin; Leute eben, die sich auch noch aufgeilten an den großen Lettern über Kinderpornos. Aber das Blatt ist mächtig. Die Pressestelle hat eine Heidenangst vor denen. Und so fies sieht dieser Pohl nun auch nicht aus. Ich muss einlenken. «Glauben Sie, dass hinter den Morden System steckt?»

Marc greift nach einem «Schoko Leibniz», legt den Keks neben den Kaffeebecher und sagt: «Die Wahrheit ist: Meine Chefredaktion hofft, dass es diesen Mörder gibt. Wir sind mitten im Sommerloch. Wir brauchen Geschichten. Und ich persönlich …», er knabbert an dem Keks, um Zeit zu gewinnen, «ich glaube, dass es ihn gibt, ja. Und dass er weitermachen wird. Ich weiß nicht, was ihn treibt und wie er es macht. Aber ich glaube an ihn. Sie nicht?»

Benno umgreift mit den Händen seinen Porzellanbecher. «Wir haben bisher nur Indizien. Aber es sieht wirklich so aus, als gebe es ihn.»

«Wie macht er es? Wie stellt er es an? In welchen Chats trifft er seine Opfer?»

«Sie sollten nichts darüber schreiben», sagt Benno. «Bisher fühlt er sich noch sicher, wenn es ihn überhaupt gibt. Was glauben Sie, was los ist, wenn er sich erkannt fühlt? Dann wird er noch vorsichtiger, als er ohnehin schon ist.»

«Es ist mein Job», sagt Marc. «Lange kann das BKA den Zusammenhang ohnehin nicht mehr unter der Decke halten. Und vielleicht finden wir ihn gemeinsam schneller, Herr Melander. Er wird sich nicht mehr sicher fühlen. Er wird Angst bekommen, Fehler zu machen. Genau deshalb wird er Fehler machen.»

«Das Problem ist: Es gibt Tausende von Chats, Herr Pohl. Allein in Deutschland.» Melander denkt jetzt nicht mehr groß nach, was er sagt. Das gegenseitige Belauern ist anstrengend. «Allein bei AOL, dem zweitgrößten deutschen Provider, gibt es Tausende. Aber nur das Opfer aus Hamburg war bei AOL registriert. Dazu kommen die Internet Relay Chats, die ICQ-Ebene, das WorldWideWeb und so weiter. Von den anderen Netzen ganz zu schweigen.»

Marc versteht kein Wort, nickt aber: «Ich hab vom Internet keine Ahnung, Herr Melander. Und wissen Sie, wer mich überhaupt auf die Idee mit den Chats gebracht hat? Unsere Sekretärin. So schaut es aus. Weil die selber früher gechattet hat oder noch chattet. Aber Sie haben doch hier sicher alle technischen Möglichkeiten der Welt, diesen Typen in null Komma gar nix ausfindig zu machen.»

«So einfach ist das nicht. Wir wissen ja nicht mal, wo oder nach wem wir suchen sollen. Bei Kinderpornos ist das simpler. Da klickt man irgendwo ein Foto an. Und dann hat man auch den Anbieter», fängt Benno an. «Man kann solche Leute zurückverfolgen bis auf ihre Festplatte, wenn man will. Man kann ihre Computer durchstöbern, ohne dass sie es merken. Aber dieser Irre tut ja nichts Ungesetzliches. Im Gegenteil. Er scheint zu flirten. Die anonymen Mailboxen, die er bisher verwendet hat, haben wir schon überprüft. Fehlanzeige. Die wurden in Cyber-Cafés oder mit gefälschten IP-Adressen angelegt und seit den Morden nicht mehr geöffnet. Die Anbieter sind längst alarmiert. Aber da rührt sich nix. Das sind tote Briefkästen. Der Typ ist nicht blöde. Er nutzt jede Mailbox nur für sein jeweiliges Opfer. Und wir können ja nicht alle Chats in Deutschland dichtmachen, nur weil wir glauben, dass sich da ein Wahnsinniger rumtreibt. Und wir können den Leuten auch nicht verbieten, im Internet neue Bekannte zu finden. Was glauben Sie, was da los wäre?»

Marc isst den Rest seines Kekses. Die Schokolade ist an dem Kaffeebecher warm geworden und klebt an seinen Fingern. «Ist der Killer ein Hacker?»

«Möglich. Er scheint jedenfalls genau zu wissen, wie er seine Spuren verwischen kann.»

«Also ein Massenmörder mit Hochschulabschluss?»

Benno lehnt sich zum ersten Mal lächelnd zurück. Das beruhigt auch Marc. Er fragt weiter.

«Was glauben Sie, in welchen Chats er sich bewegt?»

«Na ja, die bisherigen Opfer scheinen keine großen Leuchten in Sachen Internet gewesen zu sein. Da war kein EDV-Spezialist dabei, keine Informatikerin, kein Web-Designer, Hochschullehrer oder Militär. Also fallen die ganzen Spezialnetze schon mal weg. ICQ dürfte ihm zu gefährlich sein. Und das scheint auch keines der Opfer gehabt zu haben.»

«Wo dann?»

«In den vergangenen Jahren wuchs mit dem WorldWideWeb auch das Publikum. Heutzutage chattet jede Sekretärin. Millionen surfen regelmäßig. Und fast jedes größere Unternehmen bietet auf seinen Online-Seiten einen Chat an. Von milka.de bis west.de. Das sind schlichte Chats, in denen man sich nicht mal registrieren muss. Einfach anwählen, irgendeinen Nickname aussuchen und rein ins Vergnügen. Die wenigsten von denen werden überhaupt von Webmastern beobachtet.»

«Webmaster?»

«Ja. Studenten meist, die als eine Art Supervisor darauf achten, dass nichts Volksverhetzendes, Pornographisches oder sonst wie Beleidigendes geredet wird. Aber wie gesagt: Die wenigsten Chats leisten sich solche Beobachter überhaupt. Und die Provider interessieren sich nicht für die Inhalte. Jede Nacht werden die Daten gelöscht. Sonst würden die schnell ersticken an all dem geschriebenen Müll. Chats sind heute das, was Heiratsinstitute oder Partnerschaftsannoncen oder auch nur Eckkneipen vor zehn Jahren waren.»

Marc lacht. Benno schaut auf.

«Ich dachte nur gerade an meine Sekretärin. So schlecht sieht die gar nicht aus, dass sie einen Chat nötig hätte.»

Benno lacht zurück. «Es chatten nicht nur Mauerblümchen und Altherrenstammtische. Im Gegenteil.»

Sie schauen sich an.

Er ist netter, als ich dachte.

Netter Kerl, eigentlich.

«Haben Sie schon mal gechattet?»

Marc nickt. «Sie hat es mir gerade beigebracht. Das ist ... keine Ahnung, völlig neu für mich. Aber interessant. Es ist wie ein Stammtisch, an den man sich jederzeit dazusetzen kann. Einfach so. Ohne jemand kennen zu müssen. Ohne sich vorher fein gemacht zu haben.»

Benno nickt. «Es ist egal, wer man sonst ist, ja. Da drin kann ein neues Leben beginnen. Da fällt mir ein: Es müssen übrigens Chats sein, in denen man sich nicht erst lang und breit ausweisen muss mit E-Mail-Adresse oder Ähnlichem. Das wäre dem Täter viel zu gefährlich. Wahrscheinlich hauptsächlich Flirtlines, mit großer Laufkundschaft. Nicht gerade die virtuellen Treffpunkte von Juristen oder Siemens-Entwicklern, die sich alle schon gut kennen.»

«Gibt's da eine Liste von denen, die dann noch übrig bleiben?»

«Wir sind dabei, eine zusammenzustellen. Bis Samstag kann ich sie Ihnen schicken, wenn Sie mögen.»

«Das wäre wirklich was», sagt Marc nachdenklich. «Warum reden Sie überhaupt mit mir, Herr Melander?» Er will es wirklich wissen. «BKA-Leute sind doch sonst zugeknöpft wie ein Nonnenkloster.»

Benno nickt. «Ja, komisch, nicht? Keine Ahnung. Ich bin sonst auch ein misstrauischer Typ. Neugier vielleicht. Ich hatte das Gefühl, dass Sie mich nicht reinlegen wollen. Noch einen Schluck Kaffee?»

Marc nickt abwesend und beobachtet Benno beim Einschenken. «Was wird das BKA unternehmen?»

Benno hat keine Lust mehr, das Übliche zu sagen von wegen Wir-wissen-ja-noch-nicht-einmal-ob-es-sich-um-ein-und-denselben-Täter-handelt. «Vergessen Sie das sofort wieder, aber natürlich kennen wir ein paar wirklich gute Hacker, die uns helfen werden. Bisher könnte dieser Verrückte nur über seine eigene Eitelkeit stolpern. Das mit den Namen von Showstars scheint ein Tick von ihm zu sein. Können Sie übrigens ruhig schreiben. Ich habe den Eindruck, dass er sich sein Muster nicht so schnell kaputtmachen lassen will. Wir sind ohnehin schon dabei, alle Hotels warnen zu lassen. Ab nächster Woche hoffe ich, dass sich jeder Empfangschef sofort meldet, wenn bei ihm am Wochenende für eine Nacht irgendein prominenter Name eincheckt, der nicht zu dem Gesicht vor seinem Tresen passt.»

Marc nickt. «Nicht viel, was?»

«Nein, nicht viel.»

«Was glauben Sie, weshalb er es tut?»

Benno stützt die Ellbogen auf den Tisch und legt das Kinn in die gefalteten Hände. «Die offizielle Antwort ist, dass eine Kollegin damit begonnen hat, ein Täterprofil zu erstellen. Das kann aber noch dauern, weil sie bisher nur ein paar lyrische Satzfetzen von ihm hat. Die inoffizielle ist: Ich habe keine Ahnung.»

Marc versucht es nochmal: «Er raubt diesem Medium seine Unschuld. Ist es das, vielleicht?»

«Ach, Herr Pohl, jedes neue Medium hat immer zuerst seine Unschuld verloren. Die Militärs hatten den Telegrafen. Die Päderasten hatten BTX. Video erlebte vor allem deshalb einen schnellen Boom, weil man auf diese Weise einigermaßen unauffällig zu Pornos kommen konnte. Und die Chats, na ja, die haben auch längst die Gerichte erreicht.»

Marc muss nicht lange auf die Erklärung warten.

«Wir haben gerade den Fall eines Ehemannes aus Niedersachsen», fängt Benno an. «Er hatte sich mit einer Chat-Liebe verabredet, verbrachte eine Nacht mit ihr und wurde danach erpresst, mit Video-Bildern, die bei dem One-Night-Stand entstanden sein müssen. Der Erpresser wurde mittlerweile verhaftet. Von der Frau fehlt jede Spur. Wahrscheinlich eine Prostituierte, die einfach angeheuert wurde und ihren Job erledigte, ohne groß nachzufragen.»

«Glauben Sie, dieser Erpresser könnte…»

«Nein», sagt Benno. «Sicher nicht. Erstens sitzt der Mann schon in U-Haft. Zweitens ging es ihm ums Abkassieren, nicht ums Auslöschen.»

«Die bisherigen Opfer passen überhaupt nicht zusammen. Eine allein stehende Sachbearbeiterin, ein verheirateter Werber, eine Hausfrau auf Abwegen.»

«Tja», Benno schaukelt knarzend auf seinem Stahlrohrstuhl herum, «bei der Münchnerin wissen wir mittlerweile immerhin, dass sie auch gechattet hat. Das LKA befragte nochmal ihre Arbeitskolleginnen. Die anderen zwei Opfer wollten zumindest ihre jeweiligen Partner betrügen.»

«Sie meinen, er bestraft sie vielleicht für ihre Seitensprung-Ambitionen, die er vorher selber anstachelt? Vielleicht ein durchgeknallter Moralist. Vielleicht will er uns nur zeigen, wie schmuddelig das Medium ist.»

«Lassen Sie solche Deutungen lieber aus dem Spiel. Die Frau aus München passt ja auch gar nicht in das Muster.»

«Das verwirrt mich erst recht. Und ich verstehe auch nicht, weshalb er bei dem Hamburger zum ersten Mal als Frau aufgetreten sein muss.»

Benno lacht: «Chatten Sie mal eine Weile. Irgendwann werden Sie auf eine» – er malt Anführungsstriche in die Luft – «‹Schönheit› reinfallen, die in Wahrheit ein Mann ist. In einem Chat entscheiden ja nicht Aussehen oder Einkommen über die eigenen Chancen, sondern nur schriftstellerisches Geschick.» Er blickt Marc an. «Vielleicht ist er Journalist. Vielleicht ist *sie* Journalistin. Vielleicht ist *es* ja eine *Frau*, auch wenn ich das für ziemlich unwahrscheinlich halte.»

«Eine Metzgerin mit Abitur, was?» Marc atmet tief durch und trinkt den Rest seines Kaffees. «Schreiben scheint dieses Wesen wirklich zu können.»

«Ja, scheint so. Es wickelt seine Opfer um den Finger. Immerhin brachte es sie bisher dazu, sich mit ihm gleich in Hotels zu treffen. Nicht in irgendwelchen Parks oder Restaurants, wie das eigentlich üblich wäre. Da muss vorher schon enormes Vertrauen aufgebaut werden. Wann wollen Sie die Geschichte bringen, in der ich natürlich mit keinem Wort auftauchen werde?»

Marc hört den drohenden Unterton, aber das ist okay. Jetzt. «Heute ist Donnerstag. Am Samstag, denke ich. Wenn sich Prinz Charles nicht noch vorher mit einer Londoner Nutte erwischen lässt, könnte es die Schlagzeile werden.»

Benno lacht. Er hatte es befürchtet. Er hätte es nicht verhindern können. Seine Pressestelle auch nicht. Das tröstet ihn. «Ich habe keine Ahnung, was danach kommen wird.»

«Ich auch nicht.»

Sie sitzen sich schweigend gegenüber.

«Rufen Sie mich an, wenn es was Neues gibt?»

«Und Sie mich?»

Beide antworten gleichzeitig: «Klar.» Sie lächeln.

Marc steht auf. «Ich hab Sie wirklich lange genug aufgehalten.»

Benno begleitet ihn schweigsam in den Flur, gibt ihm seinen Mantel und schaltet das Licht im Treppenhaus an. Er flüstert, um seine Tochter nicht zu wecken: «Es war wirklich interessant mit Ihnen.»

Marc flüstert zurück: «Danke für den Kaffee – und für Ihr Vertrauen. Ich werd's nicht enttäuschen.» Er geht langsam die Treppe runter.

«Herr Pohl?»

Marc dreht sich auf dem Treppenabsatz nochmal zu Melander um. «Ja?»

«Diese Geschichte mit dem Unfall Ihrer Frau ... Sie wissen schon, was Sie mir am Telefon erzählten ... Das war eine glatte Lüge, nicht?»

Marc spürt das kalte Treppengeländer an der Hand. Das Licht geht aus. Melander drückt auf den Schalter. Marc denkt nicht groß nach.

«Ja. Meine Standardlüge», sagt er. «Aber die einzige.»

«Gut.» Melander macht eine kurze Pause. «Ich meine: Kommen Sie gut nach Hause.»

8 / Ein Dienstag

Künstliche Welten (Wolfsheim)

Wanderer: Hallo, Karin

Wild Rose: Hi, mein lieber « Niemand »

Wanderer: *legt dir lächelnd eine duftend-blutrote Baccara-Rose auf die Tastatur* Geht's dir gut?

Wild Rose: In den nächsten Stunden sicher

Wanderer: *fg*

Wild Rose: Ich kenn mich mit den Chat-Zeichen noch nicht so aus. Was bedeutet *fg*?

Wanderer: *verzieht die Mundwinkel zu einem frechen Grinsen*

Wild Rose: *g* ist demnach ein Grinsen ohne Frechheit?

Wanderer: *lol* Ja!

Wild Rose: ?

Wanderer: « laughing out loud ». Ich lache aber lieber mit « :-) » Das sieht aus wie ein freundliches Gesicht und ist zudem kürzer.

Wild Rose: Es klingt auch nicht so sehr nach grölendem Stammtischgelächter.

Wanderer: ;-)

Wild Rose: ?

Wanderer: Ich zwinkerte gerade mit dem rechten Auge, obwohl ich das in der Realität nie hinkriege *g*

Wild Rose: Ich hatte schon Zweifel, ob du's überhaupt bist.

Wanderer: Wegen des Namens?

Wild Rose: Ja, aber so wie du begrüßt mich nur einer *g*

Wanderer: *verbeugt sich*

Wild Rose: Warum hast du seit gestern den Namen gewechselt?

Wanderer: Ich wechsle sie schneller als meine Unterwäsche. Nicht das Etikett zählt, nur der Inhalt. Das gehört zu meinen Spielregeln.

Wild Rose: Warum das?

Wanderer: Chatten ist immer auch ein wenig Maskenball *g*

Wild Rose: Wie soll ich dich dann je wieder finden?

Wanderer: Reicht es vorerst nicht, wenn ICH DICH erkenne?

Wild Rose: Gegenfragen sind verboten. Das sagte ich dir doch gestern schon.

Wanderer: Das gehört zu DEINEN Spielregeln. Dennoch hast du mir schon eine Menge über dich verraten.

Wild Rose: *schaut blond* Ach ja?

Wanderer: Du bist nicht nur dreißig und Bankerin aus Frankfurt, sondern obendrein auch blond.

Wild Rose: Ups *fühlt sich ertappt* Gefällt dir meine Haarfarbe nicht?

Wanderer: Du erzählst zu viel über dich – im Chat.

Wild Rose: Du fast nichts. Warum sollte ich auch nicht? Wollen wir nicht alle ein bisschen mehr über uns erfahren hier drin?

Wanderer: Sicher, aber tun wir das wirklich?

Wild Rose: Im Chat lernen sich Leute kennen, die sich sonst nie im Leben gesehen hätten.

Wanderer: O ja, sonst wäre ich sicher nie auf dich gestoßen.

Wild Rose: Ich sitze hier vor meinem PC und unterhalte mich stundenlang mit jemandem, dessen Namen ich nicht einmal kenne.

Wanderer: Dessen Stimme du nie gehört hast.

Wild Rose: Und dessen Gesicht ich nie gesehen habe.

Wanderer: Hier drin fängst du ein neues Leben an.

Wild Rose: ?

Wanderer: Weil du keine Geschichte hast.

Wild Rose: Keine Vergangenheit, mag sein, ja.

Wanderer: Nur Gegenwart.

Wild Rose: Und vielleicht ein wenig Zukunft *g*

Wanderer: Es verzaubert dich genauso wie mich.

Wild Rose: *versucht, Wanderer zu sehen*

Wanderer: *kramt in seinem Überseekoffer nach den Kostümen*

Wild Rose: *wartet gespannt*

Wanderer: *wirbelt herum* Voilà, ein verheirateter Finanzbeamter mit Schnauzbart und abgeschabtem Kunstlederköfferchen.

Wild Rose: *applaudiert enttäuscht*

Wanderer: *wirbelt nochmals herum* Hoppla, ein solariumgegerbter California Dreamboy im Sommeranzug von René Lezard (nix drunter).

Wild Rose: *kreischt begeistert und stiert auf den ölglänzenden Waschbrettbauch*

Wanderer: *dreht sich ein letztes Mal um die eigene Achse* Oder doch lieber ein rußverschmierter Kumpel mit Schmerbauch und Mallorca-Traum?

Wild Rose: *lol* Chatten die denn?

Wanderer: :-) Eher nicht, der Chat ist ein Kontakthof des Bürgertums. Man braucht nicht nur einen PC, sondern auch ein bisschen Liebe zur Sprache. Aber täusch dich nicht: Das meiste, was sich hier drin abspielt, sind doch nur wieder die gleichen belanglosen Gespräche wie draußen.

Wild Rose: Suche ich denn etwas anderes?

Wanderer: Ich bin mir noch nicht ganz sicher, was du suchst.

Wild Rose: *legt sich für die Therapiestunde auf die Psycho-Couch* Ja, ja, Herr Dr. «Wanderer» kennt den Chat und seine Gesprächspartnerinnen natürlich viel besser als die sich selbst.

Wanderer: *hat nicht promoviert*

Wild Rose: Du weißt schon, was ich meine.

Wanderer: Chat-Arzt Dr. «Wanderer» weiß jedenfalls, dass du noch nie von einem der notgeilen Psychopathen und verheirateten Sexmonster belästigt worden bist, die sich HIER herumtreiben.

Wild Rose: Ist es so schlimm?

Wanderer: Es ist ein Paralleluniversum der Bundesrepublik, das die Spielregeln der Realität zwar nicht außer Kraft setzt, aber anders gewichtet.

Wild Rose: *versteht kein Wort*

Wanderer: Das wirst du früh genug. Glaub mir.

Wild Rose: Wirst du mir dabei helfen?

Wanderer: Das musst du selbst entdecken.

Wild Rose: Und wie könnte ich mich nach Meinung des Profis vor den Verrückten schützen?

Wanderer: Erzähl im Chat so wenig wie möglich Dinge, mit denen man dich identifizieren könnte!

Wild Rose: Warum?

Wanderer: Du könntest irgendwann merken, dass du gerade mit einem deiner Exfreunde chattest, mit deinem Chef oder deinem Bruder.

Wild Rose: Gott, wie peinlich! ;-)

Wanderer: Man öffnet sich im Chat mitunter sehr schnell, sehr weit und tief. Man erzählt wildfremden Menschen Dinge, die man sich bis dahin selbst nicht eingestand. Man wird ... *grübelt*

Wild Rose: ein Mensch?

Wanderer: verletzlich.

Wild Rose: Ist das so schlimm?

Wanderer: Die Anonymität hier drin schützt dich vor vielem, nur nicht vor dir selbst. Der Chat ist ein Treibhaus, in dem auch Gefühle blühen können.

Wild Rose: Nur du bist unangreifbar?

Wanderer: Nein.

Wild Rose: Ich habe mir übrigens eine Mail-Adresse eingerichtet (Wild_Rose69@gmx.de).

Wanderer: Gut so, aber das ist es nicht allein. Pass auf, wem du deine Telefonnummer schenkst!

Wild Rose: *notiert brav*

Wanderer: Gib, wenn überhaupt, eine Handy-Nummer weiter, die sich weitaus schwerer zurückverfolgen lässt. Und nenn nie deine reale Adresse! Nie.

Wild Rose: Warum nicht? Wenn ich jemanden kennen lerne, der mich auf Händen in die venezianischen Flitterwochen tragen will? *fg*

Wanderer: Je länger du chattest, umso größer ist die Wahrscheinlichkeit, dass das viel zu viele wollen *lächelt*

Wild Rose: Wow!

Wanderer: Der Sprung aus dem Cyberspace in die Realität kann ernüchternd sein. Man machte sich ein Bild, eines ohne Pickel oder mollige Taille, ohne lästige Äußerlichkeiten und dumme Fragen der Sorte Wie-drückt-die-denn-die-Zahnpasta-aus?.

Wild Rose: Warum-kann-er-nicht-im Sitzen-pinkeln? *g*

Wanderer: Hat-sie-wirklich-Migräne-oder-nur-keine-Lust? *fg*

Wild Rose: Soll-ich-ihm-was-vorspielen-oder-die-Wahrheit-sagen?

Wanderer: Töte-ich-sie-gleich-oder-vergewaltige-ich-sie-erst?

Wild Rose: *schweigt lange* Soso!

Wanderer: Jaja *fräst sich derweil Roses Mail-Adresse unmerklich in sein Hirn und nennt seine, nur mal so* Delta-Quadrant@gmx.de.

Wild Rose: Bietest du mir heute gar nichts zu trinken an?

Wanderer: Ups, pardonnez-moi, ma chère *geht über die knarzenden Holzbohlen der in Dunkelheit verborgenen Chat-Bar, wechselt die heruntergebrannten Kerzen am Lüster aus und taucht das plüschige Ambiente in schimmernd-warmes Licht*

Wild Rose: Mmmmh, sehr schön!

Wanderer: *zaubert eine staubige Flasche St-Emilion herbei, entkorkt sie geschickt, schenkt zwei Riedel-Gläser ein und reicht Rose eines davon*

Wild Rose: Riedel?

Wanderer: Ja, kennst du die?

Wild Rose: Sie erinnern mich an was.

Wanderer: Einen Mann?

Wild Rose: *lächelt*

Wanderer: Ich kann dich beruhigen: Ich hatte noch keine Bankerin in meinem Bekanntenkreis.

Wild Rose: *kling*

Wanderer: *klong*

Wanderer: A votre santé.

Wild Rose: *beobachtet Wanderer über den Lippenstiftrand ihres Glases hinweg*

Wanderer: Du machst das schon sehr gut :-)

Wild Rose: Bei DEM Lehrmeister. Ist derart viel Ambiente im Chat eigentlich üblich?

Wanderer: *lächelt* Ich bin nicht das Übliche.

Wild Rose: Das merke ich schon :-) Aber was bist du dann?

Wanderer: Chatten in seiner letzten Konsequenz.

Wanderer: Pure Sprache.

Wanderer: Nackter Gedanke.

Wild Rose: Wie langweilig *fg*

Wanderer: Das « Übliche » ist harm- und hirnloses Gequatsche, ein ewig währender Strom von Hi-und-Hallo-Wie-geht's-Wie-ist-das-Wetter-bei-euch-und-CU

Wild Rose: CU?

Wanderer: See you!

Wild Rose: Ein bisschen Cybersex gehört auch dazu, nehme ich an.

Wanderer: Ach, den kennst du schon?

Wild Rose: Nicht persönlich *fg*

Wanderer: Du bist erst seit wenigen Tagen hier drin und hattest schon ...

Wild Rose: Angebote, klar, was glaubst du denn? Aber wenn die Typen schon ankommen und sagen: «Hey, wihlst du villaicht Sex?»

Wanderer: *lol* Ich liebe Legastheniker-Sex der Sorte: «Mainer isst 20 cm lank.»

Wild Rose: *lollt mit*

Wanderer: Als ob solche «Eckdaten» im Chat eine Rolle spielen *g*

Wild Rose: *g* Was spielt denn eine Rolle?

Wanderer: Verstand.

Wild Rose: Phantasie?

Wanderer: Ja, und die gemeinsame Sprache dieser beiden.

Wild Rose: Darin bist du offenbar ein Meister.

Wanderer: *lächelt* Wärst du sonst hier? Bei mir?

Wild Rose: *kompliment zurückgeb* Nein.

Wanderer: Leider glauben viele, hier drin könnten sie ungestraft die Hosen runterlassen unter dem Mantel der Anonymität, der sie schützt.

Wild Rose: Tut er doch auch.

Wanderer: Nein, tut er nicht. Ihre Sprache reißt ihnen die Lügen schneller vom Leib, als sie ahnen. Sprache verrät fast alles: Alter, Geschlecht, Bildung – alles.

Wild Rose: Geschlecht?

Wanderer: Du kannst dir als Neuling im Chat nicht mal sicher sein, ob du eine Frau vor dir hast oder einen Mann.

Wild Rose: Warum sollen sich Männer im Chat als Frauen ausgeben?

Wanderer: Als Frau kommt Mann im Chat leichter ins Gespräch.

Wild Rose: *nippt lachend an ihrem Glas, überlegt* Bin ich denn eine Frau?

Wanderer: Das Schöne an dir ist, dass du schnell lernst, die richtigen Fragen zu stellen.

Wild Rose: Und? Bin ich nun eine Frau?

Wanderer: Ich bin mir ziemlich sicher.

Wild Rose: ZIEMLICH?

Wanderer: Im Chat ist nichts sicher. Eigentlich. Aber du bist eine Frau.

Wild Rose: *ist beruhigt, dass sie als Frau durchgeht*

Wanderer: *wartet lächelnd auf die nächste Frage*

Wild Rose: *lacht* Woher wusstest du DAS schon wieder?

Wanderer: *hat auch mal einen VHS-Kurs «Gedankenlesen für Anfänger» besucht* Da waren aber außer mir nur unattraktive Bank-Analysten unter den Seminarteilnehmern.

Wild Rose: *macht sich bald in die Hose vor Lachen* Warte bitte kurz, ich muss mal schnell für kleine Analystinnen *g*

Wanderer: *wartet*

Wanderer: *tapeziert derweil die Wände der Chat-Bar mit seidigem Samt*

Wanderer: *entwirft einen offenen Kamin, in dem große Scheite kanadischen Ahorns knistern*

Wanderer: *schält bunte Glasfenster in die Wände der Chat-Bar, in denen das letzte Abendrot zu feinem Staub verbrennt*

Wanderer: *ist Meister in der hohen Kunst der Chat-Selbstgespräche*

Wild Rose: *kommt lachend zurück*

Wanderer: Schön, dass du wieder da bist *g*

Wild Rose: Weißt du, woher ich meinen Nickname habe?

Wanderer: *tippt auf den gleichnamigen Song von Kylie Minogue und Nick Cave*

Wild Rose: Stimmt ;-) Mir gefiel der Name. Er klang so edel, auch wenn Rosen Stacheln haben.

Wanderer: Die hast du auch in der Realität.

Wild Rose: Das ist eines meiner Probleme, manchmal, ja.

Wanderer: Das Ende vom Lied ist, dass Elisa Day alias «Wild Rose» erschlagen wird.

Wild Rose: *fühlt sich manchmal erschlagen*

Wanderer: Erschlagen von deinem Leben und seiner Ereignislosigkeit?

Wild Rose: Sei nicht so brutal zu mir. Im Chat kann man wenigstens nicht sterben.

Wanderer: *schenkt Roses Glas wieder nach*

Wild Rose: *bedankt sich mit einem Lächeln*

Wanderer: Du lächelst wundervoll.

Wild Rose: Flirtest du gerade mit mir?

Wanderer: Bis du fragtest, habe ich es mir zumindest eingeredet.

Wild Rose: *schweigt*

Wanderer: *schweigt mit*

Wild Rose: *schweigt lauter*

Wanderer: *eröffnet einen Schweige-Chat und schweigt zugunsten bosnischer Kriegswaisen mit bisexuellen jüdischen Eltern*

Wild Rose: *LOL*

Wanderer: *steht auf, geht am Kamin vorbei und legt ein bisschen Musik auf*

Wild Rose: Was hören wir?

Wanderer: Kennst du Wolfsheim?

Wild Rose: Nur dem Namen nach.

Wanderer: Den Song «Künstliche Welten» muss ein Chatter geschrieben haben.

Wild Rose: *wartet*

Wanderer: Ich komm zu dir, halt deine Hand. Wir gehn gemeinsam durch dies wunderbare Land, das ich für dich erfand, mit mathematischem Verstand.

Wild Rose: *lächelt*

Wanderer: *versucht die zweite Strophe zu modulieren* Ich weiß genau, was dir gefällt. Ich schaff dir eine neue Zauberwelt.
Wanderer: In der kein Regen fällt.
Wanderer: In der nur deine Wahrheit zählt.

Wild Rose: *schließt die Augen*
Wanderer: Ich zeig dir Berge
Wanderer: Zeig dir Seen
Wanderer: Hier brauchst du alles nur mit meinen Augen sehn.
Wanderer: Und nicht zu verstehn.
Wanderer: Keine Angst
Wanderer: Du kannst ruhig mit mir gehn.

Wild Rose: *fängt an zu träumen*

Wanderer: In ein großes All
Wanderer: Ganz für dich allein
Wanderer: Hier kannst du endlich mal du selber sein
Wanderer: Im Neon-Sonnenschein
Wanderer: Fang ich dir deine Wünsche ein.

Wild Rose: wundersvhzön

Wanderer: Du fängst an, dich zu verschreiben *g*
Wild Rose: Du noch nicht. Leider. Dabei gebe ich mir doch wirklich Mühe *fg*
Wanderer: *schweigt*
Wild Rose: *schaut zum Lüster empor*
Wanderer: Dein Glas ist leer. Darf ich noch einmal nachschenken?
Wild Rose: Danke. Lieber nicht. Ich muss morgen früh raus.
Wanderer: Heute oder morgen?
Wild Rose: O Gott, DREI UHR?

Wanderer: Hier drin fängt man schnell an, die Zeit zu vergessen. Und mitunter nicht nur die.

Wild Rose: Ich muss um sieben raus.

Wanderer: Dann solltest du jetzt den Ausgang finden *springt auf und hilft Rose in ihr Cape*

Wild Rose: *haucht ihm einen flüchtigen Kuss auf die Wange*

Wanderer: Werde ich dich wieder sehen?

Wild Rose: Freut mich, dass DU heut gefragt hast ;-)

Wanderer: ;-)

Wild Rose: Morgen? Hier? Gleiche Zeit?

Wanderer: 21 Uhr?

Wild Rose: Ja.

Wanderer: O. k.

Wild Rose: *schiebt sich durch die Drehtür*

Wanderer: *winkt ihr nach, wird die Chat-Rechnung bezahlen*

Wild Rose: *ruft von draußen* Kein Trinkgeld! Wir haben uns ja selbst bedient.

Wanderer: *bläst leise die Kerzen aus*

Wild Rose: ;-)

9 / Eine Story

Woman (Neneh Cherry)

Die Diva steht auf der Bühne eines kleinen, von allerlei vergilbten Gerüchten wie von wildem Wein umrankten Clubs in – sagen wir – Downtown Manhattan. Sie atmet den schweren Zigarettenrauch ein, der sie wolkig umnebelt. Sie lässt sich von den Streichern umschmeicheln, die ihr ein windhauchsanftes Klang-Cape um die nackten Schultern legen. Scheinwerferlicht bricht sich im funkelnden Rubinrot ihres endlosen Paillettenkleides, während sie sich dem Mikrophon entgegenräkelt und endlich

endlich

hineinraunt: «You gotta be fortunate. You gotta be lucky now.»

Sie sieht ihre Zuhörer nicht. Doch sie spürt ihre atemlose Spannung. Sie fühlt ihre Nähe wie einen fiebernden Liebhaber. Und plötzlich hört sie ihr ... Fiepen. Wie von abertausend Ratten.

Es fiept so ohrenbetäubend, dass Anna Hofmann sich reflexartig herumwirft und mit der flachen Hand auf den Braun-Wecker schlägt. Ruhe. Sie weiß, dass sie gleich wieder einschlafen würde, wenn diese Kopfschmerzen nicht wären, die durch ihr Hirn dröhnen. Anna öffnet die Augen, blickt durch schmale Schlitze auf den kleinen Nachttisch und versucht, Ordnung in den Tag zu bringen. Freitag, 6. August 1999. 8 Uhr 03. Drei Stunden Schlaf sind eindeutig zu wenig. Der Badezimmerspiegel wird ihr eine verwitterte Trümmerfrau zeigen, mit dunklen Rändern unter den Augen, kaum noch zu kaschierenden Krähenfüßchen und eingefallenen Wangen. Sie weiß es. Aber sie will es noch nicht wissen.

Sie steht auf und fröstelt. Ihr Körper unter dem Nachthemd ist nass geschwitzt. Sie schlurft mit nackten Füßen in die Küche und genießt die beruhigende Gewissheit ihres morgendlichen Rituals. Wasser für zwei Tassen Kaffee in die Kanne laufen lassen. Das Wasser in die Kaffeemaschine schütten. Eine Filtertüte in den Filter. 8 Uhr 07. Sie ist froh, dass noch genügend Kaffee in der Aludose ist. Das brächte sie jetzt völlig aus dem Tritt, wenn sie noch eine neue Tüte aus dem Wandschrank holen, aufschneiden und einfüllen müsste. Einmal hat sie – keine Ahnung mehr, weshalb – zuerst geduscht und dann den Kaffee gekocht. Sie hatte es dann den ganzen Tag nicht mehr geschafft, Fuß zu fassen in ihrem Leben.

Sie geht ins Badezimmer, dreht das Wasser an, wartet wie immer ein paar Sekunden, hält die Hand prüfend unter den Wasserstrahl, bis er warm genug ist, zieht das feuchte Nachthemd aus, steigt in die Wanne, zieht den Duschvorhang zu, schaltet wie ferngesteuert den Brausekopf an, hängt ihn an die Stange und hält das Gesicht in den warmen, ihre Wangen, Augenlider und Stirn massierenden Strahl. 8 Uhr 10. Sie hätte nicht mehr chatten dürfen. Aber sie musste es Marc zeigen. Und als sie seither abends nach Hause kam, zog es sie wie früher magisch an den PC.

So automatisch, wie sie sich jetzt das Haar shampooniert, den Körper einseift, abduscht, die Brause ausschaltet, aus der Wanne steigt, nach dem Frotteetuch greift, sich erst die Haare abrubbelt, dann die Schultern, dann die Brust, dann die Achseln, dann die Taille, dann den Rücken, dann den Schritt, dann den Po, dann die Oberschenkel, dann die Unterschenkel, dann die Füße und Zehen. Immer in dieser Reihenfolge. Bloß keine Änderungen bitte, bevor sie in den Spiegel schaut und erschrickt: «Guten Morgen, Anna Hofmann.» 8 Uhr 17. «Scheiße siehst du aus.» Dann antwortet sie sich selbst: «Danke, du auch.» Chatten ist nicht gut für den Teint. Nicht, wenn man bis fünf Uhr morgens vor dem Computer hockt.

Ist sie eigentlich schon in einem Alter, wo man anfängt, Selbstgespräche zu führen? Und wenn ja, mit wem redet sie da?

Anna holt den Föhn aus dem kleinen Waschbeutel und trocknet ihr Haar. Dann putzt sie sich die Zähne, stochert mit zwei Q-Tips in den ohnehin sauberen Ohren herum und sprayt sich das eisig duftende Deo unter die Achseln, bevor sie wieder ins Schlafzimmer geht: Slip, BH, Strumpfhose, die cremefarbene Bluse, den roten Rock, noch nicht die Schuhe. Noch nicht den Blazer. Erst zurück ins Bad. Kaschieren, was sich nach so einer Nacht kaschieren lässt. 8 Uhr 28. Ein Tupfer Shalimar an den Hals. Dann wieder Schlafzimmer. Die Perlenohrringe. Noch nicht die Pumps.

Sie fand das immer lustig, dass amerikanische Frauen so gern in sturzhässlichen Turnschuhen zur Arbeit latschen und erst dort ihre Verwandlung komplettieren. Anna Hofmann mutiert spätestens in der Tiefgarage zu Annie. Jetzt die Schuhe, dann Küche. Kühlschrank, Toast, Butter, Orangenmarmelade, Kondensmilch, Toaster. Essen. Trinken. Nachdenken. Auf die Uhr sehen. 8 Uhr 32. Sie hätte nicht mehr zurückkehren dürfen. So viel ist klar. Sie weiß ja, wie das enden kann. Immer endet.

Dreimal traf sie sich mit Männern aus dem Chat. Das erste Date hatte sie im Januar mit dem Abteilungsleiter eines Hamburger Kaufhauses. In der Passage des Levante-Hauses konnte sie ihn nicht verfehlen. Er war der Einzige mit einem Strauß roter Rosen. Gott, auch noch rote Rosen, dachte sie. Zumindest ihr war sofort klar, dass daraus nichts werden würde. Er war nett, aber er war's nicht. Sie schwieg. Sie schwieg, als sich ein Klecks des rosafarbenen Joghurt-Dressings in seinem Kinnbart verfing. Kinnbart! Sie schwieg, als er den Wein zurückgehen ließ, weil er angeblich korkte. Sie schwieg auch, als er den schwuchteligen französischen Kellner um getrennte Rechnungen bat. Wer redete Männern heute eigentlich dauernd ein, dass Frauen ihr Essen gern selber bezahlten?

«Das hier war ein ... na ja ... es war wohl ein Fehler», sagte sie am Ende. «Ich hoffe, du hast das auch schon gemerkt.»

Er sah sie verständnislos an.

«Und wisch dir bitte mal übers Kinn. Du hast da was ... vom Salat.»

Die restlichen fünf Minuten dauerten zweimal lebenslänglich.

Mit dem dritten Mann verbrachte sie tatsächlich eine verrückte Nacht, weil sie an jenem Abend in so einer schwammig-weichen Warum-eigentlich-nicht-Stimmung war und den Jungen, einen gut aussehenden Studenten aus Kiel, einfach sehen wollte. Anna war so froh wie brüskiert, dass er Präservative in seiner Lederjacke parat hatte. Mit Himbeergeschmack. Sie lachten sich beide halb tot. Es war dann auch einfach nur geil, und dabei sollte es bleiben. Dachte sie. Vier Wochen brauchte sie, um ihm danach im Chat, in E-Mails, am Telefon und an der Haustür klarzumachen, dass es einmalig war und einmalig bleiben sollte. Zu Risiken und Nebenwirkungen fragen Sie bitte ... Ach Scheiße! Es war Grauen erregend.

Der Zweite aber, der Zweite hätte der Erste sein können. Er war im Chat unglaublich charmant, geistreich, witzig und phantasievoll. Und in der Realität sah er auch noch ziemlich gut aus. Kein Hollywood-Beau. Aber das gewisse Etwas. Er war so alt wie sie, aber Anna wusste, dass gleichaltrige Männer meist jünger wirkten, wenn man Mitte dreißig ist. Männer haben es da definitiv besser.

Sie hatten sich am Wochenende zum Mittagessen in der Frankfurter Zeil-Galerie verabredet. Anna musste ohnehin mal wieder ihre Eltern besuchen, die nur eine Autostunde vom Flughafen entfernt wohnen. Zum Hauptgang fing er an, von seiner Frau und seinem Kind zu erzählen.

«Du bist verheiratet?» Die Gabel rutschte ihr klirrend in die Gnocchi-Soße.

«Was ist?», fragte er. «Hab ich dir das nicht erzählt?»

«Nein», hörte sie sich antworten. «Hast du nicht.»

«Spielt es eine Rolle, für uns?» Er versuchte, nach ihren Händen zu fassen, die sie schnell vom Tisch zog.

«Ja, das tut es allerdings.»

«Ach!?» Er lächelte spöttisch. Plötzlich hatte er nur noch das gewisse Nichts. «Ich dachte …»

«Was dachtest du?», schnitt sie ihm das Wort ab. «Dass ich jede Woche mit einem anderen schlafe?» Sie hörte das neugierige Schweigen an den Nebentischen und versuchte, ihre Stimme zu senken. «Dass du mich nach dem Sorbet flachlegen kannst? Und dann fahren wir nach Hause und jeder lebt sein Leben weiter?»

Er lehnte sich zurück: «Wollt ihr das nicht alle?»

Sie hasste Gegenfragen generell. Diese war ein Schlag ins Gesicht. Eine Demütigung.

Wochenlang lag sie danach nachts wach im Bett und fragte sich, wie sie überhaupt auf ihn hereinfallen konnte. Sie fand zwar keine Erklärung, aber jedes Mal verbesserte sie dabei ihren lächerlichen Abgang. Sie hätte ihm den Beaujolais ins Gesicht schütten können. Sie hätte ihm eine knallen dürfen. Sie hätte sich selbst verprügeln sollen. Sie hätte aufstehen und spöttisch durch das Restaurant rufen müssen: «Meine Damen. Der Herr hier ist verheiratet und wünscht einen Seitensprung. Kann ihm jemand helfen? Er hat es derart dringend nötig, dass ich leider nicht zur Verfügung stehe.» Das wäre es gewesen. Stattdessen stand sie nur betreten schweigend auf und verließ das Restaurant. Ganz langsam. Unauffällig. Ohne noch einmal zurückzuschauen. So unglaublich geschlagen fühlte sie sich.

8 Uhr 36. Sie holt sich ihren Rucksack, nimmt den kleinen Ring mit Wohnungs-, Haustür- und Autoschlüssel und geht zum Aufzug. Sie fährt in die Tiefgarage, hört ihre Absätze auf dem Beton klackern und steigt in den roten Opel Corsa. Das Gitter öffnet sich automatisch. Und genauso automatisch fährt sie durch die Stadt, höchstens mal aufgeschreckt von neuen Werbeplakaten an den

Bushaltestellen. Palmer wirbt gerade mit schweißnassen Models in roten Dessous, die ihr gefallen. Die Dessous. Nicht die Models.

Um 9 Uhr 07 erreicht sie die Tiefgarage des Verlags, stellt den Wagen auf ihrem Parkplatz ab, geht zum Aufzug, fährt hoch, geht den Flur entlang, ruft ein fröhliches «Guten Morgen» in die um diese Zeit noch leeren Zellen und will weiter zum Sekretariat laufen, als ihr bewusst wird, dass in Marc Pohls Büro bereits jemand sitzt. Sie geht zurück und klopft an den Türrahmen.

«Du bist ja schon wieder zurück. Ich dachte, du kämst erst heute Mittag wieder.» Sie merkt, dass er hektisch irgendetwas auf seinem Computer löscht.

«Morgen, Annie. Ich wollte nicht in Wiesbaden bleiben und hab noch den letzten Flug erwischt. Die totale Katastrophe. In Frankfurt hatte wieder alles Verspätung. Urlaubszeit. Ich war erst um Mitternacht wieder in Hamburg.»

Sie bleibt in der Tür stehen. Er ist unrasiert und blass. 9 Uhr 09. Der Aschenbecher neben seiner Tastatur quillt über.

«Soll ich dir demnächst mal ein Feldbett besorgen? Du hast die Nacht wohl hier verbracht, oder?»

«Wie? Äh, ja!» Er trennt sich endgültig von seinem Bildschirm, dreht sich auf dem Stuhl zu ihr rüber und schaut sie an – mit einem Blick, für den sie ihn küssen könnte.

«Du hast wieder gechattet, was?»

Er schaut zu Boden. «Ja. Es gibt diesen Killer. Das BKA glaubt auch an ihn.»

«Und du glaubst, du könntest ihn auf eigene Faust finden?»

«Ich suche ihn, und stattdessen finde ich ständig irgendwas anderes. Weißt du, was ich meine?» 9 Uhr 10.

«Ja, glaub schon. Soll ich dir einen Kaffee machen?»

Marc lächelt. «Du bist eine Perle. Und kannst du bitte mal bei Barthelmy anrufen? Ich muss ihn sprechen. Vor der Konferenz. Vielleicht braucht er noch eine Schlagzeile.»

Sie lächelt. 9 Uhr 11. «Klar.»

Dann geht sie vor, schaltet die Kaffeemaschine ein und ruft Barthelmys Sekretärin an. 9 Uhr 13. «Guten Morgen, Frau Engler», flötet Annie in den Hörer.

«Um was geht's?», blafft der Drache abwesend, als lackiere er sich nebenher die Krallen oder als warte der Kanzler auf Leitung zwei auf die große Weltformel, mit der er die nächsten Wahlen gewinnen könnte.

«Ich denke, Pohl hat eine Schlagzeile für morgen.»

Annie hört förmlich, wie die Engler am anderen Ende die Augen verdreht. «Das wird ja auch Zeit, dass von dem mal wieder was kommt. Na gut, aber nur fünf Minuten. Schicken Sie ihn in einer halben Stunde rüber.»

«Mach ich», flötet Annie, legt auf und schaut auf die Uhr. 9 Uhr 19.

Sie gießt einen RTL-Kaffeebecher ein und geht damit wieder zu Marc. Er starrt auf den leeren Bildschirm. Sie stellt die Tasse neben ihn und sagt: «9 Uhr 45 bei Barthelmy. Soll ich dich nochmal dran erinnern? Nachher?»

«Nein, aber würdest du heute Mittag mit mir essen gehen? In der Kantine?»

«Gern.» Annie ist unglaublich froh, dass *er* es *ihr* anbot. «Wann?»

«Hängt ein bisschen von Barthelmy ab. Sagen wir 13 Uhr 30?»

«Okay.»

Annie geht. Doch sie wird den Flur im Auge behalten. Sie sieht Marc nach, als er zwanzig Minuten vor zehn herausweht. Und sie sieht ihn zurückkommen, eine Viertelstunde später. Sein Schritt scheint fester, zielstrebiger. Aber sie kann es sich verkneifen nachzufragen.

Annie versucht, sich auf die Reiseanträge zu konzentrieren, die sie in der Ablage hat, auf die schnipseligen Spesenabrechnungen und Honorar-Überweisungen, die sie so geschickt auf den Tag verteilen muss, dass ihr bis 18 Uhr nicht die Arbeit ausgeht. 10 Uhr 34. Annie könnte in fünfundzwanzig Jahren auch noch hier sitzen. Sie weiß das. Sie hatte noch nie dieses sicher beunruhigende Gefühl, Angst um ihren Arbeitsplatz haben zu müssen. Sie kennt Arbeitslosigkeit nur vom Hörenschweigen. Annie ist ein unkündbares Statussymbol, das sich ihr Chef leistet wie lederbezogene Stahlrohrsessel, Business-Class-Reisen oder einen Dienstwagen. Wenn der eine Ressortleiter zwei Sekretärinnen hatte, brauchte der nächste drei. 11 Uhr 47.

«Gehst du mit in die Kantine?», fragt ihre Kollegin, die dreiundzwanzigjährige Steffi.

«Heute nicht. Bin verabredet.»

«Soso.» Die Kollegin kichert.

Annie ist froh, dass sie nicht nachfragt. Sonst müsste sie sagen, dass Marc sie eingeladen hat. Und wenn der dann um halb zwei doch keine Zeit hätte, müsste sie allein los. Am besten in die Stadt, wo sie ihre Niederlage geschickter vernebeln könnte, weil dort kein bekanntes Gesicht lauert.

Um 13 Uhr 27 steht sie auf, geht zu Marcs Einzelzelle, klopft an den Türrahmen und fragt: «Na, wie sieht's aus? Gilt dein Angebot noch?» Sie will, dass es leicht klingt, beiläufig, unaufgeregt.

Er hackt noch auf seiner Tastatur herum. Dann speichert er irgendetwas ab und steht auf. «Na klar. Los!»

Auf dem Weg zur Kantine fragt Marc sie, ob bei Harald Schmidt was los gewesen sei.

«Ich hab's gestern nicht gesehen», antwortet Annie. Sie ertappt sich bei dem Versuch, sich eine Ausrede einfallen zu lassen.

Sie sieht ihm zu, wie er mit der bosnischen Gazelle an der Essensausgabe flirtet. «Na, was haben wir heute wieder Leckeres gezaubert an Rudis Resterampe?»

Sie lacht. Sie ist zu aufgeregt, um Witze zu machen. Sie überlässt es ihm, ihnen einen Tisch zu suchen, und folgt ihm in ein Eck. Sie spürt seine Aufgekratztheit. Und sie merkt, dass sie nicht fragen muss. Er wird es ihr erzählen.

«Ich hab Barthelmy heute einen neuen ‹Rosa Riesen› geschenkt», fängt Marc an und stochert in seinen süßsauren Nudeln mit den labbrigen Sojasprossen herum.

«Du meinst den Mörder von Kollwitz?»

«Ja, aber nicht nur. Mittlerweile hat er Nummer drei getötet. Am vergangenen Wochenende starb eine Hausfrau aus Duisburg. Gleiches Muster. Ich war gestern bei einem Internet-Profi des BKA, der den Fall auf dem Tisch hat. Die glauben mittlerweile auch, dass es ein und derselbe Mörder ist. Bei der Münchnerin sind sie inzwischen auch ziemlich sicher, dass sie gechattet hat. Übrigens wohl sogar bei gamehouse.de. Kolleginnen von ihr wurden von der Polizei nochmal verhört und erzählten es. Und du hast mich überhaupt erst darauf gebracht, große Chat-Diva.»

Annie lächelt nachdenklich. «Er hat diese Duisburgerin auch in einem Chat kennen gelernt?»

«Scheint so, ja. Man fand in ihrer Wäsche zwei E-Mails. Allerdings in einem anderen Chat: flirt.de. Wo Kollwitz den Killer getroffen hat, weiß bisher niemand.»

«Wow, da wird Barthelmy aber glücklich sein, was?»

«Du kennst ja seine Sprüche.» Marc ahmt Barthelmys verrußten Bass nach. «Zwei Morde sind ein Alarmzeichen, drei sind ein Glücksfall.» Er grinst müde.

«Du klingst nicht sonderlich glücklich darüber. Oder täuscht das?»

Marc beobachtet die letzten Verlagsleute in Annies Rücken, die langsam ihre Tabletts abräumen. Es wird leerer. Angenehm ruhig. «Ich hab ja mal als Polizeireporter angefangen, weißt du. ‹Witwenschütteln› und so.» Er gibt endgültig den Versuch auf, die Nudeln gut zu finden oder wenigstens nahrhaft. «Ich habe damals eine Menge Mörder erlebt. Meist waren es arme Schweine, die aus Eifersucht, im Suff oder aus Geldgier töteten. Die waren auch schnell gefasst oder stellten sich selbst. Aber der hier», er tippt sich an die Stirn, «der scheint sich für das pure Böse zu halten. Und er kann sich dabei sogar ziemlich sicher fühlen, weil er in einer völlig anderen Welt agiert, in der es keine Hausdurchsuchungen, Straßensperren oder neugierige Nachbarn gibt.»

Annie schiebt die Ellbogen auf den Tisch und beugt sich vor. «Eine Welt, die du noch nicht verstehst.»

«Na ja. Am Anfang verstand ich wirklich kein Wort. Im Chat. Ich wusste nicht, wer da mit wem redet. Und weil mich niemand zur Kenntnis nahm, versuchte ich aufzufallen. Ich fange an, das zu genießen. Ich brauche Publikum. Das kann …» Er stockt.

«… süchtig machen?»

Marc weicht aus. «Ich kann mich ja nun wirklich nicht darüber beklagen, in meinem realen Leben zu wenig Leute zu kennen. Aber da wollen die meisten nur den Journalisten Pohl. Oder den gut verdienenden Kunden mit den drei Kreditkarten, der immer nette Trinkgelder gibt. Oder den Sohn, der dreimal im Jahr vorbeischaut und seiner Mutter einen Umschlag mit ein paar hundert Mark zurücklässt. Im Chat gebe ich nie meine wahre Identität preis. Und doch fangen ein paar an, mich zu mögen. Um meiner selbst willen. Vielleicht.»

Annie hört das leise Wehen der Klimaanlage. Mittlerweile sitzt sie mit Marc allein in der turnhallengroßen Kantine, die sie kaum noch wahrnimmt. Eine wunderschöne Schwarze, die trotz ihrer weißen Küchenschürze aussieht wie Naomi Campbell, wischt die Tische ab. Wie gern würde sie ihm jetzt sagen, dass sie ihn nie wegen seines Jobs gemocht hat, wegen seiner Beziehungen, seines Geldes oder auch wegen seines Aussehens. Dass sie ihn einfach nur … Annie schweigt. Marc ist noch nicht fertig.

«Und dann fangen sie an, einem ihr Leben zu erzählen. Ihre Eheprobleme. Ihre Karriereängste. Ihren Ärger mit Chefs aller Art. Das sind ja nicht nur Schüler oder Spinner. Ich treibe mich mittlerweile in einem Dutzend Chatrooms herum. Da taucht auch mal ein Immobilien-Millionär auf. Oder die Besitzerin eines Gutshofs. Oder der Chef eines Pharma-Labors. Einmal traf ich sogar die Sprecherin eines Ministeriums. Eine bekannte Ballettchoreographin. Man bekommt da ja ziemlich schnell ein Gespür dafür, was jemand draußen macht. Man spürt es an ihrer Sprache.»

«Ja, das spürt man.» Annie nickt nachdenklich. Ihr fällt auf, dass er sich mit dem «man» zu schützen versucht. Sie weiß nur nicht, wovor. «Aber wie willst du dabei den Mörder finden?»

Marc vergräbt sein Gesicht in den Händen und starrt zwischen den Fingern auf die Tischplatte. «Vielleicht hab ich ihn schon mal gesehen. Zufällig. Wer weiß das schon? Aber selbst wenn … Ich glaube, dass er – anders als ich – sehr unauffällig agiert. Dass er in keinem Chat wirklich bekannt ist. Vielleicht beobachtet er seine Opfer eine Weile. Und dann plaudert er gleich ‹flüsternd› mit ihnen, ohne dass die anderen es überhaupt mitbekommen. Er wird sicher niemandem sagen, dass er der große Netzkiller ist. Der wird er ohnehin erst ab morgen sein, wenn wir ihn dazu machen. Und selbst wenn ich ihn träfe und er mir alles beichten würde, könnte ich ihn ja nicht festnehmen. Ich hab keine Ahnung. Wirklich null Komma null. Und ich glaube, dass das BKA auch nicht weiß, wie es ihn kriegen soll. Sie sagen, dass er keine Fehler mache, bisher.»

«Gut für dich.» Annie trinkt den Rest ihres Mineralwassers und beobachtet, wie sich Marc strafft.

«Wie meinst du das? Gut für mich?»

Sie stellt das leere Glas aufs Tablett. «Na, wenn er weitermordet, kann das eine Riesengeschichte bedeuten, oder?»

Er schaut ihr in die Augen: «Ja, aber der Typ macht mir wirklich Angst. Er ist so … unfassbar, dass ich manchmal denke: Vielleicht gibt es ihn gar nicht. In den Hotels konnte sich niemand an ihn erinnern. Kein Portier, keine Kellnerin, keine Putzfrau. Er hat kein

Gesicht. Aber während wir hier sitzen, verabredet er sich vielleicht gerade mit seinem nächsten Opfer. Mit irgendjemand, der jetzt von einem spannenden Wochenende träumt, auf Wolke sieben in den Samstag schwebt und am Montag auf einem Hotelbett gefunden werden wird.»

Annie versucht, unauffällig auf ihre Uhr zu schauen. 14 Uhr 36.

«Ja», hört sie Marc sagen. «Wir müssen los.»

Sie könnte sich wieder mal eine runterhauen, während sie mit ihm die Tabletts zurückbringt und zum Aufzug läuft.

«Danke», sagt er und verschwindet wieder in seiner Zelle.

Auf Annies Voice-Mail haben sich sieben Anrufer verewigt: die Manager von zwei bedeutungslosen Seifenopern-Stars, eine Bekannte aus der Verwaltung und drei PR-Agenturen, die nachfragen, wer denn nun heute Abend zu ihren tollen After-Show-Premieren-Vernissage-Incentive-Sonst-was-Partys komme. «Verona Feldbusch ist auch da», versucht einer zu ködern. Sie ruft niemanden davon zurück. 14 Uhr 52.

Um 15 Uhr 27 meldet sich Barthelmy. Nicht die Engler. Er selbst ist am Telefon. «Hallo, schöne Frau», hört sie ihn husten. Feldherren wie Barthelmy überfallen ihre Soldaten gern mit persönlichen Anrufen. Das zeigt Nähe zur Front. Wahrscheinlich hat er vorher versucht, Marc direkt anzurufen. Aber das würde Barthelmy nicht zugeben. Auf dem Display ihrer Telefonanlage sieht Annie, dass Marc telefoniert. «Schicken Sie mal Pohl zu uns. Aber so, dass er eigentlich schon bei mir ist. Es geht um die Schlagzeile.»

Sie steht sofort auf und läuft zu Marc.

«Yepp», sagt er, zieht sich sein Jackett über und läuft los. «Wünsch mir Glück! Wofür auch immer.»

Dann verschwindet er im Paternoster. Annie geht zurück und widmet sich einem Stapel Manuskripten, die sie abtippen muss.

Zwanzig Minuten später kommt Marc zurück, schaut kurz bei ihr herein, hält ihr Mittel- und Zeigefinger wie ein Victory-Zeichen entgegen und taucht wieder weg. Eine halbe Stunde später bekommt sie seine Geschichte zum Korrekturlesen auf den Bildschirm. Es ist eine tolle Geschichte, für die Verhältnisse ihres Blatts. Eine Geschichte, die alles hat: Gier und Grauen, Geheimnis und Gewalt. So viel weiß auch Annie.

Um 18 Uhr 15 verlässt sie die Redaktion. Marcs Bürotür ist geschlossen. Sie wagt nicht, anzuklopfen und zu fragen, ob sie noch etwas für ihn tun kann. Ihr obligatorisches «Ciao» schluckt sie ungesagt. Vielleicht chattet er schon wieder. Vielleicht ist er gar nicht mehr da. Sie geht zu Fuß. Sie versucht, sich ihre Ziellosigkeit nicht anmerken zu lassen. Man fällt ja sofort auf, wenn man in dem abendlichen City-Einkaufsrausch stehen bleibt. Man wird zur Zielscheibe. Zum Hindernis. Sie sucht nach einem Geschenk für ihre jüngere Schwester, die bald Geburtstag hat, und merkt, dass sie überhaupt keine Ahnung hat, worüber die sich freuen würde. Ihre Schwester hat alles, sogar einen Freund. Wozu braucht die noch einen Füllfederhalter?

Annie kauft sich ein paar Bücher, die man gelesen haben soll. Sie besorgt sich ein paar Magazine, die man unter dem Arm tragen darf. Sie isst Falafel in einem neuen arabischen Stehimbiss, in dem man gewesen sein muss. Sie könnte jetzt in ihren «Meridian»-Fitness-Club in Eppendorf fahren, weiß aber genau, dass sie spätestens zu Hause beim Packen der Sporttasche vor lauter Faulheit aufgeben würde. Sie könnte ins Theater, hat aber keine Lust darauf, sich in überteuerten Programmheftchen auf die Neuinterpretation irgendeines alten Meisters einzulassen. 19 Uhr 43. Kino wäre eine Möglichkeit, aber die wichtigen Filme hat sie alle schon gesehen. Dabei mag sie gar keine «Frauenfilme» wie «Notting Hill». Und bevor sie es noch richtig merkt, steht sie schon wieder in der Tiefgarage vor ihrem Wagen.

Unter dem Scheibenwischer klebt ein Fetzen Papier, von dem sie hofft, dass er von Marc stammt. «Sie haben heute auf meinem Parkplatz geparkt. Bitte achten Sie am Montag darauf, dass Sie Ihren eigenen Stellplatz nehmen. Hochachtungsvoll.» Die Unterschrift ist unleserlich. Irgendein Eberhard oder so. 20 Uhr 03. Annie kennt keinen Eberhard. Aber Eberhard, der Sesselpupser und Verwaltungshengst, hatte Recht. Ihr gottverdammter Wagen steht zwei Plätze neben ihrem eigenen. Sie hofft, Eberhard damit wenigstens den Tag verdorben zu haben. Dann fährt sie nach Hause und verwandelt sich zurück in Anna Hofmann.

Auf dem Anrufbeantworter warten keine Anrufe. Auch gut. Immer noch besser, als allein erziehend eine Rotznase am Hals zu haben. Ist das nicht immer noch besser? 20 Uhr 39. Sie kocht sich einen Kaffee, obwohl sie eigentlich keinen Kaffee mehr mag. Sie blättert in den Magazinen, obwohl die sie eigentlich nicht interessieren. Sie zappt dreimal hintereinander durch die 31 Programme ihres Fernsehers, von Nr. 1 wie ARD bis Nr. 31 wie TV Polonia, und bleibt nirgends hängen. Dann raucht sie eine Zigarette, setzt sich an ihren Computer, schaltet ihn an und verabschiedet sich vom Rest der Welt.

Sie weiß, wonach sie sucht. Sie weiß aber nicht, weshalb. Anna hat nur eine Ahnung. Ein Gefühl. Es gibt etwas, was ihr nicht mehr aus dem Bauch geht. Ein paar Worte, die sich in ihrem Kopf festgefressen haben.

Kurz nach Mitternacht schaltet sie den Computer aus, zieht sich ein frisches Nachthemd an, putzt sich die Zähne und geht zu Bett. Ihre Augen schmerzen. Morgen wird sie ausschlafen. Wie jeden Samstag. Sie hat sich nichts Besonderes vorgenommen fürs Wochenende. Sie hat sich eigentlich gar nichts vorgenommen. Wenn Marc sie montags manchmal fragt, was sie gemacht habe, erfindet sie irgendwelche Trips an die Ostsee oder zu Freunden. Es ist 0 Uhr 43. Die neuen Bücher bleiben eingeschweißt auf ihrem Nachttisch liegen.

Marcs Geschichte ist um diese Zeit bereits für die überregionale

Ausgabe gedruckt. Sie wird in allen Lokalausgaben Schlagzeile. In München wie in Stuttgart, Chemnitz und Essen, Hamburg und Berlin. Am nächsten Morgen werden alle seine Geschichte lesen können. Eine gute Geschichte. Auch der Killer. Wenn es ihn gibt. Irgendwo wird er sitzen und lesen:

Eine Sachbearbeiterin aus München. Ein Werbe-Profi aus Hamburg. Eine Hausfrau aus Duisburg. Drei bestialisch zugerichtete Tote in drei Wochen. Einzige Gemeinsamkeit: Sie chatteten im Internet.

In den virtuellen Plauderrunden des Cyberspace lernten sie ihren Mörder kennen, verabredeten sich mit ihm in Hotels. Dann schlug er zu. Und «er wird weitermorden», glaubt das BKA. Denn er ist:

DER NETZKILLER

TEIL II:
... DER AUSSENWELT...

1 / Der Anfang

The Cold Song (Klaus Nomi)

Manchmal beginnen Sommergewitter mit einem lauten, krachenden Schlag, der aus dem wolkenlosen Nichts über die Felder rollt. Großstadtkinder denken dann allenfalls an einen Phantom-Jet der Bundeswehr, der gerade die Schallmauer durchbricht. Sie kennen das Wort «natürlich» nur noch von den Etiketten ihrer Joghurts und Bio-Müslis. Sie kennen die Stille nicht, die sich nach diesem ersten fernen Donner wie ein Gazeschleier über das Land legt und Pferde und Vögel und Hunde und Grillen verstummen lässt.

Die Ruhe ist das eigentliche Vorspiel, die unerhörte Begleitmusik zu den dunklen Regenwolken, die sich in düsterer Schlachtordnung am Himmel formieren, während die ersten Windböen durch die Bäume streichen.

Buchen sollst du suchen! Vor Eichen sollst du weichen!

Marc kennt den Spruch aus seiner Jugend auf dem Land. Er ist sich nicht sicher, ob Kinder den Satz heute überhaupt noch verstehen – oder verstehen müssen, weil immer irgendwo schon das nächste Haus, ein schützender U-Bahn-Schacht oder eine Einkaufspassage warten. Marc ist sich nicht einmal sicher, ob die alte Bauernregel überhaupt irgendeinen Sinn macht, weil er sich zu erinnern glaubt, irgendwann gelesen zu haben, dass das ziemlicher Quatsch sei mit den Buchen und den Eichen. Eichen entwickelten in der Regel lediglich höhere Baumkronen als Buchen und zögen deshalb Blitze eher an.

Gott, er braucht dringend Diazepam. Marc schließt die Augen und sieht riesige Wolkenformationen, die Funken schlagend gegeneinander prallen. Er hört das Grollen, das noch Mühe hat, dem Zucken der Blitze zu folgen. Früher liebte er das. Dann setzte er sich still auf eine hügelige Anhöhe, zog die Beine an, legte das Kinn auf die angewinkelten Knie und erwartete das Unvermeidliche, das als große, schwere Dunkelheit über das Land kroch. Manchmal begann es mit einem vorsichtigen Nieselregen. Manchmal wurde er sofort begraben unter den fett auf Kopf und Schultern zerplatzenden Wassertropfen. Der Regen kam immer. Marc liebte ihn.

Damals malte er noch Peace-Zeichen auf seine Jeans, war gegen Atomkraft und schrieb Freundinnen Gedichte, die sich nicht reimten. Damals lag er allein auf feuchten Weiden, und das Wasser bearbeitete ihn wie tausend Brauseköpfe. In der Wolkenkulisse über ihm tobte ein Blitzlichtgewitter, und der Donnerhall brachte ihm in Dolby-Surround-THX-Sound, den es damals noch nicht gab, die Magengrube zum Vibrieren.

Wenn der Regen langsam abebbte, wenn die letzten Tropfen von seinen Lippen, seiner Stirn perlten, wenn sich die schwarzen Wolkentürme langsam verflüchtigten und das Sonnenlicht wieder durchbrach, war nichts mehr, wie es vorher war. Die Gewitter seiner Jugend wuschen ab, reinigten, klarten auf und schärften seinen Blick und sein Gefühl, das er dann offen in sich liegen fühlte.

Der erste Schlag ist erst ein paar Stunden alt. Er kam rechtzeitig zum Wochenendgeschäft und ließ alle Kioske und Bahnhofsbuchhandlungen und Zeitungsverkäufer erbeben. Hofft Marc. Seine Geschichte über den «Netzkiller» liegt nun überall: in St. Peter Ording wie in Garmisch-Partenkirchen, in Zwickau und Köln, München und Saarbrücken.

Er hört noch den Hall. Nun ist Ruhe. Samstägliche Ruhe. Deutschland grillt und surft und campt und ballert sich mannhaft die Birne voll. Die Kantine unten ist geschlossen. Die Pförtner schauen sich gelangweilt alte US-Serien an und raffen sich alle paar Stunden auf, ihren Rundgang durch die verwaisten Katakomben des Verlages zu machen. Marc hört sie kommen, wenn sie schweratmend durch den Flur heranhumpeln, mit ihren trächtigen Schlüsselketten rasseln, bis sie irgendwann in seiner Tür stehen und ihn ansächseln: «Do abeiddet ja imma noch eener. Schönen Dach, Herr Bohl.»

«Grüß Sie», sagt Marc und lächelt. Es ist ihm peinlich, dass er den Namen des alten Mannes nach drei Jahren noch immer nicht kennt, während der ein paar tausend Namen ein paar tausend Gesichtern zuordnen kann. Es ist ihm auch peinlich, dass er seine Geschichte nicht kennt, aber er will sie auch nicht hören. Nicht jetzt. Er chattet.

Er plaudert mit Frauen, die offenbar an einem Samstagvormittag genauso wenig vorhaben wie er. Er weiß nicht mehr, wonach er sucht, und findet ständig Neues: die Hausfrau aus Lübeck, die sich von ihrem Mann scheiden lassen will; die Chefin eines kleinen Reisebüros aus Köln, die ihm von ihren Orgasmusproblemen erzählt; die BWL-Studentin aus München, die ein Blind Date sucht; die geschiedene Geschäftsführerin einer Baufirma im Münsterland, der es zu blöd ist, allein in irgendwelchen Dorf-Diskotheken an einer Cola zu nuckeln. Marc frisst ihre Schicksale in sich hinein.

In jedem neuen Chat warten auf ihn neue Frauen und Männer mit neuen Wünschen und Träumen und Geschichten. Manche nennen sich einfach «Sabine,36» oder «KarinHH», andere schmücken sich mit Pseudonymen wie «Soleil» oder «Definitely Maybe». Er lernt schnell, dass schon der Spitzname viel über die Frau verrät. Nur «Dark Angel», die er immer mal wieder trifft, entzieht sich bislang mit mysteriösem Geschick wie er selbst allen Nachfragen. Seine neue Welt ist voller neuer Namen:

Paper Moon – Dark Angel – Skywalker – Witch – Merlin – Kira – Cäsar – Scully – Pearl – Königin der Nacht – Troll – Ally McBeal – Liane – Geile Stute – Silver Surfer – True Lie – Pollux – Zaubermaus – Shadow – Feuchte Muschi – Spock – Alf – Grüne Tomate – Charlie Brown – Cinderella – Don Juan – Flaschengeist – Jeanny – B@ndit – Venus – Flipper – Mistress – Tintin – Donna – VerwöhnER – Lupinchen – Aragon – Scarlett – Mulder – Chantal – Psycho-Pate – Barbie – Elfe – Rosenstolz – Ambra – 23×5,5 – Avalon – Stecher – Fetish-Girl – Phönix – Ginger – Klette – Chat Mom – Blade Runner – Tiffany – Wonder – PaarHH sucht sie – Käptn Blaubär – Lola – Fantasy – Apoll – Shy Guy – Einsamer – Springmaus – Tom – Chat©at – Fire(m) – Lust – Teletubbie – Soulm@n – Schnecke – X-Ray – Mann – Kleiner Prinz – Curly Sue, les. – Ständer – Aimée – Gamma – Hotgirl – Urmel – w.,gesch.,frei – Seitenspringer – Fruchtzwerg – Bi-Sklavin – Strolchi – Amidala – Polarstern – Azubiene – Black Jack – Janeway – Pirol – Latex-Lady – m,geil – Pralinchen – Bella – Flatliner – Big Dick – Leeloo – Highlander – Matrix – Shirley – McCloud – Ich

Marc wusste immer, dass er Leute «öffnen» konnte. Aber seine Macht im Cyberspace fängt an, ihn zu erschrecken, weil ihm langsam schwant, dass er dem Netzkiller ähnlicher ist, als er je für möglich gehalten hätte. Er braucht selten länger als eine Stunde, um die – so unbekannten wie ahnungslosen – Schönheiten identifizieren zu können. Schönheiten? Hat er Schönheiten gesagt? Gedacht? Diese Frauen schaffen Bilder in seinem Kopf. Immer neue Bilder. Und er belohnt sie mit Nähe, mit Stimmungen, mit Vorstellungen und Verständnis. Er hört ihnen zu, er lädt sie ein, sich mit ihm auf virtuelle Parkbänke zu setzen und den wolkigen Himmel über dem Hyde Park zu genießen. Er malt ihnen mit wenigen Sätzen abendwarme Strände auf den Bildschirm. Er dekoriert ihre Gedanken mit wilden Stunden in monegassischen Hotelzimmern oder bizarren Lederpartys in backsteinummauerten Kellergewölben. Manche wollen nur plaudern, andere suchen einen Partner, ein Abenteuer, mal real, mal virtuell.

Am Ende kann er ihr erschöpftes Glück spüren, ihr Lächeln sehen, ihre raunende Stimme hören, wenn sie ihm alles anbieten, wonach er nicht fragt: ihre Mail-Adressen, mal anonym, mal gleich mit vollem Namen; ihre Telefonnummern; ihre Pass- oder Urlaubsfotos, die sie ihm ungefragt zuschicken; ihre Liebe, Hoffnung, Zukunft. Plötzlich sind sie nackt, ohne sich auszuziehen. Sie wissen gar nicht, in welcher Gefahr sie schweben würden, wenn er eben nicht Marc Pohl wäre, sondern dieses psychopathische Monster, das sich irgendwo da draußen herumtreibt und wie er selbst in den trüben Teichen des Netzes fischt. Nächtelang.

Nur einmal bekam er nach so einer Nacht eine Mail, die ihn wieder auf den Boden der Realität zurückkriss: «Du warst gut, aber ich war besser *g*», stand da nur, unterschrieben von «Daniel/Daniela». Er war auf eine Frau hereingefallen, die keine Frau war. Melander hatte ihm das prophezeit. Marc konnte sich nicht erinnern, jemals so gedemütigt worden zu sein. Er war sonst ein guter Verlierer, wenn es um Spiele ging, die Kraft oder Glück, Ausdauer oder Fachwissen verlangten. Aber der Chat ist ein einziges großes Gedankenspiel, eine Art Schach mit der einzigen Regel, dass es keine Regeln gibt. Und Marc hatte verloren, weil er seinem Gegenüber einfach geglaubt hatte.

Da wurde ihm klar, dass er nichts glauben durfte. Gar nichts mehr. Nicht im Chat. Dass er noch besser werden müsste. Raffinierter. Und er verstand langsam, dass es nur einen Weg geben würde, den Netzkiller zu finden.

Das Vertrauen auf die Technik des BKA oder der Hacker vom «Chaos Computer Club» war ziemlich aussichtslos. Melander würde das nicht packen. Wie auch? Mit Technik würde man den Mörder nicht bekommen. Marc musste Köder auswerfen. Sprachfutter. Also begann er, sich ein rundes Dutzend Nicknames auszudenken. Er dekorierte sie mit anonymen Mailboxen und schillernden Biographien. Er schenkte ihnen Hobbys und Vorlieben, Musikgeschmäcker und Leben. Er erschuf Menschen, die es nicht gab und die nur eines gemeinsam hatten: die unausgesprochene Bereitschaft, sich auf Blind Dates einzulassen.

Dann warf er seine kreatürlichen Illusionen hinaus. Er entließ seine Köder in die Cyberwelt. Marc wusste, dass es Zufall sein würde, den richtigen Tümpel zu erwischen. Die Liste, die Melander ihm mit der Post geschickt hatte, war noch immer lang genug, um dem Killer nie begegnen zu müssen. Aber es war eine Möglichkeit. Es schien ihm die einzige Möglichkeit.

Am Nachmittag verlässt Marc ausnahmsweise das Büro, um kurz die warme Luft der Realität einzusaugen und bei Mövenpick ein paar Muffins zu kaufen. Früher gab es Plunderschnecken, heute gibt es eben Muffins. Marc sieht junge Familien gelangweilt durch die Einkaufspassagen flanieren. Zeittotschlagen durch bloßes Schaufensterglotzen. Dann schlendert er zurück. Nur sein Schatten auf dem Pflaster beweist ihm, dass er noch lebt. Das Gewitter kommt näher.

In der Zwischenzeit haben die Nachrichtenagenturen dpa und AP seine «Netzkiller»-Schlagzeile entdeckt, die Fakten entbeint und den Dienst habenden BKA-Pressemenschen aus seiner Familie gerissen. Marc hört das Grummeln am Horizont. Er sollte die Montagsgeschichte schreiben. Aber die vierzig Zeilen werden sich auch morgen noch von selbst um die Schlagzeile herumschreiben, die Barthelmy bereits formulierte: «Der Netzkiller – Wer war sein viertes Opfer?» Barthelmy hat mit dem feinnervigen Gespür des erfolgreichen Routiniers sofort gemerkt, welch unglaubliche Möglichkeiten in der Netzkiller-Geschichte steckten.

«Dieser Irre ist das Aids der Internet-Ära.» Solche Sätze hatte Barthelmy drauf. Und Marc wusste genau, was er meinte. So war er drauf.

Am Montag melden alle wichtigen und unwichtigen Blätter das Thema auf ihren vermischten Seiten, wo sonst Erdbeben, die Kokain-Prozesse irgendwelcher Altstars oder Affären des britischen

Königshauses seziert werden. Popstars, fällt ihm auf, sterben fast immer im Vermischten. Selten in Feuilletons. Die Regenfront rückt näher.

Es war sonst nicht viel los am Wochenende. Manche zitieren Marcs Samstag-Schlagzeile. Nicht, weil sie so seriös wären. Nicht, weil sie ihm einen Gefallen tun wollen. Marc macht sich da keine Illusionen. Sie tun es, weil ihnen das Eis der Fakten noch zu dünn scheint und sie sich dann immer hinter Marcs Blatt verstecken könnten, wenn die Geschichte nicht hält, was sie versprach. Andere übernehmen die zweimal aktualisierten und mit neuen BKA-Zitaten garnierten Agenturmeldungen. «Tod im Netz?», fragt die sonst nicht so pingelige Berliner BZ vorsichtig. Die *Hamburger Morgenpost* titelt «Mord im Netz». Die *Süddeutsche Zeitung* schreibt pietätvoller «Mordserie gibt Rätsel auf» und zitiert eine eigene BKA-Quelle, von der Marc hofft, dass es nicht Melander ist. Marc muss mit ihm telefonieren.

Dienstag früh sitzt die Vorsitzende des ersten deutschen Online-Suchtverbandes auf der bonbonfarbenen Couch des Sat-1-Frühstücksfernsehens und gibt Tipps für den richtigen Umgang mit Internet-Bekanntschaften. «Verabreden Sie sich beim ersten Mal lieber an belebten Orten wie Straßencafés oder Einkaufspassagen.» Die hibbelige Moderatorin kichert. Im RTL-Mittagsjournal «Punkt 12» meldet die lispelnde Katja Burkhard, dass am Wochenende fünf Menschen in Hotels getötet worden seien. Ein zugeschalteter BKA-Sprecher murmelt etwas von «Trittbrettfahrern», aber auch davon, dass einer der Morde durchaus in das Muster der ersten drei passe und die Ermittlungen andauern. Man könne zum gegenwärtigen Zeitpunkt noch nichts Genaues sagen und so weiter.

«Die Angst geht um im Internet», raunt Ulrich Meyer abends durch seine «Akte 99»-Kulisse auf Sat1, zeigt einen Fünf-Minuten-Beitrag übers Chatten und lässt danach die Vorsitzende des Online-Suchtverbandes nicht zu Wort kommen. Sie darf aber ihr Buch in die Kamera halten, das von «Liebe, Lüge, Lust und Frust im Internet» handelt und sich bisher nicht besonders gut verkauft hat. Dann wird die Internet-Adresse eines neu eingerichteten Chats eingeblendet, in dem Online-Süchtige Erfahrungen austauschen können – als könnte man Alkoholiker beim gemeinsamen Besäufnis therapieren.

Zur selben Zeit ist die überregionale Ausgabe von Marcs Blatt bereits in der Druckerei – mit den Details des vierten Toten: ein verheirateter Maschinenbauingenieur aus Dresden namens Maik Koslowski, der am Montag in einem Vorstadthotel gefunden wurde. Koslowski hatte das Zimmer unter dem Namen «Reinhold Beckmann» reserviert. «Er mordet weiter», brüllt es Marcs Lesern auf der Titelseite entgegen. Im Text ist von einer «neuen Geißel der Internet-Ära» die Rede.

Die *Süddeutsche Zeitung* erklärt am Mittwoch in ihrem aktuellen Lexikon auf Seite 3 das Stichwort «Chat». Bis zum Abend liegen auf Marcs Schreibtisch drei Zentimeter Agenturmeldungen von dpa, AP, AFP und Reuters mit immer neuen Stimmen, Zitaten, Hintergründen und Analysen. Der Sturm hat eingesetzt. Er treibt den Regen vor sich her übers Land. Als Letztes schickt dpa eine Vorabmeldung der *Osnabrücker Zeitung*. In einem Interview der Zeitung kündigt der Karlsruher Generalbundesanwalt an, die zuständige Internet-Fahndungsstelle des BKA «mit allen notwendigen Befugnissen auszustatten, um dem grauenvollen Treiben baldmöglichst ein Ende zu setzen».

Was für «Befugnisse» sollten das schon sein? Virtuelle Handschellen? Gab es das? Würde es etwas nützen? Oder wollten sie die ganze Nation vom Internet abklemmen?

Im ARD-Boulevard-Magazin «Brisant» ist am Nachmittag die Witwe des vierten Opfers zu sehen. Sie sitzt vor der Matterhorn-Fototapete ihrer Zweiraumwohnung in einem renovierten Dresdner Plattenbau, hat verheulte Augen, raucht F6 und sagt, dass sie sich das alles nicht erklären kann. Marc weiß, was sie mittlerweile auch weiß: dass ihr Mann offenbar im Glauben an einen gefahrlosen Seitensprung in das Hotel gefahren ist und dass er eine ganze Reihe schmieriger Kinderpornos gehortet hatte in einer alten Truhe seines Kellerabteils. Marc überlegt, was man bei ihm selbst finden würde, wenn er irgendwann nicht mehr wäre, und beschließt, demnächst alle Liebesbriefe und die drei Porno-Videos wegzuwerfen, die er noch hat. Aus dem Off fragt eine Reporterin: «Was empfinden Sie, Frau Koslowski?» Die Witwe weint wieder.

Günther Jauch kontert abends in «Stern-TV» mit dem BKA-Chef, den er mit der Frage überrumpelt, ob er schon mal gechattet habe. Der Mann sitzt auf einem roten Ledersessel und schwitzt. Die Redaktion von «Liebe Sünde» auf Pro Sieben hat eine Münchner Psychologin in sehr kurzem Lackrock aufgetrieben, die den Reiz von Cybersex erklären soll. Sie sagt Sätze der Sorte: «Für erotische Erfahrungen ist immer auch die Fremdheit des Gegenübers wichtig. Insofern ist das Internet ein hoch erotisches Medium.» Daneben sitzt wieder die Vorsitzende des deutschen Online-Suchtverbandes und versucht eine Antwort auf die Frage der Moderatorin: «Was ist denn nun das Besondere? Der Kick via Klick sozusagen?» Auf dem Glastisch liegt ihr Buch.

Auch Harald Schmidt geht auf die Storys ein. «Haben Sie's gelesen?», fragt er seine Zuschauer abends und zeichnet mit den Händen einen großen Rahmen. Er trägt einen einreihigen schwarzen Boss-Anzug, der ein wenig an Begräbnis erinnert. «So groß in der Zeitung? Netzkiller tötet den ersten Ostdeutschen.» Dann wartet er kurz und schießt hinterher: «Tja, auch 'ne Art von Solidarbeitrag. Dabei wusste ich gar nicht, dass es in Dresden schon Kompuhter gibt.» In das Gelächter hinein dreht er sich weg, geht zu seinem Schreibtisch, auf dem ein PC steht, setzt sich und wartet, dass der Applaus abebbt.

«Sie wissen, wir sind Deutschlands einziges wirklich investigatives Nachrichten-Magazin. Deshalb werden wir auch mit dem Milliardenaufwand einer groß angelegten Datenrecherche versuchen, den Mörder zu finden.» Kamera 2 zeigt den Bildschirm mit den Chaträumen von allegra.de. Das Frauenmagazin gehört zum Axel Springer Verlag, der auch an Sat1 beteiligt ist. Schmidt loggt sich als «Harald Schmidt» ein und tippt dann: «Hallo, ich bin Harald Schmidt und suche den Netzkiller.»

Marc sitzt zu Hause und greift mechanisch zu den Chips. Er sieht Schmidts Schirm auf dem Schirm.

(18:53:27) Beauty *fragt Harald Schmidt*: Aber sonst geht's dir gut, du Spinner, was?

(18:53:34) Bella *sagt zu Harald Schmidt*: *gröl* Dirty Harry ist da.

(18:54:45) Hard Rock *sagt zu Harald Schmidt*: Geh nach Hause, armer Irrer.

(18:54:58) Bella *haucht zu Harald Schmidt*: Armer Harry, keiner glaubt dir *g*

Das Studiopublikum johlt, während Schmidt erklärt: «Das *g* ist Chat-Slang. Es heißt – glaub ich – so viel wie ‹geil›. Bella ist also geil.» Dann hackt er grinsend in die Tastatur: «Okay, okay, war nur Spaß. Ich heiße zwar Harald Schmidt. Aber eigentlich suche ich nur 'ne geile Ische für meine Show zum ...» Dazu murmelt er seinem Studio-Publikum zu: «Man muss sie in Sicherheit wiegen, bevor man zuschlägt.»

Marc grinst zu Hause mit schätzungsweise einer Million anderer, die um diese Zeit noch nicht schlafen können.

(18:57:12) Marco *sagt zu Harald Schmidt*: Verschwinde lieber. Solche Typen brauchen wir nicht.

(18:57:22) Bella *fragt Harald Schmidt*: Du bist so frech, du könntest fast der Echte sein *lol*

Schmidt tippt ein: «Ich BIN der Echte. Warum glaubt mir hier niemand?» Kamera 3 zeigt das kreischende Publikum. Dann Schnitt. Totale Schmidt, der ernst in Kamera 1 raunt: «Sie sehen es selbst. Der Cyberspace ist eine raue Welt. Wir werden die Fahndung natürlich fortsetzen.» Letzter Schnitt, Kamera 2, auf den Schirm, wo «Hard Rock» gerade schreibt: «Dann lad uns doch mal in deine Show ein *fg*» Werbepause.

Das Telefon klingelt, aber Marc steht gar nicht erst auf. Um diese Zeit ruft meist seine Mutter an, die wieder von Depressionen geplagt wird. Marc hört erst seine eigene Stimme auf dem Anrufbeantworter: «Hier ist Marc Pohls Geist. Ich bin tot und kann deshalb leider nicht persönlich abheben. Hinterlassen Sie eine Nachricht, dann ruft irgendwer irgendwann zurück.» In der kurzen Pause vergisst er Harald Schmidt und wartet auf den Anrufer. Er hatte Recht. «Gott, Markus», hört er. «Sag doch mal was anderes. Hier ist Mutti. Du meldest dich ja gar nicht mehr. Ich wollte auch nur mal nach dir sehen, weil du ja sicher viel zu tun hast zurzeit. Ich konnte einfach nicht schlafen. Aber ich nehm das Persumbran ja nur, wenn ich es brauche. Ruf bitte mal an und sei vorsichtig da in diesem Internet, wo immer das ist.» Im Gegensatz zu seiner Mutter war Marc wenigstens klar geworden, dass ihn die Tablettensucht erwischt hatte. Die Sat-1-Werbepause ist zu Ende. Schmidt erklärt gerade, dass die Abkürzung *fg* «fickgeil» bedeute.

Am Donnerstag nimmt Pro Sieben eine alte «Arabella»-Talkshow ins Programm, in der vier Teenager von ihren Chat-Erlebnissen, Blind Dates und Männererfahrungen im Netz erzählen. Arabella Kiesbauer fragt eine Blondine namens Nadine: «Du hast dir Brad Pitt erwartet und dann kam nur Karl Dall!» Sie stellt keine Fragen mehr, sie antwortet gleich für ihre Gäste. Nadine lacht und sagt: «Yepp.»

«Die Redaktion» von RTL 2 hat sich immerhin den besten Titel ausgedacht: «Fick per Klick» heißt abends ein Beitrag über zwei gut aussehende Studentinnen, die vor Computern sitzen und sich in Chats mit unbekannten Männern verabreden. Die Treffen werden mit versteckter Kamera gefilmt. Marcs Blatt kündigt fürs Wochenende eine Serie über «Sex im Cyberspace» an. Der erste Teil über die kommerziellen Chatterinnen bei Beate Uhse soll am Samstag unter dem Titel «Die Netz-Nutten vom Cyber-Strich» laufen.

Am Freitag schreibt die Frankfurter Allgemeine einen großen Leitartikel, in dem von Stanley Kubricks Maskeradentanz «Eyes Wide Shut» über das Kino-Dramolett «E-Mail für dich» bis zum «neuen Fetisch Sprache» alles zusammengerührt wird, was zur Trendsuppe passt. «Die Sprache als ewige Orgie, als Rollenspiel-Werkzeug eines unendlich multiplen, also schizoiden und letztlich körperlosen Ichs am Ende des ausgehenden Jahrtausends».

Am Nachmittag muss Marc nach Köln fliegen, um abends bei «Life – Die Lust zu leben» in RTL aufzutreten. Er will das eigentlich nicht. Aber Barthelmy steckt ihm einen Stapel mit den bisherigen Schlagzeilen zu, die er bei Birgit Schrowange gut sichtbar auf den Tisch legen soll. «Sie machen das schon, mein Junge», hatte er gesagt. «Seien Sie doch froh: Das ist Ihre Geschichte.»

«Ja», murmelte Marc, «das ist meine Geschichte.»

In der Garderobe begegnet er abends Frau Koslowski. Er stellt sich kurz vor, doch sie nimmt ihn gar nicht wahr. Marc kennt solche Karrieren. Sie wird für ein paar tausend Mark Honorar noch durch einige Krawallshows wie «Explosiv» oder «Blitz» gezerrt und irgendwann ausgespuckt werden, zurück in die Vergessenheit. Auf dem Dresdner Arbeitsamt wird sie viel Zeit haben, über all das hier nachzudenken. Verstehen wird sie es nie. Die Frau tut ihm Leid. Aber er kann nichts für sie tun.

Birgit Schrowange kommt kurz in die Garderobe und begrüßt ihn mit «Hallo, Herr Kohl». Hinter ihr steht eine junge Redakteurin und raunt: «Pohl, Mike Pohl.» Na ja, fast. Die Redakteurin schaut auf ihre brikettgroße G-Shock am Handgelenk und verdreht die Augen, als wolle sie sagen: «Sorry, aber die Birgit ist nur das Gesicht der Show, der Kopf bin ich.» Später wird die Moderatorin ihn als «Entdecker des Netzkillers» vorstellen und ihm fünf belanglose Fragen stellen, deren Antworten vorher abgesprochen wurden. Marc trägt sein zweireihiges Burberry-Sakko mit den Goldknöpfen über der Boss-Jeans. Er darf auf die Serie seines Blattes hinweisen, die morgen beginnt. Die Quote wird gut sein: 3,8 Millionen Zuschauer mit einem Marktanteil von 21,5 Prozent in der werberelevanten Zielgruppe der Vierzehn- bis Neunundvierzigjährigen.

Beim *Spiegel* bastelt das Kultur-I-Ressort bis in die frühen Morgenstunden des Samstags an einer Titelgeschichte über «Die Cyber-Falle – Die gefährliche Welt des Netzkillers». Der Gebrauchs-Philosoph Peter Sloterdijk referiert in einem zweiseitigen Essay über die «Macht der Sprache in Zeiten der Sprachlosigkeit».

Die Redaktion von «Sabine Christiansen» avisiert derweil zum Thema «Netz der Gewalt» folgende Sonntagsgäste per Fax «an alle TV-Redaktionen»: die Vorsitzende des Online-Suchtverbandes, den BKA-Chef, den Sprecher des Hamburger «Chaos Computer Clubs», den Staatssekretär des Innenministeriums, Peter Sloterdijk als intellektuelles Petersiliensträußchen auf der Gesprächssülze sowie Verona Feldbusch, die im Auftrag der *Bild am Sonntag* eine Stunde lang durch diverse Erotik-Chats gesurft war. «Verona suchte den Killer» wird über der Geschichte stehen, weshalb Marc am Sonntag gleich noch einen Aufruf formulieren muss, mit dem Barthelmy am Montag wieder einen Scoop landet: «Netzkiller – Bitte melden!». Darunter stehen Marcs offizielle E-Mail-Heimat in der Redaktion und die Adresse eines Chat-Forums.

Ein katholischer Pastor schwadroniert im «Wort zum Sonntag» über die «Anonymität unserer Gesellschaft» und hält den Killer für eine «Geißel der Menschheit, die wie Aids vor einigen Jahren über uns kommt, aber auch in uns ist».

Marc hat es geschafft: Er steht mit weit ausgebreiteten Armen im überschäumenden Gewitter, das ihn umtost. Er hält das Gesicht in den Regen. Barthelmy hat ihm mündlich einen Zuschlag von 20 000 Mark auf sein Jahresgehalt versprochen. «Und schlafen Sie sich mal aus. Sie sehen ja furchtbar aus.» Die ersten Titelgeschichten verkauften im Schnitt 110 000 Exemplare täglich mehr. Der Netzkiller bringt Geld. Eine Woche lang hat er alles andere aus den Seite-1-Schlagzeilen verdrängt: Sonnenfinsternis und Steuer-Debatte, Steffi-Graf-Abgang und Star-Wars-Kampagne.

Der Netzkiller: Wer ist sein viertes Opfer? – Sonnenfinsternis: Die Ersten drehen durch – Mike Oldfield sucht per Anzeige eine Frau – Nerviges Handy: Mann mit Bierflasche erschlagen – Die dunkle Weissagung des Nostradamus: Ein König des Schreckens wird vom Himmel kommen – Amerikas berühmtestes Bordell muss schließen – Lindenstraßen-Petra hat ihr Talent unter dem Schwesternkittel – **Der Netzkiller: Er mordet weiter** – Sonnenfinsternis: Schlacht um letzte Brillen – Zins-Schock: Eichel muss mehr für Schulden zahlen – Captain Kirk fand seine Frau tot im Pool – Ameisenbisse sollen Rückenschmerzen heilen – Hurra, wir leben noch! Sonne lacht über alle Untergangspropheten – Babyleiche im Müllcontainer – Neue Serie auf RTL: Kanzler Schröder kommt uns komisch – **Dirty Harry jagt das Netz-Monster: Wie weit darf TV gehen?** – Peter Hofmann: Ja, ich habe Parkinson – Ti-ri-li, Fanny studiert die Vögel – Eichmann: Israel gibt die Memoiren des Naziverbrechers frei – Malaria am Flughafen: Schon 3 Fälle! – Baby im Müll: Polizei braucht dringend Hinweise – «Unser Reeder lässt uns hier verhungern» – Netzhaut verbrannt: Das erste Opfer der «Schwarzen Sonne» – Irvine wird immer gemeiner zu Schumi – Tornado über der «Gottesstadt» – Versöhnung gescheitert! Howard Carpendale ist wieder «ein freier Mann» – Nachwuchs her! Viagra für die Pandabären – **Die Welt des Netzkillers: Sex und Sucht im Cyberspace** – Danke, Steffi! Für alle die schönen Tennisjahre – Benzin immer teurer: bald über 2 Mark? – Ignatz Bubis gestorben – Die phantastische Welt von Star Wars – Susan Stahnke: Heute Abend erster Hauch von Hollywood – Zu viel Regen: Kamele ertranken in der Wüste.

Am Montag wird ein weiterer Mord entdeckt werden. Das weiß Marc schon jetzt. Es wird eine Frau sein, weil dieser Psychopath wechselweise Männer und Frauen tötet. Glaubt er. Hofft er. Er will ihn verstehen. Wenigstens das.

Frau!

Mann!

Frau!

Mann!

Frau?

Er liebt mich, sie liebt mich nicht. Er liebt mich, sie liebt mich nicht. Er liebt mich. München, Hamburg, Duisburg, Dresden. Er hat keine Ahnung, wo der nächste Mord stattfinden wird. Er ist gespannt, wie lange der Typ das Spiel mit den Decknamen von Showstars noch ausreizen wird. Marc schluckt eine Halcion zur Diet Coke.

Bei «Beckmann» werden nächste Woche wahrscheinlich Harald Schmidt, Andreas Türck und Jürgen Fliege sitzen und darüber diskutieren, weshalb der Netzkiller sich den bizarren Spaß mit ihren Namen erlaubt. Am Dienstag wird das BKA eine Pressekonferenz anberaumen und den Stillstand der Dinge rekapitulieren. Am Mittwoch wird Harald Schmidt in seiner Show «Bella» aus dem Allegra-Chat zu Gast haben, die sich als erstaunlich gut aussehende Dortmunder Pädagogikstudentin mit noch erstaunlicherer Selbstsicherheit auf sein aschgraues Ledersofa setzen und ein wenig übers Chatten plaudern wird. Sicher werden sie ihr eine Dauergastrolle als «Ische» anbieten. Sie wird ihr Studium aufgeben, später eine eigene Reise-Show auf Vox moderieren und wieder verschwinden.

Wenn es Margarethe Schreinemakers noch gäbe, würde sie möglicherweise bereits den Killer präsentieren, als Silhouette mit elektronisch verzerrter Stimme hinter einem transparenten Paravent. Und ganz bestimmt wird die CDU-Fraktion im Bundestag drakonische Kontrollen fürs Internet fordern, und Bundesinnen-minister Otto Schily wird mit einem Gesicht wie ein Waldorf-Leh-rer im Skinhead-Club die Einrichtung einer «Internet Task Force» bekannt geben, die chic klingt, aber auch nichts finden wird. So oder so ähnlich würde das Gewitter weitergehen.

Marc steht mittendrin in diesem gigantischen Wolkenbruch, der auf ihn herniederpeitscht. Er könnte das Drehbuch dieses Som-mers schon jetzt schreiben. Nur für seine eigene Rolle hat er noch keinen adäquaten Schluss parat.

2 / Der Killer

Schreibe «Ficken.»

Kopiere «Ficken» mit Apfel-C.

Füge «Ficken» ein mit Apfel-V.

Füge «Ficken» ein mit Apfel-V.

Kopiere «Ficken. Ficken. Ficken.» mit Apfel-C.

Füge «Ficken. Ficken. Ficken.» ein mit Apfel-V.

Füge «Ficken. Ficken. Ficken.» ein mit Apfel-V.

Füge «Ficken. Ficken. Ficken.» ein mit Apfel-V.

Kopiere «Ficken. Ficken. Ficken. Ficken. Ficken. Ficken. Ficken. Ficken. Ficken. Ficken. Ficken. Ficken.» mit Apfel-C.

Füge «Ficken. Ficken. Ficken. Ficken. Ficken. Ficken. Ficken. Ficken. Ficken. Ficken. Ficken. Ficken.» ein mit Apfel-V.

Füge «Ficken. Ficken. Ficken. Ficken. Ficken. Ficken. Ficken. Ficken. Ficken. Ficken. Ficken. Ficken.» ein mit Apfel-V.

Kopiere «Ficken. Ficken.» mit Apfel-C.

Füge «Ficken. Ficken.» ein mit Apfel-V.

Füge «Ficken. Ficken.» ein mit Apfel-V.

Kopiere «Ficken. Ficken.» mit Apfel-C.

Füge «Ficken. Ficken.» ein mit Apfel-V.

Füge «Ficken. Ficken.» ein mit Apfel-V.

Ficken. Ficken.

Ficken. Ficken. Ficken. Ficken. Ficken. Ficken. Ficken. Ficken. Ficken.
Ficken. Ficken. Ficken. Ficken. Ficken. Ficken. Ficken. Ficken. Ficken.
Ficken. Ficken. Ficken. Ficken. Ficken. Ficken. Ficken. Ficken. Ficken.
Ficken. Ficken. Ficken. Ficken. Ficken. Ficken. Ficken. Ficken. Ficken.
Ficken. Ficken. Ficken. Ficken. Ficken. Ficken. Ficken. Ficken. Ficken.
Ficken. Ficken. Ficken. Ficken. Ficken. Ficken. Ficken. Ficken. Ficken.
Ficken. Ficken. Ficken. Ficken. Ficken. Ficken. Ficken. Ficken. Ficken.
Ficken. Ficken. Ficken. Ficken. Ficken. Ficken. Ficken. Ficken. Ficken.
Ficken. Ficken. Ficken. Ficken. Ficken. Ficken. Ficken. Ficken. Ficken.
Ficken. Ficken. Ficken. Ficken. Ficken. Ficken. Ficken. Ficken. Ficken.

Lösche «Ficken. Ficken. Ficken. Ficken. Ficken. Ficken. Ficken. Ficken.
Ficken. Ficken. Ficken. Ficken. Ficken. Ficken. Ficken. Ficken. Ficken.
Ficken. Ficken. Ficken. Ficken. Ficken. Ficken. Ficken. Ficken. Ficken.
Ficken. Ficken. Ficken. Ficken. Ficken. Ficken. Ficken. Ficken. Ficken.
Ficken. Ficken. Ficken. Ficken. Ficken. Ficken. Ficken. Ficken. Ficken.
Ficken. Ficken. Ficken. Ficken. Ficken. Ficken. Ficken. Ficken. Ficken.
Ficken. Ficken. Ficken. Ficken. Ficken. Ficken. Ficken. Ficken. Ficken.
Ficken. Ficken. Ficken. Ficken. Ficken. Ficken. Ficken. Ficken. Ficken.
Ficken. Ficken. Ficken. Ficken. Ficken. Ficken. Ficken. Ficken. Ficken.
Ficken. Ficken. Ficken. Ficken. Ficken. Ficken. Ficken. Ficken. Ficken.
Ficken. Ficken. Ficken. Ficken. Ficken. Ficken. Ficken. Ficken. Ficken.
Ficken. Ficken. Ficken. Ficken. Ficken. Ficken. Ficken. Ficken. Ficken.
Ficken. Ficken. Ficken. Ficken. Ficken. Ficken. Ficken. Ficken. Ficken.
Ficken. Ficken. Ficken. Ficken. Ficken. Ficken. Ficken. Ficken. Ficken.
Ficken. Ficken. Ficken. Ficken. Ficken. Ficken. Ficken. Ficken. Ficken.
Ficken. Ficken. Ficken. Ficken. Ficken. Ficken. Ficken. Ficken. Ficken.
Ficken. Ficken. Ficken. Ficken. Ficken. Ficken. Ficken. Ficken. Ficken.
Ficken. Ficken. Ficken. Ficken. Ficken. Ficken. Ficken. Ficken. Ficken.
Ficken. Ficken. Ficken. Ficken. Ficken. Ficken. Ficken. Ficken. Ficken.
Ficken.» mit Apfel-X.

Das Blatt auf dem Bildschirm ist wieder leer. «Genug gefickt.» Gelangweilt hackt der Killer auf der Tastatur herum. Sechs Buchstaben. Ein Wort. Ein einziges «Ficken», das sich mit wenigen Handgriffen unendlich multiplizieren ließ. Er fragt sich, wie lange er da kopieren und einfügen und wieder kopieren und wieder einfügen müsste, bis ihm eine lakonische Warnmeldung entgegenstrahlen würde, dass die Festplatte oder der Arbeitsspeicher nun endgültig überzulaufen drohe? Wie viel «Ficken» erträgt ein an sich geschmacksneutraler und wertfreier Computer?

Er denkt nach. Bei Nacht arbeitet sein Hirn am schärfsten. Es wird nicht abgelenkt. Die Nacht schält Ideen aus seinem Innersten heraus. Er reißt ein Blatt von dem Abreißkalender vor sich. Es ist der 17. August 1999. Kurz nach Mitternacht. Der Dienstag liegt noch jungfräulich und schwer atmend über dem Land. Der letzte Mord liegt hinter ihm. Er ist müde. Unglaublich müde. Es ist diese Art bleierner Müdigkeit, die einen nicht mehr schlafen lässt vor lauter Erschöpfung.

Sie haben ihn auf die Bühne gezerrt. In ihr Rampenlicht. Das war klar. Sie haben aus ihm eine öffentliche Figur gemacht. Sie haben ihn vereinnahmt. Alles lief nach Plan. Alles war unter Kontrolle, auch wenn die Begleiterscheinungen doch mitunter bizarr waren. Nicht vorhersehbar. Nicht einmal für ihn.

Nach einer Woche hat er «Fan-Sites» im WorldWideWeb, wo irgendwelche Spinner sein «Werk» diskutieren. Es gibt Chat-Provider, die statt der üblichen Werbe-Banner nun Aufrufe in ihre Programme stellen wie: «Wanted! 10 000 Mark für die Ergreifung des Netzkillers.» Ein PR-Gag. Nichts weiter. Doch prompt machten sich selbst ernannte «Cyber-Patrols» auf, nach ihm zu fahnden. Bunt zusammengewürfelte Truppen aus Informatikstudenten, arbeitslosen Telekommunikations-Hiwis und Laien-Surfern. Ein halbes Dutzend Verrückter hatte sich mittlerweile als Serienmörder «gestellt», und jeder bekam seine obligatorische TV-Kurzmeldung, bevor man ihn wieder entließ. Keiner von denen konnte es sein. Weil sie die Details der Morde nicht kannten. Seiner Morde. Irgendein untotes Zeitgeist-Blatt klärte ihn auf, welche Romanhelden er kopiere, und nannte seine «Arbeit» sogar «Plagiate des schlechten Geschmacks». Am Wochenende sah er einen Halbwüchsigen mit einem T-Shirt, auf dem stand: «I survived the Netzkiller».

Er schaut aus dem Fenster in die tiefe, beruhigende Dunkelheit. Seine Hände sind kalt. Wie von selbst fangen sie an, über die Tastatur zu huschen. Das hier ist sein Jagdrevier. Das hier ist sein Zuhause. Kurz vor halb eins klickt sich der Killer in den Chat, den er sucht, studiert die Listen der Anwesenden und wird sofort fündig. Die Show kann beginnen. Auftritt: das Monster.

\<Abba-Kuss\> Hallo, Herr Pohl.

\<MarcP\> Hi, wer sind Sie?

\<Abba-Kuss\> Darf ich mich vorstellen?

\<Abba-Kuss\> *verbeugt sich mit wehenden Rockschößen*

\<Abba-Kuss\> Ich bin der, den Sie – etwas einfallslos – als «Netzkiller» etikettiert haben.

\<MarcP\> *grinst gelangweilt* Dann sind Sie heute der Achte, der das von sich behauptet.

\<Abba-Kuss\> *lacht* Ist es nicht wunderbar grotesk?

\<Abba-Kuss\> Dass ICH nun SIE davon überzeugen muss, wer ich bin?

\<MarcP\> *lächelt müde* Tja, there's no business like showbusiness.

\<Abba-Kuss\> Haben Sie Harald Schmidt bei seinem Chat-Auftritt gesehen?

\<Abba-Kuss\> *lacht* Niemand im Chat glaubte ihm, dass er der Echte war.

\<MarcP\> Also?

\<Abba-Kuss\> Sie werden mir glauben, wenn ich Ihnen erzähle, was ich mit meinem fünften Opfer gemacht habe.

\<MarcP\> Ach ja?

Der Killer inhaliert die Überraschung in Pohl. Er hat ihn. Mit wenigen Sätzen. Wie immer. Es war nicht schwer, ihn zu finden, nachdem er in seiner Zeitung angekündigt hatte, wann er in welchem Chat unter welchem Namen für mögliche Informanten zur Verfügung stehen würde. Chat4free.de war gut gewählt. Ein schöner Raum, optisch sehr schlicht und zugleich technisch brillant. Volano-Basis. Keinerlei Registrierung außer den üblichen Cookie-Spuren im Sumpf des virtuellen Nichts. Es wunderte ihn, dass nicht schon viel mehr deutsche Chats diese US-Software benutzten. Sie verzichtet völlig auf den Schnickschnack irgendwelcher Chatter-Porträtfotos oder dreidimensionaler Effekthascherei. Dennoch, nein: Deswegen ist sie sehr effektiv für Gespräche unter vier Augen – und Händen.

\<Abba-Kuss\> Lassen Sie uns erst mal ein Ambiente schaffen, in dem wir uns unterhalten können. Wo wären Sie gern?

\<MarcP\> Mit einer entsicherten Magnum in der Hand bei Ihnen, wenn Sie wirklich der «Netzkiller» sind.

\<Abba-Kuss\> *zaubert lachend die nächtlich-einsame Bar von «Schumann's» in München in Pohls Vorstellung*

\<Abba-Kuss\> Das ist doch die Art von Etablissement, wo Leute wie Sie sich gerne aufhalten?

\<Abba-Kuss\> *entkorkt eine Flasche Taittinger (Magnum *g*)* Ist das okay für Sie? Oder hätten Sie lieber ein Bier? Jever? Warsteiner? Budweiser? *rät von Bier aus Budweis jedoch ab*

\<MarcP\> *setzt sich*

\<Abba-Kuss\> *schenkt ein und raunt* Worauf trinken wir?

\<Abba-Kuss\> Ihren beschissenen Nickname oder meine Macht?

\<MarcP\> Mich kann man auf diese Weise wenigstens erkennen.

\<Abba-Kuss\> Sie kennen diese klassischen Rechenschieber namens Abakus?

\<Abba-Kuss\> Mein momentaner Name ist nichts weiter als ein Wortspiel.

\<Abba-Kuss\> Ich höre gerade Pop. Die Muse, die mich küsst, heißt Abba.

\<MarcP\> Darf ich fragen, welchen Song?

\<Abba-Kuss\> *summt leise vor sich hin*

\<Abba-Kuss\> I believe in angels

\<Abba-Kuss\> something good in everything I see.

\<Abba-Kuss\> I believe in angels

\<Abba-Kuss\> when I know the time is right for me.

\<Abba-Kuss\> Pop lebt – wie ich – für den Augenblick der Ewigkeit.

\<Abba-Kuss\> Woran glauben Sie, Herr Pohl?

\<MarcP\> Daran, dass Sie nicht der «Netzkiller» sind.

Der Killer genießt den «Champagner». Er flaniert vor Marc Pohls virtuellem Tisch über die virtuellen Holzbohlen der virtuellen Bar, die er gerade erschaffen hat. Sie sind ungestört. Noch hat er Pohl für sich allein. Und er wird ihm seine Arroganz schon vom Leib reißen. Er fängt an zu tippen: sorgfältig, konzentriert, fehlerlos, formvollendet.

\<Abba-Kuss\> Wieso kann ich es nicht sein? Weil SIE es sind?

\<Abba-Kuss\> Ist es das, was Sie mir sagen wollen?

\<Abba-Kuss\> *hebt den Champagnerkelch gegen das Licht und blickt durch die funkelnden Perlen*

\<Abba-Kuss\> Waren Sie jemals in Saarbrücken?

\<Abba-Kuss\> Es ist eine schrecklich langweilige Stadt …

\<Abba-Kuss\> … mit schrecklich langweiligen Hotels.

Er weiß, dass das als Köder reicht. Pohls gefrorenes Schweigen verrät ihn. Der Killer weiß, dass Pohl weiß, was in Saarbrücken geschehen ist. Noch nicht lange, aber er weiß es. Die Polizeiinformationen kamen zu spät, um auch am Dienstag die Titelseite seines Blattes wieder mit neuen Schreckensmeldungen zu pflastern. Aber Pohl weiß Bescheid. Nur: wie detailliert?

<Abba-Kuss> Raten Sie mal, unter welchem Namen ich dort von Sonntag auf Montag ein kleines Zimmer in einem großen Hotel belegt habe!
<MarcP> Keine Ahnung. Hans Meiser?
<Abba-Kuss> *lacht* viel näher.
<MarcP> Ich mag Ihre Ratespiele nicht.
<Abba-Kuss> Und ich mag Ihre gespielte Naivität nicht. Nun kommen Sie schon! Sonst …
<Abba-Kuss> *droht mit dem Zeigefinger*
<Abba-Kuss> … verschwinde ich wieder.

Er spürt, wie es in Marc Pohl arbeitet. Wie die Worte ihn gefangen halten. Er merkt, wie sich der Journalist Gedanken zusammenbastelt, die nicht zusammenpassen. Noch nicht. Wie er nach originellen Antworten sucht. Pohl ist noch nicht so weit, zum Telefonhörer zu greifen und die Polizei zu alarmieren. Er zögert. Sein anonymes Gegenüber könnte immer noch ein Spinner sein. Pohl will keinen falschen Alarm riskieren. Nicht um diese Zeit.

<MarcP> Näher als Hans Meiser ist mir Susan Stahnke, weil die bei «Newsmaker» gelandet ist, an dem mein Verlag beteiligt ist.
<Abba-Kuss> *grölt* Wunderbare Antwort.
<Abba-Kuss> Wenn Sie erlauben, merke ich mir den Namen mal. Vielleicht kann ich ihn ja nochmal verwenden ;-) Leider führt auch Frau Stahnke auf einen Holzweg.
<MarcP> Verraten Sie ihn mir.
<MarcP> BITTE!

Ja, jetzt habe ich dich, du hübscher kleiner Fisch. Jetzt umkreist du meinen Köder. Hungrig. Neugierig. Verloren. Der Killer sieht seine Finger über die Tastatur fliegen.

<Abba-Kuss> Okay. Ich will Sie nicht unnötig auf die Folter spannen.
<Abba-Kuss> Immerhin läuft die Zeit ...
<Abba-Kuss> vor allem für mich *g*
<Abba-Kuss> Ich nannte mich ...
<Abba-Kuss> *Trommelwirbel*
<Abba-Kuss> ebenso schlicht ...
<Abba-Kuss> ... wie ergreifend
<Abba-Kuss> MARC POHL

<Abba-Kuss> Was sagen Sie jetzt?
<Abba-Kuss> Ist das nicht genial?

<MarcP> nein
<Abba-Kuss> Doch *fg*
<Abba-Kuss> Ich frage Sie:
<Abba-Kuss> Was hätte näher gelegen?
<MarcP> ogott.

Pohl hat es wirklich noch nicht gewusst. Der Killer spürt sein ahnungsloses Entsetzen. Er fühlt die Schauer, die seinem Gegenüber den Rücken hinaufkriechen.

<Abba-Kuss> Sie heißt ...
<Abba-Kuss> ... pardonnez-moi, hieß: Lydia Strehle ...
<Abba-Kuss> ... war 31 Jahre alt ...
<Abba-Kuss> ... Verwaltungsangestellte ...
<Abba-Kuss> ... äußerst ledig ...
<Abba-Kuss> ... und las – was soll ich Ihnen sagen – Ihr Blatt.
<Abba-Kuss> Ist das nicht ein schöner Zufall?

<Abba-Kuss> Ich gebe zu, es war nicht ganz leicht.

<Abba-Kuss> Sie musste ja in mein eigenes – *g* nennen wir es – «Schnittmuster» passen.

<MarcP> Hören Sie auf!

<Abba-Kuss> *raunt* Ich habe gerade erst angefangen.

<Abba-Kuss> Mit Ihnen.

<Abba-Kuss> Nach dem ersten Tag glaubte Frau Strehle, ich sei SIE.

<Abba-Kuss> Nach dem zweiten Tag wollte sie SIE treffen.

<Abba-Kuss> Am dritten telefonierten SIE kurz mit ihr.

<Abba-Kuss> Das war – ich weiß, es klingt eitel – bereits ein Höhepunkt.

<Abba-Kuss> Am vierten traf sie SIE.

Der Killer badet jetzt in Pohls Bestürzung. Er steht in der Brandung seiner Emotionen. Sie treiben ihn an, sie stacheln ihn auf. Pohl zappelt an seinem Angelhaken.

<Abba-Kuss> Ist es nicht unglaublich?

<Abba-Kuss> Sie dachte wirklich, SIE seien ihr Mörder.

<Abba-Kuss> Die Feder, Herr Pohl …

<Abba-Kuss> Die Feder ist mächtiger …

<Abba-Kuss> … als das Schwert.

<Abba-Kuss> Das müssen Sie doch am besten wissen.

<MarcP> mein Gott

<Abba-Kuss> *schaut überrascht* Ach, Sie kennen die Details noch gar nicht?

<Abba-Kuss> Das enttäuscht mich nun aber.

<Abba-Kuss> *raunt kichernd*

<Abba-Kuss> Sesam(brötchen), «ÖFFNE DICH»!

<MarcP> Sie sind es

Ja, ich bin es, denkt der Killer. Wenn du an mich glaubst, gibt es mich endgültig. Und jetzt bin ich tiefer in dir, als du es bislang vermutet hast, Marc Pohl.

<Abba-Kuss> Natürlich bin ich es.

<Abba-Kuss> Aber der Mörder sind SIE, Herr Pohl.

<Abba-Kuss> Das glaubte zumindest Lydia Strehle, als es mit ihr zu Ende ging.

<Abba-Kuss> Arme Lydia!

<Abba-Kuss> *spielt den Entsetzten* Ist das nicht furchtbar?

<MarcP> Sie sind wahnsinnig.

<Abba-Kuss> Sie verwechseln da etwas.

<Abba-Kuss> SIE sind doch derjenige, der Bilder erzeugt und Ängste.

<Abba-Kuss> SIE sind doch auch TÄTER!

<MarcP> Sie haben damit angefangen.

<Abba-Kuss> Werden Sie nicht kindisch, bitte!

<Abba-Kuss> Was soll das denn jetzt werden?

<Abba-Kuss> Dieses Du-hast-aber-damit-angefangen-Spiel?

<Abba-Kuss> Kommt als Nächstes die Ich-hol-gleich-meinen-großen-Bruder-Nummer?

<Abba-Kuss> Wir sind hier nicht in einem Sandkasten, Herr Pohl.

<Abba-Kuss> Und wir streiten nicht um Backförmchen.

<MarcP> Warum tun Sie das?

<Abba-Kuss> *setzt sich leise an Marc Pohls Tisch und beobachtet ihn*

<Abba-Kuss> Warum machen SIE IHREN Job?

<MarcP> Ich töte keine Menschen.

<Abba-Kuss> Vielleicht habe ich getötet. Vielleicht schubse ich auch kleine Jungs vor die S-Bahn.

<Abba-Kuss> Aber an Ihrer Stelle wäre ich mir meiner Unschuld auch nicht so sicher.

\<Abba-Kuss\> Vielleicht will ich Sie berühmt machen.

\<Abba-Kuss\> Ist das nicht eine tolle Reihe?

\<Abba-Kuss\> Harald Schmidt.

\<Abba-Kuss\> Andreas Türck.

\<Abba-Kuss\> Jürgen Fliege.

\<Abba-Kuss\> Reinhold Beckmann.

\<Abba-Kuss\> Marc Pohl.

\<Abba-Kuss\> Das ehrt doch, nicht?

\<Abba-Kuss\> *senkt die Stimme*

\<Abba-Kuss\> Ich könnte jeder und jede sein, Herr Pohl:

\<Abba-Kuss\> Ihre Mutter ...

\<Abba-Kuss\> Ihre Sekretärin ...

\<Abba-Kuss\> Ihr Chef ...

\<Abba-Kuss\> Ihre letzte Freundin.

\<Abba-Kuss\> Ich kann Sie selbst sein, wenn ich es will.

\<Abba-Kuss\> Ich kann Sie «machen» ...

\<Abba-Kuss\> ... und ich kann ...

\<Abba-Kuss\> ... Sie auch ...

\<Abba-Kuss\> ... zerstören.

\<MarcP\> *hör tzu*

Der Killer spürt, wie Marc Pohl jetzt nach dem Telefonhörer grapscht und hektisch versucht, das BKA anzurufen. Er merkt es an den langen Pausen, die er beim Schreiben macht. An den kleinen Flüchtigkeitsfehlern, die sich in seine Zeilen schleichen. Er wittert Pohls wachsende Verzweiflung, weil er offenbar nicht gleich denjenigen erreicht, den er erreichen will. Er «sieht» sein Gegenüber. Pohl hat den Hörer ans Ohr geklemmt, während er weitertippt. Während er noch immer glaubt, er sei der Angler oder wenigstens der Köder, nicht der Fisch.

<MarcP> Ich glaube Ihnen noch nicht. Das mit Saarbrücken wissen schon ein paar mehr Leute.

<Abba-Kuss> Aber nicht einmal Sie wussten bislang, dass Ihr Name bei Fall Numero cinque eine Rolle spielte.

<Abba-Kuss> Fragen Sie Ihre großen Brüder bei der Polizei!

<Abba-Kuss> *nippt lächelnd am Champagner*

<Abba-Kuss> Macht es Ihnen übrigens etwas aus, wenn wir uns duzen?

<Abba-Kuss> Immerhin befinden wir uns in einem …

<Abba-Kuss> *dreht sich leise auf dem knarzenden Stuhl um und lässt die nächtlich-einsame Bar wirken*

<Abba-Kuss> … Chat *g*

<MarcP> Nenn mihc Marc, wenn du dich dann wohler fühlst.

<Abba-Kuss> Du bist nervös. Du verschreibst dich zu oft für einen wirklich abgebrühten Journalisten *dehnt die neue Anrede* M A R C.

<MarcP> Wer bist du?

<Abba-Kuss> *verbeugt sich* Angenehm, «dein Albtraum» *g*

<MarcP> Hi, Albtraum.

<Abba-Kuss> Ich bin dir nah.

<Abba-Kuss> Du weißt gar nicht, wie nah ich dir bin.

<Abba-Kuss> Macht dir das Angst?

<Abba-Kuss> Natürlich macht es dir Angst.

<Abba-Kuss> Du weißt nichts.

<Abba-Kuss> Du weißt noch nicht mal, ob ich Mann bin oder Frau.

<Abba-Kuss> Du hast nicht die leiseste Ahnung.

<MarcP> Was willst du mir sagen?

<Abba-Kuss> Das hier ist MEIN Spiel.

<Abba-Kuss> MEINE Wirklichkeit.

<Abba-Kuss> D A S   I S T   M E I N E   W E L T.

<Abba-Kuss> Vergiss das NIE!

<Abba-Kuss> *senkt die Stimme wieder*

<Abba-Kuss> Wann immer du in Zukunft den Computer einschaltest …

<Abba-Kuss> … werde ich bereits da sein:

<Abba-Kuss> als unsichtbarer Schatten

<Abba-Kuss> als Ahnung

<Abba-Kuss> als Mutmaßung

<Abba-Kuss> als Möglichkeit.

Der Killer «hört», wie Pohl hektisch mit einem atemlosen BKA-Mann telefoniert. Er grinst, weil er zu hören glaubt, wie der Beamte sagt: «Versuchen Sie, ihn zu halten. In ein paar Minuten haben wir ihn.» Er genießt den Ruck, der durch die Fahnder geht, während sie ihre programmierten Suchhunde loshetzen, durch die engen Maschen des Netzes. Wie sie in den Chat4free-Raum stürmen, wie sie hereinrennen, vorbei an all den spracharmen Flirt-Freunden, hinein in den Maskenball, in dem er mit Pohl sitzt. Er fühlt, wie sie ausschwärmen. Sie stehen bereits um sie beide herum. In den Augenwinkeln erkennt er, wie der Cyber-Salon urplötzlich voller wird.

Aber vor Pohl steht nur ein funkelnder Schatten namens «Abba-Kuss». Ein Schatten, dessen schimmernde Spur sie jetzt zurückverfolgen werden. Zurück zu dem Computer, vor dem der wahre «Netzkiller» sitzt. Marc Pohl wird zitternd den Telefonhörer auflegen und versuchen, sich wieder auf ihn zu konzentrieren, um ihn zu halten, wie sie es ihm befohlen haben.

<Abba-Kuss> Hast du gerade mit deinen neuen Freunden beim BKA telefoniert?

<Abba-Kuss> Oder mit dem «Chaos Computer Club»?

<MarcP> Du weißt doch alles, dachte ich. Dann sag mir, mit wem ich telefoniert habe.

<Abba-Kuss> Zu meinen Stärken hier drin gehört, dass ich immer mehr weiß, als ich sage.

<MarcP> Sag mir, weshalb du es tust!

<MarcP> Lass mich teilhaben an deinem Spiel!

<Abba-Kuss> Ob du es glaubst oder nicht ...

<Abba-Kuss> ... mein «Spiel» neigt sich langsam seinem Ende entgegen.

<Abba-Kuss> Und du bist längst Teil davon.

<MarcP> Was meinst du damit?

<Abba-Kuss> *steht langsam auf*

<Abba-Kuss> Ich würde ja gerne noch ein wenig mit dir weiterplaudern.

<Abba-Kuss> Aber die Zeit rast.

<Abba-Kuss> Und ich weiß, dass du mich bereits verraten hast.

<Abba-Kuss> :-(

Der Killer wird übermütig. Er weiß es selbst. Sie haben ihn bereits entdeckt. Sie haben wild durch das nächtliche Deutschland telefoniert. Sie haben irgendwelche schlecht bezahlten Beamten aus dem Bett geklingelt, die sich nun schlaftrunken auf den Weg machen. Sie kennen das Bundesland, die Stadt, das Viertel, die Straße, die Hausnummer, den Stock, die Nummer des Büros und die Adresse des PC, an dem er sitzt. Er hat sich nicht getarnt. Er wollte entdeckt werden. Aber er muss das kleine Kunstwerk beenden, das da unter seinen Händen entsteht.

<Abba-Kuss> *dreht sich in der Tür ein letztes Mal um*

<Abba-Kuss> Für den Fall, dass wir uns nochmal begegnen, solltest du dir fünf Fragen zurechtlegen.

<Abba-Kuss> Das wäre doch was ...

<Abba-Kuss> ... ein Welt-Exklusiv-Interview ...

<Abba-Kuss> ... mit dem «Netzkiller», nicht?

<Abba-Kuss> *schreit über den Boulevard* Und ganz ohne Informationshonorar!!!

<Abba-Kuss> *geht laut lachend hinaus in die sternenklare virtuelle Nacht*

<Abba-Kuss> Au revoir

Er lehnt sich zurück, starrt auf den Schirm und hält inne. Er weiß, dass Pohl versuchen wird, ihn noch zu halten.

<MarcP> Bleib hier, bitte.

<MarcP> Bist du noch da?

<MarcP> Wie kann ich mit dir in Kontakt bleiben?

<Abba-Kuss> *ruft aus dem Off* Don't call us, we call yo.

<MarcP> HALLO?

<MarcP> DEINE ALLMACHTSPHANTASIEN WERDEN DIR ZUM VERHÄNGNIS.

<MarcP> DEINE EITELKEIT.

<MarcP> DU WIRST ÜBER DICH SELBER STOLPERN.

«Da hast du vielleicht sogar Recht», murmelt der Killer und starrt auf den Schirm vor sich. Er ärgert sich über seinen Flüchtigkeitsfehler im letzten Satz. «Yo» statt «you». Scheiße! Er schiebt die CD, die er mitgebracht hat, in das Laufwerk neben sich und drückt den «Play»-Button im Audio-Programm. Dann zieht er die Handschuhe aus, steckt sie ein und läuft endgültig los. Draußen bleibt er stehen und schaut in den wahren Sternenhimmel.

Wenige Minuten später toben die zuckenden Blaulichter zweier Zivilstreifen an ihm vorbei. Sie werden die Pförtner hinter dem gläsernen Haupteingang herausklingeln, mit ihren Dienstausweisen herumfuchteln und wild durcheinander schreien. Niemand wird in dem plötzlichen Tohuwabohu irgendetwas verstehen. Sie werden nervös im Aufzug nach oben ruckeln, mit gezogenen Dienstwaffen den fahlen Flur entlangrennen und schließlich das Büro finden, in dem nur ein blass strahlender Computer-Schirm die nächtliche Tristesse illuminiert. «DU WIRST ÜBER DICH SELBER STOLPERN», steht da noch immer schwarz auf gelb geschrieben. Der Killer ließ alles, wie es war.

Aufgeschreckt vom Lärm im Nachbarzimmer, wird sich plötzlich Marc Pohl zwischen den Beamten hindurchschälen. Bleich. Das Entsetzen der eigenen Gedanken in den weit aufgerissenen Augen. Einer der Polizisten wird schreien: «Fassen Sie nichts an! Keiner fasst irgendwas an!» Ein anderer wird in sein Handy nölen, wo die Verstärkung bleibe. Der Dritte wird den völlig verwirrten Pförtner anschnauzen, der so aussieht, als warte er auf Befehle wie früher, als man die Hacken noch zusammenschlagen durfte: «Können Sie alle Ausgänge dichtmachen? Sofort!» Und Pohl wird stöhnen: «Er war hier! Mein Gott! Er saß die ganze Zeit hier ... neben mir.»

So werden sie alle um diesen lächerlichen Computer herumstehen und auf das Laufwerk starren, in dem es leise vor sich hin schrappt. Und dann wird Abba melancholisch durch den Flur scheppern:

«I have a dream,
a fantasy
to help me through
reality.»

3 / Der Mittwoch

Beautiful Things (Roxette)

Nick: *verbeugt sich*
Nick: *legt Wild Rose einen Strauß duftend-blutrote Rosen auf die Tastatur und lächelt*
Wild Rose: *liebt seine Auftritte*
Wild Rose: Und so pünktlich *g*

Nick: Wie gefalle ich dir heute, Karin?
Wild Rose: *lächelt* Ein bisschen ambivalent, finde ich.
Nick: Benenn mich um, wenn du magst!
Wild Rose: Nein, nein, bleib bloß hier.
Wild Rose: Solange du nicht Nick Cave bist *g*
Nick: Ich habe nicht vor, dich umzubringen.

Wild Rose: Nach allem, was du mir übers Chatten beigebracht hast, könntest du auch der Netzkiller sein *g*
Nick: Du liest den ganzen Mist?
Wild Rose: Er schlägt einem ja an jedem Kiosk entgegen.
Nick: Frauen wie du fallen nicht auf ihn herein.
Wild Rose: *lächelt* Wenn er chattet wie du, vielleicht schon.

Nick: Wo möchtest du sein?
Wild Rose: Da überlass ich mich ganz deiner Phantasie.

Nick: *öffnet den schweren Überseekoffer seiner Gedanken*
Nick: *wirft eine Hand voll Sternenstaub ins Nichts, der unglaublich langsam herniederrieselt*

```
Nick:                .
Nick:                   *
Nick:                  *+
Nick:               *.*.+ *
Nick:                   *.**..+
Nick:               + *..+*+**°
Nick:            .* * *++.*.+**
Nick:      *        +**+*°+***.
Nick:                 * .+**+.+**.**
Nick:                * *+*+°*++**.+*.*           .
Nick:                         *+.+*****              +
Nick:                        °+*+..*    +*.*
Nick:                              + *..,
```

Wild Rose: Mmmmh, wie das funkelt.

Wild Rose: *fängt an, einen Strand zu sehen*

Nick: Im Abendrot, während hinter uns die Dünen dämmern …

Wild Rose: … Und vor uns die Nordsee plätschert …

Nick: … Und das Geschrei der Whisky-Meile gedämpft herübersickert

Wild Rose: *öffnet langsam die Augen und sieht Sylt*

Nick: Darf ich dich in meinen Strandkorb einladen?

Wild Rose: *zieht die hölzerne Fußstütze heraus und wirft sich hinein*

Nick: *zaubert noch einen Ständer mit Prosecco-Kühler aus dem Koffer*

Wild Rose: *lächelt*

Nick: *gießt zwei Kelche ein* Y und Y

Wild Rose: Kannst du – nur mal interessehalber – auch Rosen zaubern?

Nick: ;-) Na klar: @)>--->---}----

Wild Rose: *lächelt errötend und legt die Rose auf ihren Schoß*

Wild Rose: *blickt nachdenklich aufs Meer* Dieser Netzkiller verwirrt mich.

Nick: Warum?

Wild Rose: Wenn ich es wüsste, würde er mich nicht verwirren.

Nick: *malt mit der Zehenspitze in den feinen Sandstaub* 1:0 für dich.

Wild Rose: ;-)

Nick: Der Typ ist ein Monster …

Wild Rose: Jetzt kommt das große «ABER» *g*

Nick: *malt ein 2:0 und sagt* Er denkt auch Dinge zu Ende.

Wild Rose: Zum Beispiel?

Nick: Vielleicht das Medium Chat.

Nick: Vielleicht uns.

Wild Rose: *hört zu*

Nick: Wusstest du, dass er mit dem Blut seiner Opfer immer die Worte «Öffne dich» an die Hotelzimmerwände schmiert?

Wild Rose: Nein. Stand das mal irgendwo?

Nick: Ich weiß es eben.

Wild Rose: Woher?

Nick: *legt ihr einen Finger auf die Lippen*

Wild Rose: Eigentlich ist er ja gar kein «Netzkiller»…

Nick: … weil seine Morde nicht virtuell sind?

Wild Rose: Ja, oder?

Nick: Stimmt, furchtbar real.

Wild Rose: Vielleicht ist das sein Ventil.

Wild Rose: Seine Art, sich ein wenig Wirklichkeit zu verschaffen.

Wild Rose: Ich würde ihn gern verstehen, trotz all des Grauens, das er verbreitet.

Nick: Sag mir, was er uns vor Augen hält.

Wild Rose: Einen Spiegel?

Nick: *lacht*

Wild Rose: *nippt an ihrem lippenstiftverschmierten Kelch* Führst du mit jeder Frau solche Diskussionen?

Nick: Mir ist noch keine Frau begegnet, mit der ich solche Gespräche hätte führen können.

Wild Rose: Mir ist noch kein Mann begegnet, der so klug ist …

Wild Rose: … und dabei so wenig von sich preisgibt.

Nick: Was möchtest du wissen?

Wild Rose: Alles.

Nick: *nippt lächelnd und schaut in die verbrennende Sonne*

Wild Rose: Warum chattest du?

Nick: Irgendwann war ich drin in einem Chat. Und da blieb ich hängen.

Wild Rose: Hier in diesem?

Nick: Nein, ich wechsle die Chats fast so häufig wie die Namen.

Wild Rose: Warum?

Nick: Weil es schnell anstrengend wird.

Wild Rose: Die Frauen?

Nick: *lächelt* Ich bringe irgendetwas zum Klingen in den anderen.

Nick: Ich will Ausnahme bleiben, deshalb wandere ich dann weiter.

Wild Rose: Wann wirst du mich verlassen?

Nick: Wenn du genug von mir hast *g*

Wild Rose: Viele fühlen sich doch erst in einem Chat zu Hause, wenn sie von der Hälfte der Leute dort erkannt werden.

Nick: Ja, und dann unterhalten sie sich übers Wetter, ihre Kinder und Chat-Affären.

Nick: Sie siedeln sich in ihren virtuellen Städten an.

Nick: Sie bauen sich Homepages …

Nick: … als seien es Reihenhäuschen …

Nick: … mit Bildergalerien …

Nick: … Mail-Boxen wie kleine schmiedeeiserne Briefkästen und …

Nick: … elektronischen Schnörkeln um das Nichts ihrer Ereignislosigkeit.

Wild Rose: Du machst es dir doch auch in deinen Illusionen bequem.

Nick: Ich kann die Chat-Sucht vieler zumindest verstehen, ja.

Wild Rose: Verlässt du den Cyberspace nie?

Nick: Natürlich. Nachher werde ich in meine Realität zurückkehren wie du in deine.

Wild Rose: Und schüttelst alles ab.

Nick: Eben nicht.

Wild Rose: Eben nicht?

Nick: Nein, es fängt an, «draußen» weiterzubrennen ...

Nick: ... nicht nur das Abendrot *lächelt* Du weißt das.

Wild Rose: *lächelt zurück*

Nick: Deshalb überlege ich auch, das Chatten ganz sein zu lassen.

Nick: Mein Spiel geht zu Ende.

Wild Rose: *nippt an ihrem Glas*

Wild Rose: Ich bin kein Spiel.

Nick: Ebendrum.

Wild Rose: Was treibt dich fort? Die Langeweile?

Nick: Cyber-Verhältnisse durchlaufen die immer gleichen Stadien.

Wild Rose: Erstens?

Nick: Man unterhält sich im öffentlichen Chat, hat Spaß aneinander, an einer bestimmten Sprache, einem Stil, einer Illusion.

Wild Rose: Zweitens?

Nick: Man fängt an zu flüstern, geht tiefer, lernt den Menschen kennen.

Wild Rose: Drittens?

Nick: Könnte ein Cybersex-Intermezzo sein. Ist aber nicht zwingend *fg*

Wild Rose: Viertens?

Nick: Man fängt an, sich E-Mails zu schicken.

Wild Rose: Fünftens?

Nick: Man mailt sich Fotos, um einen optischen Eindruck zu gewinnen.

Wild Rose: Sechstens?

Nick: Man tauscht Telefonnummern und lernt mit der Stimme auch den Alltag des anderen kennen.

Wild Rose: Siebtens?

Nick: Findet bereits draußen statt: in Cafés, Bars, Hotelzimmern oder Privatwohnungen.

Wild Rose: Wie weit gehst du selbst?

Nick: *steht kurz auf, malt sieben Kästchen in den Sand und hüpft bis vier*

Wild Rose: Deine Gesprächspartnerinnen würden mitunter weiter gehen, nehme ich an.

Nick: Würden sie, ja.

Wild Rose: *nippt an ihrem Kelch*

Nick: *schaut aufs Meer raus*

Wild Rose: *hört zu*

Nick: *redet schon zu viel*

Wild Rose: Du redest ENDLICH.

Nick: Bislang konnte ich mir nicht vorstellen, mit einer Frau zu leben, die ich im Chat kennen gelernt habe.

Wild Rose: Warum?

Nick: Weil ich viele von ihnen viel zu einfach haben könnte.

Wild Rose: Diese Wahllosigkeit erschreckt dich?

Nick: Sie mailen mir ihre Bilder, ihre Telefonnummern, ihre Adressen, ihre Leben. Ungefragt.

Wild Rose: Weil du ihnen etwas bedeutest.

Nick: Und obwohl ich von Anfang an sage, dass es mich nur hier drin gibt.

Wild Rose: Damit beruhigst du nur dein Gewissen.

Nick: Mag sein. Ich wecke hier drin schreibend in wenigen Stunden mehr Gefühle, als manche Leute in einer zehnjährigen Ehe zustande bringen.

Wild Rose: War dir das draußen noch nicht bewusst?

Nick: Ehrlich gesagt: nein.

Wild Rose: Deshalb genießt du es auch.

Nick: Ja. Ich habe Macht, hier drin. Aber …

Nick: … manchmal macht mir das Angst.

Wild Rose: Weil du alles von den Frauen haben könntest?

Nick: Sie öffnen sich unglaublich weit.

Wild Rose: Und du gibst nichts zurück.

Nick: Doch, ich schenke ihnen ein paar schöne Stunden ...

Nick: ... ein paar sanfte Gedanken ...

Nick: ... ein samtenes Päckchen Träume ...

Nick: ... und sauge ihnen ein wenig Wahrheit aus.

Wild Rose: Na toll. Das Traumpäckchen können sie dann am nächsten Morgen zusammenpacken und im Keller ihrer Erinnerungen verstecken.

Nick: Das ist schon weit mehr, als die meisten bis zur Rente haben.

Wild Rose: Das bisschen Cybersex?

Nick: Nein, das bisschen Verständnis, das sie bei mir finden.

Wild Rose: *schwenkt gedankenverloren ihren Kelch mit dem schalen Prosecco-Rest*

Nick: *springt auf und schenkt schnell nach*

Wild Rose: Danke ;-)

Nick: Im Chat schreibt man nicht nur einem anonymen Gegenüber ...

Wild Rose: ... sondern auch sich selbst.

Wild Rose: Aber warum?

Nick: Weil unser Leben aus so viel Schweigen besteht.

Nick: Weil wir uns sogar selbst anschweigen.

Nick: Weil wir uns hier drin mehr einzugestehen wagen.

Nick: Das kann auch helfen.

Wild Rose: Oder weiter verwirren.

Nick: Der Chat schafft keine Probleme. Er kann sie nur vergrößern.

Wild Rose: Bitte?

Nick: Viele glauben, der Chat hätte zum Beispiel ihre Ehe zerstört.

Nick: Weil sie hier drin einen anderen oder eine andere fanden.

Nick: Oder weil sie ihren Partner an einen anderen verloren.

Wild Rose: Kommt das so oft vor?

Nick: Ich sehe es jeden Tag.

Wild Rose: Dann stimmt es doch auch.

Nick: Nein, weil solche Beziehungen meist schon vorher brüchig waren.

Wild Rose: *nickt leise*

Nick: Der Chat öffnet den Menschen nur ein neues Sinnesorgan …

Nick: … mit dem viele überfordert sind.

Wild Rose: *hört zu*

Nick: Man muss sich irgendwann klar darüber werden, was man selbst von den virtuellen Welten erwartet.

Wild Rose: Und? Bist du dir darüber im Klaren?

Nick: Bevor ich dich kennen lernte, war es ein Spiel.

Wild Rose: *fragt nicht, was es jetzt ist*

Nick: Frag nicht, was es jetzt ist.

Wild Rose: *lacht*

Nick: Erzähl mir etwas von dir.

Wild Rose: Was möchtest du wissen?

Nick: Alles *g*

Wild Rose: Ich habe mich vor kurzem von meinem Freund getrennt.

Nick: *zieht die Beine hoch in den Strandkorb*

Wild Rose: Es war so … hohl, die ganze Beziehung. Seit Jahren schon.

Nick: *schweigt*

Wild Rose: War auch meine Schuld.

Wild Rose: Er machte mir einen Heiratsantrag.

Wild Rose: Auf dem Empire State Building.

Wild Rose: Und er fragte nicht mal, ob ich seine Frau werden wolle.

Wild Rose: Er sagte nur: «Ich möchte dich heiraten.»

Nick: Das war in «Die große Liebe meines Lebens» romantischer.

Wild Rose: *lächelt*

Nick: *schenkt dir Prosecco nach und stellt die Flasche zurück in das leise klirrende Eis*

Wild Rose: Fühlt sich gut an, dein Ohr an meinem.

Nick: Ist schon ganz heiß … öhem, mein Ohr, meine ich ;-)

Wild Rose: *lächelt*

Nick: *genießt Karins Nähe*

Wild Rose: *fängt leise an zu summen*

Nick: *hört gebannt zu*

Wild Rose: Ein Wunder hier

Nick: Ein Traum gleich dort

Wild Rose: Grad noch hier und doch schon fort

Nick: Ich zeige dir mein Angesicht

Wild Rose: Doch du siehst mich nicht.

Nick: Du hast dir die CD gekauft.

Wild Rose: Ja, heute in der Mittagspause. Du hast den Refrain gestern unterschlagen.

Nick: Nein, ich hatte gehofft, dass du ihn heute Nacht schon kennen würdest ;-)

Wild Rose: *fängt an, mit geschlossenen Augen einen anderen Song zu summen*

Nick: *hört zu*

Wild Rose: Is there someone I can talk to?

Wild Rose: Someone out there on the line?

Wild Rose: Does anybody want to hear

Wild Rose: what's on my mind?

Nick: Könnte auch von einem Chatter geschrieben worden sein *g*

Wild Rose: *steht auf und hüpft in die sandigen Chatkästchen*

Wild Rose: Eins, zwei, ups, fast wäre ich in drei gesprungen *g*

Nick: *lacht aus dem Strandkorb heraus* Du musst selbst wissen, wie weit du gehst.

Wild Rose: *dreht sich zu Nick um*

Wild Rose: Ja, das muss ich wohl.

Wild Rose: Und du musst wissen, wie weit du nachkommst.

Nick: *schaut auf seine Uhr* Wir sollten gehen, du musst morgen wieder früh raus *g*

Wild Rose: Ja, muss ich. Damit ich morgen Abend wieder Ruhe habe *g*

Wild Rose: Ich gehe hier lang, du dort?

Nick: *lächelt ihr durch die Nacht entgegen*

Wild Rose: *lächelt zurück*

Nick: *dreht sich um*

Wild Rose: *wendet sich auch ab*

Nick: *schlendert los*

Wild Rose: *stubst verträumt in den weichen, feuchten Boden*

Nick: *läuft schneller*

Wild Rose: *rennt plötzlich los*

Nick: Das Salz auf der Haut

Wild Rose: Den Wind im Haar

Nick: *stürmt davon*

Wild Rose: immer schneller

Nick: in die Nacht

Wild Rose: ins Nichts

Nick: der Realität.

4 / Der Fahnder

Es gibt schlimme Tage, an denen alles schief geht. Man schläft eine Nacht darüber und am nächsten Morgen ist es Vergangenheit.

Es gibt schlimmere Tage, an denen alles schief geht. Man schläft eine Nacht darüber und am nächsten Morgen ist es noch Gegenwart.

Es gibt schlimmste Tage, an denen alles schief geht. Man schläft eine Nacht darüber und am nächsten Morgen ist es schon Zukunft.

Das sind jene Tage, an denen das eigene Leben in wenigen Stunden umgegraben wird wie ein feuchter Acker. Manchmal erkennt man es erst Jahrzehnte später, dass man so einen Tag erlebt hat, was es für ein Tag war und was er alles umkrempelte. Benno Melander merkt es schneller. Klarer. Am Donnerstag, dem 19. August, ist es für ihn so weit. Kurz vor Mitternacht weiß er, dass er so einen Tag gerade hinter sich zu bringen versucht hat. Einen dieser Tage. Einen der schlimmsten Sorte, Abteilung «nackte Katastrophen».

Er hätte im Büro bleiben können. Er hätte noch einen Spaziergang machen können, um all seine Verwirrung, seinen Ärger und seine Angst in der warmen Nachtluft abzuschütteln. Oder er hätte einfach eine Stunde später nach Hause kommen können. Dann wäre Sabine möglicherweise schon im Bett gewesen wie in den vielen Nächten davor. Stattdessen öffnet er die Tür des Arbeitszimmers und sieht sie vor dem PC sitzen. Sie macht gar keine Anstalten, irgendetwas zu vertuschen. Sie dreht sich zu ihm um, schiebt angriffslustig das Kinn ein wenig vor und grinst:

«Na, auch mal wieder da?»

Vielleicht wäre bis zu diesem Satz alles noch zu retten gewesen mit ein wenig Mühe oder Einfühlungsvermögen oder Selbstverleugnung oder was auch immer. Man bildet sich derlei später noch eine Weile ein. Vielleicht hätte er sie davor noch umarmen, ihr einen Kuss in den Nacken hauchen können. Irgendeine müde Geste seiner wahren Liebe heucheln. Jetzt geht das nicht mehr. Sie fordert ihn heraus.

Er fragt nur: «Was machst du da?»

Irgendwie ist ihm in diesem Augenblick klar, dass der 19. August 1999 so enden muss, wie er begann. Dass alles auf den Abgrund dieses Höhepunktes zusteuerte. Und dass danach nichts mehr sein würde, wie es vorher vielleicht auch nie war.

Er hatte am Morgen kaum sein Büro betreten, da rief ein hysterischer System-Manager von Global Message Exchange an. Jemand war in die Mailbox eingebrochen, die der Netzkiller unter «Romeo64@gmx.de» für den Kontakt zu Michaela Bronner, die dritte Tote, angelegt hatte. «Glauben Sie, dass er es ist?»

Benno versprach, sich sofort darum zu kümmern, da klingelte es wieder. Sein Vater war dran. «Was machen eure Ermittlungen?», fragte er, wartete aber keine Antwort ab: «Hast du heute schon Zeitung gelesen? Euer Netzkiller spricht – aber offenbar nicht mit euch.» Hans Melander musste sich keine große Mühe machen, seiner Stimme jenen verächtlich-höhnischen Klang zu geben, den Benno seit Jahren kannte.

«Wovon sprichst du?»

«Na, lies es erst mal. Ich ruf dich heute Mittag wieder an. Die Zeitungsleute haben jedenfalls mehr Erfolg als du.»

Benno rannte los, um in den anderen Büros nach einer Zeitung zu suchen. Als er aus der Tür stürmte, riss er eine Sekretärin um, die Kaffee über seine Hose und ihr eigenes Kleid schüttete. «Ich bezahl Ihnen die Reinigung», schwor er und rannte weiter.

«Wie siehst *du* denn aus?», lachte ein Kollege, gab ihm das Blatt und grinste hinterher. «So was liest du? Igitt!»

Benno war viel zu nervös, um sich eine seiner üblichen freundlich-frechen Antworten zu überlegen, die er auf solche Bemerkungen sonst parat hatte. Die Schlagzeile knallte ihm balkendick in die Augen, während er seinen Kollegen sagen hörte: «Das gibt Arbeit, Ärger, noch mehr Arbeit, noch mehr Ärger.»

Zwei Seiten. Sie hatten zwei ganze Seiten für dieses Schwein frei geschaufelt. Sie zeigten zum ersten Mal Tatortfotos, unter denen stand: «Wir haben uns lange überlegt, ob wir Ihnen diese Bilder zeigen dürfen. Aber vielleicht helfen diese Dokumente ebenso wie das Interview mit, endlich den Netzkiller zu fassen.» Daneben standen drei Telefonnummern, unter denen man «Hinweise, Auffälligkeiten, News» melden konnte. Es waren Redaktionsnummern. Keine vom BKA. Melander sah auch Pohls Foto, unter dem stand: «Er telefonierte mit dem Netzkiller: Reporter Marc Pohl.» Pohl hatte einen Telefonhörer am Ohr und die Lippen zusammengekniffen. Ein Diplompsychologe mit Doppelnamen und Doktortitel beschrieb den Mörder als «hochintelligent, raffiniert und durchtrieben». Benno fing an zu lesen.

Seit fünf Wochen ziehen Sie eine wirre Blutspur durchs Land. Sie richten Menschen hin, die Sie in Internet-Chats kennen gelernt haben. Warum tun Sie das?

Netzkiller: Schon in Ihrer Frage steckt ein Fehler. Aber lassen Sie mich stattdessen auf die Opfer eingehen, auch wenn mir deren Namen nicht mehr allzu präsent sind, wofür ich mich bei den Hinterbliebenen im Voraus entschuldigen möchte.

Gabriele Kohler aus München war eine ebenso einsame wie naive Frau. Sie glaubte, man könne im Internet ungestraft von einem Abenteuer zum nächsten springen. Ich öffnete ihr immerhin neue Dimensionen des eigenverantwortlichen Misstrauens.

Claus Kollwitz aus Hamburg war dagegen ein verheirateter Mann, der sich ein Abenteuer mit einer 17-Jährigen erwartete, als er auf eine meiner vielen Masken hereinfiel. **Er nannte sich im Chat**

«**Morgenlatte**». Sex mit einer 17-Jährigen ist meines Wissens nach in der Bundesrepublik nicht strafbar. Dennoch hat er sich – mit mir – auch auf eine moralische Schuld eingelassen: vor seiner Frau, seinem Kind. Dasselbe gilt für Michaela Bronner aus Duisburg, die für mich ihre – wenn auch offenkundig nicht sonderlich erfüllte – Ehe aufs Spiel setzen wollte.

Maik Koslowski aus Dresden wäre sicher auch dem Gros Ihrer Leser unsympathisch gewesen: Er betrog nicht nur seine Frau, **er besaß auch ein ausgeprägtes Faible für Kinderpornos** und ließ sich mit dem Versprechen locken, eine 16-Jährige zu treffen, die – ich zitiere aus meiner Erinnerung – «**geil auf versaute Spritzspiele**» war. Mein ausdrückliches Beileid gilt an dieser Stelle der Witwe, die es sicher nicht leicht haben wird, wieder in dem Fuß zu fassen, was wir so salopp Gemeinwesen nennen.

Ich frage Sie aber: War es nicht an der Zeit, einem Menschen wie Herrn Koslowski endlich mehr vom Leib zu reißen als den verlogenen Mantel aus Anstand und einstudierter Geheimnistuerei, der ihn in jener Öffentlichkeit schützte, die Koslowskis Begierden über Jahre nicht erkannt hatte?

Wir trauen alle viel zu viel unseren Augen. Wir lassen uns gern von dem betrügen, was uns Werbung und Medien, Cyberspace und Industrie vorgaukeln. Diese Erfahrung musste am Ende auch Lydia Strehle aus Saarbrücken machen, das fünfte Opfer.

Warum benutzen Sie in den Hotels als Pseudonyme die Namen prominenter Mediengesichter wie Jürgen Fliege?

Netzkiller: Tue ich das? Und ist es nicht bezeichnend für unsere Gesellschaft, dass bereits Ihre zweite Frage sich einem derart vernachlässigenswerten Randaspekt widmet? Ich benutze diese Namen, wie diese Namen mich benutzen. Vor dem TV-Gerät bin ich ihnen ausgeliefert als Rezipient: mal glücklicher wie im Falle Harald Schmidts, mal sehr unglücklich wie bei schmierigen Schaumschlägern wie Andreas Türck. Als Zuschauer mache ich deren Karrieren.

Die Quote erscheint mir mitunter wie der letzte Rest von Demokratie, der uns in einer von Lobbyisten, Bankern, Politikdarstellern und Wirtschaftsgrößen beherrschten Medien-Autokratie noch bleibt. Also ist es mein gutes Recht als Zuschauer, einen Teil dieser Prominenz zurückzufordern. Ihre Frage wie auch die Aufmerksamkeit Ihrer Kollegen beweist mir ein ums andere Mal, dass dieser – nennen wir es ruhig so – strategische Scherz für Gesprächsstoff sorgt.

Warum töten Sie Ihre Opfer so grauenvoll?

Netzkiller: Ich muss Ihnen völlig Recht geben: **Es ist grauenvoll. Mein Job ist in keiner Weise erregend oder sexuell stimulierend**, wie mir in Teilen der Öffentlichkeit bereits unterstellt wurde. Auf der anderen Seite gestatten Sie mir, darauf hinzuweisen, dass meine Aktion nicht für dieselbe Furore sorgen würde, wenn ich den Opfern lediglich Schlafmittel verabreicht hätte. Genauso gut hätte ich mit ihnen eine Nacht lang durch deutsche TV-Kanäle zappen können.

Niemand findet dabei die in einigen so genannten Feuilletons geführte Diskussion über die Frage, welche literarischen Vorbilder ich zitiere, geschmackloser als ich selbst. Ich muss sogar sagen: Dort erkenne ich weit mehr entmenschten Zynismus als in mir. **Man sollte den Toten nicht auch noch ihre Würde nehmen**, indem man sie für literarische, also letzten Endes lächerliche Vergleiche missbraucht.

Gab es einen Auslöser für Ihren Hass? Für Ihre Mordserie?

Netzkiller: Das sind zwei Fragen. Ich will jedoch nicht kleinlich sein, denn beide sind interessant. **Den latenten Hass in mir haben Sie richtig analysiert.** Er wuchs langsam und wird im Zaum gehalten von dem, was wir Erziehung, Anstand, Bildung – kurz: Kultur – nennen. Diese Kultur ist ja nicht nur letzte Sicherung

vor den Auswirkungen des Hasses, sondern durchaus auch Auslöser.

Ich hasste lange Zeit ebenso besonnen wie folgenlos. Mein Hass war dabei nicht «unglaublich», er war glaubhaft, weil er mit Sicherheit von vielen Menschen geteilt wird.

Ich hasse anlassorientiert, wenn ich mich über die Scheißhaufen vor meiner Tür wie über die Hundehalter ärgere, die derlei zulassen. Ich hasse systemimmanent, wenn ich wieder die längste Schlange vor dem Schalter eines knatschigen Postangestellten erwischt habe. Und ich hasse erfahrungsbezogen, wenn ich sage, dass Ostdeutsche auch zehn Jahre nach der Wiedervereinigung ein Volk von larmoyanten Drückebergern sind. Deshalb muss ich mich nicht auf Zwickauer Postler konzentrieren, die in ihrer Freizeit Dänische Doggen züchten.

Es brächte ebenso wenig wie **der Tod jenes kleinen Jungen, den ich mal vor eine U-Bahn schubste.** Sein Ende war so … sinnlos – im Gegensatz zu den Chat-Toten, die vielleicht dem einen oder anderen die Augen geöffnet haben: für die Probleme unserer Gesellschaft. Für die Möglichkeiten des Mediums. Für die Macht der Sprache, die es mir erlaubt, jede Rolle anzunehmen, die ich möchte.

Sie fragten nach dem Auslöser meiner Tat. Suchen Sie sich einen aus: Ich könnte meine Frau im Chat an einen anderen verloren haben. Ich könnte mich gedemütigt fühlen von den unverschämten Avancen irgendeiner Cyber-Sau. Ich könnte ein kleiner Hacker sein in der Isolationshaft seines Kölner Studentenwohnheims. Ein vom Leben und seinen Exfrauen ausgenommener Bankkaufmann. Eine graue Sachbearbeitermaus.

Wie lange werden Sie noch weitermorden?

Netzkiller: Im Prinzip könnte ich bereits jetzt aufhören. Sie schreiben, also bin ich. Ich existiere. **Ich habe in wenigen Wochen durch die Berichterstattung weit mehr Köpfe erreicht, als ich mit der Primärwirkung meiner Taten je erreichen könnte.** Dafür kann ich auch Ihrer Zeitung gar nicht genug danken. Ich hoffe, die Auflagenzahlen offenbaren eher ein symbiotisches als ein parasitäres Verhältnis. Mein Ziel scheint also erreicht. **Doch das Spiel ist noch nicht zu Ende.** Immerhin verfolge ich ein gewisses «Schnittmuster».

Ich kann Ihnen aber versichern, dass Ihr Blatt bereits in wenigen Wochen wieder Raum haben wird für Schlagzeilen, in denen der Netzkiller keine Rolle mehr spielt. Es wird – darauf muss ich an dieser Stelle leider hinweisen – auch keine weiteren Interviews von mir geben. Das Trittbrettfahrertum in Deutschland hat selbst für meine Vorstellungskraft ein groteskes Ausmaß erreicht.

Die besonders schmackhaften Passagen hatte man gleich fett gedruckt. Benno wollte sich eine Kopie des Artikels machen, doch am Kopierer klebte ein handschriftlicher Zettel: *Defekt!!* «Tja», grinste die Sekretärin, der er das Kleid versaut hatte, mit einem schnippisch-triumphierenden Ätsch-Gesicht. Also behielt er die Zeitung und ummalte mit roten Kringeln, was ihn stutzig gemacht hatte. Das Interview war voller versteckter Hinweise und raffinierter Köder. Es triefte vor Hohn und Zynismus.

Und dennoch ahnte Benno, dass dieser Mensch bei all seinem Wahnsinn sogar sympathisch wirken konnte auf manche Leser. Der Netzkiller hatte Humor. Er sagte, was viele dachten. Oder sagte er nur, was Benno manchmal dachte? Ihm wurde schwarz vor Augen.

Am Dienstag früh hatte er noch mit dem völlig verwirrten Pohl telefoniert und danach Barthelmy beschwören müssen, das Proto-koll des ersten nächtlichen Netzkiller-«Auftritts» nicht zu dru-cken. Natürlich hatte Benno die besseren Argumente: dass der Un-bekannte immer noch irgendein Spinner gewesen sein könnte, wenn auch mit mehr Detailkenntnissen. Dass sein Schreibstil Hunderte von Nachahmungstätern auf den Plan rufen könnte. Dass sie in dem Wortschlamm des Cyberspace dann überhaupt keine Chance mehr hätten, ihn anhand seiner «Handschrift» aus-findig zu machen. Dass die meisten seiner Aussagen völlig nichts-sagend waren und überhaupt keinen Nachrichtenwert besaßen. Dass der Generalbundesanwalt keine Sekunde zögern würde, die Geschichte mit einer einstweiligen Verfügung zu stoppen, weil sie laufende Ermittlungen behindere.

«Hören Sie mir doch auf mit Ihrem Generalbundesanwalt, Herr...»

«...Melander.»

«Wissen Sie, dass diese Netzkiller-Nummer schon den Kanzler beschäftigt, Herr Melander? Den Kanzler der Bundesrepublik Deutschland? Wissen Sie, was allein beim größten Medien-Kon-zern dieses Landes, bei Bertelsmann, los ist? Oder bei T-Online? Wissen Sie, wem diese ganze Netz-Geschichte schadet? Wem sie nutzt? Da drehen sich doch ganz andere Räder.»

Benno wusste nichts. Barthelmy erlaubte ihm lediglich einen kurzen Blick auf seine gewaltigen «Räder». Er konnte dieses gigan-tische Uhrwerk knirschen hören. Nach fünf Minuten war ihm klar, dass er einem wie Barthelmy nicht gewachsen war. Das tat weh.

Benno war froh, dass er diesem Mann nicht gegenübersaß. Das hätte ihn sicher noch mehr eingeschüchtert. Er versuchte nachzu-legen. «Marc Pohl spielt keine sonderlich rühmliche Rolle in der ganzen Geschichte.»

Er hörte Barthelmys rasselnden Atem. «Was wollen Sie damit sa-gen?»

«Sie kennen doch die Indizien», fing Benno an. «Jemand hat sich mit Pohls Namen in Saarbrücken angemeldet und eine Frau getötet. Stellen Sie sich die Schlagzeilen vor! Ihr Blatt stachelt den Netzkiller an! Was hat Ihr Reporter mit dem Netzkiller zu tun? Irgendeiner druckt das immer, wenn wir Pohls Namen nicht aus ermittlungstechnischen Gründen für uns behalten.»

«Das schaffen Sie ohnehin nicht», blaffte Barthelmy. «An dem Ding sind längst viel zu viele dran.»

Benno hatte ihn. «Die drei Leute, die es in dem Saarbrückener Hotel wissen, wurden zum Schweigen verdonnert. Glauben Sie mir! Bis auf weiteres ...» Er wollte Barthelmy den Satz zu Ende denken lassen. Benno wollte hören, wie er zum einzigen Schluss kam, den er ihm offen hielt: dass es an ihm, Barthelmy, Kaiser und Gott, lag, ob die Sache publik werden würde, ob er seinen eigenen Reporter ans Messer liefern würde.

«Herr ... ähm ...»

«Melander.»

«Herr Melander, wir haben das Protokoll. Wenn ich Pohls Namen in irgendeinem Blatt lese, das nicht meines ist, drucke ich es noch am gleichen Tag.»

Benno lächelte. Er wusste, dass er ihm das Gefühl lassen musste, gewonnen zu haben. «Natürlich, Herr Barthelmy. Wäre Ihr gutes Recht.»

«Wäre es auch. Aber irgendeinen Namen müssen wir auch jetzt nennen.»

«Niemand wird einen Namen nennen. Das könnte diesen Psychopathen nur verärgern. Wir aber wollen ihn verunsichern, aus der Reserve locken.»

«Sie glauben doch nicht ernsthaft, dass sie der gesamten deutschen Medienlandschaft das Pseudonym des fünften Mordes vorenthalten können?»

«Es gab ähnliche Fälle, wo alle Bescheid wussten, aber alle

schwiegen. Denken Sie an Reemtsma! Immerhin konnten wir bisher auch Details wie das blutige ‹Öffne dich!› aus fast allen Berichten heraushalten.»

Als Benno auflegte, fühlte er sich wie ein unterbezahlter und überarbeiteter Bühnentechniker, der gerade die Inszenierung verändert hatte, ohne das Stück zu kennen. Er wusste gar nicht, wer bei diesem Drama noch mitmischte. Wer an welchen Fäden zog. Wer mit welchen Lügen welche Wahrheiten übertünchte. Aber er hatte das Epos gerade leicht verändert, die Kulissen um eine Spur verschoben. Er, der kleine Benno Melander.

Und jetzt das! Dieses Interview, das wie ein Wirbelsturm all die ohnehin nicht zusammenpassenden Puzzle-Teile, die er sich gerade zurechtgelegt hatte, vom Tisch riss.

Er versuchte, Pohl zu erreichen, bekam aber nur eine genervte Sekretärin ans Telefon, die schnarrte: «Hofmann. Was kann ich für Sie tun?»

«Melander hier vom BKA. Ich hätte gern …»

Sie schnitt ihm das Wort ab. «Das wüssten wir auch gern, wo Herr Pohl ist.» Ihre Stimme kam ihm bekannt vor.

Eine Stunde später traf sich Bennos Ermittlergruppe, um zu erfahren, wie unglücklich der eigene Chef und der Generalbundesanwalt und das Kanzleramt und die Öffentlichkeit mit den bisherigen Ergebnissen seien. «Öffentlichkeit». Wenn er das schon hörte. Mittlerweile waren nicht nur Benno und seine elf Kollegen in Wiesbaden auf den Netzkiller fixiert. Auch die acht Beamten, die sich in Meckenheim bei Bonn normalerweise um politischen Extremismus im Internet kümmerten, waren abgestellt worden. Von der gerade gebildeten «Soko Chat» und den profilierungssüchtigen LKA-Chefs ganz zu schweigen, die ihre eigenen Online-Trupps loshetzten. Es herrschte völliges Chaos. Ständig gab es irgendwo eine Pressekonferenz, wo irgendwer irgendetwas sagte, was nicht zum Rest passte.

Das Kind! Sie fahndeten bereits nach dem Kind, das der Netzkiller getötet haben will. Sie gingen alle U-Bahn-Unfälle der letzten zehn Jahre durch. Vielleicht gab es Augenzeugen, die sich an ihn erinnerten. Vielleicht gab es Bilder irgendwelcher Polizeifotografen, auf denen er zufällig im Hintergrund zu sehen war. Vielleicht war das auch nur eine falsche Fährte. Eine Finte. Ein Witz.

Mein Gott, diese ganze Geschichte war ein einziges Labyrinth, das der Täter jeden Tag neu anzulegen schien. Er war nicht der Gejagte. Er war der Fallensteller. Der Strippenzieher. Der Regisseur.

Im Rausgehen wurde Benno von seinem Abteilungschef zur Seite gezogen: «Das ist nicht mehr unser Fall, Melander. Die Soko ist übergeordnet. Unterstützung ist angesagt. Verstehen Sie? Unterstützung! Bremsen Sie also mal ab, vor allem Ihre Kontakte zur Presse. Die gefallen mir nämlich nicht. Ganz und gar nicht. Und ziehen Sie sich bei Gelegenheit mal eine neue Hose an.» Er starrte auf den braunen Fleck zwischen Bennos Beinen.

Bennos Mailbox lief längst über mit Fragen, Zustandsbeschreibungen, Klagen und Neuigkeiten von Providern. Immerhin hatten sie schnell den Hacker gefunden, der sich in der gmx-Mailbox herumtrieb. Es war ein dreiundzwanzigjähriger Mathematikstudent aus Bonn, erfuhr Benno. Der Junge wurde bereits verhört. Die Kollegen würden ihn abends anrufen.

Am Nachmittag rief Bennos Vater wieder an. Benno schnauzte sofort: «Ich habe zu tun», und legte auf. Kurz darauf klingelte es wieder, Sabine war dran, und bevor Benno seinen Zorn abbremsen konnte, war es schon aus ihm herausgerutscht: «Ich weiß nicht, wann ich komme. Ich weiß nicht, ob ich überhaupt nochmal komme. Ich weiß nur, dass ich hier einen Job habe. Hier herrscht Ausnahmezustand.»

Sie legte auf. Kommentarlos.

Erst am Abend erwischte er Pohl im Büro. «Mann, Sie sind irre, Herr Pohl», entfuhr es ihm. Er war zumindest erleichtert, ihn endlich gefunden zu haben.

Pohl klang wie sein eigener Schatten. «Was hätte ich machen sollen, Herr Melander? Er rief mich gestern Mittag an. Es klingelte. Ich hob ab. Er war einfach am Telefon. Verstehen Sie? Einfach so. Seine Stimme war verzerrt. Irgendwie elektronisch. Ich wusste gleich, dass er es ist. Noch bevor er meine fünf Fragen hören wollte. Da war keine Zeit mehr, jemanden zu alarmieren. Da war nur noch Zeit, mitzuschreiben. Das ist ein Instinkt. Ein Reflex. Also schrieb ich.»

Benno maulte: «Sie hätten uns wenigstens gleich Bescheid geben müssen!»

Pohl schnauzte zurück: «Das war gestern um 13 Uhr! Wissen Sie eigentlich, was sich hier abspielt? Oder was in mir los ist? Ich hab das doch so wenig unter Kontrolle wie Sie oder irgendjemand sonst.»

«Hat er sonst noch etwas gesagt, was in Ihrem Interview nicht auftaucht?»

Er hörte, wie Pohl überlegte. «Nein, eigentlich nicht. Er begrüßte mich wieder mit ‹Hallo, Herr Pohl›, fragte nach meinen fünf Fragen, die ich mir tatsächlich zurechtgelegt hatte, und beantwortete sie mit einer Geschliffenheit, die ich nie zuvor erlebt habe. Was Sie da lesen, ist O-Ton. Verstehen Sie? Der Typ spricht auch so. Der hat die volle Kontrolle. Der scheint überhaupt der Einzige zu sein, der noch irgendwas kontrolliert. Ich hatte natürlich mehr Fragen, aber die blockte er alle ab. Am Ende warnte er mich lediglich, den Text entweder genauso oder gar nicht abzudrucken. Ich könne mir ja vorstellen, was sonst passiert. Sogar Barthelmy ließ sich darauf ein, obwohl er die Seitenhiebe gegen unser Blatt gern rausgestrichen hätte.» Pohl machte eine Pause. «Herr Melander, ich habe Angst. Ich hab wirklich Angst. Um mich.»

Sie redeten noch fünf Minuten miteinander. Pohl erzählte ihm von den Ködern, die er ausgelegt hatte. Danach hatte auch Benno Angst. Auch um Pohl.

Im Verhör des Studenten stellte sich nachts heraus, dass er den Briefkasten des Netzkillers völlig zufällig erwischt hatte. Die Beamten fanden in seiner Wohnung Hunderte fremder E-Mails, Bankverbindungen, IP-Adressen, Passwörter und Pin-Codes, die er sich zusammengeklaut hatte. Zu jeder anderen Zeit wäre der Junge ein dicker Fang gewesen. Nun war er eine Enttäuschung, weil er alles sein konnte, nur nicht der Netzkiller. Der Hacker war zwar in der Lage, die kompliziertesten Unix- oder Java-Programmierbefehle zu tippen, hatte aber schon Probleme bei der Rechtschreibung seiner eigenen Postanschrift. Er sprach eine andere Sprache, mit der er in der normalen Welt ohnehin nicht zurechtkam. Er war ein armes Schwein. Aber ein Schwein. Was war Benno?

Er hat seine Rollenspiele da längst satt: Beichtvater, Befehlsempfänger, Kollege, Bundesbeamter, Sohn, Vater, Ehemann, Geliebter, Jäger, Gejagter. Er ist müde. Er hat Kopfschmerzen. Er hat Hunger, weil er den ganzen Tag von zwei Twix-Schokoriegeln leben musste, die ihm ein Kollege mit den Worten rüberschob: «Ich dachte, du stehst eher auf Müsli.» Er hat auch derartige Sprüche satt.

Und nun steht er hier und fragt seine Frau, was sie da am Computer treibe.

«Dasselbe, womit du deine Tage verbringst – und vor allem die Nächte», antwortet Sabine. «Ich chatte.»

Benno klebt im Türrahmen. Sie dreht sich von ihm weg und tippt weiter. «Ich dachte immer, dein Schlamm sei nur virtuell.»

Er schaut auf den vertrockneten braunen Kaffeefleck an seinem Hosenbein. «Na toll», sagt er tonlos. «Hast du den Netzkiller schon gefunden?»

«Den noch nicht», sagt sie, «aber eine Menge charmanter Männer mit viel Zeit.» Sie macht eine Pause beim Tippen und lacht auf.

«Was lachst du?»

«Ich lache über die Komplimente, die ich wenigstens hier bekomme.» Sie sticht ihre Sätze wie Nadeln in ihn. «Ich wusste gar nicht, dass ich noch so begehrt bin. Schönes Gefühl. Tut richtig gut.»

«Unter welchem Namen hast du dich angemeldet?»

«‹Sabine› natürlich.»

«Wie originell.»

«Meinst du, ich hätte als so was wie ‹Königin der Nacht› *noch* mehr Chancen?» Sie schlägt ihm jeden Satz wie mit einem Florett ins Gesicht. Eine schlagende Verbindung namens Ehe.

Benno antwortet: «Ich würde es an deiner Stelle mal als ‹Fertig-suppe› versuchen. Oder als ‹Sabi, gesch. mit Kind›.» Er kommt nicht einmal mehr dazu, es gleich wieder zu bereuen.

«Sprich dich ruhig aus», hört er sie murmeln.

Ihr lauernder Ton erschreckt ihn, weil er ihn noch nie gehört hat. Wenn sie sich früher stritten, was ohnehin selten vorkam, wurde sie meist schnell laut, ging ins Bett, und beim Frühstück am nächsten Morgen vertrugen sie sich wieder. Es waren Spiele. Das hier ist der Ernstfall. Benno spürt es: «Ich rede nur mit Menschen, die mir auch zuhören.»

«Dann solltest du es vielleicht bei Frau Gerlach im ersten Stock versuchen.»

Er platzt: «Das ist nun endgültig zu viel, dieses Eifersuchts-gewäsch. Ines Gerlach ist eine allein erziehende Frau, die ihren Se-bastian ohne fremde Hilfe durchbringen muss und zufällig unsere Nachbarin ist. Eine nette Nachbarin, von der du …» Benno hält inne. Es hat keinen Sinn. «Vergiss es.» Er könnte sich jetzt einbil-den, dass sie ihren PC-Auftritt geplant hat. Dass sie wach blieb, bis er sie entdecken musste. Dass ihr noch genug an ihm lag, um ihrem berechtigten Ärger über seine maßlosen Überstunden nun reini-gend Luft zu machen. Benno hat aber weder Lust noch Kraft, sich jetzt noch etwas einzubilden.

Er schlägt die Tür des Arbeitszimmers zu und weckt damit Leo-nie. Benno ist kein Türschlag-Typ, aber er findet, es muss jetzt sein.

Die Tür knallt nicht mal richtig. Scheißplastik, denkt er. Scheiß-gummidämpfer. Er hört Leonie rufen: «Mama?» Auch das war klar: «Mama!» Nicht «Benno» oder «Papa», sondern «Mama». Benno ist im Treppenhaus, noch bevor sie ihre Kinderzimmertür aufreißen kann, um augenreibend in den Flur zu stolpern. Er springt die Stufen hinab, immer drei auf einmal, und trabt Richtung Büro hinüber, obwohl er es nicht eilig hat. Es regnet.

Wenn wir heute aufhören würden, uns fortzupflanzen, dann wäre in hundert Jahren wieder Ruhe auf diesem Planeten, denkt er. Dann säßen im Jahr 2099 bestenfalls noch ein paar zitternde Greise in den Ruinen der Großstädte und würden sich die Hände an brennenden Ölfässern wärmen. In amerikanischen Science-Fiction-Filmen war das immer so, auch wenn sich Benno fragt, wo da immer die ganzen Ölfässer herkamen. Wo gibt's denn heutzutage noch Ölfässer? Aber die Vorstellung hatte für ihn etwas unendlich Tröstliches, dass wir uns in so kurzer Zeit wieder selbst abschaffen könnten. Hundert Jahre! Der Bruchteil eines Wimpernschlags der Weltgeschichte.

Im selben Moment patscht er mit dem rechten Schuh in einen Hundehaufen, der auf dem Gehweg liegt. Er nimmt sich vor, den Rest der Scheiße erst im Büro mit Pohls Zeitung abzuwischen. Er nimmt sich in dieser Nacht überhaupt einiges vor.

5 / Der Donnerstag

Wish I Could Fly (Roxette)

Lover: *legt Rose ein Bouquet guter Gedanken um ihren bezaubernden Hals*

Wild Rose: *wirft ihm ein funkelndes Lächeln übers Haar*

Lover: So lyrisch heute? ;-)

Wild Rose: Mein Tag war eigentlich nicht danach.

Lover: Möchtest du darüber reden?

Wild Rose: Nein, denn nun kommt die Nacht.

Wild Rose: Die vierte.

Wild Rose: Und mit ihr kommst du.

Lover: *umschmeichelt dich sanft wie eine Meeresbrise*

Wild Rose: Mmmmh

Lover: Ich lass meine Arme über deine Schulter gleiten

Lover: deine Taille.

Wild Rose: *spürt deine ruhige Stimme im Nacken*

Lover: Ich atme dich ein.

Wild Rose: *zittert unter einer wohligen Gänsehaut*

Lover: Wohin wollen wir?

Wild Rose: Wohin auch immer du mich entführen möchtest.

Wild Rose: Nur weg von hier. Fliegen lernen. Vielleicht ;-)

Lover: *zieht dich lächelnd vom Boden hoch* Spürst du es?

Wild Rose: Ja, meine Füße ... verlieren den Halt.

Lover: Keine Angst, lass dich einfach fallen ...

Lover: ... in die Höhen.

Wild Rose: *fängt an zu schweben*

Lover: *zieht dich fort*

Wild Rose: Immer tiefer hinauf,

Lover: die Wolken durchbrechend

Wild Rose: Den Sternen entgegen

Lover: in die Abendsonne hinein

Wild Rose: Ich schließe die Augen, um es noch besser sehen zu können.

Lover: *fliegt mit dir weiter über schneebedeckte Berge*

Lover: *weiter mit der Sonne, während sie langsam am Horizont verbrennt*

Wild Rose: Himmel, ist das schön.

Lover: *zieht dich langsam abwärts, durchbricht die flaumige Wolkendecke, zeigt dir eine schimmernde Stadt, die von Kanälen durchzogen wird wie von feinsten Adern*

Lover: *näher kommend*

Lover: *größer werdend*

Wild Rose: Venedig?

Lover: Venedig, ja, aber virtuell. Das stinkt weit weniger als das reale um diese Jahreszeit *g*

Wild Rose: :-)) Wohin bringst du mich?

Lover: Spür den Parkettboden unter den Füßen, öffne die Augen, sieh selbst!

Wild Rose: Oooh, eine Suite.

Lover: Erzähl mir, was du noch siehst!

Wild Rose: Wiesengrün flimmernde Seidentapeten

Wild Rose: ein großes Bett

Wild Rose: einen Kühler mit Champagner

Wild Rose: einen Vorhang, in dem der Wind schwimmt und ...

Wild Rose: ... das Abendrot wie Staub zerrieselt.

Lover: Willst du auf die Terrasse gehen?

Wild Rose: *schiebt sich durch den Vorhang hinaus*

Lover: Sieh mal, unten am Strand sitzen noch ein paar der uralten, schwerreichen Hotelgäste, die hier seit Jahrzehnten ihre Sommerfrische verbringen.

Wild Rose: Können die Leute uns sehen?

Lover: Sie sind zu weit weg.

Wild Rose: Wie gefällt dir mein Sommerkleid?

Lover: Laura Ashley?

Wild Rose: Hübsch, nicht? Wenn man vorne nur nicht immer die vielen Knöpfe schließen müsste.

Lover: *umgarnt deine Taille wie ein Lufthauch*

Wild Rose: *lächelt*

Lover: *öffnet mit warmen Händen die ersten Knöpfe am Bauch*

Wild Rose: Mmmmh

Lover: Du trägst ein bezauberndes …

Wild Rose: … Nichts darunter, ich weiß ;-)

Lover: Ich kann dich einatmen wie dein Parfüm und dabei meine Hand tiefer gleiten lassen.

Wild Rose: Das kitzelt wunderbar. Was trägst DU eigentlich?

Lover: Nur eine Leinenhose. Den Rest hab ich drin gelassen.

Wild Rose: ;-)

Lover: Ich schau meinen eigenen Händen zu, wie sie …

Lover: einen Knopf öffnen

Lover: und noch einen

Lover: über deine Brüste gleitend

Lover: bis zu deinem Hals

Wild Rose: *lächelt* Wie nennt ihr Männer eigentlich unsere Brüste, wenn ihr unter euch seid?

Lover: *lacht*

Wild Rose: Na? *g*

Wild Rose: Komm schon: Busen?

Wild Rose: Titten?

Wild Rose: Möpse?

Lover: Solche Männergespräche führe ich nie ;-))

Wild Rose: *schweigt*

Wild Rose: Mmmh, wie der Abendwind sich unter das Leinen schleicht.

Lover: Und wie meine Hände langsam das Kleid öffnen

Wild Rose: es nach hinten streichen

Lover: deine Hüften berühren

Wild Rose: an ihnen entlanggleiten

Lover: deine Brüste umspielen

Wild Rose: sie wiegend

Lover: die fester werdenden Spitzen umschmeichelnd.

Wild Rose: *gurrt*

Lover: *drückt sich an deinen süßen Hintern*

Wild Rose: *reibt sich knisternd an dir*

Lover: *lässt seine Hände tiefer gleiten*

Wild Rose: *erschauert*

Lover: *spürt den weichen Flaum an dir*

Wild Rose: *öffnet leicht die Beine*

Lover: Du fühlst dich gut an. So warm

Wild Rose: und feucht

Lover: und weich.

Lover: Ich will, dass du dich fallen lässt.

Wild Rose: Ich falle bereits.

Lover: *fängt dich auf und trägt dich hinein auf die dämmernden Laken*

Wild Rose: Mmmh, ist das schön hier.

Lover: *geht hinüber zum Champagnerkühler*

Wild Rose: *schält sich heimlich aus den Ärmeln ihres Kleides*

Lover: *öffnet leise die Flasche*
Wild Rose: *schaut ihm zu*

Lover: Weißt du, was man alles mit einer Champagnerflasche anrichten kann?
Wild Rose: Wirst du es mir zeigen?
Lover: Wenn du es möchtest ...
Wild Rose: ... dann komm zu mir!
Lover: *setzt sich leise auf die Bettkante*
Lover: *hält dir die Flasche vorsichtig an die Lippen*
Wild Rose: *nippt gierig*
Lover: *sieht ein funkelndes Rinnsal deinen Hals hinabrinnen*
Wild Rose: *leckt sich die Lippen*
Lover: *beugt sich herab*
Lover: *spürt deine weichen Lippen*
Lover: deine feuchte Zunge
Lover: deine Gier

Wild Rose: dich zu schmecken
Wild Rose: in mich zu saugen
Wild Rose: mit deiner Zunge zu spielen
Lover: und dabei
Wild Rose: das Leuchten
Lover: zu sehen
Wild Rose: in unseren Augen

Lover: *zieht sich sanft zurück*
Lover: um dich besser sehen zu können
Lover: dein Strahlen
Lover: deinen Busen
Lover: die blutrot schimmernden Nippel
Lover: die ich jetzt so nennen möchte ;-)

Wild Rose: *lächelt* Und den Rest?

Wild Rose: Meine Scham?

Wild Rose: Meine Pussy?

Wild Rose: Meine Möse?

Wild Rose: *wundert sich lachend über sich selbst*

Lover: ... die weiter anschwillt unter dem Champagner, den ich sanft tröpfelnd über sie rinnen lasse

Wild Rose: während ich den Reißverschluss deiner Hose öffne, in der dein Schwanz ...

Lover: ... es kaum aushält

Wild Rose: von meiner Hand liebkost zu werden

Wild Rose: die ihn umfängt

Wild Rose: diesen bezaubernden

Wild Rose: seidig-glänzenden Schwanz.

Lover: Das machst du wundervoll.

Lover: *zieht sich die Hose aus*

Lover: *kniet sich neben Rose auf das Bett*

Lover: *lässt den Champagner über deine Nippel perlen*

Wild Rose: *bäumt sich leise stöhnend auf*

Lover: *umspielt mit seinem Schwanz deine Wangen*

Lover: deine Lider

Wild Rose: meine Lippen

Wild Rose: meine Zunge

Wild Rose: die ihm lockend den Weg weist

Wild Rose: ihn ansaugt

Wild Rose: zärtlich die glühende Spitze leckt

Lover: während ich langsam in dich

Lover: dringe

Lover: deine Lippen durchstoße

Lover: deine Nässe fühle

Wild Rose: *leckt genüsslich diesen warmen, duftenden Schwanz*

Wild Rose: knabbert und

Wild Rose: saugt

Wild Rose: und ölt deinen Schaft mit meinem glühenden Speichel

Lover: während ich die Flasche zwischen deine weit gespreizten Schenkel wandern lasse

Lover: es über deine Scham schwappt

Lover: deine Klit umspült

Lover: perlend in dich läuft

Wild Rose: Uuuuuuh.

Lover: Zu viel?

Wild Rose: Nein, hör nicht auf. Aber vielleicht kann ich irgendwann nicht mehr schreiben.

Lover: *reibt den Hals der Flasche durch deine feuchte Spalte*

Wild Rose: *presst kurz die Schenkel zusammen, um die Härte zu genießen*

Lover: Schau es dir an, wie sanft sich der Flaschenhals in dich schiebt

Lover: tiefer rutscht

Lover: fordernder wird

Lover: deine Pforte findet

Lover: sich ihr entgegendrückt

Lover: in dich stoßend

Lover: in deine enge Grotte

Lover: sich sanft stoßend in dir bewegt

Lover: dich öffnet

Lover: mit prickelndem Strom

Lover: dich auffüllt

Lover: deine quellende Muschi

Wild Rose: Ich will dich

Wild Rose: jetzt

Wild Rose: spüren

Wild Rose: in mir
Wild Rose: Mach's mir
Wild Rose: Fick mich

Lover: *zieht sanft die leere Flasche zwischen deinen gespreizten Beinen hervor*
Lover: Der Champagner glänzt an deinen Schenkeln.
Lover: Und ich fange an, die funkelnden Perlen abzulecken
Lover: zärtlich saugend
Lover: verdurstend
Lover: dich trinkend
Lover: bevor ich mich plötzlich zurückziehe
Lover: *dreht dich sachte auf den Bauch*
Lover: *hebt sanft deine Taille an*
Lover: die mir deinen Hintern entgegenschiebt
Lover: während ich sachte
Lover: deine Pobacken streichle
Lover: mit meinem Schwanz
Lover: der sich in deine Spalte schiebt
Lover: warm
Lover: und hart
Lover: dich spüren will
Lover: sich hineinpresst
Lover: mit einem Ruck
Wild Rose: mmmmh
Lover: dich sanft stoßend
Lover: fordernd
Lover: tiefer dringt
Lover: während ich deine Brüste kaum berühre
Lover: die erregten Nippel
Lover: umkreisend
Lover: sie pressend

Lover: und mein Schwanz

Lover: gieriger dich auf die Laken drückt

Lover: zwischen deinen Schenkeln pocht

Lover: und meine Hände

Lover: überall sind

Lover: an deinem verschwitzten Leib

Lover: dich mir entgegenpressend

Lover: deine zuckenden Hüften

Lover: aufrichtend

Lover: hochreißend

Lover: um dich ganz zu spüren

Lover: wie dein Hintern

Lover: mich auffrisst

Lover: in dir

Lover: dich auffickend jetzt

Lover: schneller

Lover: und

Lover: härter

Lover: und hemmungsloser

Lover: bis es aufsteigt

Lover: in mir

Lover: und dir

Lover: immer wieder

Lover: sich entlädt

Lover: mit dir explodierend

Lover: zitternd

Lover: zuckend

Lover: in dein Paradies

Lover: spritzt

Lover: dich fast zerreißt

Lover: und meine Hände

Lover: nach deinen harten prallen Brüsten greifen

Lover: deine schwitzenden Hüften umklammernd

Lover: mein Atem dein nasses Haar wärmt

Lover: dein feuchter Rücken

Lover: sich gegen meine Brust presst

Lover: und ich dich langsam in die Laken drücke

Lover: immer noch in dir

Lover: deine zitternd-prallen Backen an meinen Lenden fühle

Lover: endlich EINS mit dir

Wild Rose: …

Lover: und langsam aus dir herausgleite

Lover: weil ich ahne

Wild Rose: o Gott

Lover: dass es dir gefallen hat *lächelt*

Wild Rose: zittert noch

Wild Rose: es sind doch nur Worte

Lover: *streicht dir die Strähnen aus der glühenden Stirn*

Lover: Ja, es sind nur Worte.

Wild Rose: Ich hätte das nicht geglaubt

Lover: dass du kommen würdest?

Wild Rose: Ich habe mich kaum anfassen müssen

Wild Rose: so nass wurde ich

Wild Rose: auf einmal

Wild Rose: es kam wie von selbst

Lover: *küsst die Schweißperlen von deiner Stirn*

Wild Rose: Ich hätte das nie gedacht.

Lover: *legt ihr ein Strahlen um den Hals*

Wild Rose: dass es so faszinierend sein könnte

Lover: und berauschend

Wild Rose: und erfüllend

Wild Rose: und geil. Ich habe mich noch nie so geil gesehen

Lover: gefühlt
Wild Rose: Ja. Auch gefühlt.

Lover: Ich bin bei dir, näher als alles andere.
Wild Rose: Und doch so fern. Es mag hart klingen.
Wild Rose: Jetzt.
Wild Rose: Aber auf gewisse Weise …
Wild Rose: Bist du schlimmer als all die Seitenspringer, Notgeilen oder psychotischen Hacker.
Wild Rose: Gerade WEIL du nichts von dir preisgibst, frisst du dich in die Gedanken deiner Chatpartner.
Lover: *schweigt*

Wild Rose: Du fickst nicht meinen KÖRPER, bezaubernder «Niemand».
Wild Rose: So was ließe sich abwaschen und vergessen.
Wild Rose: Du fickst meinen VERSTAND. Meine SEELE. Und du glaubst, danach verschwinden zu können. Einfach so.
Lover: *lächelt*
Wild Rose: Ja verdammt, mit diesem bezaubernden Lächeln, das ich so liebe Und weil du meine Phantasie dabie mitnimmst

Lover: Du fängst schon wieder an, dich zu verschreiben;-)
Wild Rose: Ja, das tu ich, weil ich FÜHLE. Hast du mir das nicht beigebracht? Dass der Chat ein Treibhaus der Gefühle ist?
Lover: *schiebt sich sanft vom Bettrand, zieht leise seine Leinenhose an*

Lover: Beautiful things are comin' my way
Lover: Beautiful things I want them to stay
Lover: But after a while
Lover: my beautiful things
Lover: don't seem beautiful at all.

Wild Rose: Du hast die CD gefunden.

Lover: Roxette gehört zu den unterschätztesten Popgruppen der Welt.

Wild Rose: *weint*

Lover: Bitte, nicht!

Wild Rose: *summt*

Wild Rose: I wish I could fly

Wild Rose: Out in the blue

Wild Rose: Over this town

Wild Rose: Following you

Lover: I'd fly over rooftops

Lover: The great boulevards

Lover: To try to find out

Wild Rose: Who you really are.

Lover: Ich muss hier raus. Nachdenken.

Wild Rose: Über was?

Lover: Dich, mich, uns. Alles.

Wild Rose: UNS? Das gibt es schon in deiner Welt?

Lover: *schwingt sich über die schmiedeeiserne Brüstung*

Wild Rose: NICHT!!

Lover: *und verschwindet in die venezianische Nacht*

Wild Rose: Bist du noch da?

Wild Rose: ...

Wild Rose: ...

Wild Rose: *wartet*

Wild Rose: ...

Wild Rose: ...

Wild Rose: Wirst du wiederkommen???

Wild Rose: ...

Wild Rose: Morgen???

Wild Rose: ...

Wild Rose: ...

Wild Rose: *weint*

Wild Rose: ...

Wild Rose: real

6 / Der Reporter

Schiffe (Die Toten Hosen)

Marc Pohl kann kaum den Telefonhörer halten, so sehr zittert seine Rechte. Er hat sie nicht mehr unter Kontrolle. Er hat überhaupt nichts mehr unter Kontrolle. Die Rezeption. Er muss die Rezeption anrufen. Wo ist die Nummer? Welche Nummer? Er versteht die Stimme nicht am Telefon. Er sagt nur «Mord» und «Hilfe» und «Zimmer 207». Er kann kein Tschechisch. Er starrt auf die Wand, wo ihm ein blutrotes «Öffne dich!» entgegenschreit. Er will nicht auf das Bett schauen. Er kann sich nicht mehr bewegen. Er schließt kurz die Augen, reißt sie aber sofort wieder auf, weil er in einem Gemälde von Hieronymus Bosch aufzuwachen droht. Alles schreit ihn lautlos an. Er hat eindeutig zu viele Tabletten geschluckt.

Marc hat unendliche Mühe, sich umzudrehen und seinen nass geschwitzten Rücken an die blätternde Tapete zu lehnen. Er rutscht an der Wand entlang auf den fleckigen Teppichboden, zieht die Knie an die Brust und bleibt hocken. Bewegungslos zitternd. Endlich erstarrt. Nur noch den eigenen Atem hörend. Einen Herzschlag. Es ist Samstag, nein: Sonntag. Komm, konzentrier dich! Denk an irgendwas! Denk daran, wie du hierher gekommen bist! Los, erinnere dich! Denk an die vergangene Woche! Denk an die Schlagzeilen! Deine Schlagzeilen!

Netzkiller – melde dich! - Verona sag uns, wie nackt du dich im Herbst zeigst – Diesel: Bald 36 Pfennig rauf? – Ignatz Bubis in Israel beigesetzt – Prinz Charles von Harpunen-Männern gejagt – Schumi, komm schnell zurück – Das

Dorf der ewigen Jugend – Warum Sting so lange kann – **Chat-Mord Nr. 5 – Wie lange noch?** Können wir auch alle viel älter werden? – Effe / Basler: Krach um Millionen – Blut-Skandal: Tausende Deutsche mit Hepatitis C infiziert? – Die alten Griechen: Trieben sie es doch nicht so doll? – Paula Yates: Nur der Sex hat meinen Michael umgebracht – **Talk-Star Türck: Aus Versehen verhaftet** – Schluckt Frau Prada Jil Sander? – So gesund kann Faulheit sein – Viren beweisen: Japaner verwandt mit Indianern – Erdbeben: Warum gerade immer in der Türkei? – 13-Jährige vergewaltigt und alle Nachbarn hörten weg! – Hündin bellte Herrchen ins Koma – **Exklusiv: Der Netzkiller spricht** – Jäger von seinem Hund erschossen. Es stimmt wirklich – Endlich! Die Jedis sind zurück – Sex-Anrufer: Er quälte 1034 Frauen – Franz: Mund halten, Fußball spielen! – Beim Zuckerwatte-Essen gestolpert: Kind tot – **Wie der Netzkiller uns verhöhnt** – Kanzler stinksauer auf RTL: Hände weg von meiner Frau – Termiten fressen Hamburgs Gerichte auf – George Bushs Sohn: Was war da mit Drogen? – Ganz Deutschland atmet auf! Diese beiden Polizisten fassten Dieter Zurwehme – Forscher basteln an einem Treue-Gen – **Netzkiller: Witwe erhängt sich** – Humpel-Schumi schneller als Irvine – Naddel, du wirst ja immer dünner! – Der Kreml fährt bald BMW – Scharping: Wir reden zu viel über ungelegte Eier – Hugh Hefner: Beim Meister der Hasen ist der Bär los – Mit Viagra stehen Blumen länger

Am Montag hatte Marc mit dem Netzkiller gechattet. Am Dienstag bat er Annie, mit ihm mittags in die Kantine zu gehen. Sie lehnte ab. Sie wich ihm aus, aber er hatte Angst nachzufragen. Also ging er eben allein und war froh, dass er einen freien Tisch fand. Er wollte sich nicht zu jemandem dazusetzen. Er hätte das selbst wie einen Einbruch empfunden, einen blöden Annäherungsversuch, einen Anschlag. Essen als bloße Nahrungsaufnahme ist eine schrecklich triste Angelegenheit. So viel stand fest.

Am Mittwoch telefonierte Marc mit dem Psychopathen, um den Rest des Tages das verrückteste Interview seines Lebens zu schreiben. Am Donnerstag musste er auf Wunsch von Barthelmy sehr früh morgens zum Sat-1-Frühstücksmagazin nach Berlin fahren, wo ihn eine unglaublich gut gelaunte wie blöde Blondine live vor der Kamera fragte: «Wie issen das so, wenn man plötzlich mit einem fünffachen Mörder telefoniert?» Nach der Sendung schrieb sie ihm eine private Telefonnummer auf ihre Visitenkarte, «vielleicht hab ich ja mal was für dich». Marc konnte sich nicht erinnern, ihr das «du» angeboten zu haben. Er übersetzte den Satz mit: «Für eine Geschichte in deinem Blatt darfst du mich auch anfassen.» Er ließ die Karte im Taxi liegen und hoffte, dass sie irgendeinem vorbestraften Frühstücksfernseh-Fan in die Hände fiel.

Als er am Nachmittag zurückkehrte, rief wieder Melander an. Annie machte ihm Vorwürfe, weil er nicht hinterlassen hatte, wo man ihn erreichen konnte. Auf seinem Schreibtisch wartete ein Zettel, auf dem sie dreiundzwanzig Interview-Anfragen von der *Abendzeitung* aus München bis zu RTL notiert hatte. Er behielt das Blatt, obwohl er keine der Nummern anrief. Er mochte Annies schwungvolle Handschrift. Es war ein Stück von ihr. Ein kleines. Er konnte ihre raue Stimme hören, wenn er ihre Notizen las.

Abends besuchte Marc das Treffen eines Chats, in dem man ihn nur als «Deep Blue» kannte. Marc mochte den Namen. «Deep Blue» ist ein Schachcomputer, der sogar schon Kasparow geschlagen hat. Ein körper- und geistloses Wesen. Die Chat-Gemeinde hatte einen Tisch im «Fit for fun»-Restaurant an der Milchstraße in Pöseldorf bestellt. Ein Typ mit Bauchansatz und buntem Strickpullover hielt eine kurze Rede, die er sich sogar aufgeschrieben hatte, und begrüßte «unsere Neulinge». Der Mann war ein geschiedener Versicherungsvertreter Anfang vierzig, den Marc bis dahin nur unter seinem Spitznamen «Explorer» kannte. Namen. Es waren nur virtuelle Namen, die er mit den realen Gesichtern nicht mehr in Einklang brachte. Nicht das Sein, sondern online bestimmt das Bewusstsein.

Der ganze Stammtisch war eine komische Veranstaltung, weil kaum einer und kaum eine der Anwesenden jenen Vorstellungen entsprach, die Marc sich vorher von ihnen gemacht hatte: von ihrem Spitznamen, ihrer Sprache, ihren Erzählungen. Um ihn herum saßen ein paar verdruckste Studenten, die er aus dem Chat als großschnauzige Aufreißer kannte. Daneben hockten ein paar hübsche, wenn auch ausdauernd viel zu laut lachende Sekretärinnen und Hausfrauen sowie eine Hand voll älterer Singles beiderlei Geschlechts, die das ganze Theater sogar ernst zu nehmen schienen. Den größten Eindruck hinterließ bei ihm die geschiedene Geschäftsführerin einer kleinen Möbelhandlung aus Kiel, die er aus dem Chat als «Gute Fee» kannte. Gute Feen hatte sich Marc wirklich anders vorgestellt als diese polternde Matrone, die im Chat so verletzlich gewirkt hatte. Welche Fee war echt? Die virtuelle? Die reale? Beide? Keine?

Es war alles so ärmlich: Die Apfelschorle-Bestellungen und die C&A-Klamotten, der harmlose Tratsch und die gestresste Kellner-Schwuchtel, die am Ende aus der Gesamtrechnung zwei Dutzend Einzelquittungen machen musste. Schließlich blieben zwei Tassen Kaffee übrig, die niemand bezahlen wollte. Alles sah aus wie bei der Jahreshauptversammlung eines Kleingärtnervereins.

Marc wusste, dass «Dark Angel», die er in mindestens drei Chats getroffen hatte, hier nicht erscheinen würde, obwohl er es gehofft hatte. Befürchtet. Herbeigesehnt. Das heißt, vielleicht saß sie sogar neben ihm und gab sich nur nicht zu erkennen. Gott, es war alles so verwirrend geworden. Als er sich nach drei Stunden verabschiedete, um in sein Büro, an seinen PC, in die längst vertraute Irrealität zurückkehren zu können, quollen seine anonymen Mailboxen schon wieder über.

Am Freitag meldete die Dresdner Bild, dass Madlen Koslowski, die Frau von Opfer Nummer vier, sich auf dem Dachboden ihres Plattenbaus an einer Wäschekordel erhängt hatte. Es gab einen Abschiedsbrief, in dem sie etwas von «Schmach» und «Spießrutenlauf» schrieb. Es klang so kitschig, dass nicht einmal Marc es wirklich ernst nehmen konnte. Er versuchte vergeblich, sich ein schlechtes Gewissen einzureden. Der Brief las sich, als hätte ihn Jürgen Fliege formuliert – oder als verdanke die Frau ihren Sprachschatz (Abteilung: ergreifende Schicksalsschläge) der dauerhaften Lektüre von *Bunte* und *Super Illu*. Marc versuchte, sich an ihr Gesicht zu erinnern, aber es gelang ihm nicht.

Barthelmy war heilfroh über den Selbstmord, weil das Thema «Netzkiller» sonst für den Samstag kaum noch eine Schlagzeile hergegeben hätte. Die Auflagenzahlen waren noch immer atemberaubend. Annie hatte sich krank gemeldet. Einmal rief Marc bei ihr an, erreichte aber nur ihren Anrufbeantworter. Er legte auf, bevor das Tonband ansprang.

Nachts blieb er in der Redaktion und chattete weiter. Morgens um drei sackte er mit brennenden Augen unter seinen Schreibtisch und nickte für ein paar Stunden ein. Als er gegen 8 Uhr wieder aufwachte, schmerzte sein Rücken. Der Teig unter seinem Schädel schien – mit rostigen Nägeln gespickt – langsam aufzuquellen. Er frühstückte einen Teil seiner Hausapotheke zu einer Cola Light und hockte sich wieder an den Schirm.

Seine Apothekerin hatte ihn bei seinem letzten Besuch angesehen, als rede sie mit einer Leiche, und geraunt: «Meinen Sie nicht, wir sollten es ein wenig einschränken?» Sie machte sich nicht nur Sorgen um ihn, sondern auch um ihre Approbation. Sie verkaufte ihm seit Monaten jedes Gift der Welt ohne irgendein Rezept.

«Ja», hatte er geantwortet, «aber noch nicht jetzt. Ich brauch es einfach, bis es vorüber ist. Es wird nicht mehr lange dauern. Ein paar Tage noch. Eine Woche vielleicht. Dann ist Schluss.»

Er setzte sich an die Tastatur und schrieb ein paar E-Mails. Für den Samstagvormittag hatte er ein halbes Dutzend Treffen in einem halben Dutzend Chats verabredet. Manche kamen ihm vor wie kleine Umsteigebahnhöfe im Cyberspace, locker geknüpfte Knoten für virtuelle Rucksacktouristen, die sich nur für einen kurzen Kaffee mit einem Bekannten treffen wollten, um dann wieder auseinander zu treiben. Andere Foren standen wie düstere Trutzburgen mit hochgefahrenen Zugbrücken vor ihm – uneinnehmbar, abgeschottet, beschützt von einer kleinen tapferen Familie von Stammchattern, die jeden ignorierten, der nicht dazugehörte. Einmal hatte sich Marc eine Stunde lang die Finger wund getippt, ohne auch nur ein leises Echo zu lesen. Irgendwann flüsterte ihm einer zu – aus Gereiztheit? aus Mitleid? –, er solle es «einfach vergessen». Hier dürfe nur rein, wer vorher von einem Mitglied der virtuellen Tafelrunde avisiert worden sei. Sie wollten sich schützen.

Und Marc? Was wollte Marc? Er wollte den Netzkiller finden. Und er fühlte trotz seiner wachsenden Taubheit, dass er die Fährte aufgenommen hatte. Dass er ihm wieder begegnen würde. Dass er ihn erkennen würde – in welcher Maske auch immer er ihn treffen würde.

Um 15 Uhr 13 konnte er nicht mehr, schaltete den Computer aus, stand auf und verließ die Redaktion. Immerhin das würden die Pförtner später bestätigen können. 15 Uhr 13. Und sie würden dazu sagen, wie bleich und abwesend er ihnen vorgekommen sei. Marc ging an ihnen vorbei hinaus und ließ sich durch den Strom der Samstagnachmittags-Einkaufsmeute treiben. Bei jeder Mutter, die ihr Kind hinter sich herschleppte, bei jeder attraktiven Endzwanzigerin und bei jeder grauen Büromaus, bei jedem soignierten Krawattenträger, Parka-Langhaardackel und mattschwarz gekleideten Fitnesscenter-Stammkunden fragte er sich, ob er ihnen vielleicht schon einmal in einem Chat begegnet war. Könnte doch sein. Wäre doch möglich.

War es möglich, Chatter zu erkennen? Hier draußen? Im real life? Hatten sie einen glasigeren Blick als andere? Redeten sie anders? Waren sie selbstbewusster? Oder verschlossener? Merkte man ihnen an, dass sie gern ein *g* an ihre Sätze hängen würden? Oder ein *lol*? Waren sie sprachgewandter? Schlagfertiger? Zugänglicher? Offener? Traf man sie überhaupt auf der Straße?

Außer Annie hatte sich in all den Wochen niemand vor Marc als Chatter geoutet. Chatten schien so etwas Ähnliches wie Bild-Lesen zu sein oder Bei-McDonald's-Essen. Man tat es. Aber man redete nicht darüber. Und wenn man darüber reden musste, weil einen die Kollegin erwischte oder die Gattin, ließ man sich eine Ausrede dafür einfallen. Zum Beispiel: «Na ja, ist ja heute fast so was wie Kult.» Oder: «Mach ich nur im Urlaub. Spaßeshalber. Ha ha. Ist ja auch lustig.» Chatten hatte einen Beigeschmack schaler Peinlichkeit. Es klang immer auch ein wenig nach Ausbruch und Langeweile, nach schlechtem Gewissen oder unerfüllten Träumen, nach Kindlichkeit, Suche oder Sucht oder Seitensprung.

Marc lief ohne Ziel weiter und wusste doch, wo er landen würde. Der Mann, der dort mit seinem Aktenköfferchen an der Bushaltestelle Millerntor stand – war der vielleicht in einer anderen Welt als «Marquis de Sade» unterwegs? Oder das rothaarige Lockenköpfchen daneben – würde sie wissend aufschrecken, wenn Marc ihr ins Ohr raunte: «Hallo, ‹Hobby-Nutte›, wie geht's dir?» Oder der Brillenträger mit dem keifenden Kind an der Hand, lebte der sich nachts als «Cumshot» vor dem PC im Keller seines Reihenhäuschens aus? Marc hatte Hunderte solcher Nicks getroffen. Also gab es sicher Hunderttausende, die ein Doppel- oder Dreifachleben führten im Nebel ihrer Obsessionen.

Das Land und seine Spielregeln hatten sich unmerklich verändert für Marc. Seit er tage- und nächtelang vor dem Schirm hing, glaubte er, wie mit einer Röntgenbrille durch diese Gesellschaft blicken zu können. Seine Sprache war sein Kernspintomograph geworden, mit dem er die Innenwelt der Außenwelt der Innenwelt seiner Gesprächspartner in kleine Scheiben schneiden konnte.

Er hatte kluge Menschen kennen gelernt, die einfach nur ein wenig plaudern wollten. Die Gründerin einer kleinen Unternehmensberatung aus Hannover zum Beispiel, die ihm erzählte, dass zwei ihrer Sekretärinnen im gleichen Chat wie sie selbst unterwegs waren und die nicht wussten, dass sie im Cyberspace mitunter ihre eigene Chefin beschimpften, weil die im Chat so wenig von sich preisgab. «Warum schmeißt du die beiden nicht raus?», hatte Marc die Neununddreißigjährige gefragt.

Und sie hatte ihm lächelnd geantwortet: «Bist du verrückt? So weiß ich wenigstens genau, was sie treiben – und mit wem *g*»

Ein andermal traf er eine Ehefrau aus Gütersloh, die ihm erzählte, wie sie einen Monat davor abends im Arbeitszimmer ihren Mann beim Chatten erwischt hatte. Er hatte gelacht und was von Ist-ja-heute-irgendwie-Kult gemurmelt. Die Frau hatte sich seinen Nickname und die Adresse des Chats im WorldWideWeb gemerkt und machte sich in den Tagen danach auf die Suche nach ihm. Sie nannte sich «Lava» und kam mit ihm ins Gespräch, während er zur selben Zeit bei ihr zu Hause anrief und kurz sagte, es werde mal wieder etwas länger dauern im Büro. Sie konnte das Klackern der Tastatur im Hintergrund hören. Sie flirtete mit ihm. Sie flirtete mit ihrem eigenen Mann, ohne dass der wusste, wer sich hinter «Lava» verbarg. Es sei «zum Teil wunderschön gewesen», erzählte sie Marc, weil sie ihren Mann völlig neu kennen gelernt habe: «Er war so offen, so verletzlich und charmant. Dabei sprach er kaum von seiner Frau, also von mir. Und wenn er etwas sagte, war es derart verständnisvoll und liebend, dass es mir die Tränen in die Augen trieb.»

Marc fragte: «Und du? Warst du auch eine andere, als er dich zum zweiten Mal kennen lernte?»

«Ja, ich glaube schon», antwortete sie. «Aber vor vier Tagen schlug ich ihm ein Blind Date vor. Ich wollte sehen, wie weit er gehen würde. Gestern fragte er mich, ob wir uns treffen könnten, ob er irgendwo ein Zimmer bestellen solle. Fürs Wochenende. Ich blöde Kuh sagte auch noch ‹ja›.»

«Was wirst du tun?»

Marc hörte ihr Schweigen. «Ich weiß es nicht. Er hat sich ja in seine eigene Frau verliebt. Das spricht für seinen Geschmack ;-)

Andererseits ist er bereit, mich zu betrügen – wenn auch mit mir selbst *g*»

Marc hat «Lava» danach nie mehr wieder gesehen. Sie verglühte. Sie verschwand, wie sie sich vorher für ihren Mann neu erschaffen hatte.

Marc hatte im Chat vieles erlebt: verheiratete Väter zum Beispiel, die sich «gerne mal von zwei, drei Boys richtig hart rannehmen lassen» wollten. Er hatte mit Paaren geplaudert aus Frankfurt und Stuttgart und Hamburg und Heilbronn, die ihre festgefahrene Ehe mit einer «spermageilen Bi-Gleichgesinnten» oder einem «standfesten Boy» auffrischen wollten. All so was eben. Und immer noch mehr. Marc war wie ein Schwamm, der Schicksale aufsog.

Neben dem endlosen Gebrabbel hatte er in den Chats auch verbiesterte Eifersuchtsszenen gesehen und Hasstiraden. Er hatte öffentliche Liebesschwüre erlebt und sogar eine Online-Hochzeit. Irgendwann war er auf seinen Streifzügen spätabends in einen Flirtraum getorkelt und wunderte sich über die dort versammelten Namen. Da waren ein «Web-Pastor» und zwei «Trauzeugen». Da standen «Liane__Die Braut» und «Paul__Der Bräutigam» vor einer Schar von vielleicht zehn Stammchattern, die er immerhin bereits vom Sehen kannte. Es lief Marc eisig den Rücken herunter, als dieser virtuelle Pastor ansetzte: «Liebes Brautpaar, liebe Gemeinde. Wir haben uns heute hier versammelt …» Er glaubte nicht, was er da las. Er glaubte nicht, dass erwachsene Menschen so einen Zauber veranstalten konnten – mit virtuellem Ringtausch und Kuss und Brautstraußwerfen und Glückstränen und Applaus. Er war nie prüde. Er hatte viel gesehen. Er kannte sich aus. Aber das empfand er als geschmacklos, zumal er wusste, dass Liane und Paul zwar auch «draußen» verheiratet waren – allerdings nicht miteinander.

Ohne es recht zu merken, hatte Marc die Reeperbahn erreicht und beobachtete eine Weile die geduckten Gestalten, die sich schnellen Schrittes und gesenkten Kopfes aus den Grotten der Erotik-Kaufhäuser, Table-Dance-Bars und Peepshows schälten. Dann ging er in einen Spielsalon und zwängte sich müde in eine Formel-1-Simulation. Manche der Sega- oder Acclaim-Spiele waren so real, dass ihm schlecht wurde, wenn er seinen Rennwagen wieder mal gegen eine Wand rasen sah.

Als ihm das Kleingeld ausging, schlenderte er hinüber zu dem wunderbar farbenfroh illuminierten Hareico-Würstchenstand. Er aß eine Currywurst, trank eine Cola Light und schluckte mechanisch, was ihm beim Griff in sein Jackett in die Finger kam. Als er aus der Fettwolke wieder hinaustrat in den warmen Abendwind, kam es ihm vor, als schwappten die Neonstrahlen kaskadengleich über ihn hinweg. Die beiden maulfaulen Verkäufer würden sich später nicht mehr an ihn erinnern. Ebenso wenig wie die Nutten, die sich zur gleichen Zeit hinter der Fischauktionshalle für die Nachtschicht postierten. Sie saßen in den Fonds ihrer japanischen Kleinwagen oder stöckelten auf ihn zu: «Hey, Honey, brauchst du 'ne halbe Stunde Abwechslung?»

Marc lief an den träge dümpelnden Segelschiffen des Museumshafens vorbei über den Landungssteg zum Anleger mit dem Kiosk. Am Kai schwappte die brackig-schwarze Brühe der Elbe um ein Dutzend parkende Autos. Springflut oder irgend so was. In einer Stunde würden die Wagen wegschwimmen. Ein paar Schaulustige standen daneben. Niemand dachte auch nur daran, die Feuerwehr zu rufen. Sie lachten. Er bestellte sich ein Bier, bezahlte unauffällig und hockte sich auf einen der eisernen Poller, an denen sonst die Fährschiffe ihre Taue festzurrten. In der kleinen Kiosk-Butze soffen sich ein paar arbeitslose Hafenarbeiter um den letzten Rest ihrer Verzweiflung. Drüben am Container-Terminal wurden zwei riesige Frachter entladen. Marc kramte ein Halcion und ein Diazepam aus seiner Jacke, nahm sie in den Mund und schluckte sie mit dem Jever runter.

Jever.

Jever? Der Killer hatte ihm auch Jever angeboten bei ihrem ersten Treffen. Jever und Warsteiner und ... Marc dachte nach. Budweiser. Ja, Budweiser! Kein Mensch trinkt in Deutschland Budweiser. Wieso Budweiser? Budweiser passte überhaupt nicht in die Reihe. Der Gedanke war schnell. Zu schnell. Marc stand auf und rannte sich selbst hinterher, die Landungsbrücke hoch. Als er die Elbchaussee erreichte, war er längst schweißgebadet. Von dort oben waren es nur noch fünf Minuten nach Hause. Er keuchte. Er lief einer Idee hinterher, die viel schneller war als er selbst. Budweiser!

München, Hamburg, Duisburg, Dresden, Saarbrücken. Als er hundert Jahre später endlich sein Apartment erreichte, schaute er sofort auf die stecknadelgarnierte Landkarte, die er in seinem Schlafzimmer aufgehängt hatte. Budweis. Er sah sich die fünf Konstanten und die eine Variable an. Budweis! «Mein Spiel ist noch nicht zu Ende.» Der Netzkiller und sein Schnittmuster. Beide Male hatte der Irre von einem «Schnittmuster» gesprochen. Budweis.

Marc fing an, Linien zu ziehen. Zunächst mit Bleistift. Und irgendwann hatte er es. Plötzlich fing er wie ferngesteuert an, die sechs Orte mit sechs dicken roten Edding-Linien zu verbinden. Budweis. Mein Gott! Er schaute auf die Uhr. Wie lange braucht man mit dem Auto von Hamburg nach Budweis? Samstagnacht. Verdammt. Verdammt, verdammt, verdammt.

Er hätte Melander anrufen sollen. Er hätte die Hotels von zu Hause aus kontaktieren können. Hätte. Hätte. Hätte. Stattdessen fuhr er einfach los, in die Nacht hinein. Früher hatte er manchmal mit Freunden Nachtrennen durch Deutschland veranstaltet. Bei Einbruch der Dunkelheit waren sie am Odeonplatz in München gestartet, mit vier, fünf, manchmal zehn Autos, und waren losgekachelt Richtung Hamburg. Nonstop. Wer tanken musste, hatte schon verloren. Der Letzte musste Frühstück und Sprit für alle zahlen. Bis dieser Unfall passierte, von dem Marc heute noch nicht weiß, was eigentlich genau geschah. Irgendeiner von ihnen hatte in einer Baustelle einen polnischen Fiat geschnitten, der dann ins Nichts ausgeschert sein soll. Jedenfalls wetteten sie danach nie wieder um Frühstück und Sprit.

Marc fuhr nicht über Berlin, sondern über die A7 Richtung Süden. Der Osten war für ihn noch immer eine hässliche Baustelle. Eine beschissene Container-Imbissbude, die man nur dann anfuhr, wenn man Zigaretten brauchte oder pinkeln musste. Auch zehn Jahre nach der Wende konnten Ossis nicht Auto fahren, rochen merkwürdig und marodierten am liebsten durch Baumärkte und über die schlammigen Wiesen schnell aufgezogener Gebrauchtwagenfirmen.

Marc versuchte, sich auf die fast leere Autobahn zu konzentrieren, deren Dunkelheit alle fünfzig Kilometer von einem weithin strahlenden Tankstellen-Paradies durchbrochen wurde. Bei Würzburg scherte er zum ersten Mal aus, tankte, kaufte sich zwei Schachteln Zigaretten, ein halbes Dutzend Schokoriegel und eine Flasche Multivitaminsaft, der ihm die Illusion schenkte, gesund zu leben. Er trank einen dünnen Kaffee und hörte den murrenden Truckerfahrern am Nebentisch zu.

Niemand hier würde sich später an ihn erinnern können. Er hatte das Benzin auch noch bar bezahlt. So blöd war er. Den Rest der Fahrt erlebte er im Halbschlaf: die Baustellen, die Parkplätze, den Grenzübergang, die Straßenschilder, die er irgendwann nicht mehr lesen konnte. Weil ihm immer mal wieder die Augen zufielen. Weil es anfing zu regnen. Weil sie in einer fremden Sprache, die er nicht verstand, an ihm vorbeischossen.

Kurz nach sechs Uhr erreichte Marc Budweis und fing an, wahllos Hotels anzufahren. Es war eine völlige Schnapsidee. Er wusste es. Und er ahnte doch, dass er die richtige Spur entdeckt hatte. Beim vierten wurde er zu seiner eigenen Überraschung fündig. Der Nachtportier sprach Deutsch. Marc fragte – wie bei den dreien davor – nach irgendwelchen auffälligen Namen, die sich tags zuvor angemeldet hatten. Der Portier wollte ihn nicht verstehen. Vielleicht dachte er, Marc suche nach seiner Ehefrau. Portiers entwickeln da mitunter eine merkwürdige Ehrpusseligkeit, die aber in den meisten Fällen mit einem 50-Mark-Schein beruhigt werden konnte.

Marc riss ihm ungeduldig seine speckige Kladde vom Tisch. Er raste mit dem Zeigefinger durch die Anmeldeliste und blieb sofort hängen: Thomas Gericke. Da stand «Thomas Gericke». Gericke war der Mann und Manager von Susan Stahnke. In Pohls Hirn raste es. Zimmer 207. Er rannte los. Die Treppe hinauf.

203

205

207

Marc klopfte. Nichts. Er öffnete und tauchte hinein in das Halbdunkel. Nur aus der angelehnten Toilettentür schwappte ein wenig Neonlicht heraus. Auf dem Laken lag ein Toter. Das war vor einer Million Jahren.

Nun stürmen fremde Menschen in das Zimmer. Eine Putzfrau kreischt. Ein Mann fuchtelt mit einem Messer vor ihm herum. Marc bewegt sich nicht mehr. Er ist müde. Er kauert in der Ecke neben dem Bett. Als Fünfzehnjähriger stand er manchmal zu Hause vor dem Spiegel des verbarrikadierten Badezimmers, schaute sich selbst in die Augen und sagte zu sich: «Wer bin ich?» Immer wieder: «Wer bin ich?» Oder: «Warum gibt es mich? Warum lebe ich? Warum bin ich?» Bis seine Mutter an der Türklinke rüttelte, weil sie wahrscheinlich Angst hatte, er masturbiere.

«Wer bin ich? Was bin ich? Warum gibt es mich?» Er bekam nie eine Antwort. Jetzt fällt ihm zumindest die Frage wieder ein. Irgendwann blendet ihn ein Blitzlicht.

«Ich will zurück», murmelt er, als zwei Männer in Uniformen versuchen, ihm Handschellen anzulegen. Das Zittern seiner Hände hat längst seinen Brustkorb erreicht. Marc zieht sich zusammen wie ein Muskel unter Strom.

«Bitte, ich muss in den Chat zurück. Verstehen Sie? Ich muss ihn finden, bevor es zu spät ist.» Er weiß, dass es längst zu spät ist.

7 / Der Freitag

Waiting For The Rain (Roxette)

True Lie: Ich möchte mich entschuldigen.

Wild Rose: Wofür? Deinen heutigen Namen?

True Lie: Nein, für mich!

Wild Rose: *hört zu*

True Lie: *denkt einen Augenblick nach* Nein, nicht hier.

True Lie: Wo wärst du gern?

Wild Rose: Ach, als ob das eine Rolle spielt.

True Lie: *zaubert etwas Karges auf Karins Bildschirm*

True Lie: einen blaugrauen Felsen

True Lie: gischtumtost

True Lie: im Pazifik

True Lie: Big Sur

True Lie: eisige Brandung

True Lie: *wirft eine warme Decke auf den kalten Stein*

True Lie: *lässt sich leise sinken*

True Lie: Bleib bei mir, bitte!!!!

Wild Rose: *setzt sich*

True Lie: *bedankt sich sprachlos*

Wild Rose: Du warst mir gestern näher als je ein Mann zuvor …

Wild Rose: … und doch so fern.

True Lie: Du hattest völlig Recht mit deinen Vorwürfen.

Wild Rose: Ich bin zu weit gegangen.

True Lie: Nein. Du hast mir auch die Augen geöffnet.

Wild Rose: Wofür?

True Lie: Dinge, die ich mir vorher selbst nicht eingestanden hatte ...

True Lie: zum Beispiel, dass ich zu den Gefühlen stehen muss, die ich wecke ...

True Lie: auch zu jenen in mir selbst.

Wild Rose: ...

True Lie: Es begann schon am Montag.

True Lie: Als ich dich das erste Mal «sah».

True Lie: Und ich sah dich wirklich.

True Lie: Deine Gedanken.

True Lie: Ich spürte dein Lächeln wie eine Gänsehaut.

True Lie: Ich atmete deine Nähe ...

True Lie: als säßest du mir gegenüber.

Wild Rose: *lächelt in die Brandung* Hast du was zu trinken mitgebracht?

True Lie: *zaubert einen Picknickkorb aus handgeflochtenen mecklenburg-vorpommerschen Weiden auf den kalten Granit* Von Manufactum, denn «es gibt sie noch, die guten Dinge» *g*

Wild Rose: *lacht* Seit zwei Jahren bekomme ich deren Katalog ...

Wild Rose: und aus lauter Mitleid habe ich neulich eine Badezimmerleuchte gekauft ...

Wild Rose: obwohl ich längst eine habe.

True Lie: *gießt schweigend zwei Champagnerkelche ein*

Wild Rose: Worauf trinken wir?

True Lie: *lächelt*

True Lie: Wie wär's mit der Wahrheit?

Wild Rose: *pling*

Wild Rose: Auf die Wahrheit!

True Lie: Ich war immer ehrlich zu dir.

True Lie: Aber Ehrlichkeit bedeutet auch, etwas von sich preiszugeben.

True Lie: Das konnte ich bisher nicht.

Wild Rose: Das ist dein Problem, ja. Dein Misstrauen.

True Lie: *nippt an seinem Kelch. Denkt darüber nach. Ernsthaft*

Wild Rose: Gestern Abend, bevor wir uns im Chat trafen, besuchte mich mein Freund.

Wild Rose: *lacht bitter* Mein Exfreund

Wild Rose: Oliver zog es ganz cool durch …

Wild Rose: … packte die restlichen Sachen ein, die in meinem Leben von ihm noch herumstanden …

Wild Rose: und am Ende sagte er mir glatt ins Gesicht:

Wild Rose: «Viel Spaß mit deinem Neuen.»

Wild Rose: Nur das. Sonst gar nichts.

Wild Rose: Kein Versuch, mich zu halten.

Wild Rose: Nach all den Jahren.

Wild Rose: Scheiß drauf!

Wild Rose: Aber das ist Geschichte. Bring mich zum Lachen, bitte!

True Lie: Soll ich dir von meiner früheren Karriere als passiver Zwergenweitwurfmeister Nordrhein-Westfalens erzählen?

Wild Rose: *g* Passiv?

True Lie: Na ja, ich wurde geworfen ;-)

True Lie: Das war aber vor dem Krieg.

Wild Rose: *ggg* Golfkrieg?

True Lie: Neinneinnein, 1914/18.

Wild Rose: *johl* Wusste ich doch, dass ich mir einen Greis an Land gezogen habe.

True Lie: Ich chatte aus dem Pflegeheim St. Inkontinentia in Bad Aibling (Abt. Todgeweihte)

Wild Rose: LOLOL

True Lie: Ja. Es ist aber durchaus lustig bei uns ;-))

True Lie: Wir bedienen in keiner Weise das Klischee, das man sich landläufig von Heimen in Deutschland macht.

True Lie: Montags steht zum Beispiel «Kaltduschen» mit Oberschwester Natascha auf dem Programm. Unglaublich prickelnd.

Wild Rose: LOLOLOL

True Lie: Dienstag ist der Treff unser Figurenpinkelgruppe. Wir kamen in der Disziplin Freistilstrullen schon bis in die bayerische Endausscheidung (im wahrsten Sinne des Wortes).

Wild Rose: *japst* Wer gewann?

True Lie: Leider der Club «Piss-Papis e. V.» aus dem AOK-Heim Erding. Aber das sind Semi-Profis, die ihr Trainingsbier von Löwenbräu gesponsert bekommen.

Wild Rose: *lacht sich weg*

True Lie: Tja, mittwochs trifft sich dann der Werkkreis «Sägespan-Tiger» der Epileptiker zum Laubsägen. Man muss ihnen nur das Holz hinhalten, dann zittern sie los *g*

Wild Rose: *kann bald nicht mehr*

True Lie: *lächelt* Donnerstags ist Kinoabend in der Kantine. Wir zeigen Stummfilmpornos aus der Zeit, als die Bilder schnaufen lernten. Opa Kabirschke spielte dazu sehr eindrucksvoll erotische Shantys auf dem Schifferklavier. Bisher.

Wild Rose: *kichert* Bisher?

True Lie: Na ja, vor zwei Wochen blieb sein Herzschrittmacher stehen. Freitags ist bei uns nämlich immer «Ungarische Woche», weil dann unsere bosnische Kochfee Marika (90–60–90, blutjung, Paprika im Blut) Aushilfskellnerin spielen muss.

Wild Rose: LOLOLOLOL

True Lie: *legt eine Schweigeminute für Opa Kabirschke ein*

Wild Rose: Was glaubst du, wo du in 50 Jahren bist?

True Lie: Zwei Meter unter der Erde – mit ein wenig Glück auf einem richtigen Friedhof *g*

Wild Rose: Ich will mich verbrennen lassen, weil ich Angst davor habe, wieder aufzuwachen.

True Lie: *lächelt*

True Lie: Vielleicht wachen wir dann überhaupt das erste Mal auf.

Wild Rose: Bist du gläubig?

True Lie: Ich wäre es gern. Ich würde gern glauben, dass da noch irgendwas kommt.

Wild Rose: Nicht so ein Opi mit langem Bart ...

True Lie: ... sondern ein anderer Zustand, ja. Ruhen in allumfassender Liebe, was weiß ich ;-)

Wild Rose: Was bedeutet für dich Liebe?

True Lie: Ein Ende der Suche ...

True Lie: Ruhe im Sturm

True Lie: Fels in der Brandung *g*

True Lie: Vertrauen

Wild Rose: Vertrauen ist das Schwerste von allem ...

True Lie: ... weil es verletzlich macht ...

Wild Rose: weil man sich öffnen muss

True Lie: Vertraust du mir?

Wild Rose: *lächelt* Ja, das tu ich.

True Lie: *lächelt zurück* Ich würde dir nicht nur so Unbedeutendes wie mein Leben anvertrauen. Ich weiß das jetzt.

True Lie: Tust du mir einen Gefallen?

Wild Rose: *lächelt* Welchen?

True Lie: Beschreib mich, bitte! Fass das Bild, das du von mir hast, in Worte.

Wild Rose: *denkt nach*

True Lie: Und jedes Mal, wenn du falsch liegst, bin ich dran, okay?

Wild Rose: *lächelt* Okay. Aaaaalso ...

True Lie: Sollte einer von uns NICHT antworten wollen, muss er automatisch weiterraten.

Wild Rose: *fängt mal harmlos mit den Äußerlichkeiten an*

Wild Rose: Du bist Mitte 30 …

True Lie: *nickt*

Wild Rose: Ich glaube, dass du nicht mal sooo schlecht aussiehst. Das Selbstbewusstsein deiner Sprache verrät dich.

True Lie: *weiß jetzt nicht, ob er nicken soll, tut es aber dennoch*

Wild Rose: Du hast studiert. Aber zumindest nicht nur irgendwas Spezielles wie Informatik.

True Lie: *nickt*

Wild Rose: *überlegt*

Wild Rose: Du bist bereits liiert, weil solche Männer wie du selten allein durchs Leben gehen.

True Lie: *grinst* Du bist 30.

Wild Rose: *lacht* Hey, Moment mal: Heißt das nun, dass du solo bist oder dass du nur nicht antworten möchtest?

True Lie: Tja, das ist das Spiel.

Wild Rose: *kreisch* Langsam dämmert's mir. Doofes Spiel *ggg*

True Lie: Du bist eine junge, erfolgreiche Bankerin aus Frankfurt, die sich gerade von ihrem Freund getrennt hat.

Wild Rose: *g* Wie außerordentlich kombinationsfreudig *nickt*

True Lie: Du könntest (fast) jeden haben, wolltest aber noch nie einen richtig.

Wild Rose: *grinst diabolisch* Ich bin dran.

True Lie: *lacht*

Wild Rose: In dir schlummert ein Geheimnis.

True Lie: *nickt*

Wild Rose: Es gab Momente, da glaubte ich, dass du selbst der Netzkiller sein könntest.

True Lie: Was soll ich darauf antworten?

Wild Rose: *denkt nach*

Wild Rose: *innerlich zitternd*

Wild Rose: Du BIST der Netzkiller!

True Lie: Um Gottes willen, Karin!!!

True Lie: Eigentlich ...

True Lie: wäre ich jetzt dran

True Lie: aber so schrecklich ist das Spiel noch nie geworden.

True Lie: *vergisst das gerade Geschriebene lieber gleich wieder*

True Lie: *zieht einen Schlussstrich drunter*

True Lie: _____

Wild Rose: Die Geister, die du riefst, mein Lieber! ;-))

True Lie: *schaut dich an*

Wild Rose: Dein Spiel geht zu Ende, nicht wahr?

True Lie: Wie meinst du das?

Wild Rose: Du willst mich sehen.

True Lie: Ja.

Wild Rose: So wie ich dich sehen will.

True Lie: Mein «Spiel» geht wirklich zu Ende. Es war schon zu Ende, als ich dich traf.

Wild Rose: Willst du mir von deinem «Spiel» erzählen?

True Lie: Ich will dir alles erzählen.

True Lie: Meine ganze Geschichte.

True Lie: Auch wenn ich befürchte, dass sie dir nicht gefallen wird.

Wild Rose: Die Illusion geht langsam zu Ende.

Wild Rose: Aber ich freue mich auf die Realität. Egal, welche.

True Lie: Ich habe Angst davor.

Wild Rose: Das beruhigt mich.

Wild Rose: Ich auch.

Wild Rose: *steht auf*

True Lie: Musst du schon raus?

Wild Rose: Nein, lehn DU dich mal zurück.

True Lie: *schaut sie erwartungsvoll an*

Wild Rose : Nicht das, was du denkst.

True Lie : *lacht*

Wild Rose : *zieht dich vorsichtig an der Rechten hoch*

Wild Rose : *hebt dich sacht von unserem Felsen an*

Wild Rose : schwebend

Wild Rose : über das nahe Meer

Wild Rose : weiter hinauf

Wild Rose : hinüber

Wild Rose : die goldglühende Golden Gate Bridge lächelnd passierend

Wild Rose : Fisherman's Warf von oben zuwinkend

True Lie : *genießt den Flug*

Wild Rose : bevor ich plötzlich

Wild Rose : hinabstürze

Wild Rose : mit dir

Wild Rose : in eine fast verwaiste Hafenbar ...

True Lie : ein paar verwitterte Musiker ...

True Lie : die auf einem kleinen Sperrholzpodium ...

True Lie : über den alten Holzplanken der Tanzfläche ...

True Lie : auf deinen Einsatz warten.

Wild Rose : *schnippt lächelnd mit Daumen und Zeigefinger*

Wild Rose : *genießt den Ruck, der durch die Musiker geht*

Wild Rose : *Lässt sich in die Musik fallen* ...

True Lie : *fängt dich auf*

Wild Rose : ... *und in deine Arme*

Wild Rose : *beginnt zu summen*

True Lie : I'm waiting for the rain

Wild Rose : I'm waiting for you

True Lie : I'm waiting for the rain

Wild Rose : To clean my soul

True Lie : I'm waiting for the rain

Wild Rose: Nothing's gonna be better
True Lie: Without you
Wild Rose: *fühlt sich mit dir schweben*

True Lie: The way we danced
Wild Rose: I'll always miss
True Lie: I'll never forget
Wild Rose: The way we kissed

True Lie: Wir werden uns wieder sehen ...
Wild Rose: endlich sehen.
True Lie: Morgen wirst du eine Mail finden.
True Lie: Die erste von mir ...
True Lie: die einzige.
Wild Rose: *nickt*

True Lie: *legt dir einen Finger auf die Lippen*
Wild Rose: *schaut dich an*
True Lie: Lass uns schweigen ...
Wild Rose: uns wegschweigen.
True Lie: In eine andere Welt.
Wild Rose: ...
True Lie: ..
Wild Rose: .
True Lie:

8 / Karin

Where The Wild Roses Grow (Kylie Minogue, Nick Cave)

Fünf Tage. Karin Henslers neues Leben ist gerade fünf Tage alt. Am Montag hatte sie IHN kennen gelernt. ER war plötzlich da. ER hatte sie angesprochen. ER hatte sie entdeckt. Am Dienstag hatte ER ihr alles erklärt, was sie über den Chat wissen musste. Am Mittwoch war sie mit IHM ein paar Schritte über den Cyberspace hinausgewachsen. Am Donnerstag hatten sie sich selbst hinter sich gelassen. ER hatte sie geliebt. Sie hatte sich IHM hingegeben. Am Ende hatte sie IHN gehasst. So waren sie auseinander getrieben, um sich am Freitag wieder in die Arme zu fallen, ohne sich je berührt zu haben. Es klang wie ein Groschenroman in Großdruck.

Sie hätten sich nie wieder sehen können, so unendlich flüchtig war ihr Kontakt. Dann hätte er sich wahrscheinlich bis ans Ende ihrer Tage tiefer in Karins Gedanken gefressen: als Traum, als unerreichbarer Wunsch, als verpasste Chance. Gott, wie sie vor ihrem Computer bebte, als er am Freitag doch wieder aus dem Nichts erschien und sie ansprach in dieser unnachahmlichen Art. Es war unberechenbar. Es gab keinen Business-Plan für diese Beziehung. Es blieb bislang nur eine fragile Möglichkeit. Mit dem Kopf hatte das alles wenig zu tun. So viel war Karin klar.

Ihren Kopf brauchte sie nur, als Oliver am Donnerstag bei ihr im Büro anrief und sie aus dem seidigen Kokon riss, in den sie sich längst eingewoben hatte. Ob er abends vorbeikommen könne? Das Einzige, was sie herausstammeln konnte, war: «Ja, aber bitte nicht nach 19 Uhr!» Um 21 Uhr würde sie IHN treffen. Und sie wäre gestorben, wenn sie ihn verpasst hätte. Um Punkt sieben klingelte Oliver. Er hauchte ihr einen Kuss auf die Wange. Sie standen sich gegenüber – Lichtjahre voneinander entfernt. Er roch nach Rauch.

Als er die wenigen Überbleibsel, die in ihrem Leben noch von ihm herumstanden, in seine Chiemsee-Sporttasche gepackt hatte, fragte sie ihn: «Möchtest du darüber reden?» Sie war gesprächsbereit. Sie stand nackt vor ihm, mit heruntergerissener Haut, offen, verletzbar wie nie zuvor in ihrem Leben. Vielleicht merkte er es nicht. Hätte er ihr sonst «Viel Spaß mit deinem Neuen» ins Fleisch geschnitzt? Und das Merkwürdigste war, dass sie den stechenden Schmerz genoss. Sie kostete ihn aus, als Oliver verschwunden war.

Sie hatte danach noch eineinhalb Stunden Zeit bis zu ihrem «Treffen». Und natürlich setzte sie sich sofort wieder vor ihren Laptop, raste unter falschem Namen (nicht «Wild Rose», sondern nur «Blümchen») in den Chat, in dem sie sich jede Nacht mit ihm verabredet hatte. Sie wollte sehen, ob er schon da war, unter einem seiner vielen Namen. Sie wollte nur schauen, ob sie ihn erkennen würde. An seiner Art zu schreiben. Aber es war niemand in der Nähe, der ihm auch nur entfernt geähnelt hätte. Niemand, der auch nur annähernd den Klang seiner Worte erreicht hätte.

Und weil sie die Ungewissheit kaum aushielt, er würde überhaupt nicht mehr wiederkommen, surfte sie weiter zu ihrer Mailbox bei gmx.de, um zu prüfen, ob diesmal Post von ihm wartete. Tausendmal hatte sie den Briefkasten bereits geöffnet. Und tausendmal war sie ebenso enttäuscht wie erleichtert, dass er ihr nicht geschrieben hatte. Aus Angst, die Mailbox könne nicht funktionieren, hatte sie sich schon selbst kurze Briefe geschickt von der Sorte: «Hallo, Karin, na, du dummes, kleines Huhn? Wartest du immer noch vergebens auf dein Leben?» All diese Briefe waren angekommen. Ohne Fehlermeldung. Also lag es nicht an der Elektronik. Es lag an ihm. Sie wusste, dass er nicht schreiben würde. Und sie hoffte, dass er zurückkommen würde.

Natürlich hätte *sie* auch *ihm* schreiben können. Seine virtuelle Adresse war ihr fast schon geläufiger als die reale von Oliver: Delta-Quadrant@gmx.de. Aber jedes Mal, wenn sie einen kleinen Brief fertig hatte, verwarf sie ihn wieder. Dutzendfach hatte sie ihm geschrieben. Dutzendfach das Geschriebene gelöscht, bevor es unwiederbringlich ins Netz treiben konnte. Zu ihm. Wer auch immer er war.

Vielleicht versteckte sich doch nur ein pickliger Maschinenbaustudent hinter seinen Masken. Karin musste lachen. Oder er war ein allein stehender Vertreter für Haushaltswaren, der den Großteil des Jahres auf der Holzkugelmatte seines gebraucht gekauften Mercedes Diesel durchs Land juckelte. Oder ein in die Jahre gekommener Platten-Manager, der mit Zöpfchen und Lederjacke versuchte, die Zeit anzuhalten. Oder ein depressiver Soziologie-Dozent aus Göttingen. Oder wirklich ein Frührentner, der an der Chat-Garderobe unbemerkt seine Ehe- und/oder Prostataprobleme ablegen konnte. Oder ein skrupelloser Boulevardjournalist aus Hamburg.

Karin verfolgte die Netzkiller-Geschichten, die ihr in der vergangenen Woche am Kiosk entgegenkreischten, mit einer zerbrechlichen Mischung aus Abscheu und Neugier: «Netzkiller – Seine irre Blutspur». Sie konnte nicht verstehen, weshalb erwachsene Menschen sich auf solche Lügen einlassen wollten. Wie sie sich von völlig Unbekannten in Hotelzimmer locken lassen konnten. Heute weiß sie, wie schnell das geht. Wie schnell man sich im Cyberspace selbst verlieren konnte. Erst recht, wenn man sich vorher draußen noch gar nicht gefunden hatte.

Das größte deutsche Boulevardblatt schrieb, dass der Psychopath mit der Wahl seiner Tatorte einen Stern auf die Landkarte malte: München, Hamburg, Duisburg, Dresden, Saarbrücken und Budweis. Einen sechszackigen Stern. Einen Davidstern. Darauf musste man erst mal kommen. Einen Judenstern! Das musste man erst mal hinkriegen. Karin las, dass der Letzte, der mittlerweile sechste Tote, ein geschiedener Bundeswehr-Hauptmann aus Deggendorf war. Sie hatten E-Mails seiner vermeintlichen Chat-Partnerin in seinem Computer gefunden. Der Netzkiller hatte sich offenbar als verheiratete Tschechin aus dem Grenzland ausgegeben, die mit sich rang, ob sie ihren Mann wirklich betrügen sollte. Karin konnte nicht glauben, mit welch perfider Raffinesse dieser Mörder sein Ziel verfolgte, wenn das alles stimmte, was sie da las.

Aber welches Ziel verfolgte er überhaupt? Rache? Aufmerksamkeit? Moral? Was soll uns ein Judenstern heute noch sagen, außer diesem Da-war-doch-mal-was-Schuldgefühl, das Karin zuletzt bei ihrem Paris-Aufenthalt beschlich, als sie bei abendlichen Studentenpartys notgedrungen auch über deutsche Geschichte und Kollektivschuld schwadronieren musste?

«Ist er Jude?» wurde prompt am nächsten Tag getitelt. Oder missbrauchte er nur die Symbolik dieses Sterns? Die Geschichte geriet völlig außer Kontrolle, weil sich natürlich bis zum nächsten Morgen alle eingeschaltet hatten – vom Zentralrat der Juden in Deutschland über die israelische Botschaft und die DVU bis zum Bundeskanzler, der in einem halbseitigen Interview unter anderem sagte: «Die tief verwurzelten deutsch-israelischen Beziehungen kann ein einzelner Verrückter nicht zerstören.» Karin musste lachen, als sie es las, weil sich das Brioni-Model Schröder plötzlich in einen ernst zu nehmenden Staatsmann verwandeln musste. Und das glaubten ihm sogar alle.

«… kann ein einzelner Verrückter nicht zerstören.» Wie viele Verrückte brauchte man denn, damit diese «Beziehungen» sich in eine rauchende Ruinenlandschaft verwandeln würden?

Für den 5. September standen Landtagswahlen im Saarland und in Brandenburg auf der Agenda. Eine Woche darauf folgten Nordrhein-Westfalen und Thüringen. Nach Provider-Profis, Internet-Gurus und Psychologen wurden nun auch Politologen gefragt, was sie vom Netzkiller hielten. Sie sollten erklären, wie sich so eine bizarre Mordserie auf die Ergebnisse der – vor allem rechtsradikalen – Parteien auswirken könnte. Natürlich konnte man an einem einzigen Tag alle dazu möglichen Meinungen lesen. Die Politik-Wissenschaftler in «Tagesthemen» oder «heute journal» sahen aus, als hätte man sie gerade aus ihrem staubigen Kellerarchiv gezerrt. Sie waren nicht fotogen. Ihr Gestammel war nicht kameratauglich. Sie waren einfach nur Fachleute, die sich nicht verständlich machen konnten.

Und alles nur, weil ein Spinner damit begonnen hatte, Leute zu töten. Oder würde er nach dem sechsten Mord wieder aufhören? Einfach verschwinden? War's das? Wo sollte er sein Bild weitermalen? Welchen Punkt konnte er vergessen haben? Die Boulevardpresse fragte sich das am Freitag auch. Oder würde der Netzkiller als Nächstes anfangen, ein Smiley-Gesicht auf die Deutschlandkarte zu morden? Malen nach Zahlen. Karin musste schon wieder lachen. Es war alles so – verrückt. Dieser ganze Sommer.

In der *Süddeutschen Zeitung* las sie, worüber die Schlagzeilen am Kiosk kein Wort verloren. In Budweis sei am Sonntag der Reporter verhaftet worden, der den Netzkiller überhaupt erst zum Thema gemacht hatte. Die SZ schrieb nichts von «Er hat die sechste Leiche entdeckt». Sie schrieb nur, er sei «in Zimmer 207 neben dem Toten gefunden worden». Ganz so, als könne der Journalist selbst der Mörder sein, auch wenn das natürlich nicht in dem Artikel stand. Die unterschwellige Vermutung war bösartig. Vielleicht war dieser Journalist wirklich der Einzige, der wenigstens kombinieren konnte in all dem multimedialen Netzkiller-Chaos.

Am Ende hieß es knapp, der Reporter sei «nach mehrstündigen Verhören von der tschechischen Polizei wieder auf freien Fuß gesetzt worden» und dass die Chefredaktion seines Blatts «jede Stellungnahme ablehnt». Die Gerüchtemelange wurde mit einer Menge Fragen überzuckert, die sich Karin auch schon gestellt hatte. Vielleicht war das alles nur eine unglaublich raffiniert einge-fädelte Story.

Es gab ja durchaus Tage, da wachte sie morgens auf und glaubte, dass alles um sie herum, ihr ganzes Leben, nur eine gigantische In-szenierung sei, die von allen gesteuert werden konnte, nur nicht von ihr selbst. So wie in der «Truman Show», wo das Spektakel noch um einen Einzelnen herumgestrickt wurde. Oder in «Matrix», wo am Ende gar nichts mehr als sicher gelten konnte, was wir vorher als wahr annahmen. Aber wenn man alles hinterfragte, was blieb am Ende außer Ratlosigkeit?

Wer war der Netzkiller? Ein arbeitsloser Computerhacker? Ein durchgeknallter Börsenmakler? Ein unbescholtener Verwaltungs-angestellter? Eine Psychopathin? Es war immer wieder orakelt worden, der Täter könne auch eine Täterin sein, auch wenn Karin das nicht glauben wollte. Irgendwo da draußen saß jedenfalls je-mand, der wahnsinnig genug war, klar denkend seine Nummer durchzuziehen, ohne entdeckt zu werden. Also: Wer war ES? Ein Software-Entwickler, der sich abends, wenn seine beiden Kinder im Bett waren, in einen deutschen Albtraum verwandelte, ohne sich dafür umziehen zu müssen? Vielleicht ein verheirateter Telekom-Techniker aus Bonn? Ein von seinen früheren Internet-Bekannt-schaften enttäuschter Marketing-Manager aus München? Ein mittelständischer Unternehmer aus Kassel? Bad Schwartau? Re-gensburg? Frankfurt? Wer war Karins unbekannter Freund? Wo-her kam er? Wie lebte er?

Könnte sein, dass er verheiratet ist. War eigentlich wahrschein-lich. Alle interessanten Männer in Karins Alter waren schon verhei-ratet. Und bei denen, die es nicht waren, ertappte sie sich häufig bei der Frage: Warum hat der noch keine abgekriegt? Schnarcht der? Neigt er zu Seitensprüngen? Ist er einer dieser Mutti-Männer, die nur betüttert werden wollten?

ER war so weit weg.

ER war ihr so nah.

Wenn sie mit ihm chattete, war alles gleißende Ruhe und Wärme. Die Fragen kamen danach. Einmal hob sie im Büro den Telefonhörer ab und meldete sich mit «Wild Rose». So weit war sie schon. Ihre Kollegin zog die Augenbraue hoch. Karin drehte sich weg. Eine Analystin, die zugab zu chatten – und sei es nur vor einer Kollegin –, konnte gleich einen Kindergartenplatz beantragen. Nicht für ihren Nachwuchs (der sie natürlich auch den Job gekostet hätte), sondern für sich selbst.

Sie hatte mit einem wildfremden Menschen gelacht und geweint. Sie hatte mit ihm getanzt. Sie saß mit ihm nachts am Strand von Kampen. Sie teilte mit ihm ein venezianisches Hotelzimmer. Am Freitag früh wusste sie nichts Besseres zu tun, als gleich in die nächste Buchhandlung zu laufen und einen teuren Venedig-Reiseführer zu kaufen, um nach dem Hotel zu suchen, das sie längst kannte aus der Galerie seiner Gedanken. Genauso, wie sie am Dienstag die Wolfsheim-CD gekauft hatte, um seinen Worten einen Klang zu geben, der in ihr weiterschwingen sollte. Und sie war mit ihm über die Pazifik-Brandung von Big Sur geschwebt.

Alles in einer Woche. Fünf Tage, nein: Nächte. Fünfmal vier bis fünf Stunden hatten gereicht. Wenn sie jemand nach den fünf spannendsten Tagen ihres Lebens gefragt hätte, wäre Karin als Antwort nur in den Sinn gekommen: «Montag, Dienstag, Mittwoch, Donnerstag, Freitag.»

Nun ist Samstag, der 28. August. Sie hat unruhig geschlafen und sitzt schon wieder vor dem Computer, während in der Küche ihre Braun-Kaffeemaschine brodelt. Sie mag eigentlich gar keinen Kaffee, aber sie liebt das beruhigende Röcheln der Maschine, den Duft und die glühende Wärme des Kaffeebechers, während sie die Adresse von Global Message Exchange anwählt. Kennung. Passwort. Login.

Die einzige neue Nachricht in der Mailbox ist Reklame von

gmx.de, die sie sofort löscht. Sie will, dass der Briefkasten leer ist. Jungfräulich. Für ihn. Alle fünf Minuten klickt sie die Seite erneut an. Ergebnislos. In der Zwischenzeit sucht sie in «ihrem» Chat nach ihm. Zwecklos. Aussichtslos. Sie würde hier nicht mehr weggehen, bevor die Nachricht von ihm käme. Und wenn es Tage dauerte. Völlig egal.

Um kurz nach zehn Uhr ist es endlich so weit. Karin kann es kaum fassen. Eine Nachricht. Ein Lächeln. Von IHM. Endlich. Unfassbar. Zitternd. Anklicken. Öffnen. Lesen. Verstehen. Glauben. Treiben. Lassen. Zulassen.

Von: Delta-Quadrant@gmx.de
An: Wild_Rose69@gmx.de
Kopie:
Betreff: Ein Lächeln zum Wochenende *samtverpackt*
Datum: Sat, 28 Aug 1999 10:00:02 +0200 (MEST)

Karin, Einzige,

alles ist arrangiert. Ich und meine Geschichte warten morgen um 20 Uhr in Zimmer 923 auf dich. Du weißt, wo. Was immer auch daraus werden mag...
Ich liebe dich

;-)

Sie schwebt. Sie liest die kargen Zeilen immer wieder, als verstecke sich hinter jedem einzelnen Buchstaben ein Roman. Sie weiß, welches Hotel er meint. Außer dem einen in Venedig hatten sie während der fünf Tage nur ein Hotel erwähnt. Am Montag. Als sie noch eher belanglos geplaudert hatten und doch schon aneinander gefesselt waren, ohne es sich bereits selbst einzugestehen. Sie muss nicht nachfragen. Sie muss ihm keine Antwort schicken. Alles liegt glasklar vor ihr. Er weiß, dass sie kommen wird. Sie weiß, dass er kommen wird. Und was kommt dann?

Hatte nicht gerade er sie so eindringlich davor gewarnt, sich mit Online-Fremden gleich zu verabreden? Damals, vor fünf Tagen war ihr so ein Rat noch derart überflüssig vorgekommen. Der Chat war ein harmloser Spaß. Mehr nicht. Jetzt gilt das kaum noch. Nicht mehr.

Sie konnte noch immer zurück. Sie konnte einfach nicht hingehen. Ihn vergessen. Und er würde sie nie ausfindig machen. So viel schien ihr klar. Sie hatte ihm nie genug verraten, als dass er sie wirklich hätte identifizieren können. Und nun? Nun war sie drauf und dran, sich mit einem fremden Mann in einem Hotelzimmer zu verabreden. «Gott, du spinnst, meine Liebe», sagt sie zu ihrem Spiegelbild im Badezimmer. Karin lächelt dabei. Was hat Liebe mit Vernunft zu tun? Sie hat eine Verabredung zum ersten Blind Date ihres Lebens.

Sie würde das jetzt gerne jemandem erzählen, doch wem? Ihrer Mutter? Die wusste noch nicht mal, dass sie Olivers Telefonnummer nun aus ihrem kleinen ledernen Notizbuch streichen konnte. Ihrer älteren Schwester? Seit die in Hamburg lebte, hatten sie nur ab und an telefoniert. Die könnte sie angesichts der Ereignisse überhaupt mal wieder anrufen. Vielleicht hatte Anna ein paar Antworten parat. Könnte doch sein. Wäre doch möglich. Karin kramt ihr Nokia-Handy unter dem Klamottenberg im Schlafzimmer hervor und versucht, sich an die Nummer zu erinnern. Sie muss in ihrem Filofax nachsehen, denn sie hat die Nummer nicht eingespeichert. Das Telefon klingelt. Dann schnarrt der Anrufbeantworter am anderen Ende los, bis Karin kurz und knapp sagt: «Hallo, Schwesterherz, wie geht's dir? Ruf mich doch mal an. Ich ... na ja, ich würd mich freuen.»

Und sonst?

Nichts sonst. Ihre Clique ist zum größten Teil Olivers Clique.

Bevor sie sich mit Procter & Gamble, McKinsey, Hunzinger oder Lowe & Partners traf, konnte sie auch gleich ihren … sie stutzt, weil das Wort für sie noch ungewohnt ist … ihren Ex anrufen. «Einmal Ex und hopp … ach Quatsch, ein Taxi bitte, Westendstraße 23.»

Als der Taxifahrer sie fragt, wohin sie wolle, fällt Karin nichts ein. Sie muss einfach raus. Was anderes sehen. «Zum Bahnhof, bitte!», sagt sie und lehnt sich zurück in das muffige Kunstleder.

Das von Tauben voll geschissene stählerne Gerippe des Frankfurter Hauptbahnhofs war der erste Eindruck, den sie einst von der Stadt bekam. Die wankenden Junkies. Der beißende Uringestank in den Ecken. Damals fuhr sie mit dem Zug von ihren Eltern aus zum Vorstellungsgespräch bei der Commerzbank, und das Allererste, was sie damals wahrnahm, waren natürlich die unnahbar-transparenten Glastürme der Großbanken. Karin versucht, sich an das Gefühl zu erinnern, von dem sie damals beherrscht wurde: Es war diese Art ängstliches Selbstbewusstsein, das sie immer beschlich, wenn sie wusste, dass sie in ihrem Leben an einer Umsteigestation angekommen war. Eigentlich hatte sie diese Momente immer vor irgendwelchen Prüfungen erlebt: das Vorstellungsgespräch in Frankfurt, das Paris-Stipendium, der Bewerbungs-Parcours bei Bertelsmann, die BWL-Klausuren, das Abitur.

Sie schlendert durch die Bahnhofspassagen. Sie versucht, Frankfurt wieder zu sehen wie am Anfang ihrer hiesigen Karriere. Sie macht das manchmal, um auf andere Gedanken zu kommen oder was auch immer: in einer Stadt, die sie schon länger kannte, die eigene Perspektive wieder umzuschalten auf Unschuld, ersten Eindruck, taufrische Erkenntnis. Frankfurt war nicht *eine* Stadt, sondern Millionen Städte: Karin hatte hier qualvolle Büronächte erlebt, C&A-Umkleideräume und endlose S-Bahn-Fahrten, als ihr Gehalt noch nicht für Westend-Apartment und Prada-Schick reichte. Wenn sie irgendwann mal ein Kind bekommen würde, wäre Frankfurt vielleicht nur noch der Weg von der Wohnung zum

Kindergarten. Oder der Wickelraum bei Karstadt. Frankfurt ist morgens um 7 Uhr anders als mittags um halb eins. Frankfurt ist im Commerzbank-Turm eine andere Stadt als in den Frittenbuden der Kaiserstraße. Frankfurt ist ein Chamäleon. Jeder lebt in seinem eigenen Frankfurt: Analysten, Müllmänner, Verwaltungsbeamte, Feuerwehrleute, Asylbewerber. Die Penner und Nutten, die schwankenden Junkies, türkische Im- und Export-«Geschäftsleute» und Spielsalon-Zuhälter am Hauptbahnhof sowieso.

Sie starren ihr nach. Sie können sie nicht einordnen, wie sie da unschlüssig durch die Sommersonne flaniert. Karin trägt ein taubengraues Kostüm von Thierry Mugler und einen Rucksack von DKNY wie all die anderen Bankschlangen. Aber ihr Gang verrät sie. Als Neuling? Als Besucherin? Als Touristin? Ihr Blick ist so auffallend auffallend. So frisch, misstrauisch und neugierig. An einer Littfaßäule bleibt die schöne Unbekannte stehen. «I love my body», steht über der Nivea-Werbung. Mit ihrem Montblanc-Füller kritzelt sie daneben: «Karin loves her soul *g*»

Sie ist ein Puzzle, das nicht zusammenpasst. Stupst mich an!, denkt Karin. Stupst mich an, und ich werde zerplatzen – wie eine Seifenblase, als hätte ich nie existiert.

9 / Das Ende

Lacrimosa, Requiem (Wolfgang Amadeus Mozart)

Im grenzenlosen Kosmos der amerikanischen Science-Fiction-Serie «Deep Space Nine», einer Fortsetzung des TV-Klassikers «Star Trek», taucht erstmals die Spezies der Formwandler auf. Formwandler sind körperlose, letztlich liquide Wesen, die jedoch für einen bestimmten Zeitraum jedwede Gestalt annehmen können, die sie annehmen wollen: die eines Menschen, einer Bodenplatte, eines Baums – völlig egal.

Und auch wenn die Formwandler vom Rest ihrer Art getrennt sind, bleiben sie doch immer Teil des großen Ganzen ihrer Gemeinschaft, die auf einem namenlosen Planeten im Gamma-Quadranten, fernab unserer Galaxis, eine Heimat gefunden hat. Wer überhaupt in jenen – sprachlos weit entfernten – Teil des Universums findet, entdeckt nichts außer einem gigantischen, quecksilbrig glänzenden Meer, das jedoch nicht aus Wasser besteht, sondern aus Millionen und Abermillionen von Formwandlern. Dieses Meer ist ihr Urzustand und Ziel. Keine Form mehr. Nur Inhalt sein. Was der Einzelne denkt, denken alle. So ist der Heimatplanet der Formwandler ein einziges, unsterbliches Gehirn – das vermeintlich friedliche Spiegelbild dessen, was in «Star Wars», der anderen großen Welt der Entertainment-Geschichte, der Kampfstern des Imperiums war.

Wogender Geist statt waffenstarrender Hochtechnologie. Gedanke statt Gewalt. Fiction statt Science. Das war es. Gedanke statt Gewalt. Glaube statt Größenwahn.

Im Sommer 1999 hat die Bundesrepublik Deutschland 82,037 Millionen Einwohner. Und seit Marc vor vier Wochen auf die Spur des Netzkillers gestoßen war, kam er sich mitunter vor, als treibe er über so ein Meer aus Menschen. Unter ihm schwammen millionenfach Schicksale und Geschichten, Gesichter und Lebensläufe und Scherze und Anekdoten und Hoffnungen vorbei – träge wie die Ausflugsschaluppen und Schlepper und Frachtschiffe und Kreuzfahrtriesen, deren Motorenlärm durch die Isolierglasfenster nun gedämpft an sein Ohr dringt.

Er sitzt in einem Hotelzimmer über dem Hamburger Hafen. Wieder ein Hotelzimmer. Das vorletzte in dieser Geschichte. Aus dem Fernseher spritzen die bonbonfarbenen Kleckse der Viva-Welt. Der endlose Strom aus Melodien und zahnspangigem Gekicher und Werbe-Jingles nimmt Marc die Angst vor der ohrenbetäubenden Einsamkeit. Vor dem, was auf ihn warten würde an diesem Wochenende.

Zweiundachtzig Millionen siebenunddreißigtausend Menschen. Wie viele davon hatte er in seinem bisherigen Leben kennen gelernt? Einmal unternahm er in den vergangenen Wochen nachts den Versuch, sie zu zählen: Vater, Mutter, die Omas und Opas und Tanten und Onkel und Nichten und Neffen, die längst vergessenen Kindergarten-Buddies, die Mitschüler, die Verkäuferin beim Bäcker, im Supermarkt. Da ging es schon los … wen sollte er mitzählen? Alle, denen er je begegnet war? Die er wahrgenommen hatte? Oder nur die, deren Namen er kannte? Eine Hand voll Lehrer, die Bekannten an der Journalistenschule, an der Uni, das Dutzend Frauen, mit denen er geschlafen hatte, die Kollegen, die seinen Weg irgendwann kreuzten.

Weg kreuzen? Als kleiner Junge hatte er sich mal eingebildet, dass jeder Mensch einen Faden hinter sich herzöge, der sich aus ihm herausrollt. So eine Art Lebensfaden. Was man sich eben so alles einbildet, wenn man klein ist. Und damit das Wollknäuel der

Milliarden Lebensfäden auf dem Globus nicht noch unentwirrbarer würde, versuchte Marc einen Nachmittag lang, niemandes Weg zu kreuzen. Aber sobald er das Haus verließ und hinter ihm jemand die Straße überqueren wollte, rannte er zurück, um … Gott, am Ende blieb er zu Hause hocken, um sich abends beim Schlafengehen dafür zu entscheiden, dass das völliger Quatsch gewesen sei mit den Lebensfäden.

Also: Wen kannte er noch? Die Prominenten, über die er geschrieben hatte, klar, obwohl … na ja, vielen von denen war er nie begegnet. Mit manchen hatte er nicht mal telefoniert. Aber er kannte sie dennoch. Ihre Namen. Ihr Leben. Ihre Geschichten. Secondhand-Wissen eben. Über Kate Moss wusste er ebenso Bescheid wie über Steven Spielberg, Boris Jelzin oder Che Guevara. Durfte er die mit dazuzählen? Musste er den Schlaks in seiner Bank addieren, der ihn alle paar Wochen anrief, um ihm neue Investmentfonds schmackhaft zu machen? Oder die Maklerin, der er sein völlig überteuertes Apartment verdankte? Oder den Studenten an der Shell-Kasse, der Marc längst erkennt, weil er alle paar Tage nachts um 2 Uhr vorbeischaut und schweigend einen Liter Milch, eine Flasche Multivitaminsaft, Zigaretten und ein paar Schachteln Bahlsen-Kekse kauft? Was mag der Typ von ihm denken? Sie hatten nie mehr Worte miteinander gewechselt als das übliche Hallon'Abend-macht-zwölf-fuffzich-danke-tschüs.

Wieso hatte Marc nur so ein Talent dafür, sich in solche Sackgassen zu denken? Wieso verrannte er sich so gern? Es gab dieses alberne Spiel in der *Zeit*, wo ebenso ausdauernd wie erfolglos versucht wurde, den Beweis anzutreten, dass jeder Mensch über maximal sieben Knotenpunkte jeden anderen auf der Welt kennt. Vom Pizzabäcker in Berlin-Kreuzberg zu Marlon Brando. Oder so ähnlich. Da fielen Marc dann auch gleich wieder die Bilder irgendwelcher Omis ein, die nach Monaten, manchmal Jahren, tot zwischen den Pappschachtel-Batterien des Pizzadienstes in ihrer Wohnung gefunden wurden. Das waren eben jene, die bei dem Zeit-Spiel nicht mitspielten.

Wem würde Marcs Fehlen auffallen? Wer kannte ihn noch? Die Frage war müßig in diesen Tagen, weil die halbe Nation irgendetwas von ihm zu wollen schien: Kollegen, der Chef, TV-Sender, BKA-Beamte, tschechische Polizisten, Hörfunk-Kassandras, E-Mail-Bekanntschaften, Cyber-Spinner, Profi-Hacker, seine Mutter, Freunde. Freunde? Boach, wie definiert man «Freunde»? Marc hatte die Latte für «Freundschaft» so hoch gehängt, dass wahrscheinlich ein Großteil deutscher Ehepaare nicht einmal miteinander befreundet war. Er hatte keine Freunde.

Annie. Er dachte wieder an Annie. Marc hätte nicht sagen können, weshalb. Aber sie schien ihm in den vergangenen Wochen so nah, während er im virtuellen Nichts herumtrieb. Und in der Realität verschwamm sie vor seinen Augen allmählich. Dreimal hatte er versucht, sie zu Hause anzurufen, doch sie hob nicht ab. Von einer anderen Sekretärin hatte er immerhin erfahren, dass sie sich alle zwei, drei Tage in der Redaktion meldete – wenn auch nur, um mitzuteilen, dass sie noch ein paar Tage krank geschrieben sei.

Seit vier Wochen angelt Marc in seinem fernen Ozean, der mit dem «Draußen» mal nichts, mal alles zu tun zu haben schien. Seit vier Wochen schwimmt er in der kleinen Nussschale seines Computers über das selbst erschaffene Meer. Anfangs hatte er keine Ahnung von dieser Art des Hochseefischens im Cyberspace. Annie hatte ihm überhaupt erst erklären müssen, wo er sich da befand und auf was er sich eingelassen hatte. Benno Melander hatte ihm ein paar technische Tipps geben können. Aber Melander stand derweil auf der Brücke eines großen Trawlers mit einem gewaltigen Fangnetz furchtbar geheimer Mega-Suchmaschinen im Schlepptau, die sich wie hungrige Würmer in die Tiefen des Internets bohrten, auf der Suche wonach eigentlich? Jeder Griff hinab in das Dickicht wirbelte so viel Schlamm auf, dass die Suche nach dem Netzkiller mit jeder

Schlagzeile, mit jeder Pressekonferenz, jedem Essay und jeder irrtümlichen Verhaftung irrsinniger zu werden schien.

Melander war sozusagen ein Konkurrent, auch wenn die «Soko Netzkiller» (so nannten die sich mittlerweile wirklich!) längst von jemand anderem angeführt wurde. Nicht weniger erfolglos. Also hatte sich Marc frühzeitig an die Hochsee-Guerilleros des «Chaos Computer Clubs» gewandt. Die konnten ihm den Netzkiller zwar auch nicht fangfrisch auf den Tisch werfen. Aber sie mochten das BKA nicht. Und sie konnten Marcs Angelrute und sein kleines, löchriges Netz immerhin unsichtbar machen. So viel verstand er von ihrem komplizierten Hacker-Kauderwelsch. Aber machte das die Suche für Marc wirklich erträglicher, einfacher, Erfolg versprechender? Manchmal, im Diazepam-Rausch, beschlich ihn neuerdings die Furcht, dass er sich dabei nur selbst finden könnte. Marcs Sprache war sein Köder geworden. Seine Phantasie der Käscher.

Zweiundachtzig Millionen siebenunddreißigtausend Menschen. Aber nur ein Ziel. Dieser Fischzug war der nackte Wahnsinn. Okay, Marc konnte die Kleinkinder und vergreisten Pflegeheimbewohner beiseite lassen, die Legastheniker und Bauarbeiter und Penner und Internet-Verweigerer. Er wusste, dass mittlerweile rund zehn Millionen Deutsche online waren. Die waren sein eigentlicher Ozean. Zehn Millionen. Konnte er die Minderjährigen ausschließen? Dann wären es noch rund 8,2 Millionen mehr gewesen. Sollte er sich endgültig von der Idee verabschieden, der Netzkiller könnte auch eine Frau sein? Dann wären es noch 4,8 Millionen. Vier Millionen achthunderttausend.

Marc tauchte Tag und Nacht hinab in ihre geheimen Abgründe. Sein Fischzug glich einer Lotterie. Und wenn er am nächsten Morgen wieder luftschnappend heraufkam aus den Untiefen, war der Sturm schon weiter aufgefrischt. Es hatte zu regnen begonnen. Er schaukelte auf den Wellen umher. Marc hatte an der Oberfläche die Elemente entfesselt. Das Archiv seines Verlags zählte bis zum Freitag 3258 Storys über den Netzkiller. Marcs Netzkiller. Sie hatten einander berühmt gemacht. Laut einer Emnid-Umfrage kannten bereits 78 Prozent der Deutschen dieses Cyber-Monster. Für so eine Quote musste Harald Schmidt jahrzehntelang durch Kleinkunstkeller und Mehrzweckhallen tingeln.

Der Psychopath war präsent: auf Schulhöfen und an Stammtischen, bei Grillabenden und in Dorf-Diskotheken, auf Filmpremieren, in Wohnzimmern und in Computer-Großmärkten. Vobis bot neuerdings Computer mit dem Slogan «garantiert Netzkillerfrei» an. Das ganze Geheimnis: Die Billiggeräte hatten kein Modem, also auch kein Tor zum Internet. Rund drei Dutzend Mal rückten Polizeibeamte aus, um in irgendwelchen Hotels vermeintliche Netzkiller zu verhaften, weil verängstigten Portiers ihre Gäste dubios vorgekommen waren. Einmal hatten sie sogar den echten Andreas Türck hopps genommen, was der sofort an Marcs Zeitung weiterreichte, um wenigstens *einmal* eine Schlagzeile zu bekommen.

Nach mehreren CNN-Berichten über «the German Cyber-Psycho» wurden auch in Los Angeles, Denver und Washington, D. C., tote Chatter in Hotelzimmern gefunden – allerdings alle am gleichen Wochenende und ohne erkennbaren Zusammenhang. Der Sturm begann dort erst. Hollywood würde ihn wunderbar inszenieren. Ganz bestimmt.

Der Netzkiller war für Marcs Branche so was wie Moby Dick für einen Walfänger. Und man musste den Giganten nicht einmal an Land ziehen, um ihn bis auf die letzten Gräten auszuschlachten. Das Gewitter peitschte Marc den Regen ins Gesicht. Der Gegenwind wurde immer heftiger. In der vergangenen Woche hätte der Sturm ihn selbst fast aus dem Spiel gerissen. Er konnte den tschechischen Beamten später nicht mehr sagen, wie er nach Budweis gekommen war. Er hatte keine Ahnung, wie lange er neben dem Toten kauerte. Fünf Minuten? Eine Stunde? Er konnte den eilig konsultierten BKA-Leuten nicht sagen, was ihn ausgerechnet in dieses Hotel getrieben hatte. Er wusste es selbst nicht mehr. Aber Barthelmy hatte alles in Bewegung gesetzt, um ihn da wieder herauszuholen.

Guter Barthelmy! Mächtiger Barthelmy! Du bist ein Dinosaurier. Du wankst aus einer Zeit heran, als es noch keine PR-Nebelwerfer gab und Anwälte noch mit Scheidungen und Autounfällen ihr Geld verdienten. Als Geschichten nicht erst dann Geschichten waren, wenn Manager und Berater jedes Zitat auf zukünftige Verwertbarkeit abgeklopft hatten. Als es noch Gut und Böse gab.

Barthelmy konnte mit Mühe sein Handy bedienen. Das Bildtelefon auf seinem Schreibtisch war schon Statussymbol. Kein Mensch telefonierte mit so einem Ding. Der leistungsstarke Computer daneben: ein lächerliches Alibi. Ein Seht-her-ich-gehe-mit-der-Zeit-Witz wie der TV-Flachbildschirm an der Wand, über den immer CNN flimmern musste. Marc hatte den PC nie angeschaltet gesehen. Wahrscheinlich steht er einfach nur herum. So wie Barthelmy längst herumsteht in einer Zeit, deren neue Gesetze er nicht mehr lange mit seinen markigen Sprüchen würde überbrüllen können. Aber derselbe Barthelmy hatte am Mittwoch auch den Kanzler angerufen und nach den üblichen Begrüßungsformeln geraunt: «Herr Bundeskanzler, das von Ihnen autorisierte Interview mag in Ihrer Stabsstelle Begeisterungsstürme heraufbeschwören. Ich kann es leider nicht drucken.» Eine halbe Stunde später hatte Barthelmy Sätze hineinredigiert wie: «Schluss mit dem Wahnsinn!» und «Was wir brauchen, ist eine völlig neue Gesetzgebung fürs Internet. Und die werden wir auch bekommen.» Die Nachrichtenagenturen verschlangen dieses Interview, so hungrig waren sie auf Neuigkeiten.

Und derselbe Barthelmy war eben auch da, als Marc ihn am Sonntag wirklich brauchte, auch wenn er nie erfahren würde, wie sein Chef ihn überhaupt so schnell in Budweis ausfindig machen konnte. «Die mächtigsten Räder», hatte Barthelmy ihm irgendwann in einer starken Minute zugeraunt, «sind die, die sich unsichtbar drehen.»

Jedenfalls kam noch in der Nacht von Sonntag auf Montag ein unrasierter Reporter aus dem Dresdner Büro der Zeitung, um ihn vom Budweiser Polizeirevier abzuholen. Marc musste irgendwelche Formulare unterschreiben, die er nicht verstand. Man sah dem Kollegen seinen genervten Unmut an. Auf der Fahrt nach Hamburg erzählte der Typ, dass er «auch mal so einen Skandal aufgedeckt» habe: «Das war vor zwei Jahren. Es ging um eine Weihnachtsfeier bei den Stadtwerken, bei der auch zwei Miet-Strapsmäuse auftraten. Auf Kosten von uns Steuerzahlern. Süßer die Glocken nie klingen.» An der Stelle lachte der Dresdner hämisch-schnarrend auf. «Ha! Ich kann Ihnen sagen: Das schlug Wellen bis in die Staatskanzlei.»

Marc stellte sich schlafend. Wellen bis in die Staatskanzlei! Toll! Er befürchtete, dass sein «Kollege» für diese «Enthüllung» bis heute mit wachsender Verbitterung auf den Pulitzer-Preis wartete. Noch so einer, der sich erfolgreich einredete, seinen Job ernst zu nehmen, und dabei vom Leben enttäuscht worden war. Aber ein Aufrechter. Ganz klar. Der Ossi rauchte, steckte aber sein Feuerzeug immer wieder akkurat in die F-6-Schachtel zurück. Ein linker Ordnungsfetischist also. Ein Idiot mit Prinzipien. Erst als Marc die Elbbrücken erkannte, rappelte er sich wieder aus dem Beifahrersitz hoch. Er hatte kein Auge zugemacht, und das lag nicht nur daran, dass dieser Scheißzoni alle halbe Stunde im Halbschlaf über den Seitenstreifen gekachelt war.

Weit mehr erschrak Marc über Barthelmys fast zärtlich entsetzten Blick. «Mein Gott, sehen Sie Scheiße aus», murmelte er, als Marc am späten Vormittag zu ihm in die Chefredaktion stolperte. «So kann ich Sie ja nicht mal der *Süddeutschen* zum Fraß vorwerfen.» Dazu grinste er diabolisch. «Die wissen schon, wo Sie sich vorletzte Nacht rumgetrieben haben. Und das gefällt mir wirklich nicht.»

Marc blickte ihn fragend an.

«Das mit Ihnen lassen wir natürlich alles raus. Und Statements dazu gibt's vorläufig weder von Ihnen noch von uns. Ist das klar?»

Marc nickte und erzählte, was er in seiner brüchigen Erinnerung zusammenklauben konnte. Das Bier am Museumshafen. Die Idee mit Budweis. Die Karte. Das Muster. Der Stern. Die Fahrt. Das Hotel. Das Zimmer. Der Tote. Der völlige Irrsinn, dass am Ende alles zusammenpasste. Obwohl er es kurz machte, dauerte es fünf Minuten.

«Diese Juden-Nummer», Barthelmy drehte sich zum Fenster, «das ist nun wirklich ein starkes Stück. Sie kennen ja hoffentlich noch die Grundsätze dieses Verlags: gegen politischen Extremismus, für die Aussöhnung mit den Juden et cetera und pipapo.» Dann schoss er wieder herum: «Glauben wir das wirklich? Ich meine ... nur, weil ihr unbekannter Freund was von ‹Schnittmuster› erzählt hat und die sechs Städte zufällig ein Bild ergeben?»

Marc spielte den Standhaften, weil er wusste, dass Barthelmy die Rolle von ihm erwartete: «Nennen Sie mir eine andere Erklärung!»

Barthelmys Augen waren nur noch schmale Schlitze: «Nennen Sie mir 'ne Schlagzeile, die das verkauft?»

«Für morgen erst mal: ‹Netzkiller – Seine irre Blutspur› mit Deutschlandkarte und Stern aus dicken roten Balken drauf.»

Barthelmy schaute ihm in die Augen: «Manchmal kriege ich richtig Angst vor Ihnen, Pohl.»

Marc jagte der Blick Schauer über den Rücken. Vor Glück? Vor Entsetzen? In jenem Moment waren sie einander näher als je zuvor. Und sie waren sich näher, als sie sich je wieder sein würden. Für den Bruchteil eines Wimpernschlages schienen sie einander auf den Grund ihrer trostlosen Seelen geblickt zu haben. Dann schlossen sich die Fenster langsam wieder.

«Wissen Sie, was da los ist, wenn wir diese Judenstern-Kiste aufmachen?» Barthelmy wartete keine Antwort ab. «Dagegen wird das bisherige Gedöns ein lauer Sommerregen gewesen sein. Wenn Sie in Deutschland nur das Wort ‹Jude› in den Mund nehmen, haben Sie sofort DVU und Zentralrat und Bundesregierung und Israel samt grölenden Skinhead-Horden hier vor der Tür. Das wird 'ne Mischung aus Lichterkette und brennendem Asylanten-Container.»

«Vielleicht wollte er das von Anfang an», warf Marc ein. «Nicht aus politischen Gründen oder irgendwelchem anderen Überzeugungsquatsch, sondern weil er wusste, dass es ihm noch mehr Aufmerksamkeit bringen würde. Vielleicht spielt er mit uns.»

«Dieser Netzkiller ist die Geschichte Ihres Lebens, Pohl. Wissen Sie das eigentlich?»

Marc spürte die Doppeldeutigkeit der Worte. Er war sich nur nicht sicher, ob Barthelmy das beabsichtigt hatte. Später würde er vielleicht darüber nachdenken. «Ja, leider. Ich hab mir das nicht ausgesucht. Es gibt sicher schönere Coups.»

«Wir hätten uns die Lizenzrechte an dem Namen sichern sollen, Pohl. ‹Netzkiller› in allen Varianten. Gleich vor der ersten Geschichte. Jetzt ist es längst zu spät. Bei Sat 1 basteln sie bereits an Drehbüchern zu einem TV-Movie samt 13-teiliger Prime-Time-Serie, obwohl ich mich wirklich frage, was man da erzählen soll. Pro Sieben wird für den Spätherbst die erste Staffel einer Gameshow namens ‹Chat-Cat› produzieren. In zwei Wochen schon soll ein Roman auf den Markt geworfen werden. Raten Sie mal, mit welchem Titel?»

Marc war plötzlich todmüde: «Keine Ahnung.»

Barthelmy grinste: «‹Tödlicher Chat›. Guter Titel, nicht? Wollten Sie nicht auch immer ein Buch schreiben?»

Marc sah auf: «Ich? Wie kommen Sie darauf?»

Barthelmy baute sich massig direkt vor ihm auf. Man konnte seine morgendliche Malt-Whisky-Ration riechen: «Ich weiß alles, Pohl. Manchmal glaube ich sogar, dass ich längst zu viel weiß.» Sein Grinsen missriet zu einem Lächeln. Dann fing er sich wieder. «Aber bei Abfindungsverhandlungen ist Wissen immer ein wichtiges Kapital. Das werden Sie vielleicht auch noch merken. Später mal. Jeden Tag bekomme ich übrigens Ihretwegen neue Anzeigen-Stornierungen auf den Tisch, Pohl: Telekom, Microsoft, AOL, das ganze Bertelsmann-Gesocks. Da geht's nicht um ein paar Mark fuffzich. Da geht's um Millionen. Zig Millionen. Am Sonntag rief mich Kirch an. Leo Kirch. Der ruft niemanden an, nur um hallo zu sagen. Glauben Sie mir! Ich will gar nicht wissen, was der zu Ihrem Judenstern sagen wird. Wenn sich die Geschichte nicht so verdammt gut verkaufen würde, hätte ich den Netzkiller längst sterben lassen. Verstehen Sie? Ich hätte ihn sterben lassen.» Barthelmy schwieg ihn an.

«Dieser Irre wird nicht mehr weitermachen», war alles, was Marc noch einfiel. «Ich glaube, das war's. Endstation Cyberspace. Schluss mit Böse.»

In den Augen seines Chefs glomm so eine Art letztes deutsches Pfadfinder-Lagerfeuer: «Ich glaube das auch, Pohl. Ich glaube das auch. Die Frage ist nur: Wird er noch gefunden werden? Oder wird er einfach verschwinden, wie er gekommen ist? Wollen wir ihn überhaupt noch finden?»

Marc verschränkte die Hände hinter dem Rücken, weil er das Zittern wieder nicht unter Kontrolle bekam. Er konnte nicht einschätzen, ob er es nur spürte oder ob andere es auch sahen. Er atmete tief durch, presste den Brustkorb raus und mimte den einfachen Soldaten: «Was meinen Sie, Herr Barthelmy?»

«Ich meine, dass Sie sich jetzt an die Arbeit machen sollten, damit ich die Geschichte bis 15 Uhr auf dem Tisch habe. Und dann werden Sie nach Hause gehen, lange schlafen und sich freuen, wenn Sie Ihren Namen ab morgen im Impressum unter der Rubrik ‹Autoren› finden.»

Marc wusste, dass Barthelmy dafür keinen Dank erwartete.

«Außerdem meine ich, dass Sie den Rest der Woche frei nehmen sollten. Ich komme hier auch mal ohne Sie klar. Schnappen Sie sich ein nettes, hungriges Mädchen und fahren Sie nach Sylt. Fressen, saufen, Seele baumeln lassen und so.»

Marc verbrachte die ganze Woche zu Hause. Nur nachts wagte er sich auf die Straße, um bei seiner Shell-Tankstelle einzukaufen. Während er zahlte, hörte er sich selbst den Kassierer fragen: «Was machen Sie eigentlich sonst so, wenn Sie nicht hier stehen? Studieren?»

Der Junge sah ihn irritiert an, bevor er stotterte: «Ja, BWL, irgendwie muss ja Kohle reinkommen. Und Sie?»

«Ich bin ein Serienkiller», lächelte Marc und verabschiedete sich.

Wenn der Anrufbeantworter ansprang, stand er daneben und hörte sich die meist fremden Stimmen an, die ihn – mehr oder weniger raffiniert – um einen Rückruf baten. Er kannte das. Anrufbeantworter boten keine zweite Chance. Da musste jeder Halbsatz ein charmanter Klammergriff sein. Profis wussten das. Natürlich rief Marc nicht zurück. Nur als Barthelmy sich meldete, ging er ran. Marc wusste, dass er nur kontrollieren wollte, ob sein Soldat noch zu Hause hockte. Aber er wollte seine Stimme hören. Barthelmy erzählte ihm, wie er den Kanzler «boulevardtauglich» gemacht hatte. Beide lachten. Dann legten sie auf.

Zweimal rief Marcs Mutter an. Ihre Stimme klang wie nach einer Überdosis Persumbran, die einen ganzen Straßenzug in Agonie hätte versetzen können. Dreimal klingelte das Telefon, ohne dass eine Nachricht hinterlassen wurde. Das verstörte Marc noch mehr als das Kamerateam von «taff», das ihm am Donnerstag früh vor seiner Haustür auflauerte: «Herr Pohl, wird der Netzkiller weitermorden?» Marc schloss die Tür sofort, ging zurück in sein Apartment und setzte sich wieder vor seinen Computer.

Vielleicht war es Annie, die da angerufen hatte, dachte er, während er sein Netz wieder in die Gischt warf. Hier war er bei sich. Endlich wieder in sich. Er kannte längst auch die letzten Gefahren, die ihm auf seinem virtuellen Meer drohten. Zweimal war er in den vergangenen Wochen drauf und dran gewesen, sich zu verlieben. In seine Fische. Auf offener See. Sozusagen.

Die eine Frau – wenn es eine war – würde er noch kennen lernen. Die andere war eine Rechtsanwältin aus Hannover, deren freche Kodderschnauze ihm bei cycosmos.de aufgefallen war. Cycosmos war chattechnisch der letzte Schrei, weil man sich in deren Cyber-Garderoben selbst neu erschaffen musste, bevor man in die dreidimensionale Plapperwelt eintauchen durfte. Marc musste seinem zweiten Ich Klamotten auf den Leib schneidern. Er hatte Accessoires wie Sonnenbrillen, Hüte oder Bärte zur Auswahl. Und er konnte aus Tausenden von Textbausteinen sein neues Profil zusammenbasteln. Am Ende sah sein «Avatar» aus wie eine schwule Mischung aus Sean Connery und Cher, Maulkorb vorm Gesicht inklusive.

«*gröl* Der Maulkorb korrespondiert ja wunderbar mit deinen knackigen Lackstiefeln», hatte sie ihn begrüßt. So lernte er Brigitte kennen. Und obwohl oder weil er wusste, dass er den Netzkiller in so einem komplizierten Chat nicht entdecken würde, verquatschte er drei Stunden mit ihr, ohne auf die Uhr zu schauen. Brigitte war wie er Anfang dreißig, Single und ähnlich begabt, Stimmungen zu schaffen. In ihrer Freizeit bohrte sie ihre unausgelastete Kreativität in die braunen Tonklumpen irgendeines New-Age-Töpferkurses für Führungskräfte. Das war aber das einzig Grauenerregende an ihr. Am nächsten Morgen fand Marc in einer seiner Mailboxen eine kurze Nachricht von ihr:

«Hallo, Nachtschatten,
du hast dich heute Nacht nur schwer retuschierbar in meine Augenhöhlen gegraben *fg* Zur Strafe brenn ich dir jetzt mein Bild ins Gedächtnis *flamm*
Bis bald (hoffentlich)
Emma P.»

An der E-Mail klebte eine Datei mit ihrem Foto: eine von langen rotbraunen Locken umspülte Schönheit, die Marc einen blutroten Kussmund auf die Innenseite seines Bildschirms drückte. Brigitte sah aus wie eine Frau, nach der sich nicht nur Bauarbeiter auf der Straße umdrehten, sondern auch die verheirateten Kollegen in ihrer Kanzlei. Das Bild war ein Antrag. Eine Verheißung. Das war vor zwei Wochen. Marc hat ihr nie zurückgeschrieben. Er wollte der Angler bleiben. Er durfte nicht Fisch werden.

So trieb Marc mit den Tagen und Nächten dahin, immer weiter, ohne noch irgendwo ein Ufer ausmachen zu können. Immer nur kurz aufgeschreckt, wenn ihm ein Chatter wieder bekannt vorkam. Wenn er in einer fremden Handschrift die Nähe des Netzkillers zu erkennen glaubte. Er hätte nicht einmal sagen können, weshalb er glaubte, diesem Wahnsinnigen überhaupt noch einmal zu begegnen. Es war das gleiche Gefühl, das ihn nach Budweis gehetzt hatte.

Durch sein abgedunkeltes Wohnzimmer donnerte der Chor von Mozarts Requiem, dessen Melodien ihn milde stimmten, auch wenn er den lateinischen Text nicht verstand. Mozart war ihm nur dreimal begegnet: im Gymnasium, in Milos Formans Film und im Trailer zu Silvester Stallones «Cliffhanger», den die Werbeabteilung des Kino-Verleihs in einem Anfall von Größenwahn mit dem «Dies Irae» aus dem Requiem unterlegt hatte. Irgendwie passten Bilder und Musik auf absurde Weise zusammen. Das reichte. Damals kaufte er sich die CD. Wenn man so wollte, hatte «Rambo» ihn an Mozart herangeführt. Marc hatte keine Ahnung von Mozart. Er war kein Fachmann. Er war ein Meister der Halbbildung. Er konnte über alles reden und schreiben, ohne von irgendetwas wirklich Ahnung zu haben. Das brachte ihm mehr Geld ein als den meisten Fachleuten all ihr Fachwissen. Aber Mozarts Musik war anbetungswürdig. So viel stand fest. So rein. So klar. So hier. So ewig.

Manchmal duschte Marc, manchmal schlief er ein paar Stunden.

Essen konnte er am Computer. Die Zeitung schob ihm der Postbote jeden Morgen durch den Schlitz seiner Wohnungstür.

Was macht Männer in der Ehe richtig scharf? – Mehr Kindergeld für Besserverdiener – Rottweiler biss adligen Dackel tot – Naddel bringt Verona unter den Hammer – Die erotischsten Frauen der Welt: Das berühmte Boxenluder schaffte Platz 16 – **Netzkiller – Seine irre Blutspur** – Bischöfe kritisieren Ladenöffnung – Arbeitgeber wollen an die Renten ran – Goethe als Vibrator: Ist uns denn nichts mehr heilig? – **Ist er Jude?** – Renten: Doch ein bisschen mehr? – Drogen-Skandal: Schnupfte US-Präsident Clinton Kokain? – Karl Moik: Warum ich vom Dach stürzte – Lehrerin kaufte sich Sex von 14-Jährigem – Schon wieder! Dicker sollte im Flieger für zwei Plätze zahlen – **Kanzler: Schluss mit dem Wahnsinn!** – Tierheim-Chef schläfert Kampfhunde ein! – Scheidung: Männer leiden mehr – Bau: Arbeitgeber wollen Lohnausgleich streichen – Erforscht: Warum Frauen mehr weinen – Elefanten-Dame «Motola»: Die Welt hat Mitleid – Schlägerei in der Oper, weil einer mit Papier raschelte – **Hört das Morden nun auf?** – Scharping spart 8000 Soldaten ein – Jelzin-Clan: West-Milliarden eingesackt – Neues Potenzmittel: Viagra zum Einreiben – Wie Rocker das Kostüm von Sabine Christiansen umfärbten – Nach einem Blitzschlag: Frau steht unter Strom – Selbstmord im Spielerparadies: Deutscher sprang aus 10. Stock – **Netzkiller: Alle zittern vorm Wochenende** – Milliarden weg: FBI jagt Jelzin-Clan – Steuersünder aufgepasst: Eichel erhöht Strafgeld – Doppelmord beim Psychiater: Ein tragisches Hurenschicksal – Di: Die geheimen Gerichtsakten – Selbstmord im Petersdom: Er musste neu geweiht werden

Rund zehn Millionen Menschen lasen diesen ganzen Quatsch jeden Tag. Zehn Millionen von zweiundachtzig Millionen siebenunddreißigtausend. Wie wirkt so etwas? Wirkt es überhaupt? Oder perlt es ab? So wie der nie versiegende Erzählstrom im Chat an Marc abtropfte?

Bis zum Ende der Woche hatte er aus dem Menschenmeer endgültig zwei Namen herausgefischt. Zwei waren übrig geblieben. Zwei, die es sein konnten. Zwei, die mehr wussten als der Rest.

Zwei, die die Sprache des Netzkillers sprachen. So wie Marc selbst übrigens. Irgendwann war ihm aufgefallen, dass er längst schrieb, wie ER schrieb.

Die Masken seiner neuen virtuellen Tauchanzüge saßen perfekt. Glaubte er. Doch zwei sind einer oder eine zu viel. Zwei bedeutete, dass es auch keiner sein konnte. Zwei bedeutete Unsicherheit, Ungewissheit, Zweifel. Zwei waren eigentlich eine Katastrophe. Zwei waren besser als keiner. Waren sie das?

Marc verabredete sich mit beiden. In Hotelzimmern. Wie der Netzkiller. Das eine Treffen würde in wenigen Stunden stattfinden. Das andere morgen. Es würde zu Ende gehen. So oder so würde es an diesem Wochenende zu Ende gehen. Er spürte es, als er am späten Nachmittag aus traumlosem Tiefschlaf an die Oberfläche der Realität zurückschwamm. Das Spiel des Netzkillers war bereits zu Ende. Das wusste er. Aber welches Spiel? Mensch ärgere dich nicht? Schach? Tic Tac Tot? Er würde niemanden mehr töten. Er hatte Deutschland bemalt mit dem Blut seiner Opfer.

Bevor Marc das Haus verließ, rief er nochmals bei Annie an, um wenigstens ihr zu hinterlassen, wo man ihn finden würde, wenn alles schief ginge. Nur ihr Anrufbeantworter war dran. Dann schaute er aus dem Küchenfenster, ob wieder irgendein «Kollege» vor der Tür stand, und suchte in den Schubladen nach etwas, womit er sich eventuell wehren könnte. Ein Küchenmesser mit geriffelter Klinge war alles, was sein Haushalt an Mordinstrumenten hergab. Er schob es sich hinten in die Hose, als er am späten Nachmittag das «Hotel Hafen Hamburg» betrat und über die schweren Teppiche des Foyers zur Rezeption stakste. Ja, er stakste, weil das Messer unter dem Sakko an seinem Hintern brannte. Es kam ihm völlig lächerlich vor. Er kam sich völlig lächerlich vor, weil er sich ziemlich sicher war, dass er niemanden mit einem Messer verletzen könnte. Mit einer Schusswaffe – vielleicht. Aber ein Messer bedeutete Nähe. Er schrieb einen falschen Namen in das Anmeldeformular und zahlte das tags zuvor bestellte Zimmer bar. Dreimal drehte er sich um, weil er sich beobachtet glaubte. Seine Psychosen folgten ihm, wohin er auch ging.

Er lief mit dem Schlüssel über den Hof, stieg in den Aufzug, fuhr hinauf in den siebten Stock, schloss die Zimmertür hinter sich, zog sich vorsichtig das brennende Messer aus der Hose, warf es auf die bunte Überdecke des Bettes und schaltete den Fernseher ein. Dann schob er sich einen Stuhl ans Fenster, setzte sich davor und ließ sich in den Hafenrummel unter ihm fallen. Das abendliche Sonnenlicht schmerzte in seinen Augen. Er rauchte. Einmal pro Stunde schluckte er eine der Tabletten in seinem Sakko. Nicht zu viel. Er musste klar bleiben. Einigermaßen klar wenigstens. Dieses eine Mal noch.

Um Punkt 20 Uhr klopft es wie verabredet. Marc hört sein Herz dröhnen. Er schiebt sich das Messer zurück in den Hosenbund, schaltet den Fernseher ab, geht zur Tür und atmet ein letztes Mal tief durch. Das Meer liegt erstaunlich ruhig vor ihm, als hätte es den Orkan nie gegeben. Das Abendrot tanzt funkelnd über die blank polierte Spiegelfläche. Im Wasser schwimmen brennende Wolkenberge. Marc ist bereit, den ersten Angelhaken in sein Boot zu ziehen. Mit einem schnellen Ruck reißt er die Tür auf.

Er erstarrt sprachlos. Er schreit schweigend. Ungläubig glotzt er in den dunklen Lauf eines Revolvers. Dann sieht er den feinen Sprühnebel. Das Bild kommt erst in seinem Hirn an, als das Tränengas ihm schon die Augen zerfetzt und das Bewusstsein zerrissen hat. Alles verschwimmt. Er torkelt wohin? Flammend löst sich der Flur auf. Manchmal enden Sommergewitter mit einem lauten, krachenden Schlag.

TEIL III:
... DER INNENWELT

1 / Fragen

Millionen Legionen (Die Fantastischen Vier)

Fragen?

Was für Fragen? Wofür leben wir? So etwas in der Art? Was macht das Leben aus? Sind es die Fragen, die man sich stellt? Oder die Antworten, die man dabei findet? Ab wann fängt man an, sich Fragen zu stellen? Stellt sich ein Fötus im Mutterleib bereits Fragen? Dümpelt er im warmen Nährschlamm seiner Mutter fraglos vor sich hin? Wäre er dann überhaupt schon ein Mensch, fraglos leer? Oder kommen die Fragen erst mit der Verwirrung? Ist die Geburt nicht die erste aller Verwirrungen? Ist ein Einjähriger schon zu Fragen fähig? Und wenn ja, was fragt er sich? Oder kommen die Fragen erst mit der Sprache? Ist Fragen nicht ein Synonym für Denken? Kann man ohne Sprache denken? Denken? Welche Welt denken wir? Wie viel ist 3 mal 4? Wann ist 2 und 2 plötzlich 5? Was ist überhaupt eine Zahl? Was sagt sie aus? Wozu braucht man Buchstaben? Verleiht Lektüre den eigenen Gedanken Flügel? Wieso hat Pipi Langstrumpf keine Eltern? Wie war das nochmal mit den zehn kleinen Negerlein? Sind Wum und Wendelin richtige Tiere? Kann man sie vielleicht im Zoo von Dr. Grzimek sehen? Oder leben sie bei Wim Thoelke zu Hause? Wäre der Showmaster nicht ein viel besserer Vater? Was sind solche Erinnerungen wert? Wie lange werden sie überdauern? Hat jede Generation ihre eigenen Erinnerungen, die sie mit keiner anderen davor oder danach teilt? Wann beginnt das Damals? Hat jeder Mensch ein eigenes Damals? Hilft Clearasil wirklich gegen Pickel? Macht Masturbieren schwachsinnig? Bekämpft Odol wirksam Mundgeruch? Ist die Warenwelt die wahre Welt? Mickymaus oder Fix & Foxi? Lego oder Playmobil? Pelikan oder Geha? Burger King oder McDonald's? Marlboro oder Camel? Swatch oder Junghans? Mars oder Raider? Warum heißt Raider plötzlich Twix? Was nutzt das alles, um Britta näher zu kommen, der Schönsten der Schönen? Kann man vom Küssen Kinder kriegen? Ist Rauchen wirklich tödlich? Wieso dauert Erwachsenwerden so lange? Wieso dauert Erwachsenwerden zu lange, wenn man es noch vor sich hat? Und wieso muss man dazu Algorhythmen verstehen? Schadet die Liebe den Noten? Lernen wir nicht fürs Leben? Was ist dieses Leben? Zivildienst? Oder doch Bundeswehr? Sind wir noch die, vor denen uns unsere Eltern immer gewarnt haben? Waren wir es je? Wollten wir es je sein? Werde ich die Tests bestehen, die mir das Leben stellt? Was soll nur aus uns werden? Bankkaufmann, weil Vater das für «was Reelles» hält? Arzt, weil Mutter dann bei ihren Kegelclub-Schwestern renommieren könnte? Politikstudent ohne Perspektive? Wie viel Glück braucht man, in zehn Jahren einen Job zu haben, der mit 15 000 Mark brutto im Monat auch noch Spaß macht? Wie viel Pech ist nötig, stattdessen als Sozialarbeiter auf dem Hamburger Drogenstrich zu landen? Ist die Warenwelt als wahre Welt dann ein Trost? Nintendo oder Sony? Ikea oder Möbel Unger? Guns 'n' Roses oder Nirvana? Snowboarden oder Inline-Skaten? SZ oder FAZ? Zu mir oder zu dir? Welche Frau werde ich einmal heiraten? Soll ich überhaupt heiraten? Gibt es das denn? Die eine, die einzige, die große Liebe eines Lebens? Will ich einmal Kinder haben? Ist der Job erst mal wichtiger? Muss ich für die Karriere Opfer bringen? Wofür? Dass es meine eigenen Kinder dann mal besser haben? Die Kinder, die ich dann gar nicht haben kann? Hörst du mir überhaupt zu? Verstehst du eigentlich, was in mir vorgeht? Warum soll sie es verstehen? Verstehe ich es denn? Fliehe ich vor mir selbst nach Hamburg? Ist eine neue Stadt eine neue Chance? Oder ist mein Leben das alte Lied in einer Cover-Version von Mousse T.? Was ist wichtig? Was wird bleiben? Was hat Bedeutung? Das Jetzt? Die Gunst des Chefs? Das Sein?

Sein.

Wie lange? Für einen Moment? Und was kommt dann? Was bringt die Zukunft? Haarausfall? Prostata-Probleme? Impotenz? Lungenkrebs? Hirnschlag? Eine Frau? All das? In welcher Reihenfolge? Apple oder Microsoft? BMW oder Audi? Joop oder Calvin Klein? Visa oder Mastercard? Landhaus Scherrer oder Le Canard? Burger King oder McDonald's? Was? Kommt? Als? Nächstes? Ist das Leben ein langer ruhiger Stuss? Oder nur eine gigantische Illusion? Wie will man sterben? In den Armen der eigenen Frau? Wird man Angst vor dem Tod haben? Wird man Schmerzen spüren? Wer macht das Licht aus? Was kommt nach dem Tod? Das Nichts? Das Alles? Ein Licht? Ein Tunnel? Wem gehört diese Stimme? Mir? Ihr? Ihm? Wofür leben? Was für Fragen?

Fragen?

2 / Glaube

Eclipse (Pink Floyd)

Finsternis. Flirrende Helligkeit. Schwimmende Bewegung. Zuerst nimmt Marc nur Schemen wahr. Er spürt sie mehr, als dass er sie sieht. Es muss ein Fernseher sein. Die brennenden Schlieren lösen sich nur langsam von der Netzhaut. Der Blick ruht sich auf hastigen Bildern aus, die er nicht versteht. Ein kleines Fenster kochender Farbe. Geräusche. Matte Musik. Sanft wummernde Bässe. Weiße Stimmen. Er versucht zu spüren. Er liegt, worauf?

Das Bett. Es muss ein Bett sein. An der Wange ein knisterndes Kopfkissen. Die Handgelenke. Verkrümmt unter seinem durchgebogenen Rücken. Vorsichtig bewegen. Widerstand. Etwas klebt. Hält die Hände zusammen. Abwarten. Weiterfühlen. Die Beine sind taub. Die Füße lassen sich nicht bewegen. Fesseln? Klebeband vielleicht. Keine Bewegung riskieren! Erst klarer werden! Der Blick wandert. Ein warmes Licht. Eine Wandleuchte? Er hat keine Ahnung. Aber der Rest ist von Dunkelheit wattiert, und so taumeln seine Augen zurück zum Fernseher, dessen Umrisse sich langsam aus dem Nichts fräsen.

«Wo bin ich?» Ohne eine Antwort zu erwarten, die aber kommt.

«Das Zimmer hast du selbst bestellt», hört er das dröhnende Echo in sich widerhallen. Von wem? Von wo? Die Stimme. Er kennt ihren Klang. «Weißt du das nicht mehr?»

Marc schweigt sich um die Frage herum. Doch, doch, er erinnert sich. Hotel Hafen Hamburg. Turmzimmer mit Hafenblick. Wie lange ist das her? Wie lange war er weg? War er jetzt da? Wo? Hier!

Es muss bereits Nacht sein. Er kann die Nacht hören und fühlen, auch wenn er sie noch immer ebenso wenig sieht wie den Menschen, zu dem diese Stimme gehört. Eine bekannte Stimme.

«Komm erst mal zu dir!»

Marc schließt die Augen. Das Feuer gräbt sich zurück in seine Augen, doch er fängt an, klarer zu sehen: «Wie lange war ich weg?»

«Lange genug!»

«Ich … ich sah mein Leben. Wie einen Film. Aber ehrlich gesagt: So spannend war es nicht …» Er denkt nach. Das Treffen. 20 Uhr. Es klopfte. Der Netzkiller? Marc ging an die Tür, öffnete und erschrak. Wieso erschrak er? Weil er für einen winzigen Augenblick das Gesicht erkannte, bevor ihm irgendein Nebel das Hirn zerriss. Tränengas. Es muss Tränengas gewesen sein. Die Dose. Er kann sich jetzt an die Dose erinnern, die er noch wahrnahm, bevor alles zerfloss. Und in der Linken hatte sie einen Revolver. Genau. Dose und Revolver. Alles in Bruchteilen eines Augenblicks.

Sie?

Sie!

Marc wirft seinen Oberkörper auf die andere Bettseite.

Die Stimme verharrt im Schatten. Aber sie ist jetzt vor ihm. «Mach nichts Dummes!»

Langsam schärft sich Marcs Blick, registriert die Vorhänge, einen Tisch, einen Sessel. Der glimmende Punkt einer Zigarette brennt Löcher in die Schwärze. Von einem kristallenen Aschenbecher hinüber zu Lippen, Augen, Wangen, einem Gesicht. Ihrem Gesicht. Ganz ruhig sitzt sie auf dem Sessel und zieht an der Zigarette.

«Annie, du?!»

Sie drückt die halb gerauchte Zigarette im Aschenbecher aus. Sie ist Herrin der Lage, hat alles im Griff. Die Ruhe totaler Kontrolle. «Ja, ich. Was hast du denn gedacht?»

Sie bleibt sitzen. Eine Ewigkeit entfernt. Die Beine übereinander geschlagen. Ihre Hände umklammern die Armlehnen. In ihrem

Schoß liegt der Revolver. Ihre Haare! Ihre Haare sind blond, nicht mehr rot. Ein blonder Engel. Ein Racheengel. Rache für was? Noch passt überhaupt nichts zusammen.

«Du warst ‹Dark Angel›?»

Er sieht ihr zu, wie sie sich eine neue Zigarette aus der Schachtel zieht. Die kleine Flamme des Feuerzeugs zittert kurz.

«Ich weiß es noch wie heute, Marc», atmet sie den Rauch aus. «Ich weiß noch, wie ich dir das erste Mal begegnet bin. Im Chat. Nicht draußen. Das ist wieder eine andere Geschichte. Es war der Tag, als ich dachte, ich würde dir das Chatten beibringen. Und noch ehe ich mich versah, warst du bis über beide Ohren in diese Schlammgrube gerutscht. Ich hasse den Chat. Seine schönen Lügen. Seine widerwärtigen Wahrheiten. Wirklich. Und glaub mir, ich weiß, wovon ich rede. So tief warst du drin, dass du mich gar nicht mehr wahrgenommen hast. Aber ich wusste ja, wo ich dich finden konnte. Also bin ich von meinem Büro-PC aus wieder rein und sprach dich an. Ich war völlig bekloppt. Ich *bin* bekloppt. Warum sonst säße ich hier?»

Sie lacht kurz auf. In ihrer Stimme ist so viel Hass und Verzweiflung und Müdigkeit und Enttäuschung, wie er es nie zuvor gehört hat. Was will Annie? Ihn umbringen? Ihm die Augen öffnen? Ausstechen? Wofür? Er kann seine eigene Angst noch nicht spüren. Als sei ihm gerade ein Finger abgeschnitten worden, ohne dass der Schmerz schon im Kopf angekommen wäre.

«Als ich an jenem ersten Abend nochmal an deiner Tür anklopfte, warst du gar nicht mehr ansprechbar, Marc. Nicht für mich. Nicht für irgendeine Realität. Irgendein Draußen. Das kannte ich. Jedenfalls fuhr ich dann nach Hause. Diese Scheißneugier! Es ist immer diese Scheißneugier, die einen kaputtmacht. Man wird süchtig nach Neugier. Ich kannte das ja. Aber ich hätte nicht wieder reingehen dürfen. Nicht zu dir. Ich hätte ‹Dark Angel› begraben müssen in jener Nacht. Aber natürlich saß ich eine halbe

Stunde später wieder am Schirm. Ich wollte sehen, mit wem du redest. Ob du ein anderer sein würdest da drin.»

«Mein Gott.» Marc fängt an zu fallen, ohne noch irgendeinen Halt zu erwarten. Bodenlos, wie manchmal kurz nach dem Einschlafen, wenn man noch einmal hochschreckt, weil der erste Traum ein Torkeln war. Ist sie wahnsinnig? Ist er ihr letztes Opfer? Wer kämpft hier wofür? Wie soll er hier jemals wieder rauskommen? Ist Widerstand zwecklos? Jede Frage gebiert zehn neue, die alle um die gleiche Antwort kreisen: Sie hat es getan. Sie wird ihn töten, und kein Schwein wird es je erfahren. Er muss sie hassen, bevor er anfangen konnte, sie überhaupt zu lieben. Marc wollte die Beute für sich allein haben. Und nun hat die Beute ihn. Die Angst ist jetzt da.

«Tja, und so kamen wir uns näher, Marc. Viel näher. In jener Nacht und danach. Du warst, wie ich dich kannte: witzig, charmant, gut aussehend, soweit man das im Chat noch zwischen den Zeilen lesen kann. Und du warst doch auch ganz anders. Damals, vor vier Wochen, konnte ich es noch nicht erklären. Es war nur ein Gefühl. Aber es wurde immer stärker. Kein schönes Gefühl. Eher eine Bedrohung, die einen dennoch magisch anzieht.»

«Wieso hast du es getan, Annie? Was willst du von mir?»

Sie schaut auf, für einen Moment verwirrt. Eine kurze, ihn selbst irritierende Irritation. Und während sie langsam wieder ihre Zigarette in der längst überquellenden Kristallschale ausdrückt, sagt sie: «Die Wahrheit, Marc. Ich will endlich mal von jemandem die Wahrheit hören!»

Ihre Linke umschließt den Revolver. Auf dem Tischchen liegt ein Messer. Marcs Handgelenke schmerzen.

«Mit wem sollte ich sonst darüber reden? Wer würde das jemals verstehen können? Mir fällt da niemand ein. Außer dir.»

Alles in Marc ist ein einziger, schmerzhafter Krampf.

«Ich habe mit dir gespielt. Okay. Ich hätte das nicht tun sollen.

Ich hatte ja keine Ahnung, wohin das führen könnte. Aber du hast auch versucht, mit mir zu spielen. Einmal sprach ich dich unter einem völlig anderen Namen an, ein andermal hast du dasselbe mit mir versucht. Erinnerst du dich?»

Marc nickt. Er weiß nicht, was ihn damals trieb, aber er wollte sehen, wie «Dark Angel» sonst ist. Bei anderen Männern. Wenn ihr Gegenüber nicht «Paper Moon» hieß, sondern ... Wie nannte er sich?

«‹Spirit›. Du nanntest dich ‹Spirit›, Marc. Du hast das Nick-Wechsel-Spiel schnell lieben gelernt, was?»

Marc spürt, dass sie keine Antwort dulden würde.

«Aber ich habe dich gleich erkannt. Nach dem ersten Satz schon. Die Namen wechseln. Sie bedeuten nichts. Nicht im Netz. Für die Inhalte muss man ein Gefühl bekommen im Chat. Nur für die Inhalte.»

Sie bläst den Rauch der nächsten Zigarette an die Decke. Er hätte jetzt auch gern eine. Oder ein paar der Tabletten aus der Tasche seines Sakkos, das hinter ihr an dem Sessel hängt, genau so, wie er es vor einer Million Jahren dort aufgehängt hat.

Er hat Angst. Angst, weil nichts passiert. Weil er nichts versteht. Weil nichts zusammenpasst. Angst vor der Waffe. Angst vor Annie. Vor dem Bodensatz ihrer Worte. Vor der Monstrosität des Augenblicks.

«Es war wirklich verrückt, was ich tat. Aber vielleicht muss man auch verrückt sein, um zu verstehen, was du für eine Nummer abgezogen hast in den letzten Wochen. Auch vor mir. Wie du am Anfang so getan hast, als könntest du chatten nicht mal buchstabieren. Aber so wie du chattet kein Anfänger. Dazu braucht man schon ein bisschen mehr Erfahrung als die paar Tipps, die dir Annie oder ‹Dark Angel› gaben. Wirklich.»

Marc hört schweigend zu. Wer ist hier der Psychopath? Wer redet sich um Kopf und Kragen? Was soll er selbst sagen? Was könnte ihn retten? Er spürt, wie sein Hemd sich voll saugt mit klebrig-kaltem Schweiß.

«Ich weigerte mich anfangs selbst, es zu glauben. Aber meine Vermutung kam immer wieder. Und als sei die ganze Geschichte noch nicht irre genug, hat dein Netzkiller dich auch noch angerufen. Dein! Netzkiller! Im! Interview!»

Sie schreit ihm die Wortfetzen jetzt entgegen. «Für wie blöde hältst du mich? Und ist es nicht komisch, dass dieses angebliche Telefonat keinerlei Zeugen hat? Woher kannte er deine Nummer? Wie kam er dazu, ohne vorher in unserem Sekretariat zu landen? Warum sollte er dich anrufen? Das wäre doch für einen wirklich intelligenten Mörder viel zu gefährlich! Nein, Marc. Das Interview war zu viel.»

Marc wird schlecht. Er kann es kaum glauben: *Sie* hält *ihn* für das Monster. Deshalb all das hier. Ausgerechnet Anna Hofmann, das einzige Wesen, dem er vor diesem Wochenende noch vertraut hatte? Und ihr Glaube ist so kristallklar wie gefährlich: Marc Pohl, der sich seine Mordsgeschichte selber schrieb. Ach du Scheiße. Wie soll er da wieder rauskommen, ohne die eigenen Lügen zu verraten? Alles glüht plötzlich nachthell.

«Annie, ich ...»

«Sei still!» In ihren Augenwinkeln funkelt es. Tränen? «Der knallharte Rechercheur, der seinem Blatt die Schlagzeilen dieses Sommers brachte. Na ja, es hat dich berühmt gemacht. Du bist Autor geworden. Du hast eine wirklich fette Gehaltserhöhung bekommen. Und Barthelmy hat wohl endgültig den Sohn gefunden, den er nie hatte. Aber um welchen Preis, Marc?»

«Annie, lass mich ...»

«Halt den Mund! Ich rede mit *mir*. Verstehst du? Ich habe mich krankschreiben lassen. Ich brauchte die Ruhe, um dich besser beobachten zu können. Um dich im Chat wieder zu treffen. Du warst da ein anderer, Marc. Einerseits warst du dort als ‹Paper Moon› viel verletzlicher und zerbrechlicher und naiver, als ich dich real jemals erlebt habe. Andererseits stach da zwischen den Zeilen immer wieder ein Hass hervor, den ich erst gar nicht einordnen konnte. Den ich nicht glauben wollte. Was meinst du, wie man sich da fühlt, Marc, wenn man glaubt, jemanden ein bisschen zu kennen wie ich dich? Wenn man jemanden lieb gewonnen hat wie ich dich.» Sie schluchzt.

«Erinnerst du dich, was du ganz am Anfang, nach dem zweiten Mord, mal gesagt hast? Du hast zu mir gesagt: ‹Barthelmy wünscht sich nichts sehnlicher, als am Montag die dritte Leiche auf den Tisch zu bekommen.› Erinnerst du dich? Das waren deine Worte. O-Ton Marc Pohl. Und du hast ihm die dritte geliefert, Marc! So, wie er es wollte, dein scheißverhasster Übervater. Weil ein Barthelmy immer bekommt, was er will. Und ein Interview mit dem Netzkiller. Mein Gott, Marc. Das war wirklich eine Meisterleistung. Exklusiv – der Netzkiller! Bist du stolz auf dich?»

Sie weint jetzt wirklich. Die Tränen tropfen auf ihren Rock. Sie umklammert den Revolver. Sie hat keine Hand frei, die Tränen abzuwischen. Sie hält ihn für den Irren. Das ist es. Sie glaubt, er sei der Netzkiller. Aber wenn das so ist, dann kann sie es selbst ja auch nicht sein. Nur macht das seine eigene Lage nicht leichter. Im Gegenteil. Er muss hier um sein Leben reden.

Sie zieht noch eine Zigarette aus der Schachtel und raucht. Schweigend. Kopfschüttelnd. Marc kauert sich zusammen wie ein Fötus, um Annie besser sehen zu können:

«Du glaubst, dass ich der Netzkiller bin, was? Du denkst das wirklich. Das ist nicht nur so eine Einbildung. Du bist überzeugt davon. Stimmt's? Sag's mir, ich meine: Das kann ich doch erwarten, nicht?»

Die Antwort kommt tonlos, als spreche eine Komapatientin laut vor sich hin: «Du kannst gar nichts mehr erwarten, Marc.»

«Bevor du es mir gezeigt hast, habe ich nie im Leben einen Chat gesehen, Annie! Das ist die Wahrheit und nichts als die Wahrheit. Ich bin zu blöde, meinen Radiowecker zu programmieren. Aber ich gebe auch zu: Der Chat hat mich fasziniert. Von der ersten Sekunde an, als du mir die Tür dazu aufgestoßen hast. Ich merkte schnell, welche Macht meine Sprache dort hat. Ich wusste nicht, dass du ‹Dark Angel› warst. Ich wusste nur, dass ‹Dark Angel› selbst der Netzkiller gewesen sein konnte. Irgendwann. Irgendwann wusste ich, dass es möglich wäre. Warum sonst wär ich heute hier?»

«Ach, Marc!»

«Na ja, ich habe mir das eingeredet, wie du dir offenbar eingeredet hast, ich könnte … Irgendwann passte auch in meiner Vorstellung alles zusammen. Ich habe außer dem Netzkiller niemanden getroffen, der so chattete wie du. Wie ‹Dark Angel›. Und dabei gab sie nie etwas von sich preis. Irgendwann, ziemlich früh, hast du, das heißt, irgendwann hat mir ‹Dark Angel› mal erzählt, wie sehr sie von einer Chat-Liebe gedemütigt worden sei. Wie sehr sie manche Chatter hasst. Und in dem Moment dachte ich: ‹Dark Angel› könnte es sein. Sie chattete wie der Netzkiller. Sie besaß nicht nur seine Sprache. Sie hatte auch ein Motiv. Sie war enttäuscht worden. Enttäuschung hat schon andere töten lassen. Und sie wusste verdammt viel über den Netzkiller. Nicht nur das, was jeder in der Zeitung lesen konnte. Sie kannte Details, die nur ein paar Dutzend Leute kannten.»

«Das war auch keine große Kunst für mich.»

«Ich habe die dritte Leiche damals wirklich herbeigesehnt. Ich betete an jenem Wochenende, dass es wieder passiert. Egal, wo. Egal, wen es trifft. Völlig egal, wie. Und der dritte Mord kam, und ich weiß noch, wie ich Montagnacht im Büro saß und mir dachte: Vielleicht habe ich diese Frau in Duisburg umgebracht. Vielleicht ist es passiert, weil ich es wollte. Weil Barthelmy es wollte. Weil er wollte, dass ich es wollte. Aber es gab ihn ja, diesen Irren. Ich war nicht der Einzige, der an diesen Psychopathen zu glauben begann.

Benno Melander vom BKA ahnte es wie ich. Am Anfang hat der noch die Ermittlungen geleitet. Und damit war die Geschichte endgültig geboren. Und sie verselbständigte sich. O Mann, wie ich am Wochenende nach dem dritten Mord im Büro saß, und die ersten Agenturmeldungen tickerten herein. Erst tröpfelte es nur so ein bisschen. Aber schon am Montag begann der Sturm. Kannst du dich noch an die Woche danach erinnern? An diesen Schlagzeilen-Orkan? Der Netzkiller war überall. Und ich war mittendrin. Es war ein Rausch. Meine Chat-Ausflüge berauschten mich. Die Schlagzeilen geilten mich auf, auch wenn die ganze Geschichte immer unwirklicher wurde.»

Annie streckt ihre Beine aus und zieht sich eine neue Zigarette aus der fast leeren Schachtel. «Worauf willst du hinaus, Marc? Sag mir die Wahrheit! Hör auf, mich anzulügen!»

«Das mit dem Chat-Aufruf war Barthelmys Idee. Es war eine gute Idee. Sie rettete uns über den Montag. Wir wussten ja nicht, wo man Opfer Nummer fünf finden würde. Ob es überhaupt ein Opfer Nummer fünf gegeben hatte. Die Idee mit dem Chat rettete uns. Dann kam dieser Montagabend, und ich saß da rum in diesem Chat, musste mir ein paar dumme Sprüche von irgendwelchen Schuljungen anhören, die mit Spitznamen wie ‹Hotelmonster› oder ‹Aufreißer› reinkamen, und auf einmal kam ‹Abba-Kuss›. Der war von Anfang an anders als die anderen. Raffinierter. Gefährlicher. Er war ‹Dark Angels› Schreibstil verdammt ähnlich. Und er wusste schon, was ich noch nicht wusste. Dass sich der Netzkiller in dem Saarbrücker Hotel unter meinem Namen angemeldet hatte. All so was eben. Ich habe wirklich mit ihm gechattet. Oder sagen wir: mit dem, der sich für den Netzkiller ausgab. Danach konnte ich nicht nach Hause. Ich saß die ganze Nacht vor dem Schirm und habe mit irgendwelchen Spätschichtlern und System-Administratoren und schlaflosen Singles gechattet, nur, um auf andere Gedanken zu kommen …»

Annie weint lautlos weiter. Marc versucht, seine Beine leicht zu drehen, damit wieder etwas Blut in die Füße sickern kann. Seine Hände faulen langsam ab. Aber er redet weiter. Es ist seine einzige Chance.

«Ich erzähle das deshalb so genau, weil mir am Dienstag eine Idee kam. Und ich hoffe, dass du die Einzige bist, der ich jemals davon erzählen werde. Erzählen muss … Irgendwann abends ging ich in die Stadt und setzte mich in eines der Passagen-Cafés, wo laut Tischkarte Handys draußen bleiben müssen. Du weißt schon, diese Verbotsschilder von wegen ‹Handy-freie Zone›. Jedenfalls musste ich nicht lange warten, bis ich einen beobachtete, der sein Handy in die Jackentasche steckte, die Jacke an der Garderobe ließ und mit seiner Freundin einen Tisch ansteuerte. Ich zahlte, ging zur Garderobe, nahm die Jacke mit und verschwand. Und das Ding war sogar noch angeschaltet. Nix mit Pin-Code knacken und so.»

Marc spürt Annies Aufmerksamkeit. Er hofft, dass sie in den Sog seiner Geschichte gerät, dass seine Worte sie betäuben.

«Um es kurz zu machen: Am nächsten Morgen saß ich mit diesem Handy im Büro, rief meine eigene Redaktionsnummer an, nahm ab, legte den Hörer beiseite und begann zu schreiben. Verstehst du?»

Annie nickt langsam.

«Wenn sie die Verbindung prüfen sollten, wollte ich wenigstens, dass sie dabei auf ein geklautes Handy stoßen müssten. So schlau war ich.» Marc lacht verächtlich. «So irre war ich.»

«Das heißt …»

«Ja. Ich habe das Interview frei erfunden. Und du glaubst gar nicht, wie froh ich bin, dass ich es endlich jemandem erzählen kann. Geh zu Barthelmy, und ich bin morgen ein toter Mann, wenn ich das nicht heute schon bin. Ich hab's mir aus den Fingern gesogen. Alles. Der Netzkiller hatte doch gesagt, dass er sich wieder melden würde. Am Montag hat er es mir doch geschrieben. Und ich hatte ihn so gut verstanden – im Chat. Er war mir so nah … O Mann, du hättest Barthelmys Augen sehen sollen. Es brannte in ihm, als ich das Interview-Manuskript auf seinen Schreibtisch legte. Er brannte.»

«Mein Gott, Marc!» Annie schüttelt langsam den Kopf. «Ich …»

«Das Interview hätte wirklich von ihm stammen können, weil ich denken konnte, wie er denkt. Sonst wäre mir dieser ganze Quatsch mit Budweis doch nie wieder eingefallen. Diese völlig irrwitzige Spur, die dann ans Ziel geführt hat. Also muss er es gewesen sein, am Montag. Was für eine Möglichkeit gibt es sonst?» Marc schaut auf. Er wäre jetzt wirklich für eine Antwort dankbar.

Aber sie antwortet ihm nur mit Verzweiflung: «Ich weiß überhaupt nichts mehr. Ich …»

«Ich auch nicht, Annie. Ich hab längst den Überblick verloren. Aber ich bin kein Monster. Wirklich nicht. Ich wollte eigentlich immer nur meine Ruhe haben. So beschissen das klingt. Ich bin nicht der Netzkiller. Das kannst nicht mal du mir einreden. Bitte, Annie, bitte gib mir wenigstens ein Diazepam aus meiner Jackentasche. Dieses Zittern geht wieder los, ich brauch das jetzt …»

Marc spürt, dass Annie langsam ruhiger wird. Als sei eine erste Hürde genommen. Aber in ihm selbst bebt etwas nach, das er nicht benennen kann.

«Du schluckst wirklich zu viel von dem Zeug, Marc.»

«Ich weiß. Nächste Woche höre ich auf damit. Ich schwör's dir.»

Er schaut ihr nervös zu, wie sie, erst unschlüssig, dann zielstrebiger, mit einer Hand in seiner Sakkotasche herumnestelt: «Brauchst du … ich meine … musst du was trinken, um das Zeug runterzubekommen?»

«Wirf sie mir einfach in den Mund.»

Sie kann seine aufgesprungenen Lippen sehen. Annie lässt zwei Dragees in seinen Rachen fallen und kniet sich langsam vor ihm an die Bettkante.

«Danke», sagt er, nachdem sein trockener Hals mit Mühe die Tabletten geschluckt hat. Er wartet auf die beruhigende Wirkung der Tranquilizer, die sich normalerweise nach spätestens einer Viertelstunde einstellt.

Annie hockt mit leeren Augen vor seinem Gesicht: «Marc, ich habe die Lügen so satt. Endlos satt. Ich pack das einfach nicht mehr. Nicht dieses Mal. Nicht von dir. Es ist alles so unüberschaubar geworden.»

Marc weiß, dass er selbst kein Mörder ist. Weiß Annie, dass sie…?

«Machst du mir die Klebebänder los? Ich glaube, die Hälfte von mir ist mittlerweile schon abgestorben.»

Er dreht sich mühsam herum und wartet. Es ist seine einzige Chance. Sie könnte noch immer mit dem Messer zurückkommen und es ihm in den Rücken stechen. Einfach so. Und Marc würde es jetzt nicht mal sehen. Er schließt die Augen. Vielleicht rettet ihn sein Vertrauen. Er will endlich keine Angst mehr haben. Er spürt, wie sie sich neben ihn setzt. Er weiß, dass Annie das Messer in der Hand hat. Er atmet noch einmal tief durch. «Ich habe Angst, Annie.»

«Ich weiß. Geht mir genauso.»

Dann spürt er das Messer an den Pulsadern seiner Handgelenke.

3 / Wahrheit

My Love Is Your Love (Whitney Houston)

Freiheit. Marc spürt seine tauben Arme über den Rücken auf die Bettdecke rutschen. Er versucht, die Finger zu bewegen, das Gefühl wieder zu finden. Er bleibt auf dem Bauch liegen und beobachtet Annie aus den Augenwinkeln. Sie sitzt unschlüssig mit dem Messer auf dem Bettrand, die zerfetzten Reste der Klebebänder in den Händen, und starrt auf die Tränengasdose auf dem Nachttisch.

«Danke, dass du mich losgebunden hast.»

Annie legt langsam das Messer und die Klebebandfetzen auf den Tisch.

«Wie spät ist es eigentlich?»

Sie schaut auf ihre Armbanduhr. «Kurz nach eins.»

Marc zurrt sein Leben langsam wieder an den Pflöcken klarer Zielkoordinaten fest. Er hat den Raum. Er hat die Zeit. Seine Finger biegen sich mühsam zu einer Faust. Das Gefühl kehrt ganz allmählich wieder zurück. Das Diazepam wattiert seine Gedanken und schlägt ihnen zugleich eine breite Bresche ins Diesseits. Er dreht sich vorsichtig auf den Rücken, will Annie keinen Schrecken einjagen durch hastige Bewegung. Die Gefahr ist noch im Raum. Das Misstrauen. In ihr. In ihm.

«Wie lange chattest du schon, Annie?», fragt er.

Sie schaut noch immer nicht zu ihm hin, aber er spürt die Erleichterung, über irgendetwas Harmloses ein Gespräch anfangen zu können. Über einen vermeintlichen Randaspekt.

«Seit einem Jahr. Etwa. Ich kann mich selber nicht mehr so genau daran erinnern. Warum, ich meine, wieso interessiert dich das?» Endlich sieht sie ihn an.

Er lächelt nicht: «Es wurde im Chat schnell meine Einstiegsfrage, wenn ich neue Leute traf. Es war eine Frage, die nicht so blöd klang wie: Woher kommst du? Wie alt bist du? Was machst du so?»

Er dehnt seine immer noch tauben Arme und verschränkt sie hinter dem Kopf. Irgendwo draußen im Flur kichert ein Pärchen. Wahrscheinlich findet der Mann vor lauter Aufregung den Zimmerschlüssel nicht. Vielleicht überlegt die Frau jetzt schon, worauf sie sich da gerade einlässt. Und vielleicht schwören sie morgen vor dem Frühstück («Geh du vor, damit's nicht so auffällt»), dass das einmalig war und bleiben soll und unvergesslich und ... Die Tür knallt ins Schloss. Dann ist wieder Ruhe.

«Hast du am Anfang, ich meine, war das bei dir auch so eine wilde Zeit wie bei mir, Annie? Im Chat?»

Sie antwortet abwesend: «Tagsüber konnte ich mich noch beherrschen. Aber abends, wenn ich zu Hause war, ging es rund, ja. Jeden Abend. Wochenlang. Das Publikum ist ja auch abends ein anderes als tagsüber. Oft sind es völlig andere Leute, die man dann in den gleichen Räumen trifft. Und die wenigen, die man vom Vormittag kennt, plaudern dann anders. Und dann gab es noch die, die sich abends einfach einen anderen Namen gaben. Da lernst du schnell, viel mehr auf die Sprache zu achten als auf das Etikett. Es war ein Spiel. Ein beschissenes Spiel.»

«Früher dachte ich immer, Cybersex sei irgendein Quatsch mit vielen Drähten und Schläuchen und Sensoren am Körper, so eine Art zweiter Haut, am besten noch aus Lack, ganz so, wie sich das Fotografen immer zurechtspinnen, die das Thema Internet bebildern sollen. Und ich dachte mir: Gott, was für ein Blödsinn. Es ist alles viel einfacher. Ein bisschen wie Schach. Die Grundregeln sind einfach. Aber die Varianten unendlich. Wir leben Welten aus, die nur in unserem Kopf existieren.»

Annie nickt, während sie sich eine neue Zigarette anzündet.

«Gibst du mir auch eine? Ich habe noch welche in der Tasche.»

Annie reicht ihm eine Philip Morris aus ihrer Schachtel und setzt sich rauchend auf die Bettkante, den Aschenbecher wie einen schützenden Wachturm zwischen sich und Marc postiert.

«Wer mit Sprache umgehen kann, hat eine unglaubliche Macht im Chat. Wie der Netzkiller, Annie. Das hat mich so fasziniert. Sein einziges Werkzeug waren 26 Buchstaben. Sechsundzwanzig. Es ist so erstaunlich wie bei Musik. Eine Hand voll Noten und doch kommt immer wieder jemand mit einem Song um die Ecke, der völlig anders ist. Bei dem man sich fragt, wie man vorher überhaupt leben konnte ohne ihn.»

Sie atmet den Rauch scharf ein: «Irgendwie magst du den Killer, oder? Dabei ist er wie die meisten: einsam. Was machen wir denn alle da drin, Marc? Klar wollen wir irgendwann auch wissen, welches Gesicht, welches Leben zu einem bestimmten Namen gehört. Aber da fangen die Probleme an. Chat ist das Gegenteil von Realität. Draußen siehst du jemanden, und er gefällt dir. Vielleicht ist es sein Lachen. Vielleicht nur sein Anzug. Vielleicht imponiert einem seine Arbeit. Irgendwas Äußerliches eben. Man kommt mit ihm ins Gespräch. Möglicherweise. Und wenn man Glück hat, lernt man ihn näher kennen. Lernt, mit ihm zu lachen, herumzualbern, zu leben, zu schlafen. Die wirklich wichtigen Geschichten, die jeder zu erzählen hat, erfährt man erst später. Stück für Stück. Die Erinnerungen. Die Ängste. Die Träume. Manches erfährt man vielleicht nie. Im Chat kannst du ganz schnell ganz tief in jemanden hineinschleichen. Aber wenn dann ‹draußen› mehr daraus werden soll, merkst du schnell, dass die inneren Werte allein auch nicht reichen. ‹Drinnen› regnet es dauernd Rosen. ‹Draußen› regnet es. Draußen fängt die Arbeit erst an ...»

«Das heißt, du hältst die Äußerlichkeiten für wichtiger?»

«Nein, gar nicht. Aber sie treffen einen umso härter, weil sie sich plötzlich gegen das Bild wehren müssen, das man sich längst gemacht hat. Verstehst du?»

«Ja.» Marc genießt den seidigen Glanz ihrer Stimme, die Annie selbst immer tiefer in ihre eigenen Gedanken trägt.

«Willst du die Geschichte hören? Den Anfang *meiner* Geschichte? Es ist keine sonderlich lustige Geschichte.»

Er nickt.

Sie schweigt, als lege sie sich die eigenen Erinnerungen zurecht, bis sie sagt: «Hast du jemals andere Chatter nach ‹Diva› gefragt?»

«Nein, nur nach ‹Dark Angel›. Aber die kannte keiner, was mich nur noch neugieriger machte. Und ‹Diva› hielt ich ja schon für tot, nachdem du mir sagtest, dass du nicht mehr chatten würdest.»

«Als ‹Diva› habe ich mich dreimal mit Chat-Bekanntschaften getroffen. Einer war in der Realität überhaupt nicht mein Geschmack. Einer stellte sich als verheiratet heraus. Ich habe nicht nur *ihn* dafür gehasst, sondern auch mich. Weil ich so blöd war, vorher nicht zu kapieren, dass er nur einen gefahrlosen Kick suchte. Und der Dritte war mein einziges Abenteuer. Auch real. Dabei hätte ich gewarnt sein müssen … ‹Diva› hatte am Anfang unglaublichen Spaß an den Cybersex-Maskeraden. Jeden Abend traf sie einen anderen Mann im Chat. Sie fand das faszinierend. Diese gefahrlosen Schlüssellochblicke in die Sehnsüchte fremder Männer. Ich kam wirklich mit den verrücktesten Leuten ins Gespräch: Fußfetischisten und Transvestiten, Schuljungs und Manager. Eines Abends konnte ‹Diva› nicht zu einem Online-Date, weil ihr anderes Ich Annie in der Redaktion noch zu tun hatte. Sie wollte aber auch ihre Verabredung nicht platzen lassen. Was glaubst du, was sie also gemacht hat?»

Marc zuckt mit den Schultern.

Annie schaut auf den Boden: «‹Diva› war zu allem fähig. Sie rief diesen Kieler Studenten an, der ihr ohnehin hoffnungslos verfallen war, und bat ihn, das Online-Date als ‹Diva› wahrzunehmen.»

«Nein!»

«Doch! Und sie sagte dem Studenten noch, er solle sie nicht ent-täuschen. Immerhin stehe ihr eigener Name auf dem Spiel. Als ich in jener Nacht nach Hause kam und meinen PC anschaltete, fand ich die beiden Namen: die falsche ‹Diva› und ihre Verabredung. Erst um 3 Uhr 20 erloschen die beiden Einträge. Ich saß die ganze Zeit vor dem Schirm und verachtete mich. Den Chat. Alles.»

Marc nickt. Er hat das ungute Gefühl, dass die Geschichte noch nicht zu Ende ist.

«Am nächsten Tag rief ich den Studenten an und lud ihn zu mir nach Hause ein. Keine Ahnung, weshalb. Er war ja nicht irgendein Spinner. Im Gegenteil. Immer nett. Immer charmant. Vielleicht wollte ich irgendwas wieder gutmachen. Er besuchte mich und blieb über Nacht, ohne dass wir seine verrückte Doppelrolle auch nur mit einem Wort erwähnt hätten. Ich meine, der Junge verehrte mich. Und er hatte mir dabei zugesehen, wie ich ihn betrog. So muss es ja bei ihm angekommen sein. Er war ICH, als ein anderer Mann mit ‹Diva› virtuell ... Kann man einen Menschen mehr de-mütigen, als ich es getan habe?»

Sie bricht ab, atmet tief ein und haucht endlich: «Danach mailte er mir. Er rief mich an. In der Redaktion und zu Hause. Er schrieb mir Briefe. Er schickte mir Blumen. Er stand vor meiner Woh-nungstür, als ich eines Abends nach Hause kam. Wir redeten. Stun-denlang. Ich versuchte, ihm schonend beizubringen, dass er eine Il-lusion liebte. Nicht mich. Dass ich nicht ‹Diva› sei. Dass das nicht gut gehen würde. Er wollte es einfach nicht begreifen. Aber das merkte ich erst ein paar Wochen später. Als er zum zweiten und letzten Mal bei mir war, dachte ich am Ende: Ja, jetzt hat er es ver-standen. Ich entschuldigte mich noch bei ihm, für die Scharade, die er meinetwegen ertragen musste. Sechs Wochen später war er tot, Marc. Ich erfuhr es im Chat. Er war in die Psychiatrie eingeliefert worden. Dort hatte er sich umgebracht. Pulsadern aufgeschnitten.

Seine Mutter fand meine Telefonnummer. Er hatte sich einen Lippenstift von mir geklaut und die Zahlen damit auf den Badezimmerspiegel seiner Studentenbude gemalt. Mit einem Herz drum herum. Sie rief mich an. Ein paar Tage darauf. Sie machte mir keinerlei Vorwürfe. Nichts von der Sorte: ‹Sie haben meinen Jungen auf dem Gewissen.› Gar nichts. Sie wollte es nur verstehen. Sie versuchte sogar, mich zu trösten, als ich anfing zu weinen. Sie wollte mich treffen. Kennen lernen. Aber ich konnte das nicht. Ich wollte es nicht. Es war schon viel zu weit gegangen ... Ich löschte meine Mailboxen. Ich hatte es so satt – all meine Macht, die Lügen, die Einsamkeit, der man dort drin begegnet ...»

Marcs Hand legt sich sacht auf Annies Knie. Sie schweigen zusammen.

Irgendwann sagt Marc: «Du siehst müde aus, Annie. Willst du dich ... ich meine, das Bett ist groß genug für uns beide.»

Sie stellt sorgsam den vollen Aschenbecher zur Seite und lässt sich lautlos mit dem Rücken auf die Matratze fallen. Ihre Hände wischen den knisternden Rock glatt, während ihre verweinten Augen an die Decke starren. Marc spürt sie neben sich. Er atmet den Duft ihres Haares ein. Er wagt nicht, sich zu ihr umzudrehen. Lieber versucht er, ihren Blick oben an der Zimmerdecke einzufangen. Er könnte ihr jetzt sagen, dass sie sich keine Vorwürfe mehr machen solle. Dass sie nicht schuld ist am Tod ihres Verehrers. Dass der Typ sich früher oder später sowieso umgebracht hätte. Aber würde er das auch meinen? Da ist auch wieder dieses sprachlos-ängstliche Gefühl, das ihn vorhin beschlich.

«Man verliert seine Unschuld im Chat», sagt er. «Ich hab sie auch verloren.» Er hört Annies aufmerksamen Atem. «Man wird dort härter. Abgebrühter. Man lernt, ‹ficken› erst zu schreiben, dann auch zu denken.»

Annie nickt. Jetzt ist Marc dran. Seine Geschichte.

«Einmal traf ich einen Typen wie Kollwitz, den toten Werber. Er trat im Chat auf, wie solche Leute auch draußen sind: arrogant, immer witzig, schlagfertig, gebildet, intelligent, arschlochmäßig, unnahbar. Nach einer halben Stunde war klar, dass ‹jetlag›, so nannte er sich im Chat, verheiratet war und ein Abenteuer suchte. Was Schnelles. Unkompliziertes. Blondes. Ich traf ihn zweimal – und jedes Mal schmachtete er mich mehr an. Beim dritten Mal kam eine Frau namens *no jetlag* in den Chat. Es war *seine* Frau. Ich hatte ihr vorher in weiblicher Schönschrift auf rosa Papier einen Brief geschrieben, dass sie ihn ‹freigeben› solle. War ja kein großes Problem, seine Privatadresse rauszukriegen.»

«Das hast du wirklich getan?»

«Ich schrieb ihr wörtlich: ‹Geben Sie Uwe frei. Bei mir findet er mehr, als er bei Ihnen seit Jahren vergeblich sucht. Sie können sich gern davon überzeugen: allegra.de, jeden Tag ab 17 Uhr im Love-IV-Chat. Er ist dort unter *jetlag*, ich unter *Blondie*.› Ich sah sie gleich, als sie reinkam. Die Frau hatte wenig Chat-Erfahrung und tippte nur: ‹Hallo, Blondie, wie geht's *jetlag*? Er ist ja mein Mann.› Dann verschwanden beide aus der Anwesenheitsliste, und ich hoffe, dass sie ihm danach das reale Leben zur Hölle gemacht hat. Dass sie ihn richtig bluten lässt. Dass sie ihn ausnimmt, bis von ihm nichts mehr übrig bleibt außer einem winselnden Scheck-Schreiber mit Hochschulabschluss.»

«Das hätte vom Netzkiller stammen können.»

«Sprache ist eine Waffe … Woher hattest du eigentlich den Revolver und das Tränengas, Annie?»

«Das Tränengas kriegst du an jeder Straßenecke. Und den Revolver lieferten unsere Pförtner. Die beschaffen dir auch eine Panzerfaust, wenn es sein muss. Irgendwelche alten Stasi-Kontakte, glaube ich. Na ja. Als ich anfing, mit dir zu chatten, als ich merkte, dass du die Geschichte mitfälschst, da habe ich sie gefragt. Ein paar Tage später bekam ich das Päckchen. Kostete mich 500 Mark und ein Lächeln.»

«Es war alles so verwirrend ... Bei mir entstanden im Chat schnell Gefühle, die ich nicht einordnen konnte. Weißt du, manchmal, wenn ich mich mit einer Frau interessant unterhalten hatte, ging ich am nächsten Tag unter einem anderen Namen zurück in den gleichen Chat und baggerte sie wieder an. Und dann hab ich sie gehasst dafür, dass sie sich auf mich einließ. Auf einen neuen Reiz. Ich war eifersüchtig. Ich war auf mich selbst eifersüchtig. Ich habe den Chat gehasst. Ich hätte nicht gedacht, dass mich dieser lächerliche Computer zu solchen Gefühlen hinreißen würde.»

«Ich hab den Chat auch gehasst. Anfangs dachte ich, er sei ein Geschenk, das man nur richtig handhaben müsste. Aber am Ende kostete es *mich*», sagt Annie und sieht Marc zu, wie er leise aufsteht und durch das Zimmer wankt. Das Tränengas? Die Fesseln? Die Tabletten?

Am Lichtschalter dreht er sich zu ihr um. «Darf ich das Licht ausmachen, Annie? Es ist ... ich meine ... nicht, was du denkst. Es ist nur ...»

«Ja», unterbricht sie ihn. «Ich weiß. Du kannst mich dann besser sehen.»

Er lächelt. Dann wird es dunkel.

4 / Liebe

She's The One (Robbie Williams)

Frieden. Annie hört, wie Marc langsam zum Bett zurückkehrt. Ihr Blick folgt seinem Schatten. Aus dem Nebenzimmer dringt ein Stöhnen durch die Wand. Spitzer werdende Schreie. Das Nebelhorn eines Frachters brummt durch die Fenster. Annie genießt Marcs Nähe und wartet, bis sie seinen Atem wieder neben sich spürt.

«Hast du je … ich meine … eine der Frauen getroffen, mit denen du gechattet hast?»

«Was mich davor schützte, Dates auszumachen, war wohl auch, dass ich mir dauernd einredete, es nicht an mich ranlassen zu dürfen, weil ich schließlich nur beruflich chattete. Ich suchte ja nicht nach der Frau fürs Leben. Ich suchte nach dem Netzkiller, der mir heute weiter entfernt als je zuvor scheint. Und ich hatte vor lauter Chat auch gar keine Zeit für irgendwelche Verabredungen. Manchmal hätte ich gerne die Menschen hinter den Namen gesehen, klar.»

Er zündet sich noch eine Zigarette an, saugt den Rauch in sich hinein, bläst ihn an die Decke und betrachtet die sanft glimmende Glut. Das Kreischen im Nebenzimmer steigert sich zu einem tiefen Röcheln, das langsam abebbt.

Annie lächelt: «Meinst du, die beiden da drüben sind verheiratet?»

«Bestimmt. Aber wenn, dann nicht miteinander.»

«Eine Zeit lang dachte ich, im Chat könnte man seine Liebe finden, weil man sich viel schneller viel weiter öffnet. Aber man findet auch 'ne Menge falsche Komplimente, Lügen und Missverständnisse. Chat ist nicht wie ‹E-Mail für dich›. In der Realität heißt Meg Ryan Anna Hofmann und ist Verlagstippse ohne Ambitionen.»

Marc murmelt: «Und Tom Hanks ist auch nicht der Erbe einer Buchhandelskette, sondern der tablettensüchtige Schmierfink eines Boulevardblatts.»

Sie schweigen einander an. Sie hat wieder Tränen in den Augen. Durch die Nacht hindurch kann er das Funkeln sehen. Er schweigt ein paar Züge lang, bevor er sagt: «Ich wünsche es wirklich jedem, dass er sein Glück im Cyberspace findet. Vielleicht geht das ja. Warum sollte es auch nicht klappen? Aber seit dem Netzkiller ... ich weiß auch nicht. Er hat ja nicht nur sechs Leute getötet. Er hat Misstrauen gesät. Unendliches Misstrauen. Er hat alle Grenzen eingerissen.»

«Hattest du das nicht immer schon, Marc? Misstrauen? Gegenüber den Menschen, über die du schreibst? Gegenüber dem, was du schreibst?»

«Ach, Annie ... Erinnerst du dich, als wir neulich zehn signierte Backstreet-Boys-CDs verlosten? Die CDs kamen, aber ohne Autogramme. Die PR-Tante der Plattenfirma faxte mir ein paar Unterschriftenmuster und sagte, ich solle es doch selber machen. Und dann habe ich es eben selbst gemacht. Irgendwelche Teenies werden die Dinger jetzt jahrelang wie ihre ausgefallenen Milchzähne hüten. Es tut niemandem weh, bilde ich mir ein. Und genauso bilde ich mir ein, nur die anderen lügen und lassen sich selbst belügen.»

Annie dreht sich zu ihm um: «An was glaubst du eigentlich, Marc? Ich meine: Gibt es überhaupt was, woran du glaubst? An dich? An deinen Verstand? Irgendwelche Werte?»

Er legt seine Wange auf das warme Kissen und greift sich nachdenklich ins Haar: «Tja, woran glaube ich?» Marc spürt plötzlich einzelne Tränen, die langsam über seine Wange rinnen. «Ich weiß eher, woran ich nicht glaube, Annie. Da gibt's 'ne Menge: Gott zum Beispiel. Ich glaube auch nicht an Psychologen und Politiker. Oder daran, dass Kirchentagsbesucher die Welt verbessern. Ich weiß, dass das alles Klischees sind. Aber sie machen mir das Leben leichter, weil ich wenigstens meine Vorurteile verstehe. Ich selbst bin das Klischee.» Er denkt nach: «Es gibt aber auch wichtige Dinge, an die ich glaube: Du sollst nicht töten, zum Beispiel. Weil ich ja weiß, dass … Und an die ganz große Liebe, Annie. An die glaube ich. Und an dich. Tut mir Leid. Aber ich glaube auch an dich. Jetzt. Obwohl du Büroaffären ja nicht leiden kannst …»

Ihre Hand streicht ihm sanft wie ein Windhauch übers Haar. «Daran erinnerst du dich?»

«Ja, klar. Hast du mal gesagt bei irgendeinem Ausstandsbesäufnis. Ist aber schon eine ganze Weile her.»

«Nein!»

«Doch.»

Sie kann es kaum glauben. «Ich dachte immer, dass du nicht auf solche Fluramouren stehst. Deshalb …»

«Gott, ja. Aber …» Sie schauen einander an. Sie müssen nichts mehr sagen.

«Ich war mal verheiratet, Marc. Drei Jahre. Wusstest du das? Es war so ein Jugendtraum von mir. Noch während des Studiums …»

«Du hast studiert?»

«Ja. Medizin. Doch dann brach ich die Uni wegen der Ehe ab. Später brach ich die Ehe wegen des abgebrochenen Studiums ab. Jedenfalls ging das total schief mit der Ehe. Ich wusste es vorher. Ich wusste es vor ihm. Ich wusste es schon in der Hochzeitsnacht, als ich im Brautkleid auf der Bettkante saß. Eigentlich schon beim Jawort. Ich wusste, dass er nicht der Richtige war.»

«Ich habe mich das oft gefragt, Annie: ob es das geben kann – die eine Einzige. Ob es bei sechs Milliarden Menschen auf der Welt einen gibt, für den man bestimmt ist. Und wie man dieses Wesen finden soll. Wahrscheinlich gibt es immer eine ganze Menge Menschen, zu denen man selbst passen würde wie der Topf auf den Deckel. Vielleicht tausend. Oder hundert. Und ‹Schicksal› ist lediglich der Zufall, dass da zwei zur selben Zeit die gleiche Entscheidung, den gleichen Glauben, die gleiche Idee teilen: Jetzt ist es so weit. Mit diesem Menschen möchte ich alt werden.»

Fast unmerklich schiebt sich Annie näher an sein Gesicht und wartet auf ein Zeichen. Sanft stupst er mit seiner Stirn an ihre und hört sie murmeln:

«Ja. Und manchmal gibt es eben verdammt merkwürdige Zufälle.»

«Zufälle, die mit Tränengas anfangen.» Er genießt ihren warmen, rauchigen Atem, die Zärtlichkeit ihrer Hand auf seinem Haar, die Tiefe ihrer Augen, während seine Linke schlafwandlerisch über ihre Taille gleitet.

«Es ist so wunderbar ruhig, Annie. Hier. Jetzt. Es ist alles so wirklich. Das ganze Geschrei draußen ist so weit weg. Die letzten Wochen. Der Netzkiller. Die Nächte im Chat. Die Schlagzeilen. Die Talkshows. Barthelmy. Das BKA. Das Netz. Die Vorwürfe über meine eigene Rolle. Der ganze Wahnsinn. Ich ...»

Sie legt ihm den Zeigefinger auf die Lippen und küsst sie sanft.

Irgendwann schiebt sie sich auf ihn, versinkt in ihm, atmet ihn, spürt ihn. Seine Finger, die sich unter ihren Rock wühlen. Sie genießt ihn. Sie liebt seine Hände, die ihre Bluse öffnen. Seinen Mund. Seine Lippen. Sie zerfließt langsam unter seinen Berührungen.

Er wollte es nicht. Er will es. Die Schweißperlen zwischen ihren Brüsten. Das Zittern ihrer Schenkel. Ihr Atmen. Stöhnen. Ficken. Kommen.

Zwei Verhungernde, die sich endlich satt fressen können aneinander. Nicht mehr Frage, nur noch Antwort sein. Bis sie von ihm herabgleitet, keuchend und feucht und warm und zitternd wie er selbst.

Marc will nichts sagen. Nicht jetzt, wo jeder Satz stören würde. Ein Einbruch wäre in die Ruhe um sie herum, die er ihr weiter in den Rücken massiert. Sie immer wieder an sich pressend, als könne er nur so das Glück fassen. Lange. Sehr lange. Wie lange? Bis die Fragen wieder stumm zurückkehren. Aber milder als zuvor.

Er küsst den zarten Flaum in ihrem Nacken und deckt sie zu mit seinem Arm, während sie flüstert: «Suchst du den Netzkiller noch, Marc? Oder hast du ihn aufgegeben?»

Er streichelt abwesend ihre Schulter: «Ich glaube nicht mehr, dass ich ihn noch finde. Aber das Spiel geht erst morgen zu Ende.»

Er wartet, ob sie nachfragt. Doch sie schweigt.

«Ich hatte am Ende zwei, die es sein konnten. Zwei von wie viel Millionen? Es ist der totale Irrsinn. Ich weiß das heute. Es wäre der pure Zufall. Aber es war eine Idee, die mir Halt gab. Die mir Boden unter den Füßen schuf. Es war der Glaube, dass man ihn mit seinen eigenen Mitteln schlagen könnte. Mit Sprache als Köder. Es war eine Möglichkeit. Eine verrückte. Zugegeben. Er taucht auf. Er verschwindet. Nur die Morde waren ein Beweis, dass es ihn überhaupt gibt.»

«Hast du nicht selbst geschrieben, dass die Morde nun ein Ende haben werden? Kann es nicht einfach zu Ende sein?»

«Ja, das habe ich im Interview geschrieben. Und glaub mir: Hunderte von Malen habe ich seither auf diese lächerliche Deutschlandkarte mit den sechs Stecknadelknöpfen geglotzt und mich dabei gefragt, ob das überhaupt stimmt. Ich meine: Im Chat sagte er, dass sich sein Spiel langsam dem Ende nähere. Er sagte es selbst. Da gab es fünf Tote. Und der letzte passte ja. Warum sonst hätte ich in Budweis den sechsten finden können? Aber danach bekamen wir Leserbriefe von drei Chemielehrern. Du weißt schon, die Sorte von Briefen, die man sonst nach dem ersten Absatz in den Eimer schmeißt, weil es nur um die wahre Höhe des Mount Everest geht. Und die drei erklärten, dass das mit dem Judenstern nur *eine* Variante sei.» Er macht eine kurze Pause.

«Wenn man die sechs Städte nicht quer miteinander verbände, wie wir es getan haben, sondern außen – ohne Schnittpunkte, dann ergebe sich kein Stern, sondern ein Hexagon. In der Chemie das Zeichen für Kohlenstoff. Kohlenstoff ist die Basis allen Lebens. Aber zu dem Zeitpunkt konnten wir ja gar nicht mehr zurück. Da glaubte uns sogar schon der Zentralrat der Juden. Hast du das mitgekriegt? Prompt wurde für nächste Woche wieder eine große Lichterdemo in Berlin angekündigt. Pressekonferenz vor den Weltmedien im Hotel Adlon inklusive. Ist ja auch egal. Jedenfalls dachte ich mir da plötzlich: Vielleicht war das wirklich nur Quatsch mit dem Judenstern. Unsere ganze Show kommt mir ohnehin manchmal vor, als schrieben wir uns selbst einen schlechten Krimi zusammen, während der Autor, der Auslöser – nenn den Netzkiller, wie du willst – sich ja nicht mehr zu Wort meldet.»

«Es gibt so viel, was ich dir noch erzählen möchte, Marc.»

Diesmal ist er es, der ihr einen Finger auf die Lippen legt, den sie aber sacht zur Seite zieht. «Wenn er tot wäre, Marc. Der Netzkiller. Wenn er sich auslöschen könnte, wie er vorher …» Sie bricht ab. «Was wird morgen passieren? Heute?»

Er küsst den trocknenden Schweiß von ihrem Hals: «Ich weiß es nicht. Ich weiß nur, dass nun noch einer oder eine übrig ist. Jemand, der dem Netzkiller ähnelt. Morgen werde ich ihn oder sie treffen.» Er spürt, wie Annie fröstelt. «Du musst keine Angst haben. Es wird ohnehin nicht der Netzkiller sein. Ich glaube nicht mehr daran. Aber ich will es zu Ende bringen. Ich will endlich mal etwas zu Ende bringen.»

Annie starrt auf den Nachttisch. «Vor ein paar Stunden habe ich noch geglaubt, dass du ... dass ich ...» Sie stockt. «Nimm wenigstens das Tränengas mit, bitte. Und den Revolver. Ich weiß, wie viel Schweine da draußen rumlaufen.»

Marc steht auf und holt ein paar Tabletten aus seiner Sakkotasche, greift nach der schal gewordenen Diet Coke auf dem Nachttisch, schluckt das Halcion hastig herunter und schiebt sich auf das Bett zurück. «Ich verstehe diese ganze Geschichte nicht mehr. Ich habe sie am Anfang nicht verstanden. Dazwischen hatte ich mitunter den Eindruck, ich sei wieder Herr der Lage. Ich dachte, ich hätte zumindest die Spielregeln begriffen. Wer die Spielregeln versteht, kann sie ändern. Es gibt ja im Chat nur die eine Spielregel, dass es keine gibt. Und ich glaubte, ich könnte die Suche nach diesem Psychopathen auf meine Weise spielen. Aber das war ein Trugschluss. Irgendwo gibt es immer jemanden, der noch einen Zug weiterdenkt, als man selbst es tut. Und wehe, wenn man ausgerechnet auf den oder die stößt bei diesen so harmlos anmutenden Streifzügen.» Er bricht ab.

Annies Atem ist tiefer geworden. Sanft streichelt er ihr eine der blond gefärbten Strähnen aus den Augen, bevor er das Laken über ihre Schultern zieht. Er könnte nicht einmal sagen, welche Haarfarbe ihre echte ist. Kurz nach sechs Uhr schiebt er sich sacht vom Bettrand, geht auf Zehenspitzen ins Bad, zieht sich an und schaut ein letztes Mal zurück. Sie ist schön. Es ist ein Geschenk, dass es sie gibt. Er haucht ihr einen Kuss auf die Stirn, schreibt eine kurze Notiz für sie, beult sich mit dem Tränengas und dem klobigen Revolver die Sakkotasche aus und zieht schließlich leise die Zimmertür hinter sich zu. Einmal schaut er noch zurück. Sie hat die Augen geschlossen. Sie schläft nicht, doch sie lässt ihn gehen.

Noch ist alles ruhig im Hotel. Die Tür des Nebenzimmers öffnet sich lautlos. Der fremde Mann schaut ihn kurz an, zieht die Klinke heran, wirft ihm ein stramm geräuspertes «Öhem, guten Morgen» entgegen und geht den Flur entlang. In sein Zimmer? Marc fährt

mit dem Aufzug hinab, läuft durch die Morgendämmerung hinüber zum Haupthaus des Hotels.

«Meine Frau schläft noch», sagt er und genießt die Erdschwere
dieses Satzes. Er schiebt dem Portier einen 50-Mark-Schein hin.
«Könnten Sie ihr zum Frühstück ein paar Rosen besorgen?»

5 / Möglichkeiten

Highway To Hell (AC/DC)

Es ist Sonntag, der 29. August 1999. Marc atmet die Unausgeschlafenheit der blau schimmernden Reeperbahn. Eine bunte Amöbe wankender Partygänger quillt an ihm vorbei Richtung Fischmarkt, einen der wenigen Plätze, wo es um diese Zeit schon laut, dreckig und voll genug ist. Die Typen mit ihren Ziegenbärtchen sind mindestens fünfzehn Jahre jünger als Marc und müssen ihn für ein etabliertes altes Arschloch aus jener Manager-Welt halten, in der man langsam über Frühpensionierung, Haftcremes und Viagra nachzudenken beginnt. Trotz seines zerknitterten Sakkos. Ein Mädchen, das mindestens zwanzig Jahre jünger ist als Marc, schert torkelnd aus dem Pulk und kotzt an die Bordsteinkante. Er hört das würgende Platschen und dreht sich weg, bevor sich auch in ihm etwas dreht.

Die letzten vergessenen Neonreklamen tanzen brennend hinter Marcs Augen. Er muss die Tabletten absetzen. Wirklich. Typen wie er, die mit fleckigen Jacketts und Gesichtern wie Abrissbirnen an den verrammelten Sexshops vorbeischlendern, passen viel zu gut hierher. Er sollte sich selbst eine Warnung sein. Er sollte nach Hause gehen. Schlafen. Vergessen. Neu anfangen. Überhaupt endlich anfangen. Mit Annie. Für Annie. Dank Annie. Stattdessen beschleunigt er seinen Schritt Richtung Redaktion.

Die beiden Pförtner werfen sich verschwörerische Blicke zu, als raunten sie sich zu: «Was, der lebt noch?» Oder: «Achtung, da kommt der Irre wieder! Wer schreibt seine Ankunftszeit auf, wenn morgen das BKA nachfragt?» Ihm wird langsam bewusst, dass er wieder in einer Welt ist, die sein Leben ohne ihn längst weiterstrickt. Seinen Ruf. Seine Zukunft. Grußlos geht Marc an ihnen vorbei, fällt in den Aufzug, fährt hoch in sein Stockwerk, geht den leeren Flur entlang und schließt seine Bürotür hinter sich. Er zündet sich eine Zigarette an, während er seinem Computer dabei zuschaut, wie der langsam wach wird.

Marc hat mittlerweile zwölf anonyme Mail-Adressen, die er für seine Maskeraden brauchte. Das einzig Ordentliche in seinem Schreibtisch ist die Liste, auf der er akribisch genau notierte, welcher «Mensch» sich mit welchem Aussehen und welcher Lebensgeschichte hinter welcher Adresse bei topmail.de, gmx.de, yahoo.de oder hotmail.com versteckte. Er lebte längst kein Leben mehr, weil er gleich ein Dutzend davon hatte. Dabei kann man sich schon mal aus den Augen verlieren.

Mechanisch tippt er Namen und Passwörter ein und ruft einen Briefkasten nach dem anderen auf. Er klopft jede Mail, jeden Satz, jedes *g* auf Netzkiller-Qualitäten ab, bevor er am Ende, zufrieden enttäuscht, seine offizielle Mailbox aufruft, in der eigentlich nichts liegen kann außer dem üblichen Cyberschrott aus langweiligen PR-Meldungen, Einladungen und Leserbriefen. Marc will seinen PC gerade ausschalten, als er innehält, nochmals in die Mailbox zurückkehrt und an dem Absender kleben bleibt, der gerade in sein Unterbewusstsein einsickert.

Subject: Wahrheit
Date: Sun, 29 Aug 1999 08 : 02 : 32 +0100
From: Romeo64@gmx.de

Die Mail war nur ein paar Minuten alt. Aber das war es nicht. Der Absender! Dieser Name! Marc reißt seine Schubladen auf und wühlt in den Kladden zum Netzkiller. Tatortfotos fallen zu Boden,

Vernehmungsprotokolle, Aktennotizen, seine Schlagzeilen. Ein paar Ausrisse aus anderen Blättern. Da ist es: Romeo64@gmx.de. Es war die Verabredung von Michaela Bronner, Opfer Nummer drei. Es war der Name, einer der Namen des Netzkillers. Marcs Hand zittert über die Tastatur und zieht sich die Mail über den Schirm, die nur aus einem Satz besteht:

«Passen Sie gut auf sich auf!»

Die Schrift ist so winzig, dass Marc sich weit über den Schirm beugen muss, um sie lesen zu können. Er sieht sich selbst dabei zu, wie seine Hände fahrig in den Papierbergen nach Melanders Telefonnummer suchen. Der BKA-Mann ist nicht in seinem Wiesbadener Büro. Es ist Sonntagmorgen, und gerade hat der wahre, der einzige Netzkiller irgendwo eine Mail abgeschickt, die nur für Marc bestimmt war. Die wie eine Drohung klingt. Nicht, weil der karge Satz so viel Interpretation erlaubt hätte. Sondern weil Marc es akzeptieren würde. Weil es die gerechte Strafe wäre, wenn dieser Psychopath nun endlich zurückschlüge. Marc schluckt zwei Diazepam mit dem Kaffeerest in dem eingetrockneten Sat-1-Becher herunter, den jemand auf seinem Schreibtisch vergessen hat. Dann fängt er an, Romeo64 zu antworten. Hastig, weil er hofft, dass sein anonymes Gegenüber noch online ist. «Wer bist du?», schreibt er und schickt die Nachricht ab ins Netz-Nichts.

Dann wartet er. Wartet und klickt sein Postfach an. Wartet und schaut aus dem Fenster in den Sonntagmorgen. Wartet und wartet. Wartet und denkt nach. Dass Romeo64 vielleicht doch ein Spinner ist, wie der, den Melanders Leute mal ausfindig gemacht haben. Aber dieser eine, einzige Satz klingt so ernst. Er ist so fein geschnitten. «Passen Sie gut auf sich auf!» Der Jürgen-Fliege-Standardabschied. Warten und klicken und klicken und warten. Aber es geschieht nichts mehr. Es kommt keine Antwort.

Irgendwann reißt sich Marc zusammen und schaltet den Computer aus, packt die angebrochenen Reste seiner Hausapotheke in die ausgebeulten Taschen seines Jacketts und geht grußlos an den Portiers vorbei nach draußen.

Es ist kurz vor elf, als Marc sein Apartment betritt. Die Leuchtdiode an seinem Anrufbeantworter blinkt. Seine Mutter sagt, dass sie sich Sorgen macht. Mit einem Knopfdruck überspringt Marc die Nachricht. Barthelmy sagt, dass er sich keine Sorgen mache wegen der «Geschichten». Welcher Geschichten? Hatten sie sich mittlerweile auf ihn eingeschossen? Marc hat weder gestern noch heute Zeitung gelesen. Er fühlt sich beobachtet. Jetzt am Telefon. Dann unter der Dusche. Später am PC. Vor allem am PC, zu dem es ihn wie magisch zurückzieht.

Er sucht ja nichts mehr. Und dennoch klickt er sich sofort wieder in irgendeinen Chat, dessen Adresse ihm gerade einfällt, und lässt den nie versiegenden Plapperstrom an sich vorüberquillen. Annie hatte völlig Recht: Er hängt an der Online-Nadel. Er ist süchtig. Süchtig nach diesen virtuellen Fetzen Gespräch. Süchtig nach der trügerischen Nähe, die er immer griffbereit hatte. Süchtig nach dem ewig Neuen hier drin. Süchtig nach Sucht. Allein unter den Bookmarks seines Laptops waren rund zwei Dutzend Chats abrufbar. Er weiß wirklich nicht, worauf er hier noch wartet. Antworten wird der Chat ihm keine mehr bringen. Er hat seine Sprechblasen längst satt. Das Gequatsche all der unbekannten Phrasenmäher. Das ewig ambivalente Herumgeturtel. Die Koketterie der Frauen. Die verschwitzte Notgeilheit der Kerle. Er hasste jedes einzelne *g*, das den meisten Sätzen im Cyberspace weniger ein ironisches Lächeln verlieh als ihnen den letzten Rest Ernsthaftigkeit raubte. *g* war das rettende Fangseil, das Netz im Netz. «Bist du solo?» ist eine normale, irgendwann zu stellende Frage. «Bist du solo *g*?», klingt dagegen, als wolle einer die ironische Brechung dieser Standardfrage gleich mitliefern, um ein Antwort-

«Nein» abfedern zu können. Marc grinste im Cyberspace längst nicht mehr.

Warum hat der Netzkiller mit ihm geredet? Was sollte ihm die Mail sagen? Was wusste Barthelmy mit all seinen merkwürdigen Andeutungen, es könne gefährlich sein, zu viel zu wissen? Marc starrt auf das Telefon. Vielleicht wird es längst abgehört. Kann man das nicht am Leitungsknacken erkennen, wenn man abhebt? Egal. Er wählt eine Handy-Nummer. Es hört überhaupt nicht mehr auf zu knacken.

Nach dem fünften Fiepton hebt jemand ab: «Hi, hier ist Andy. Wer da?»

«Hallo, Andy, Marc hier. Marc Pohl.»

«Hi, Marc, na, immer noch auf der Suche nach dem Netzkiller? Du hast dich lange nicht gemeldet. Übrigens gut, dass du anrufst, ich habe da – glaub ich …»

Marc unterbricht ihn. Wenn man Andy nicht unterbricht, frisst er einem stundenlang das Ohr ab. Andy ist dreißig, sieht aber aus wie ein vierzigjähriger Informatikstudent mit Akneschlachtfeld im Gesicht. Andys Pferdeschwänzchen ist das Relikt einer Revolution, die nie stattfand. Wahrscheinlich ernährt er sich nur von Currywurst, Fünf-Minuten-Terrinen und CD-ROMs. «Andy mit Ypsilon am Ende.» Darauf legt er Wert. Womit verdient der eigentlich sein Geld? Na ja, egal.

«Andy, lass mal bitte. Mir ist da gerade was Merkwürdiges passiert.» Er erzählt dem Hacker kurz die Geschichte mit dem Gruß.

«Wow», kreischt Andy. «Cool ey, klingt ja wie Akte X im Cyberspace.»

Marc merkt auf. Vielleicht ist es Andy. Vielleicht ist Andy der Netzkiller. Vielleicht wollte er seinen «Chaos Computer Club» auf diese Weise in die Schlagzeilen bringen. Wäre doch möglich. Das technische Know-how dazu hätten diese Freaks allemal. Und war Andy nicht viel zu wenig überrascht über seinen Anruf? Marc ist psychotisch. Er weiß es. Er sieht die Verschwörung überall. Er versteht mittlerweile diese Spinner, die sich erst durch eine akute Gräueltat ins Gedächtnis der breiten Masse fräsen und dann im Verhör von unterirdischen Bunkern fabulieren, in denen Menschen zu Brotaufstrich außerirdischer Besucher verwurstet werden.

«Marc, bist du noch dran?»

«Ja.»

«Das dauert aber, bis ich da in den Protokollen was rausfinde. Übrigens, ich wollte dir eigentlich ...»

«Vergiss es», sagt Marc knapp und legt auf. Er muss hier raus. Er muss los. Er muss weg. Er muss es beenden.

Marc packt Annies Revolver aus Stasi-Beständen, das Tränengas und noch ein paar andere Sachen in seinen Rucksack. Erst jetzt fällt ihm so richtig auf, wie erbärmlich sein nachtblaues Sakko mittlerweile aussieht und stinkt. Es passte wunderbar zu dem aschfahlen, unrasierten Gesicht, das ihn vorhin im Badezimmerspiegel anglotzte. Seine Tabletten packt er in die Seitentasche, damit er sie während der Autofahrt leichter erreichen kann. Dann verlässt er seine Wohnung und fährt los.

Auto ist sicherer als Flugzeug. Vielleicht kann der Netzkiller sonst seine Spur verfolgen. Vielleicht «sähe» er, wenn er am Lufthansa-Automaten einchecken würde. Vielleicht könnte er die Bordelektronik des Airbusses durcheinander bringen. Die Maschine abstürzen lassen. Das Ende steuern. Das eigentlich Furchtbare ist, dass Marc mittlerweile alles für möglich hält. Vielleicht verfolgt ihn auch das BKA. Der blaue Passat zum Beispiel, der seit Hannover hinter ihm klebt. Bei immerhin 160 Stundenkilometern. Nun schon seit einer Stunde. Vielleicht hat auch Barthelmy ihm einen Aufpasser engagiert. Einen Schutzengel. Oder einen Auftragskiller. Die Fragen sind wieder da. Die Varianten. Die grenzenlosen Möglichkeiten.

Am Kirchheimer Dreieck schert er aus dem apathischen Wagenstrom und bremst abrupt in die Ausfahrt, um zu sehen, ob ihm der blaue Passat folgt. Als er ihn auf der Überholspur an sich vorbeiziehen sieht, ist Marc für einen Moment beruhigt. Es war nur eine typische deutsche Kleinfamilie mit Dachgepäckträger und Schatten spendenden Bart-Simpson-Fratzen in den Fondfenstern.

Vor ihm funkelt eine dieser gewaltigen Esso-Stationen, an denen man mittlerweile sicher auch PCs kaufen kann oder Individual-Trips ins malaysische Hinterland. Einmal Super bleifrei und zwei Wochen Kulturtrekking – macht eintausendfünfhundertzwoundachtzig fuffzich. Marc will nicht tanken. Der Sprit wird reichen. Muss reichen. Er hat auch viel zu wenig Bargeld zum Tanken dabei. Und die Kreditkarte könnte der Netzkiller vielleicht ... Ach Scheiße.

Burger King oder McDonald's? Marc hat die Wahl. Er entscheidet sich für Burger King, weil die auch immer schon die Verlierer waren, obwohl sie die besseren Burger machten.

Das Seniorenpärchen vor Marc in der Kassenschlange starrt angestrengt auf die bunt illuminierten Menütafeln. Marc hört die alte Frau leise fragen, «was wohl Triple Cheese ist». Sie spricht es nicht «Traipel Tschies» aus, sondern «Trippel Tseese». Es klingt wie eine Geschlechtskrankheit. Sie kann kein Englisch.

«Das ist mit so Beilagen», murmelt ihr Mann, als wisse er Bescheid. Er weiß es auch nicht. Sie weiß, dass er es nicht weiß. Aber sie vertraut ihm.

Beide sehen aus, als sammelten sie in einer Glasvitrine kleine, süße Hummel-Porzellanfigürchen, als hätten sie noch ein Telefon mit Wählscheibe unter der Garderobe aus furnierter Eiche und würden zum Kurkonzert in Bad Harzburg immer ihr abgeschabtes Sitzkissen mitnehmen. Marc bekommt plötzlich schreckliches Mitleid mit den beiden. Er würde ihnen gern das mit dem Käse erklären. Wenigstens. Vielleicht fänden sie dann den Glauben in die heutige Jugend zurück. Vielleicht wäre der Mann aber auch brüskiert, weil Marc seine Antwort konterkariert und damit das

Vertrauen seiner Frau in seine Welterklärungsfähigkeiten weiter schwände.

«Zwei Bluna bitte», hört Marc den alten Mann endlich sagen, und seine Frau hakt sich dabei an seinem linken Arm unter. Der türkische Verkäufer nuschelt irgendwas schwer verständlich Gelangweiltes wie «Habbenurspriteundfanddablunagibbsenix», was den alten Mann augenblicklich völlig aus der Fassung bringt, weil er gehofft hatte, hier ohne Problem durchzukommen wie vielleicht damals kurz vor Kriegsende, als er mit zwei Kameraden bei Danzig ... vielleicht. Vielleicht droht das hier sein Stalingrad zu werden.

Irgendwann sitzt Marc am Fenster, schiebt den warmen, weichen Whopper in sich hinein, schlingt die Pommes runter und starrt gedankenverloren aus dem Fenster. Die Sonne scheint. Es ist ein schöner Tag. Ein ganz normaler Sommertag. Er angelt sich eine Tablette aus der Jeans. Zwei Tische weiter hockt das alte Ehepaar vor zwei Maxi-Eimern Sprite. Die Frau versucht, mit den Fingern die Eiswürfel aus dem Pappbecher zu schaufeln. Vielleicht hat sie Magenprobleme. Vielleicht fahren sie nachher in einem garagengepflegten Golf 1 weiter, um ihre Tochter zu besuchen in München oder Offenbach oder Stuttgart.

Vielleicht. Vielleicht. Vielleicht gibt es den Netzkiller gar nicht, denkt Marc, während er weiterfährt, bis am Horizont die Bürobunker und Frachtanlagen und Terminal-Paläste und Tower-Türme des Frankfurter Flughafens auftauchen. In dem Schilderdickicht hat selbst er Mühe, die richtige Ab-, Aus- oder Zufahrt zu den Parkplatz-Batterien zu finden. Hier also wird die Geschichte zu Ende gehen. Hier, wo er vor einigen Wochen zum letzten Mal durch die Gänge taumelte, auf dem Weg zu Melander. Diesmal hat er noch zwei Stunden Zeit.

Auf einem der Ledersessel in der großen Halle von Flugsteig A macht er es sich unbequem, so schlecht es geht, zieht einen tonnengroßen Aschenbecher zu sich, zündet sich eine Zigarette an und verliert seinen Blick augenblicklich im Trubel der Reisenden, die um seine kleine Insel herumschwappen. Über ihm quellen Kabel und Klimaschächte wie Därme aus der aufgerissenen Decke.

Marc hasst diesen Flughafen. Er hat sich nie einsamer gefühlt als hier zwischen Abertausenden von Touristen und Geschäftsreisenden aus Philadelphia und Neu Delhi und Tokio und Quebec und Adelaide. Er schluckt wieder ein paar Tabletten, um die Kraft zum Aufstehen zu finden. Dann schlendert er langsam hinüber zum 2040-Betten-Bunker des Sheraton Hotels. Dort versinkt er in einer Siebziger-Jahre-Orgie aus Messing, Eichenimitat und Marmor, die sich ein Filmdekorateur im Vollrausch ausgedacht haben muss. Für das Remake eines Peter-Alexander-Films. Es ist kurz vor 20 Uhr.

Marc könnte eine der Empfangsmiezen fragen, ob das Zimmer, das er ansteuert, schon belegt ist. Er sollte ihr irgendwas von Geschäftspartner vorlügen. Er hätte vielleicht eine Chance, an den Namen zu kommen. Könnte. Sollte. Hätte.

Aber dann würde sie in dem Zimmer anrufen und sagen, dass hier unten ein Mann namens Wie-war-doch-gleich-Ihr-Name warte. Marc darf das nicht riskieren. Sonst wäre sein Ziel gewarnt. Also schluckt er noch ein paar Tabletten, ohne sich die Mühe zu machen, es zu verbergen. Er frisst sie gegen das flaue Gefühl in der Magengrube.

Am Aufzug stehen zwei amerikanische Geschäftsleute. Marc lässt ihnen eher zerstreut als höflich den Vortritt. Noch während der zweite einsteigt, knallt die Tür wieder zu. «Oh, those Germans», hört er den einen ächzen. «Even their elevators are always pushy pushy.»

Marc würde durch seine Diazepam-Nebel gerne antworten: «I wouldn't call it pushy but efficient. You know. Like the Holocaust. We've invented efficiency at all, you Yankee assholes.» Aber er kann sich beherrschen. Noch kann er sich beherrschen. Im neunten Stock steigt er aus.

Er schaut den Flur auf und ab. Alles leer. Er zieht das Tränengas und den Revolver aus seinem Rucksack und wirft ihn wieder über die Schulter. Er klopft an die Zimmertür. Dieses Mal ist die Überraschung nicht nur auf seiner Seite.

«Sie?», hört er den Mann in der Tür aufstaunen. Wenn er das Entsetzen spielt, dann spielt er es wirklich gut.

Alles entgleist.

Marc vergisst vor lauter Aufregung das Tränengas in seiner Rechten. Er sieht, wie sein

Gegenüber

       erst

            auf ihn,

                 dann

                     auf die Dose

                         starrt.

                                Bildfolgen.

                                    Abgehackt.

                                        Comicgleich.

Im selben Moment reißt Marc die Rechte hoch und presst die Fingerkuppe auf den Sprühkopf. Er kann den feinen Nebel sehen und seine Wirkung. Der andere wirft sich die Hände vors Gesicht und wankt zurück.

Marc zischt: «Los! Rein da!»

Dann schließt er die Tür hinter sich. Es ist wieder still. «Keine Gefangenen! Es dürfen keine Gefangenen gemacht werden!» In welchem Film tauchte dieser alberne Satz zum ersten Mal auf? «Lawrence von Arabien»?

Im Flur schweben unsichtbare Teufel mit lächerlichen Pappflügeln auf den Schultern. Sie tanzen auf und ab vor Zimmer 923. Marc weiß es.

6 / Hass

Scream (Michael Jackson)

Marc sitzt am Fußende des Bettes und starrt ungläubig auf den Mann vor sich. Es kostete ihn unendliche Mühe, seinen Körper auf das Bett zu stemmen und so auszurichten, dass er ihm mit den Resten von Annies Klebeband Hände und Füße zusammenbinden konnte. Aber das musste sein, weil der Mann eine Gefahr war. War er das? Wie hatte Annie das eigentlich geschafft? Dann zog er die Vorhänge zu, schaltete am Fernseher irgendeinen Musikkanal an und brütete vor sich hin.

Marc wischt sich mit dem Handrücken den Schweiß von der Stirn und zündet sich eine Zigarette an. Am Flackern der Feuerzeugflamme erst merkt er, wie sehr seine Hand schon wieder zittert. Er beruhigt sie mit ein paar Tabletten. Sein Bewusstsein fängt an zu brennen.

Da liegt sie also, seine Beute. Der letzte Fisch, der in seinem Netz zappelt. Der Höhepunkt. Der Tiefpunkt. Das Finale. Die Endstation. Marc weiß nicht, worüber er sich freuen soll. Er horcht in sich hinein, ob da irgendwelche Gefühle schreien. Wer oder was hat ihn so weit gebracht, dass er jetzt in einem Frankfurter Flughafenhotel einen Mann betäubt, fesselt und bedroht? Was war in den vergangenen Wochen mit ihm und um ihn herum geschehen, dass er angesichts des Mannes auf dem Bett zumindest eine Art erschöpfter Erleichterung verspürt? Wie hing alles zusammen? Ist die gekrümmte Gestalt, die nach einer halben Stunde langsam anfängt, sich ins Hier und Jetzt zurück zu ächzen, der Netzkiller?

Ist es Benno Melander? Jener Mann also, der ihm die erste Bestätigung lieferte, dass es den Netzkiller überhaupt gab? Benno Melander! Marc inhaliert den Rauch und schluckt immer mal wieder eines der Aufputschdragees in seiner Jackentasche. Gegen die Unruhe. Gegen den Hunger. Gegen die Müdigkeit. Er muss wach bleiben. Er muss klar bleiben. Klären, was es noch zu klären gibt, wenn überhaupt etwas zu klären ist.

Er betrachtet Melanders Gesicht. Die Lider sind gerötet. Die Wangen verzerrt. All die Ruhe, die Marc bei seinem ersten Besuch in Melanders Wohnung an dem BKA-Mann bewundert hatte, ist aus diesen Zügen gewichen. Hier liegt ein anderer, fremder Melander. Marc nestelt in seinem Rucksack nach Annies Revolver und legt ihn vorsichtig auf den hellen Tisch neben sich. Er kennt sich mit Waffen nicht aus. Er will nicht, dass sich ein Schuss löst. Aus Versehen. Aus Dummheit. Er ist schon viel zu weit gegangen. Ist er das? Hat nicht Melander *ihn* aufgespürt? Hat nicht *er* es vorangetrieben? Hat nicht Melander überhaupt allein angefangen mit diesem Spiel? Ist er der Netzkiller?

Zuzutrauen wäre es ihm. Melander kennt das Internet und er weiß um die technischen Tricks. Melander treibt sich hauptberuflich in den bizarrsten Chats herum. Melander hat Germanistik studiert und versteht es, mit Sprache umzugehen. Er ist kein typischer Bulle. Er hat sich schon lange im Niemandsland zwischen den Welten bewegt. Vielleicht ist er nirgendwo zu Hause und schon deshalb ein scharfer Beobachter. Ein Mann mit analytischem Verstand. Ein scheinheiliges Arschloch. Ein gefährliches Monster. Ein Lügner. Ein Doppelleben-Spezialist. Ein Familienglück-Demonstrant.

Und das ist auch sein Motiv, ganz bestimmt ist es das: sein Hass gegen all die verlotterten Sickergruben im Cyberspace, die er doch nie würde trockenlegen können in seinem ärmlichen Büro. Die Verachtung, die Melander für all die Unbekannten übrig hat, die ihm tagtäglich im Netz begegnen. Die sich sicher fühlen können unter der Tarnkappe ihrer vermeintlichen Anonymität. Sicher vor ihm, dem machtlosen Cyber-Cop, der jeden Kinderficker allenfalls zu einem Aktenzeichen mit drei Durchschlägen machen muss, bevor ein Staatsanwalt – wenn überhaupt – Monate später einen Durchsuchungsbeschluss, einen Haftbefehl oder Auslieferungsantrag unterschreibt. Melander ist Vater. So wird in ihm die Idee gereift sein zurückzuschlagen. Endlich sich zu wehren. Feuerwehrmänner legen gern Feuer! Krankenschwestern glauben mitunter, hoffnungsloses Leben «erlösen» zu müssen. Ist es nicht so? Melander könnte genauso sein: ein selbst ernannter Rächer. Ein virtueller Gott über Leben und Tod. Plötzlich berauscht von der Macht seines Guerillakriegs. Seiner Hybris, straflos Selbstjustiz zu üben. Und hier lag er nun, Opfer seiner selbst. Marc denkt sich in Rage, während Melander langsam die Augen öffnet.

«Was ... wo bin ich? Wer ...»

Marc weiß, wie Melander sich jetzt fühlen muss. Tags zuvor hatte er es selbst erlebt: Das mühsam sich an die Oberfläche zurückkämpfende Bewusstsein, das einem die eigene beschissene Lage zu erklären versucht. Die gefesselten Hände und Füße. Das Hotelzimmer.

«Wie ... ich meine», hört er Melander schnaufen, «warum sind Sie hier? Ich habe ... eigentlich habe ich jemand anderen erwartet.»

«Sie haben mich doch selbst eingeladen, Melander. Oder wie soll ich Sie heute nennen? Niemand? Wanderer? Oder vielleicht Nick? Oder Lover? Oder doch True Lie? Die virtuellen Lügen haben ein Ende, Melander, wenn sie den realen Raum erreichen. Herzlich willkommen in der Wirklichkeit! Und ich muss Sie gleich warnen: Versuchen Sie nicht, sich zu bewegen. Ich meine das wirklich ernst. Das wäre Ihr Ende.»

«SIE–WAREN–WILD–ROSE?»

Melanders Stimme überschlägt sich. Stürzt ab. Erstirbt. Er versucht, sich hochzurappeln, sackt aber sofort wieder auf das Laken zurück. Er atmet schwer. Er wimmert nur: «Sie? Mein Gott, mein Gott. Das kann nicht wahr sein. Das gibt es alles gar nicht ...»

Marc zieht sich müde eine Zigarette aus der Schachtel: «Doch, ich war Karin Hensler, die sich ‹Wild Rose› nannte: dreißig Jahre alt, Bank-Analystin aus Frankfurt und seit kurzem wieder solo. Es war eine von zwölf Rollen, in die ich schlüpfte, um den Netzkiller zu ködern. Es war die beste. Die schönste. Ich habe Ihnen doch davon erzählt, dass ich die Suche nach dem Netzkiller auf meine Weise starten würde. Ihr beim BKA habt ja nichts zustande gebracht in all den Wochen außer ein paar lächerlichen Pressekonferenzen. Und Sie haben mir sogar die Liste der Online-Jagdgründe geschickt, in denen ich wildern sollte. Und Sie erzählten mir von zwei, drei Chats, in dem ich nicht suchen müsste, weil Sie selbst dort immer mal wieder nach dem Rechten sähen. Das machte mich neugierig. Es gab keine Karin Hensler. Nur in meinem Kopf. Wollen Sie mir heute keine Rose schenken wie in den letzten fünf Tagen, Sie Arschloch?»

Melander murmelt: «Das gibt es alles nicht ... Das kann alles nicht wahr sein. Das ist völlig unmöglich, dass ich mich so getäuscht habe. Dass ... dass Sie wirklich so eine Nummer mit mir abgezogen haben. Ich meine, ich habe Ihnen doch nichts getan. Überhaupt nichts.»

«Als Sie sich am Donnerstag meinem vermeintlichen Höhepunkt entgegenschrieben, saß ich zu Hause vor meinem Laptop, holte mir ab und an Kaffee aus der Küche, aber bestimmt keinen runter. Das können Sie mir glauben. Venedig, was? Waren Sie überhaupt jemals in Venedig? Bei Ihrem Beamtengehalt? Auch wenn Sie wirklich gut waren. Zu gut. Von Anfang an so gut wie der Netzkiller. Sie hatten seine Sprache. Manchmal waren es nur winzige Details. Manchmal schimmerte Ihre Bewunderung für das Werk dieses Irren klar durch jede Ihrer Zeilen. Zu klar.»

Melander hört seinem Gegenüber zu, während er versucht, die

Rolle zu finden, die er hier spielen soll: «Sie glauben also, ich sei der Netzkiller? Ist es das?» Er starrt zur Decke.

«Hören Sie auf! Das hat alles keinen Sinn mehr. Glauben Sie mir. Das Spiel ist zu Ende. Und Sie haben es verloren. Sonst lägen Sie jetzt nicht hier.»

«Mann, Pohl! Glauben Sie wirklich, ich hätte die Biographie von ‹Wild Rose› nicht abgecheckt, wenn ich der Netzkiller wäre? Ich meine, dass ich mich einfach so auf eine wildfremde Frau einlasse? Glauben Sie das wirklich?»

«Sie haben es getan.»

«Ja, weil ich doof bin. Bis in die Knochen», schreit Benno.

«Ich kann Sie beruhigen: Das, was ‹Wild Rose› über sich erzählte, hätte uns beiden nicht gereicht, um sie wirklich ausfindig zu machen – draußen im realen Leben. Darauf habe ich schon geachtet. Und außerdem hat sie sich von Hackerfreunden ein paar Verschleierungstricks besorgt, bevor sie sich selbst erschuf.»

«Das ist ja der Wahnsinn. *Sie* sind der Wahnsinn, Pohl. Das kann alles nicht wirklich sein. So was gibt es gar nicht», murmelt Melander weiter gebetsmühlenartig an die Decke.

«Und hören Sie mit dem Gemurmel auf!» Marc ist genervt. «Meinen Sie, ich sei vorhin nicht genauso überrascht gewesen wie Sie, als sich die Tür öffnete? Da stand nicht irgendein Norman Bates. Da stand Benno Melander. Ausgerechnet Melander, der BKA-Fahnder. Der Familienmensch. Der gute Vater. O Mann! Und dann bucht dieser Typ heimlich ein Hotelzimmer am Flughafen und schreibt seiner anonymen Chat-Flamme, die er gerade mal fünf Tage kennt: ‹Ich liebe dich.› Wie oft haben Sie das schon gemacht, Sie ...» Marc sucht nach Worten. «Ich höre! Wie oft? Wenn man mal von Ihren sechs Opfern absieht? Wie oft?»

Während Melander noch immer vergeblich Ordnung in sein Hirn zu bringen versucht, während er den Raum registriert und die wenigen, aber entscheidenden Veränderungen wie den Revolver auf dem Tisch und die Klebebänder an seinen Gliedmaßen, murmelt er: «Sie haben ja überhaupt keine Ahnung, wovon Sie reden, Sie Schreibtischtäter. Null Ahnung. Aber das dürfte ja bei Ihnen der Normalzustand sein, nehme ich an. Ich hätte es gleich wissen müssen. Meine Frau hat mich noch gewarnt vor Ihnen.»

«Ihre Frau! Dass ich nicht lache. Die wird ja wohl kaum wissen, wo Sie sich gerade aufhalten.»

Melander ignoriert den Hohn: «Aber ich wollte nicht auf sie hören. Ich wollte es sehen. *Sie* sehen. Und ich hätte nach Ihrem Besuch bei uns schwören können, dass Sie trotz Ihres Ekeljobs ein ganz passabler Kerl seien. So kann man sich täuschen. So habe ich mich auch in ‹Wild Rose› getäuscht. Ich hätte es wissen müssen. Aber Sie, Pohl, Sie sind garantiert noch gefährlicher. Sie haben nicht den Hauch eines Gewissens. Keinerlei Schuldgefühle, wenn Ihr krankes Hirn sich so etwas wie ‹Wild Rose› ausdenken kann. Das eigentliche Monster sind Sie. Der Oberpsychopath. Ein Dreckschwein, das über Leichen geht und dabei …»

«Hören Sie auf!» Marc ist aufgestanden, hat die Pistole vom Tisch gerissen, setzt sich neben Melander und drückt ihm den Lauf zwischen die Lippen: «Hören Sie sofort auf! Oder …»

Melander bricht kurz ab, hält die Lippen aber ängstlich geöffnet. Sie schauen sich an, erschrocken vor dem Funkeln in den Augen des Gegenübers. Das Eisen bohrt derart grob in seinem Rachen herum, dass er würgen muss.

«Drück doch ab», quetscht er hervor, «komm, dann hab *ich* es wenigstens hinter mir. Oder geht's dir um die Show? Ist es das? Dein Showprozess?»

Marc zieht den Lauf langsam wieder aus Melanders Mund. Komischerweise hat er plötzlich Angst. Angst davor, was danach käme. Angst vor sich selbst. Und Angst, dass seine Beute hier noch das Laken voll kotzt. Er weicht einen Schritt zurück und lässt sich erschöpft auf den Stuhl fallen.

«Sie sind schon tot, Melander. Sie sind so wenig am Leben wie ‹Wild Rose›, die Sie in jenem Moment erledigt haben, als Sie ihr dieses Treffen angeboten haben.»

«Kann sein. Aber dann haben Sie mich auf dem Gewissen. Niemand sonst. Das dürfte Leute wie Sie aber ja nicht weiter beunruhigen», sagt Melander, noch immer zitternd.

Draußen dröhnen die letzten Urlaubermaschinen in den wolkenverhangenen Nachthimmel Richtung Bangkok oder Lanzarote oder Sydney. Auf dem Bildschirm des Fernsehers schreit Michael Jackson. Beide hören ihn keifen: «With such confusion don't it make you wanna scream.» Ein paar Minuten lang wagt keiner der beiden weiterzureden. Jeder sucht nach einem Anschluss. Um Zeit zu gewinnen. Um abzulenken. Sich selbst abzulenken.

Melander fängt an, die Hände auf seinem Rücken auseinander zu ziehen, um das Klebeband zu lockern. Irgendwo hupt die Alarmanlage eines Autos nervtötend durch die Dunkelheit, bis der Heulton plötzlich abreißt.

«Ich habe ‹Wild Rose› geliebt, wenn es im Chat so etwas wie Liebe überhaupt geben kann», fängt Melander nach einer Ewigkeit an. «Und? Ist das ein Verbrechen? Schon Montagnacht konnte ich kaum einschlafen nach unserer ersten Begegnung. Ich sehnte den Dienstag herbei. Ich war nicht der selbstbewusste Alleswisser. Ich war ein kleines, gieriges Würstchen. Und die Gespräche mit ‹Wild Rose› waren so schön. So geistreich, dass ich jedes Mal alles um mich herum vergaß. Mich vergaß.» Er hat keine Taktik. Er hat keinen Plan. Kein Ziel. Er musste das einfach sagen.

Dann schweigt Melander wieder eine Weile, bevor er nachsetzt: «Sie können mich erschießen. Das ist mir, ehrlich gesagt, scheißegal. Aber ich werde Sie ab jetzt duzen, Marc. Wir kennen uns ja schon gut genug. Ich bin Benno.»

Marc antwortet nicht. Melander kann ihn nicht sehen. Er sitzt irgendwo im Dämmerlicht jenseits seiner Fußspitzen. Nur die blau leuchtende Soße des Fernsehers und der Straßenlampen draußen tauchen den Raum in eine Ahnung von Restlicht.

«Wenn es ‹Wild Rose›, ich meine Karin, wenn es sie wirklich gegeben hätte als echten Menschen aus Fleisch und Blut, wäre es durchaus wahrscheinlich gewesen, dass mir die ganze Nacht auch nichts anderes in den Sinn gekommen wäre, als mit ihr zu reden und zu reden und zu reden, wie ich jetzt mit dir rede. Ich war nicht auf Sex aus. Es war mehr. Leider war es mehr.»

Er überhört Marcs verächtliches Schnauben. «Was weißt du schon von mir, Marc? Was weißt du, dass du dir ein Urteil anmaßen dürftest über mich? Dass du dir so ein perverses Spiel mit mir erlauben dürftest?»

«Nichts», antwortet Marc. «Du hast ja kaum etwas über dich erzählt – im Chat. Warum eigentlich nicht? Andere Seitensprung-Aspiranten sind da doch auch viel schneller bei der Sache.»

Melander ist froh, dass sein Gegenüber auf das vertrauter klingende Du einschwenkt, auch wenn ihn die bösartigen Sticheleien weiter wund scheuern. Er denkt nach, wo er seine Geschichte anfangen soll, während er seine brennenden Hände unter sich spürt, die weiter versuchen, das Klebeband zu lockern.

«Ich bin jetzt seit einem halben Jahr bei der Internet-Fahndung, Marc. Sehr viel länger gibt's die Abteilung ja noch gar nicht. Die Scheiße ist immer nur einen Klick weit entfernt. Verstehst du, was ich meine?» Melander kann Marcs Nicken nicht sehen. «Bist du noch da?»

«Ja.»

«Vorher wusste ich nicht mal so genau, was Chats überhaupt sind. Auf einmal wurden sie mein Arbeitsplatz. Und ich kann dir sagen: Wenn du acht Stunden vor dem Schirm gehangen und mit irgendwelchen Päderasten über ihre ‹Ware› diskutiert hast, dann bist du froh, wenn du am Ende in einem normalen Chat noch ein paar Minuten mit normalen Menschen über normale Dinge reden kannst. Ich wollte keine Affäre. Es widerte mich an, wie um mich herum manche verheirateten Familienväter alle paar Wochen eine andere abschleppten.»

«Ach ja?», hört er Marc. «Da bist du natürlich völlig anders. Das ist mir ja heute klar geworden. Absolut integer. Über jeden Zweifel erhaben.»

«Ach ja! Und es widert mich immer noch an. Vielleicht widere ich mich deshalb auch selbst manchmal an. Ich meine: Du kannst da wirklich wahnsinnige Frauen kennen lernen: unglaublich offen, selbstbewusst, direkt, geil, nenn es, wie du willst. Und dann hockst du da vor deinem piefigen PC, dessen Passwort der Name deiner eigenen kleinen Tochter ist, und das bringt dich schnell wieder zurück auf den Boden der Tatsachen. Und du redest dir ein, dass das gut so ist. Es ist alles so banal. Aber so ist eben das Leben. Dauernde Wiederholung.»

Marc steht auf und schiebt schweigend seinen Stuhl neben das Bett, damit der BKA-Mann ihn sehen kann, während Benno weiterredet: «Ich hab da drin wieder gelernt zu flirten, so doof das klingt, weißt du? So was schleift sich auch in guten Ehen ja ab mit der Zeit, selbst wenn man sich anstrengt. Ich meine, mit wem soll man als verheirateter Mann noch flirten? Nur so zum Spaß?» Benno dreht sich zu Marc um, der ihn schweigend beobachtet.

«Was denkst du denn, was ‹Wild Rose› zu deiner Geschichte gesagt hätte?», fragt Marc plötzlich.

«Wahrscheinlich hätte sie sich gedacht: ‹In welchen Film bin ich denn hier geraten? Von so einem Waschlappen, der nur sich selbst kennt, habe ich mich doch gerade erst getrennt …› Ich habe das mit dem Zimmer hier nur deshalb gemacht, weil ich mir dachte, es könnte ein heilsamer Schock für mich sein. Nach einer Stunde wäre dieser Blondinentraum wieder draußen, würde ein Taxi rufen, sich den Rest des Abends über sich ärgern und über mich, ich könnte das Zimmer bezahlen und Schluss. Das wär's mir wert gewesen. Ich dachte das wirklich. ‹Wild Rose› kam aus einer anderen Welt zu mir herab. So empfand ich es manchmal.»

«Hat es dich überhaupt nicht gewundert, dass sie nach nur fünf Tagen bereit war, dich zu treffen? Noch dazu in einem Hotelzimmer? Während draußen ein Krieg tobt? Während jeder TV-Sender und jedes Käseblättchen längst vor solchen Dates warnten? Da hättest du ihr doch gleich schreiben können: ‹Komm am Sonntag zum Ficken ins Sheraton. Die 250 Mark ist es mir wert.›»

«Halt doch mal dein blödes Maul!» Benno ist von der eigenen Schärfe überrascht. «Es gab sie nicht. Es hat nie eine ‹Wild Rose› gegeben!»

Beide schweigen, denken nach, suchen Anschluss. Sie schauen sich an, einander belauernd. Minutenlang. Bis Benno wieder anfängt: «Egal, wer der Netzkiller ist. Er hat uns kaputtgemacht. Er hat uns Grenzen gezeigt, die wir längst überschritten hatten. Ich könnte das nicht mal erklären, aber es ist so. Schau dich mal an: Du frisst irgendwelche Tabletten. Du siehst aus wie eine Leiche. Du witterst überall Feinde. Und was du hier machst, ist dir ja wohl klar, oder? Das nennt sich Freiheitsberaubung, Körperverletzung etc. Da wäre dein Chef Barthelmy bestimmt noch weniger begeistert als der Generalbundesanwalt, dem du mit deinen Scheißhausgeschichten von wegen unfähiger Polizei die nahe Pensionierung versaust.»

«Dass ich nicht lache. Und was machst du hier? Wie würdest du deinen Kollegen erklären, was du hier treibst? Was wäre die harmlosere Variante? Ein Alleingang an den Vorgesetzten vorbei, weil du mich irrtümlicherweise für den Haarmann der Neunziger gehalten hast? Oder die verschärfte Version mit Seitensprungabsichten?»

«Arschloch!»

«Du könntest der Netzkiller sein. So sieht's aus.»

«Klar, und im Schrank habe ich die Geflügelschere und meine eigene Tränengas-Sammlung. Schau nach, wenn du mir nicht glaubst! Der Netzkiller wäre ja wohl kaum so blöde, sich ohne sein Handwerkszeug mit einer unbekannten Frau einzulassen, von der er nur das weiß, was sie selbst über sich erzählt hat. In einem Chat.»

Benno dreht sich langsam auf die andere Seite, um Marc verfolgen zu können, der langsam durch das Zwielicht des Zimmers schleicht, die Rolltür des Kleiderschranks zur Seite schiebt und kurz ins Bad schaut. Er hat den Revolver bei sich. Er ist zu weit weg. Dann holt er sich eine Coke aus der Minibar und schluckt wieder irgendwelche Pillen damit runter, die er aus seiner Jeans kratzt. Dann zieht er die Schubladen auf, in denen aber nur die obligatorische Hotelbibel liegt. Marc setzt sich langsam zurück auf den Stuhl neben dem Bett, auf dem Benno jede seiner Bewegungen verfolgt.

«Es gibt noch eine andere Möglichkeit», sagt Marc. «Du bist der Netzkiller, der bei ‹Wild Rose› einfach all sein Misstrauen, seinen Instinkt, seine Unberührbarkeit verlor.»

Benno spürt, dass er das Band in seinem Rücken mittlerweile so weit gedehnt hat, dass er zumindest *eine* Hand herausreißen könnte. Plötzlich schreit er auf. Er wirft sich auf die Seite. Dreht sich mit schmerzverzerrtem Gesicht zurück. Durch schmale Augenschlitze kann er Marcs erschrockenes Gesicht sehen.

«Scheiße», schreit Benno. «Ein Krampf. Im Bein.» Sein Oberkörper biegt sich durch, die Schenkel zucken.

Marc rennt zu seinem Rucksack, das schnaufende Geschrei im Hintergrund. Das Messer schneidet ihm in die Finger der rechten Hand. «Verdammt», flucht er, zieht die Klinge raus, umfasst den Griff und beugt sich über Bennos verdrehte Beine.

Dann geht alles sehr schnell.

7 / Lüge

House Of The Rising Sun (The Animals)

Mit zwei hastigen Schnitten zerreißt Marc das Klebeband an Bennos Beinen. Benno fühlt sie zu wenig. Er kann sie nicht anheben. Nicht sofort. Nicht zustoßen. In dieses verdammte Gesicht vor ihm.

Und dann ist Marc schon wieder zurückgewichen. Mit der Pistole in der Hand lehnt er am Schreibtisch. Es ist zu spät. Diesmal. Benno atmet scharf die stickige Luft ein. Er streckt seine Beine aus. Dreht sie. Winkelt sie an. Mühsam. Dehnt die Muskeln. Zu spät. Ein paar Sekunden zu spät.

«Wie soll das hier weitergehen? Willst du mich die ganze Nacht gefangen halten? Bis morgen früh das Zimmermädchen reinkommt? Oder bis mir die Arme abfallen? Oder willst du mich umbringen? Ist es das? Weil ich dir ja doch nicht hundertprozentig begreiflich machen kann, dass ich es nicht bin. Dass ich nicht dein Killer bin.» Er schaut Marc an, der auf den fleckigen Veloursboden starrt. «Nichts ist, wie es scheint, Marc. Gar nichts. Müsstest du seit ‹Wild Rose› wissen.»

Marc hebt den Kopf: «‹Passen Sie gut auf sich auf!› Kommt dir das bekannt vor?»

«Natürlich. Das hat dir heute früh jemand aus der gleichen Mailbox geschickt, die auch Michaela Bronner, Opfer Nummer drei, mit Illusionen versorgte. Deshalb habe ich versucht, dich anzurufen. Aber da warst du wohl schon auf dem Weg hierher. Diesmal ist es schwieriger, den Absender ausfindig zu machen, weil …»

«Vielleicht hast du es mir geschickt.»

«Klar. Ich hab's dir geschickt.»

Benno ist drauf und dran, es aufzugeben. Sich aufzugeben. Es hat keinen Sinn. Er versucht, sich langsam aufzurichten, seinen Rücken an die Wand zu lehnen und die Beine an den Körper zu ziehen. Er wartet, ob Marc protestiert, doch der rührt sich nicht. Er starrt ihn nur mit glasigen Augen an und murmelt mehr zu sich selbst:

«Manchmal, wenn ich in einem Chat war, ohne selbst etwas zu schreiben, dann hatte ich so ein Gefühl, dass hinter all den Namen gar keine fremden Menschen stecken, sondern dass ich das bin. Facetten von mir. Dass alles, was ich da lese, nur meiner Phantasie entspringt. Und dass ich auch nicht einem anonymen Gegenüber schreibe, sondern mir selbst …»

Benno unterbricht ihn genervt. «Meine Arme tun weh, weil du sie mir auf den Rücken gebunden hast. Ich habe eine Scheißangst. Vor dir. Vor der Situation hier drin. Vor dem, was kommen wird. Weil du ein wirklich einsamer Mensch mit einem ziemlich kranken Kopf bist.»

«Vielleicht stimmt das sogar. Das mit dem kranken Kopf. Im Chat habe ich eine Menge Kranke kennen gelernt. Keine Ahnung, ob du das kapierst: Am Anfang hat es mich nur erschreckt. Später wurde es zum wiederkehrenden Horror, weil viele der Geschichten, Lebensläufe und Erfahrungen, die ich las, meinem eigenen Leben so ähnlich waren.»

Benno beobachtet ihn, wie er sich wieder irgendwelche Tabletten einwirft. Wenn er noch ein paar Stunden wartet, könnte sich das Problem in diesem Hotelzimmer von selbst erledigen. Aber was wird bis dahin passieren? Wer dreht zuerst durch? Irgendwann hat er mal gelesen, dass Selbstmörder hier im Sheraton früher gern aufs Dach stiegen und sich dann einfach vornüber fallen ließen. Muss eine ganz schöne Sauerei gewesen sein unten am Taxi-Stand. Seit die Dachluken geschlossen wurden, werfen sich die meisten vor die S-Bahn. Schöner sieht das sicher auch nicht aus. Der Tod ist nie schön.

Würde Marc eher ihn oder sich selbst umbringen? Das ist die Frage, die er beantworten muss. Benno hört die Nacht atmen. Unten in den Terminals werden jetzt Hunderte verhuschter Kreaturen aus den Katakomben schleichen, die Mülleimer leeren und den Marmor blank wienern, bis die ersten Busse und Taxis draußen eine neue Ladung Touristen und Geschäftsleute auskotzen, die dann wieder alles voll sauen. Im Nebenzimmer klingelt ein Telefon. Weckruf. Vollautomatisch. Wie spät mag es sein? 5 Uhr? 6 Uhr?

«Du könntest noch immer der Netzkiller sein. Noch immer», raunt Marc erschöpft.

Benno muss hier raus. Er muss dem allen ein Ende machen. Und während er sich selbst mit Marc diskutieren hört, während er seine blutig gescheuerten Handrücken spüren kann, wächst in ihm eine Idee. Während er Marc mit einem Auge – ja, Auge! Seine Ohren sind ganz woanders – zuhört, wie der nun weiterredet, immer weiter über den Netzkiller und das Leben und die Liebe und den Chat und Gott und die Welt und die Zukunft von gestern und die Vergangenheit von morgen, wie der also immer weiterredet, denkt sich Benno immer tiefer in sich hinein, baut sich Brücken zu einem Ausgang, sucht einen Weg, der zu einem Ende führt, denn so, wie es jetzt läuft, läuft es verkehrt. Marc gleitet langsam davon mit seinen Tabletten und seinem Wahn. Benno braucht Kontrolle. Kontrolle bedeutet Überleben.

«... in welcher TV-Serie wärst du gern gestorben, Benno? Ich meine: Bei ‹Derrick› kamen die Toten ja eigentlich meist aus dem Upperclass-Milieu, während ... Kannst du dich noch an ‹Kottan ermittelt› erinnern? Findest du nicht, dass da sogar die Leichen ...»

Benno ist fertig. Er hat eine Fluchtlinie gefunden. Er unterbricht Marcs Redeschwall ganz ruhig. Ohne Hast. Er hat jetzt das Ziel. Er hat den Weg. Den Ausweg? Den Holzweg? Es wird sich zeigen. Er wird nur einen Versuch haben. Er kann nicht zwischenspeichern. Nicht dieses Spiel. Das Game ist over. Danach. So viel ist schon mal sicher.

«Lass mal deine Tabletten beiseite, Marc. Und versuch dich auf das zu konzentrieren, weshalb du mich hierher gelogen hast. Du hast doch auch gelogen. Du hast doch mitgeschraubt an dem ganzen Lügengebäude rund um den Netzkiller.»

Marc stutzt: «Ach ja?»

«Ja.»

«Sonst nichts? Nur ein ‹ja›? Nur ein Vorwurf?»

«Dein Interview mit dem Netzkiller war von vorne bis hinten gelogen. Du brauchst mir da nichts vorzumachen. Ich weiß es. Wir wissen es. Du bist so oder so erledigt. Alles, was du da als Gespräch von dir gegeben hast, warst du.»

Marc zittert. Alles in ihm zittert. Er ist plötzlich wieder hellwach wie nach einem Autounfall, wenn einen das Adrenalin überschwemmt, während im Wagen vor einem der andere Fahrer ähnlich erschüttert aussteigt, um sich anzusehen, was da gerade passiert sein muss. «Dann kannst du mir ja auch erklären, wie ich es angestellt habe.»

«Wieso soll ich es dir erklären? Wieso dir? Du musst es doch noch genauer wissen als ich.» Benno wartet. Marc wartet mit. Benno geht weiter.

«Das Handy, von dem aus der angebliche Netzkiller mit dir telefonierte, wurde einen Tag vor deinem großartigen Exklusivinterview einem Diplomkaufmann gestohlen. In Hamburg. Komischerweise in einer Einkaufspassage gleich neben deinem Verlag.»

«Wieso habt ihr mir das nicht erzählt?»

«Weil du es warst, der sich danach selbst anrief von diesem Handy aus. So dumm bist du ja nun nicht, als dass dir nicht klar gewesen wäre, dass wir die Telefonverbindungen danach überprüfen würden. Die Anrufe, die bei deinem Hausapparat eingingen an jenem Tag. Du hast das wirklich wunderbar eingefädelt, aber was du offenbar nicht wusstest: Handy-Signale lassen sich auch im Nachhinein relativ genau lokalisieren. Das angebliche Netzkiller-Handy war zum Zeitpunkt des Telefonats in deinem Verlag.»

Er hört jetzt, wie schlecht Marc den Erstaunten spielt: «Dann muss der Netzkiller ein Kollege sein, denn er wusste ja auch am Montag davor, wie und wo er mich finden würde.»

«Hör doch mal auf, Scheiße zu labern. Du hast dir das ganze Interview aus den Fingern gesogen. Du hast Lügen mit Lügen garniert. So sieht es aus.»

«Du hast ja einen ähnlichen Stich wie ich», schnauft Marc. «Du leidest ja ganz offenbar auch unter blühenden Psychosen. Ich meine, dafür hast du nicht den Hauch eines Beweises.»

«Ich hab dir das doch alles in die Feder diktiert. Ich lieferte dir doch die Vorlage, Marc. Was glaubst du, wer an jenem Montag nach dem fünften Mord mit dir gechattet hat? Dein Netzkiller? Dass ich nicht lache! Ich war es. Ich! Benno Melander aus Wiesbaden! Die kleine Wurst vom BKA!» Kurze, wirkungsvolle Pause.

«Und am Mittwoch hast du einfach meinen Chat-Stil kopiert. Du hast dich, von meinen Hintergrundinformationen unterfüttert, als Netzkiller ausgegeben. Du bist in seine Rolle geschlüpft wie in die vielen anderen, die du erfunden hast. Wie ‹Wild Rose›. Du wusstest, dass das zweite Opfer sich im Chat ‹Morgenlatte› nannte, weil ich es dir erzählt habe. Und du wusstest auch, dass Maik Koslowski aus Dresden ein ganzes Kellerregal voller Kinderpornos besaß. Du wusstest es, weil ich es dir erzählt habe. Alles, was der vermeintliche Netzkiller dir an Fakten in die Feder diktierte, wusstest du vorher. Aber das alles, diese ganzen Details, hätten dich noch nicht überführt. Das Protokoll deines Chats kannten außer unseren Fahndern nur eine Hand voll Leute in deinem Verlag, Barthelmy inklusive. Keiner von denen kam als Tatverdächtiger infrage – außer dir. Du hattest ein Motiv für die Fälschung: deine Karrieregeilheit. Krank genug tickt dein Hirn ja. Das komplette Interview trug deine Handschrift.»

Benno denkt kurz nach. «Aber du hast einen Fehler gemacht. Du hast *deinen* Netzkiller wiederholen lassen, was *mein* Netzkiller vorher behauptete: dass er irgendwann mal einen kleinen Jungen vor die U-Bahn gestoßen hat. Das konnte nicht der wahre Mörder sein, denn von dem haben wir nichts als ein paar karge E-Mails, in dem nie von einem kleinen Jungen die Rede war. Dieser angebliche Mord, Marc, war nichts als die Blaupause meiner eigenen Phantasievorlage.»

Benno hört die Klimaanlage grummeln. Auf dem Flur fällt eine Tür ins Schloss. Dann schreit Marc los.

«Du hast mit mir gechattet? Du hast im Nebenzimmer gesessen und hast mich von dort aus auflaufen lassen?»

«Nichts war einfacher. Es war ein Alleingang. Ohne Zeugen. Ohne Mitwisser im Büro. Es war verdammt riskant. Aber es zeigte sich ja, dass es sich lohnte. Dir kann ich das erzählen, weil du es für dich behalten wirst. Weil sonst auch dein Kopf rollen würde. Wenn mir was zustößt, wird man bei mir zu Hause die ganze Geschichte finden. Da kannst du sicher sein.»

«Das glaube ich nicht! Nie und nimmer!»

«War aber so. Nachts bin ich mit dem Wagen zurück nach Wiesbaden gefahren. Es fiel niemandem auf. Im Büro herrschte ohnehin das totale Chaos.»

Marc ist fassungslos.

«Ich hatte so eine Ahnung, dass du es bist. Der Netzkiller selbst. Schon bevor ich am Montagnachmittag die Meldung bekam, dass dieser Irre sich in Saarbrücken unter deinem Namen angemeldet hatte. Wir konnten es geheim halten. Ich ließ es geheim halten. Vor dir. Marc Pohl checkt als Marc Pohl ein. Das war so plump, dass es schon wieder raffiniert war. So raffiniert wie du. Du hattest ohnehin nie ein anständiges Alibi, auch wenn sich die Rezeption in Saarbrücken nicht an dein Gesicht erinnerte. Aber du hattest weiß Gott Gründe genug, es selbst zu tun. In ein paar Wochen wärst du rausgeschmissen worden, Marc. Nicht wegen deiner Tablettensucht, die wir auch längst kennen. Sondern weil du einfach zu wenig Stoff geliefert hast. Seit Monaten. Weil du dein Geld nicht wert bist. Da kann man schon mal auf den verrückten Gedanken kommen, sich seine Geschichten eben selbst zu schreiben – und sei es mit Blut an der Wand.»

«Du glaubst es also auch?», hört er Marc rufen, der sich neue Tabletten einwirft.

Ja, los, schluck dich langsam zu Tode, denkt Benno, während er lauter sagt: «Was glaube ich *auch*?»

«Dass ich dieser Irre bin. Dass ich Leute abschlachte für ein paar Schlagzeilen … Es stimmt. Ich habe das Interview erfunden. Es musste ja irgendwie weitergehen. Ich kann heute nicht mehr sagen, welcher Teufel mich da ritt. Ich habe dieses Handy wirklich geklaut. Ich habe mich selbst damit angerufen. Wer sollte es je rauskriegen? Die Wahrheit kann nur einer wissen: der Netzkiller selbst. Und vielleicht hätte es ihn aus der Reserve gelockt.»

Benno ist überrascht. Benno ist verwirrt. Benno ist erleichtert.

«Aber ich bin nicht der Netzkiller. Ich. Bin. Es. Nicht. Auch wenn ihr mir das jetzt alle unterschieben wollt. Ihr könnt mir das nicht einreden. Keiner von euch.»

«Du wirst lachen: Ich persönlich halte dich nicht für diesen Irren. Ich halte dich für ein verlogenes Schwein, ja. Für einen Schmierenjournalisten, der über Leichen geht. Der für eine Schlagzeile seine Schwester verkaufen würde, wenn er eine hätte. Aber nicht für den Netzkiller.»

Marc steht auf und geht langsam, lauernd, auf Benno zu: «Weil doch du es bist, Benno. Weil du mir selbst es gerade erzählt hast.»

Benno verharrt: «Ach ja?» Er wünscht sich nichts sehnlicher, als dass Marc noch näher kommt. Doch er bleibt einen Schritt neben dem Bett stehen. Einen Schritt zu weit. Noch immer eine Ewigkeit entfernt. Alles brodelt. «Was habe ich dir denn erzählt, was mich zum Mörder machen könnte?»

«Wenn du wirklich der warst, der am Montag vor zwei Wochen mit mir gechattet hat, dann ist alles eingetreten, was du prophezeit hast. Wenn du damals wirklich den Netzkiller gespielt hast, dann bist du es auch. Er hat, du hast mir erklärt, dass das Spiel langsam zu Ende gehe.»

«Und? Vielleicht wird jetzt in diesem Augenblick irgendwo das nächste Opfer zerhackt, Marc!»

«Du willst mich wohl nicht verstehen, Benno.» Marc beugt sich zu ihm vor. «Wenn du es warst, dann hast du in die Zukunft sehen können. Wer sonst sollte das können, wenn nicht der Netzkiller? Erinnere dich, was du geschrieben hast! Los!» Er schreit auf Benno ein. «Erinner dich an deinen Bier-Gag, den ich anfangs nicht verstand: Jever, Warsteiner, Budweiser.»

Bennos Gedanken rasen weiter.

«Du hast mir von Budweis abgeraten. Los, erinnere dich daran! Und du hast von einem ‹Schnittmuster› geschrieben, das du verfolgst. Und wir haben über Susan Stahnke geredet. Und du hast noch gelacht und gesagt, du würdest dir den Namen merken. Susan Stahnkes Mann und Manager heißt Thomas Gericke. Und ein ‹Thomas Gericke› checkte in Budweis ein am darauffolgenden Wochenende. Ich brauchte ein paar Tage, bis mir das mit Budweis wieder einfiel. Aber dann passte alles zusammen: das Schnittmuster, der noch fehlende Eckpunkt Budweis, der Name in der Anmeldeliste, der sechste Mord. Wenn du mit mir gechattet hast, dann bist du der Netzkiller, Benno. Dann hatte ich doch Recht. Dann war ‹Wild Rose› erfolgreich.»

Benno kann das dunkle Loch des Revolverlaufs vor sich sehen.

Marcs Hände umklammern den Griff. Sie zittern. Noch ein paar Zentimeter. Bitte! Komm schon!

Er dreht den Kopf weg und murmelt: «Wir haben einander betrogen. Jeder hat den anderen belogen. Andauernd. Wir belügen uns in einem fort. Wir zerreden alles.» Und dann brüllt er los: «Also, ich bin dein Netzkiller, dein Irrer, dein Albtraum!»

Er hört Marc schreien: «Dreh dich gefälligst um. Dreh dich um, wenn ich mit dir rede! Schau mir ins Gesicht!» Benno kann es spüren. Er kann es fühlen, dass Marc jetzt nah genug ist. Er weiß, dass er nur diese eine Chance hat. Dass der Show-down kurz bevorsteht. «Los, schau mich an», hört er Marc ein letztes Mal schreien.

Benno dreht langsam den Kopf, während seine rechte Hand brennend aus dem Klebeband auf seinem Rücken rutscht. Er schlägt ihm mit aller Kraft seine rechte Faust ins Gesicht. Marc taumelt zurück. Die Waffe, er hat noch immer den Revolver in der Hand. Sein Bein. Benno stößt sein linkes Bein vor und landet den zweiten Treffer zwischen Marcs Schenkeln. Er hört einen grunzenden Aufschrei, sieht ihn langsam zu Boden gehen. Die Waffe plumpst dumpf auf den Teppich. Er rollt sich nach links vom Bett ab, rutscht auf die Beine, federt hoch und rennt Richtung Tür, während Marc hinter ihm endlos langsam in die Knie geht. Sinkt. Abtaucht. Untergeht. Benno reißt die Tür auf und dreht sich nochmal um.

Sie sehen einander an. Im gleichen Moment knallt der Schuss. Dieser eine Schuss. Ein lächerlich ploppender Schuss. Nicht so brutal, zerfetzend und pfeifend wie in anständigen Action-Filmen. Mehr wie diese Plastikrevolver aus der Zeit, als man noch Winnetou spielte. Beide erschrecken von dem tauben Klang dieses albernen Knalls. Das Echo? Das Echo! Eine merkwürdige Stille.

8 / Wissen

Peace (Eurythmics)

An Anna Hofmann
– persönlich / vertraulich –

Hamburg

Wer immer das liest
BITTE UMGEHEND
!!! WEITERLEITEN!!!

Von Markus Pohl

Liebe Anna,

Annie scheint mir schon so endlos weit entfernt wie „Diva". Anna klingt viel ehrlicher, wahrhaftiger und unschuldiger. Anna klingt überhaupt erst, und ich will Anna in Erinnerung behalten. Nach allem, was passiert ist. Mit mir. Mit dir. Uns. Allen. In diesen verdammten letzten Wochen, die ich mitgeschrieben habe, bis der Sturm nicht mehr auszuhalten war.

Nun herrscht Stille. Alles, was ich noch rauschen höre, ist das Blut in meinen Adern. Und die Lüftung in diesem Imbiss hier unten.

Der Kellner sieht aus, als sei er schon 12 Stunden auf den Beinen. Armer Kerl! Das Gleiche denkt er vielleicht von mir. Alles ist Ruhe. JETZT.

Augenblick. WAHRHEIT. Und Benno Melander hat mir die Augen geöffnet, bevor ich ihn einfach so umgebracht habe.

Ja, ANNA, ich habe ihn getötet. Nicht erschossen. Aber getötet. Weil ich Benno Melander belogen habe. Das war schon Mord genug. Ich habe ihm genommen, woran er glaubte. Ganz fest glaubte. Eine Illusion, aber er glaubte daran. Und als er mir ins Gesicht schlug und ZUR TÜR ~~die~~ rannte, schoss ich. Hinter ihm her. ICH WOLLTE IHN NUR AUFHALTEN IN DEM MOMENT. ~~verfehlt~~. Vergeblich. Da hab ich ihn das zweite Mal getötet. Ohne ihn umzubringen. Natürlich ist er nicht der Netzkiller. Er wollte nur raus.

Ich sah Benno rauslaufen und dACHTE: Scheiße, vorbei. In dem Moment wusste ich, dass es vorbei war. ES WAR ZU ENDE !!

Und dann hielt ich mir diese Knarre von unten Richtung Kopf. Soll ja besonders effektiv sein. Ich drückte nochmal ab UND NIX. Nur dieses irre Klingeln in den Ohren. Ich war taub, aber niCHT TOT. Ich saß da und lachte und weinte und lachte. WAREN JA NUR PLATZPATRONEN. Irre komisch, was? Eine Schreckschusspistole. Und zugleich wurde mir alles klar. ALLES, was bisher nicht ZUSAMMENPASSte. Fast alles. Ich wurde mir endlich KLAR. ICH !!

ICH muss dem allen ein ENDe machen. WEIL ICH JA DER NETZKILLER ~~bin~~. Ich bin es gewesen. Ich habe sie alle getötet. Alle. Ich habe sie getötet. FÜR DIE GESCHICHTE eines Sommers. Meine Geschichte. ICH BIN DER NETZKILLER.

Du wirst mich verstehen, Anna. Nur du kannst das. Soviel, was ich dir NOCH ~~gesagt~~ hätte. Jetzt. Soviel, was du mir noch hättest erzählen dürfen MÜSSEN. ~~Später~~. Später. DENN ICH LIEBE DICH, Anna Hofmann. ~~Vergiss~~ Vergiss das NIE!!! DASS ICH DICH TROTZ ALLEM LIEBE.

Wir waren ~~uns~~ uns so nah. Nicht nur gestern. Sondern auch an jenem Montag. Und ich hab es jetzt erst kapiert. Du weißt WO wir waren. Wie nah wir uns waren. PASS GUT AUF DICH AUF! ANNA

Aber ich bin so müde jetzt, Anna. Das Spiel ist zu Ende, ich hab den Raum verloren und die Zeit. Aber es ist ganz ruhig. In mir rauscht nur du und es ist gut, wie es jetzt ist. ~~Auch wenn nicht gut~~ ist, was war. DAS RICHTIGE TUN IM LEBEN. EINMAL 1X ein Leben retten. Das Spiel ist zu Ende. Es war ein Scheißspiel. Du hättest so Recht. AIS NETZKILLER KANN ICH ES ~~beenden~~ UND du kannst weiterleben

9 / Antworten

La Petite Fille De La Mer (Vangelis)

Am frühen Morgen des 30. August 1999 wird Marc Pohl von Rettungssanitätern des Frankfurter Flughafens leblos in einem rund um die Uhr geöffneten Imbiss im Bauch des Airports gefunden. Bei ihren ebenso hektischen wie vergeblichen Reanimationsversuchen wischen die Helfer vier handschriftlich beschriebene Speisekarten vom Tisch, die der Kellner später achtlos verschwinden lässt. Eher durch Zufall fischen Ermittlungsbeamte drei der Seiten aus dem Hausmüll des Restaurants.

Ein paar Tage lang wird in den Medien diskutiert, was Pohl angetrieben haben mag. Der FAZ gilt er nach seinem «Geständnis» als «Opfer, vor allem aber Täter einer außer Kontrolle geratenen Medienmaschinerie. Ein journalistisches Monster, das sich seine Storys selbst schrieb mit dem Blut Unschuldiger. Die erste Bestie der Generation @.»

Die Obduktion weist in Pohls Magen einen Cocktail etlicher Psychopharmaka nach und gibt Herzstillstand, Schocklunge und Nierenversagen als Todesursache an. Man wird nie klären können, ob es Selbstmord war oder ob Pohl sich nur nicht über die Wechselwirkungen der Medikamente bewusst gewesen sein könnte. Seine Zeitung hält sich aus der Berichterstattung völlig heraus, zudem intern bekannt wird, dass der Reporter offenkundig tablettensüchtig war. Pohls Rolle wird nicht endgültig geklärt. Es bleiben letztlich Mutmaßungen.

Mit seinem Tod jedenfalls gilt die Mordserie für Staatsanwaltschaft und BKA als beendet. Weitere Taten werden nicht bekannt. Anonyme E-Mails, in denen sich Dutzende vermeintlicher Massenmörder in der Folgezeit bei Journalisten, Werbeagenturen und Privatpersonen melden, werden zwar verfolgt, in allen Fällen jedoch als schlechte Scherze abgetan. Im Netz machen krude Verschwörungstheorien die Runde, wer hinter der Geschichte gesteckt haben könnte: Von CIA bis Leo Kirch ist alles dabei. Ein Computervirus namens «Netzkiller» sorgt kurzzeitig für mehr öffentliches Interesse. Das Programm klebt als Anlage an E-Mails und bewirkt, dass ein blutrotes «Öffne dich!» auf dem Bildschirm erscheint, bevor die Festplatte zerfressen wird. Die Akte «Netzkiller» wird nach einem Jahr offiziell geschlossen. Die Sonderkommission wird bereits vorher aufgelöst.

Anna Hofmann erfährt noch am Vormittag des 30. August 1999 von Pohls Tod und bricht schreiend in der Redaktion zusammen. Chefredakteur Hans-Hermann Barthelmy zeigt ihr das Fax des handschriftlichen Abschieds. Danach fährt sie nach Hause, setzt sich an den PC und löscht alles, was sie noch an die sechs Morde erinnert, von denen sie nur fünf begangen hat. Aber das würde wohl niemand je erfahren – außer Marc, der es am Ende gewusst haben muss und dem sie es so gerne erklärt hätte. Aber wie erklärt man das Unerklärliche? Dann zertrümmert sie ihren Computer. Die Kiste explodiert nicht einmal. Sie zerspringt nur in tausend Stücke.

An jenem Abend kauert Anna Hofmann stundenlang zwischen den Platinen- und Plastiktrümmern. Sie weint, bis sie keine Tränen mehr hat. Es wird Nacht und es wird Tag und es wird wieder Nacht. Am Mittwoch, dem 1. September, sitzt sie pünktlich um 9 Uhr wieder in der Redaktion – bereit für ein neues Leben, von dem sie nun sicher ist, dass Marc es ihr vermacht hat: zwischen den Zeilen seines Abschieds, wo nur sie es zu lesen vermochte. Dreimal wird sie in der Folge von BKA-Beamten verhört. Als Zeugin. Dabei betont sie immer wieder, dass sie es für völlig ausgeschlossen halte, Pohl könne der Mörder gewesen sein. Auf die Gegenfrage, wer denn sonst infrage käme, antwortet sie allenfalls: «Fast jeder könnte es gewesen sein. Fast jeder.»

Einige Monate später, nach dem Herzinfarkt ihrer Kollegin Griseldis Engler, wechselt Anna Hofmann als Assistentin in die Chefredaktion, allerdings nicht unter Barthelmy, der Ende des Jahres 1999 «in gegenseitigem Einvernehmen» und für eine Millionenabfindung den Verlag verlässt und sich auf sein Gestüt in der Lüneburger Heide zurückzieht, wo ihn die bäuerliche Nachbarschaft nur als «Hans aus Hamburg» kennt. Dass der Deutsche Presserat die Veröffentlichung der Tatortfotos rügte, ist für den Zwangsabschied des Chefredakteurs nicht ausschlaggebend. Die Auflagenzahlen des Blatts sackten nach den Netzkiller-Wochen auf ein Rekordtief. Barthelmys Nachfolger wird sein Vize, ein junger Mann aus dem Kirch-Konzern.

Anna Hofmann fährt jeden Tag zu Pohls Grab auf einem kleinen Friedhof in Hamburg-Ottensen. Alle paar Wochen muss sie die Vergissmeinnicht-Reihe neu einpflanzen, weil Unbekannte sie wieder in den feuchten Boden getrampelt haben. Ein einziges Mal kehrt sie kurz vor dem Grab um, weil eine alte Frau davor steht, von der sie annimmt, dass es Marcs Mutter ist. Was hätte sie ihr sagen sollen? So was wie: «Ich habe es auch für ihn getan»?

Manchmal schweigt sie nur mit dem Toten. Manchmal – am liebsten, wenn es regnet – erzählt sie ihm alles, was wichtig und unwichtig war in jenem Sommer 1999. Die ganze Geschichte. Immer wieder. Sie lässt kein Detail aus. Sie will, dass er endlich versteht, was sie ihm nicht mal in der gemeinsamen Nacht im Hotel Hafen Hamburg hätte verständlich machen können: zuallererst den Mord an ihrer alten Chat-Bekannten Gabi Kohler, von dem sie dank alter E-Mail-Freunde schneller erfahren hatte als andere. Anna Hofmann wollte Gabis Mörder finden, weil sie sicher war, dass es ein Chatter gewesen sein musste. Aber vielleicht redete sie sich das selbst auch nur ein. Bei der Suche war sie im Netz doch immer wieder nur auf Männer wie diesen Kollwitz gestoßen, an dem sie sich schließlich rächte: für Gabis Tod, für all die Lügen und den Schmutz und ihre eigenen Dummheiten im Cyberspace.

Sie will, dass Marc versteht, wie sich dann alles in rasendem Tempo verselbständigte. Wie Barthelmy und er nach einer großen Geschichte gierten, die sie ihm eben schrieb: weil ihr Hass so groß und ihre Macht so berauschend wurden, sobald sie wieder online war, und weil sie Marc Pohl dabei näher kam. Anna Hofmann traf ihn nicht nur als reale Annie, sondern auch als «Dark Angel» und als Netzkiller in der Rolle des virtuellen «Abba-Kuss» an «jenem Montag», den Marc am Ende verstanden haben muss. Anna bereut es nicht. Sie hat es getan. Die Opfer waren die richtigen. Jedes von ihnen. Es waren die kreativsten Wochen ihres ganzen Lebens. Wochen unglaublicher Macht. Unglaublicher Liebe. Unglaublichen Hasses.

Marc muss es gewusst haben zum Schluss. So, wie er gespürt haben muss, dass Melander nicht der Psychopath war, sondern nur seine Haut retten wollte. Dieselbe Version erzählte der BKA-Beamte auch seinen Kollegen, die ihn später verhörten. «Am Ende spielte ich ihm sogar den Netzkiller vor, um irgendwie da rauszukommen», heißt es im Protokoll seiner Vernehmung. Eine Weile wird intern vermutet, Melander selbst könne der Serienmörder gewesen sein, doch seine Version des Hoteltreffens mit Pohl in Frankfurt gilt als ebenso peinlich wie glaubhaft. Die absurd scheinenden Fakten halten allen Nachprüfungen stand. Das Disziplinarverfahren gegen ihn wird eingestellt. Nach einem psychologischen Gutachten wird er von der Internet-Fahndungsgruppe des BKA abgezogen, noch bevor sich seine Frau von ihm scheiden lässt. Das Sorgerecht für Leonie wird Sabine Melander zugesprochen.

Im Spätsommer 1999 führt «Star Wars – Episode I» erwartungsgemäß etliche Wochen die Kino-Charts an. Der Schlagersänger Rex

Gildo, 60, stirbt nach einem Sprung aus dem Badezimmerfenster seines «Privatsekretärs». Das Mailänder Mode-Imperium Prada kündigt an, die Mehrheit der Jil Sander AG kaufen zu wollen. Die Eurythmics bringen das gefeierte Comeback-Album «Peace» heraus. Ein sechzehnjähriger Amokschütze tötet in Bad Reichenhall vier Menschen und sich selbst. Die Quoten der «Harald Schmidt Show» sacken ab.

Das Leben geht weiter. Es geht immer irgendwie weiter. Es ist nur eine Möglichkeit.

Jonathan Franzen
Anleitung zum Einsamsein
Essays
(paperback 23372)
Polemisch, klug und
hellwach - zeitkritische
Essays des Erfolgsautors von
«Die Korrekturen»

Frédéric Beigbeder
**Memoiren eines Sohnes aus
schlechtem Hause** *Roman*
(paperback 23095)
Eine Jugend im Paris der
neunziger Jahre: post-
moderner Nihilismus,
ausschweifender Lebensstil,
Eliteausbildung und endlose
Nächte in Szene-Bars...

Frédéric Beigbeder
Ferien im Koma *Roman*
(paperback 23191)
Der zweite Teil der Marc
Maronnier - Trilogie.

Michael Weins
Goldener Reiter *Roman*
(paperback 23198)
Weins erster Roman ist ein
Roman über eine Vorstadt-
kindheit in den achtziger
Jahren - das Tableau einer
Gesellschaft, die ihre Tabus
an den verschwiegensten
Orten ablegt: der geschlosse-
nen Psychatrie und der
Familie.

Martin Schacht
Mittendrin *Berlinroman*
(paperback 23178)
Stadtgeschichten aus Berlin -
rasant, boshaft und irre
komisch.

Fred Willard
Prinzessin Liederlich *Roman*
(paperback 22813)
«Ein Koffer voller Geld und
ein Haufen fröhlicher
Knallchargen auf blutiger
Spritztour: dieser moralfreie
Gangsterroman funkelt vor
Witz und Farbe.» (Guardian)

Weiter Informationen in der
Rowohlt Revue, kostenlos in
Ihrer Buchhandlung, und im
Internet: www.rororo.de

Philip Kerr wurde 1956 in Edinburgh geboren und lebt heute in London. Er hat den Ruf, einer der ideenreichsten und intelligentesten Thrillerautoren der Gegenwart zu sein. Für seinen Roman «Das Wittgensteinprogramm» er-hielt er den Deutschen Krimi-Preis 1995, für seinen High-Tech Thriller «Game over» den Deutschen Krimi-Preis 1997. «Philip Kerr schreibt die intelligentesten Thriller seit Jahren.» *Kirkus Review*

Das Wittgensteinprogramm
Ein Thriller
Deutsch von
Peter Weber-Schäfer
416 Seiten. Gebunden
Wunderlich Verlag
und als rororo 22812

Feuer in Berlin
(rororo 22827)

Alte Freunde - neue Feinde
*Ein Fall für
Bernhard Gunther*
(rororo 22829)

Im Sog der dunklen Mächte
*Ein Fall für
Bernhard Gunther*
(rororo 22828)

Der Plan *Thriller*
Deutsch von Cornelia
Holfelder- von der Tann
(rororo 22833)

Gruschko *Gesetze der Gier*
Roman
(rororo 26133)

Der zweite Engel
Deutsch von Cornelia
Holfelder-von der Tann
448 Seiten. Gebunden.
Wunderlich und als
rororo 23000

Der Tag X *Roman*
Deutsch von Cornelia
Holfelder-von der Tann
(rororo 23252)
Amerika 1960: Der Profi-
killer Tom Jefferson wird
von der Mafia auf Fidel
Castro angesetzt. Doch dann
läuft die Sache völlig aus
dem Ruder...

Game over *Thriller*
Deutsch von
Peter Weber-Schäfer
(rororo 22400)
Ein High-Tech-Hochhaus
in Los Angeles wird zur töd-
lichen Falle, als der Zentral-
computer plötzlich verrückt
spielt. Mit dem ersten Toten
beginnt für die Yu Corpora-
tion ein Alptraum.
«Brillant und sargschwarz.»
Wiener

Esau *Thriller*
Deutsch von
Peter Weber-Schäfer
(rororo 22480)

Weitere Informationen in der
Rowohlt Revue, kostenlos im
Buchhandel, oder im **Internet:**
www.rororo.de

rororo Unterhaltung

Wolf Haas wurde 1960 in Maria Alm am Steinernen Meer geboren. Nach Abschluß seines Linguistik-Studiums arbeitete er zwei Jahre als Uni-Lektor in Swansea (Südwales). Seit 1990 lebt er in Wien.

«Haas ist schlicht die Krimi-Entdeckung der letzten Jahre.» *Die Woche*

Auferstehung der Toten
(rororo 22831)
«Ein erstaunliches Debüt. Vielleicht der beste deutschsprachige Kriminalroman des Jahres.» *Frankfurter Rundschau*

Komm, süßer Tod
(rororo 22814)
Auf den Straßen von Wien bekämpfen sich die Rettungsdienste bis aufs Spenderblut. Nach dem Doppelmord an einem schmusenden Liebespaar tritt Ex-Polizist und Ex-Schnüffler Brenner auf den Plan: Hört die Konkurrenz den Funkverkehr der Kreuzretter ab? Das Buch zur Verfilmung des Erfolgskrimis.
Ausgezeichnet mit dem Deutschen Krimi-Preis 1999.
«Soviel Spaß, Weisheit und Spannung um einen wohlfeilen Preis, das gibt's normal gar nicht.» *Der Standard*

Der Knochenmann
(rororo 22832)
«... ein Muß für alle, die da süchtig sind nach vielversprechenden Talenten.» *Die Welt*

Silentium!
(rororo 22830)
Der Salzburger Klerus beauftragt Privatdetektiv Brenner mit der Aufklärung eines Mordes in einem katholischen Jungeninternat.
«Komischer war der Krimi nie, intelligenter nur selten. Weshalb auch Thomas Bernhard sicher von irgendwoher zuschaut und sich totlacht.»
Die Woche

Ausgebremst
Der Krimi zur Formel 1
(rororo 22868)

«Im Grunde genommen liest sich zurzeit nichts so vergnüglich wie ein neuer Wolf Haas, außer natürlich ein alter Wolf Haas.» *Der Falter*

Wie die Tiere
224 Seiten. Gebunden
Der neue Roman um Killerhunde und Kampfmütter.

Weitere Informationen in der **Rowohlt Revue**, kostenlos in Ihrer Buchhandlung, und im Internet: **www.rororo.de**

Wolf Haas

rororo